rowohlt

Martin Walser *Muttersohn*

Roman

Rowohlt

1. Auflage Juli 2011

Satz Stempel Garamond PostScript, InDesign,
bei Pinkuin Satz und Datentechnik, Berlin
Druck und Bindung CPI – Clausen & Bosse, Leck
Printed in Germany
ISBN 978 3 498 07378 7

Für alle, die mir geholfen haben.

I
Dem Leben zuliebe 9

II
Dieses Leben 189

III
Mein Jenseits 283

IV
Fortleben 363

V
Letzte Nachricht 499

I

Dem Leben zuliebe

1.

Ewald, ich heiße Percy. Das sagte er, als er die Tür hinter sich zugemacht hatte. Ewald hatte auf sein Klopfen nicht geantwortet. Percy sagte, das verstehe er. In der Geschlossenen Abteilung an eine Tür zu klopfen und auf ein Herein zu warten, sei heuchlerisch, da doch der Klopfende den Schlüssel habe, mit dem die Tür aufzuschließen sei.

Ewald lag auf dem gemachten Bett. Er lag auf dem Rücken. Die Augen offen. Die rechte Seite seines Gesichts war rot, vernarbt, die rechte Hand auch. Diese rechte Hand lag auf Ewalds Brust. Sie hielt ein Handy. Das konnte nur heißen, dass er auf etwas wartete, was aus dem Handy kommen musste. Percy sagte: Ich setz' mich auf den Stuhl an deinem Tisch. Dann schwieg er. Er wartete nicht, er schwieg. Plötzlich richtete sich Ewald auf, schlüpfte in die schwarzen Schuhe, die unter seinem Bett standen, und legte sich wieder hin und schaute zur Decke. Es war klar, er wollte nicht, dass ihn jemand ohne Schuhe sähe. Schwarze Schlüpfschuhe, schwarze Socken, schwarze Hose, schwarzes, langärmliges Hemd. Als Manschettenknöpfe goldgefasste rote Steine. Karneol, dachte Percy. Das Handy hatte Ewald beim In-die-Schuhe-Schlüpfen in der Hand behalten.

So blieben sie. Stumm. Zwei Stunden lang oder drei.

Dann stand Percy auf, ging zur Tür, schloss auf und sagte: Ich will nicht, dass du dich wunderst. Ich bin mit allen per du, seit ich hier in der Pflegerschule war. Der Professor hat mich Latein lernen lassen. Da gibt es kein Sie. Seit dem sag ich zu allen du. Es ist dann immer, als spräche ich Latein. So ein Gefühl halt. Bis bald, Ewald.

Als Percy draußen war, drehte er den Schlüssel so leise wie möglich im Schloss.

Zwei Empfindungen waren Percy fremd: Furcht und Ungeduld.

An einem solchen Maitag, der das Grün zum Leuchten brachte, waren die Waldwege im Klinik-Areal belebt. Patienten mit ihren Angehörigen, Patienten ohne Angehörige. Einmal wurde Percy sogar mit einem lauten Zuruf begrüßt von einem Pfleger, der eine Gruppe von Patienten zu einem Termin führte. Percy grüßte zurück. Ihm war noch rechtzeitig eingefallen, dass das Alfons war. Einaug Alfons. Der war mit ihm hier auf der Pflegerschule ausgebildet worden. Vielleicht sieht man sich noch, hatte Einaug Alfons gerufen. Das hoff' ich schwer, hatte Percy zurückgerufen und hatte daran gedacht, dass Alfons inzwischen ein Auge eingebüßt hatte. In einem Kampf mit einem Tobsüchtigen. Der Professor, der ihm das erzählt hatte, hatte gesagt, Alfons habe sich nicht gewehrt. Und dass er sich nicht gewehrt habe, sei inzwischen Alfons' Wappen. Beide hatten, was sie riefen, mit winkenden Händen begleitet.

Als Percy dann den Brunnenplatz überquerte, der dem Klinik-Areal eine Art Zentrum liefert, wurde er gestoppt.

Ein junger Mann, der auf dem niederen Brunnenrand gesessen hatte, sprang auf, trat Percy in den Weg, gab aber dann den Weg, den er gerade noch gesperrt hatte, mit großer Gebärde wieder frei und sagte: Bitte! An Friedlein Vogel ist bis jetzt noch jeder vorbeigekommen, also wird der Baron Schlugen keine Ausnahme machen wollen.

Etwas, was er gemacht oder bewirkt oder gesagt hatte, zu bedauern, lag Percy nicht. Nur wenn er dem Potpourri begegnete, das mit seinem oder mit seinen Namen veranstaltet wurde, spürte er, dass er während seiner mehrjährigen Wanderschaft durch die Pfarrhäuser und Anstalten zwischen Donau und Bodensee manchmal zu mitteilsam gewesen sein musste. Wenn es nicht die Pfarrköchinnen waren, müssen es Ärzte oder Pfleger im PLK gewesen sein, die seinem Ruhm allzu farbige Kränze flochten. Baron Schlugen? Er wusste schon nicht mehr, wem er erzählt hatte, dass seine Mutter hoffe, die Schlugen seien einmal adelig gewesen. Sie betrieb Ahnenforschung.

Der sich als Friedlein Vogel vorgestellt hatte, war mindestens eins neunzig und so hager, dass er, was er als Kleidung trug, bei weitem nicht ausfüllen konnte. Ein Kinn wie ein Schiffsbug und ein Adamsapfel, der mit der auch nicht gerade unbeträchtlichen Nase konkurrieren konnte.

Feierlich langsam holte er Papiere aus seiner Jackentasche, entfaltete sie und sagte:

Noch vor zwei Wochen hätte ich nicht auf Sie lauern können. In der Geschlossenen, wenn auch nur Stufe zwei. Seit einer Woche wird mir geglaubt, dass ich weder mich noch sonst jemanden umbringen werde. Vorerst. Mein Auftrag bleibt mein Auftrag, aber ich habe dem Pharmakonisten Dr. Bruderhofer klargemacht, dass von mir, solange ich null und nichts bin, keine Tat zu erwarten ist. Politisch ambitionierter Suizidkandidat, das haben sie mir hier als Etikett verpasst. Will ein Signal setzen! Aber was denen erst sehr mühsam klargemacht werden musste: Ein Signal setzen – was für eine eisenbahnerhafte Ausdrucksweise – kann ich nur, wenn ich der berühmte Schriftsteller bin, der zu werden ich zwar jede Fähigkeit habe, aber noch keine Aussicht. Zur geistigen Elite zu zählen, reicht nicht, wenn Sie einen historischen Erleuchtungsblitz beabsichtigen. Intelligenzquotient 147 und im Sprachbereich 180. Inzwischen haben elf Verlage meine Manuskripte abgelehnt. Die Ablehnungsschreiben bewiesen mir durch ihre zum Himmel schreiende Syntax der Inkompetenz, wie gut meine Manuskripte sind. Dass ich keinen literarischen Ehrgeiz habe, sondern eine historische Mission, das geht in diese Feuilletonbirnen nicht hinein. Die amerikanische Führungsclique muss begreifen, dass man heute Frieden nicht per Krieg schafft. Und diese kriegslüsterne Clique wird nicht aufhören, wenn sich nicht ein Schriftsteller vor dem Weißen Haus verbrennt, ein Schriftsteller von säkularem Rang. Seit ich das verlautbarte, werde ich von CIA und MOSSAD verfolgt. Das Bundesinnenministerium, das ich fünfzehnmal um Personenschutz gebeten habe, reagiert nicht. Natürlich nicht. CIA und MOSSAD, das sind Komplizen. Von Krieg zu Krieg haben wir uns daran gewöhnt, dass der Krieg zum einzigen Problemlöser geworden ist. Zuerst schaffen wir Probleme, dann lösen wir sie per Krieg.

Natürlich machen wir mal Witze über diesen und jenen US-Präsidenten. Einer immer noch simpler als der andere. Bald müssen wir uns für unsere Hohenzollern nicht mehr genieren. Widerstand ist in der Fernseh-Klamottenkiste verschwunden. Artikel 20,4 Grundgesetz interessiert nur noch Spinner. Wie mich, zum Beispiel. Wenn CIA und MOSSAD mich verschwinden lassen, interessiert das keinen. Wenn ich als epochemachender Autor mich vor dem Weißen Haus verbrenne, bleibt dem US-Koloss die Spucke weg. Ein Weltautor, Nobelpreiskandidat, verbrennt sich vor dem Weißen Haus. Und ich handle, mich verbrennend, so egoistisch wie alle anderen auch. Plato: Der Mensch kann sein Interesse nur dann zu seinem Wohl wahrnehmen, wenn er zugleich die Interessen seiner Mitmenschen bedenkt. Quelle, wo's steht, wird auf Wunsch nachgereicht. Jetzt, was schreibe ich jetzt, um meine Mission zu erfüllen? Gedichte. Ich les' Ihnen das allerneueste Gedicht vor, dass Sie wissen, was auf dem Spiel steht. Und las:

Ich bin der göttliche Gedanke,
im Weltdekor die geilste Ranke.
Ohne mich wäre das Ganze
ein Blumentopf ohne Pflanze.

Dann fragte er: Soll ich noch?

Percy sagte: Ich bitte darum.

Der:

Ich habe mich getrennt von dir,
dass dir's nicht gehe wie mir,
die Einsamkeit ist aus schwarzem Eis,
aber die Westen der Herrn strahlen weiß.

Er faltete das Papier, reichte es Percy und sagte: Wie finden Sie die Idee, dass ich es jetzt mit Gedichten versuche?

Ich beneide dich, sagte Percy.

Wissen Sie, sagte der Hagere, ich bin auf das Gedicht gekommen, als ich erkannt habe, es gibt überhaupt keine schlechten Gedichte. Ein Gedicht sagt immer schon alles. Und das auf kleinem Raum. Das hat mich angezogen. Wer glaubt, es gebe schlechte Gedichte, ist ein Halsabschneider oder Folterknecht oder Stiefellecker. Adieu. Und stoppte noch einmal. Wenn er gelogen habe, könne er nicht mehr gehen, ohne zu befürchten, dass er gleich stürze. Lügen ruiniert bei mir den Gleichgewichtssinn. Also sage ich Ihnen jetzt noch, dass ich gerade gelogen habe. Nicht aus irgendeinem im Moralischen beheimateten Reinheitsdrang gestehe ich das, sondern, weil ich eben, wenn ich gelogen habe, stolpere und stürze. Und das war die Lüge: Dass es überhaupt keine schlechten Gedichte gibt, das habe nicht ich erkannt, sondern Innozenz der Große. Wer denn sonst! Übrigens: Er will meine Gedichte unbedingt in seine Scherblinger Anthologie aufnehmen. Ich will aber erst in eine Anthologie, wenn ich ein Buch habe, ganz allein, für mich. Ein Buch, das ist eine Säule, auf der du stehen kannst, sichtbar der Welt. Adieu. Und ging und blieb noch einmal stehen und sagte: Ich brauche Zeugen. Für meinen letzten Auftritt. Kann ich mit Ihnen rechnen?

Immer, sagte Percy.

Danke, sagte der und ging.

Percy hörte, dass der jetzt summte.

Percy fühlte sich aufgenommen, ohne zu wissen, wo und von wem. Muss man auch nicht wissen, dachte er. Besonders, wenn man sich wohlfühlt. Bei ihm ging Wohlgefühl immer in die Beine. Er warf die Füße voraus, die Fußspitzen fast grotesk nach außen gedreht. Den Kopf richtig hochgereckt. Er erlebte sich als Gehenden so deutlich, dass er wusste, jeder, der ihn so gehen sah, musste denken: Was ist denn mit dem los! Und genau das war ihm recht. Er drückte aus, führte vor, wie wohl es ihm war. Seine Mutter hatte ihm mehr als einmal gesagt, dass er sich trotz seiner Leibesfülle wunderbar bewege. Man sehe ihm an, dass er eins sei mit seinem Körper. Jede seiner Bewegungen sei eine Energiekundgebung. Jede seiner Bewegungen drücke aus, dass er mehr Energie habe als er brauche. Und: dass er Herr seiner Energie sei. Dass seine Energie ihm diene. Und das mache alle seine Bewegungen schön. Du bist ein Engel ohne Flügel, hat sie gesagt. Mehr als einmal. Und immer, dass es klang, als sei das etwas Schönes, ein Engel ohne Flügel. Wenn Mutter Fini an ihm etwas nicht gefiel, konnte sie ihn aufs gröbste herunterputzen; dann demonstrierte sie ihm, wie sehr sie leide, wenn ihr etwas an ihm nicht gefiel. Das machte ihr Lob vertrauenswürdig.

Tatsächlich fühlte sich Percy inzwischen in seinem Körper so wohl, dass er vielleicht auch ohne den andauernden hymnischen Zuspruch der Mutter ausgekommen wäre. Oder war, dass er sich in seinem Körper so wohlfühlte, die Wirkung des unaufhörlichen mütterlichen Zuspruchs? Im Augenblick fühlte er sich wohl, weil ihm dieser Kontakt zu Friedlein Vogel gelungen war. Und er wusste, Friedlein Vogel würde heute und vielleicht auch noch morgen Percy preisen. Das war das Wichtigste. Überall, wo er erschien, wollte er rühmenswert sein. Er hatte das Gefühl, alle rühmenden Sätze, irgendwo von irgendwem gesprochen, schwebten in die Höhe und sammelten sich droben in einem himmlischen Gewölbe und blieben dort als ein jederzeit abrufbares Echo. Ach, er war jetzt glücklich. Und wenn er glücklich war, dachte er an die Mutter. Ich bin geleitet, sagte die Mutter immer. Percy sagte dann: Ich auch. Am frühen Abend eines 24. Dezembers wird er zwischen Brauchlingen und Merklingen bei Schneetreiben von einem Auto angefahren, in den Straßengraben geschleudert, das Auto fährt weiter, er liegt, kann sich nicht mehr rühren, aber seinen Lederhut kann er noch mit seinem Stock in die Straße hinaushalten, also sieht der Pfarrer Studer, der von einer Kindergartenbescherung in Brauchlingen heimfahren will nach Merklingen, Stock und Hut in seinem Scheinwerferlicht. Percy wird gerettet. Von einem Pfarrer Studer. Seit dem kennt er den. Fräulein Hedwig, die Pfarrköchin, erzählt Percy, als er im Frühjahr kommt, um zu danken, der Pfarrherr habe über Percy sogar gepredigt. Eine ganze Predigt habe davon gehandelt, wie der Pfarrherr am Einnachten noch unterwegs war von Brauchlingen heimwärts, dann auf einmal einen Stock mit einem Hut im Scheinwerferlicht hat. Schräg in die Höhe, aus einem Straßengraben heraus, steht da ein Stock mit einem Hut dran. Und bremst, geht hin und findet einen Verletzten, der aber noch den Stock mit dem Lederhut in die Straße hinaushalten kann. Der Verunglückte ist bei

Bewusstsein, der Pfarrherr ruft den Notdienst her und bleibt da, bis das Krankenauto kommt. Bevor er geht, will der Verunglückte noch wissen, wer ihn gerettet hat. Der Pfarrer sagt's ihm. Und der Verunglückte sagt: Ich gratulier'! Das kommt dem Pfarrherr komisch vor. Er fragt, wie er das verstehen soll. Weihnachtsabend, sagt der Verunglückte, sagt es mühsam, weil ihm jetzt doch alles wehtut, ich gratulier' Ihnen dazu, dass Sie mich gerettet haben. Aha, sagt der Pfarrherr. Und der Verunglückte: Überlegen Sie sich's, dann kommen Sie drauf. Und wird in das Krankenauto geschoben. Der Pfarrherr hat sich's überlegt und hat dann an Dreikönig darüber predigen können, dass er dankbar sei, weil er am Weihnachtsabend habe ein Leben retten dürfen.

Als die Pfarrköchin das Percy erzählte, sagte der: Und was für eins! Meins! Und beide lachten.

Fräulein Hedwig gegenüber sprach er es zum ersten Mal aus, dass er keinen Vater hatte. Sie meinte natürlich, er sei ein Halbwaise oder der Vater habe sich davongemacht. Er aber, ohne in einen rechthaberischen Ton zu verfallen: Nein. Meine Mutter hat es mir gesagt, dass sie mich geboren habe, ohne dass vorher ein Mann nötig gewesen sei. Dass Fräulein Hedwig dann kein bisschen staunte! Sondern seine beiden Hände nahm und sagte, ihr sei Percy gleich so vorgekommen, als sei er nicht wie alle anderen. Pfarrer Studer kam, als Schwester Hedwig es ihm weitergesagt hatte, geradezu fröhlich auf Percy zu und sagte: Auf so einen haben wir gewartet. Und lachte. Percy wusste nicht, was er sagen sollte, also nickte er. Auf jeden Fall, sagte der Pfarrer, sei es ein wunderbarer Einfall, und er hoffe bloß, Percy werde sich nicht drausbringen lassen.

Jedes Mal, wenn Percy aus dem Klinik-Wald ins Freie trat, blieb er stehen, atmete ein, was er sah. Das Kloster. Die Nordseite, die Rückseite des Baus, der auf der Vorderseite, nach Süden, mit zwei Seitenflügeln vorsprang und in dieses offene U die Stiftskirche hineinragen ließ. Das Kloster hatte es vom hohen Mittelalter bis zu seiner Aufhebung auf einen Umschwung von zwölf Hektar gebracht. Zuletzt hatte das Psychiatrische Landeskrankenhaus diese zwölf Hektar mit allem Drauf und Dran geerbt. Mindestens zwei Hektar davon gehören immer noch dem Wald. Die Klinik-Neubauten sind so im Wald verteilt, dass man nie mehr als einen Bau sieht. Nur die Klosterbauten stehen draußen, im Freien sozusagen.

Percy fühlte, wie richtig es war, dass sich diese Bauten frei präsentierten, und wie richtig es war, dass sich die Klinik-Neubauten im Wald vor einander verbargen. Er überließ sich jedes Mal diesem mit Staunen gemischten Wohlgefühl, wenn er erlebte, dass dieser Bau mit Hunderten von Fenstern kein bisschen zu groß und er, der Betrachter, kein bisschen zu klein wurde. Die Fenster waren gefasst, weiß gefasst, von Stuckreliefs, also waren sie in Bewegung, lieferten der gewaltigen Fläche Bewegungslinien. Und der Mittelteil des mächtigen Baus sprang vor, auch auf der Rückseite. Und sprang nicht nur vor, sondern hob sich auch ab in der Dachlinie. Und der Aufschwung war nicht nur eine höher hinaufreichende Dachschräge, der Aufschwung gelang zuerst nur zur Hälfte.

Ruhte in einer Linie und setzte dann noch einmal an, verjüngte sich noch einmal, um ganz in die Höhe zu kommen. An diesen zwei Aufschwüngen musste sich Percy jedes Mal mitatmend sattsehen, bevor er auf das Gebäude zu- und um es herumging, zum Portal. Dieser zweifache Aufschwung, das war das Dach des Bibliotheksaals. Der Saal plus Galerie brauchte diesen zweifachen Aufschwung. Die links und rechts unerhoben weiterlaufende Dachlinie endete draußen, da, wo die Seitenflügel nach vorn entsprangen, noch einmal in Erhöhungen. Eckpavillons, hatte der Professor diese Aufschwünge genannt. Sie demonstrierten, dass sie der Symmetriebetonung dienten.

Jedes Mal, wenn Percy diesen Bau beim Anschauen förmlich einatmete, gestand er sich, dass es die Symmetrie war, die er genoss. Er war ein zur Symmetrie verurteilter Mensch. Asymmetrisches schmerzte ihn. Und er war gegen Schmerz. Er gönnte nichts und niemandem die Herrschaft über sich. Es sei denn, er unterwerfe sich freiwillig einer Herrschaft. Aber da er sich keinem Schmerz freiwillig unterwerfen konnte, war er gegen Schmerz. Es gab auch kein zweites Bauwerk in der Welt, das er so einatmete wie dieses. Im Bibliothekssaal hatte er zum ersten Mal in seinem Leben gesprochen. Öffentlich sozusagen.

Der Professor hatte am Samstag, es war ein Samstag im Mai, gesagt: Manchmal redest du wie ein Wasserfall. Man möchte sich drunterstellen. Sprich doch morgen zu den Patienten und ihren Angehörigen. Nach der Andacht.

Es ist Mai, hatte der Professor noch gesagt, der Marienmonat.

Percy hatte gelacht. Mehr grimassiert als wirklich gelacht. Mach' ich, hatte er gesagt. Er hatte doch selber immer wieder dieses Zu-viel-Gefühl. Er wusste nicht von was, nur dass es zu viel war. Zu viel für ihn selbst. Aber vorbereiten tu ich mich nicht, hatte er gesagt. Das fänd' ich gemein, vorbereitet zu reden zu unvorbereiteten Menschen.

Sonntagnachmittag also. Zuerst hatte er sich auf der Orgel in Stimmung gebracht. Noch waren Stühle leer. Es kamen aber immer noch Leute. Dann waren alle Stühle besetzt. Es standen schon Leute. In der ersten Reihe saß der Professor. Professor Dr. Dr. Augustin Feinlein. Percy wusste, dass ihm keiner so zuhören konnte wie der Professor. Er spielte, was seine Hände wollten. Nichts Bombastisches. Er würde, was er spielte, Diminutiv nennen. Wenn er den Mut hätte, müsste er es Ewig nennen. Professor Dr. Dr. Augustin Feinlein war aufgestanden und hatte gesagt, dass er sich freue, Percy Anton Schlugen heute hier zuhören zu können.

Als der Professor ihn mit beiden Vornamen vorstellte, war ihm eingefallen, wie ihn Luzia Meyer-Horch, als er bei ihr den Schlüssel für die Orgel abholte, wie sie, des Professors Sekretärin, ihn begrüßt hatte: Immer wenn Sie zur Tür hereinkommen, Percy, merk' ich, dass Sie aussehen, wie wenn Sie Anton hießen. Und lachte. Ihr berühmtes Lachen, mit dem sie immer verhinderte, dass jemand mitlachte. Aber dass er ihr Lachen bewundere, sagte Percy jedes Mal.

Als Percy dann die Menschen vor sich sah, sagte er: Liebe Leute. Dem Leben zuliebe.

Dann sprach er nicht gleich weiter. Das wurde überhaupt das Wichtigste bei seinem Sprechen. Die Pausen. Die Sätze waren gerahmt von Pausen. Und die Pausen waren keine Verlegenheit.

Seine Mutter heiße Josefine, weil sie am 19. März geboren worden sei. Ihr Vater habe Josef geheißen, ohne dass er am 19. März geboren worden sei. Die Schlugen seien eine komische Familie gewesen. Die Mutter der Mutter rabiat unfromm, der Vater der Mutter kreuzbrav, erzfromm, andauernd auf Wallfahrt oder doch dabei, die nächste Wallfahrt zu planen.

Immer nur der Vater Josef und die Tochter Josefine. Nach Heiligenbronn im Schwarzwald, auf den Welschenberg an der Donau, nach Birnau am Bodensee oder auf den Bussen, den heiligen Berg Oberschwabens. Marienverehrung halt.

Seine Mutter sei immer mitgetippelt, habe natürlich alle Rosenkränze mitgebetet, aber sie habe immer gespürt, dass sie eine Zuschauerin sei. Ihr Vater sei für sie ein Altarbild geworden. Aber sie hat ihm nie sagen können, dass sie bei diesen Wallfahrtsprozeduren innen drin nicht ergriffen worden sei.

Dann ist der Vater gestorben, und er ist gestorben, als nur sie im Zimmer war, und sein letzter Satz war: Du bist geleitet. Fini, du schaffst es.

Von da an merkte sie, dass in ihr alles lebte, was sie mit ihm erlebt hatte. Jetzt war sie keine Zuschauerin mehr. Jetzt war sie die Ergriffene. Und hat nicht aufgehört, die

Ergriffene zu sein. Und das hat Percy durch sie erlebt, was das ist: ergriffen sein. Ich leb' dem Leben zuliebe, hat sie gesagt. Mehr als einmal.

Wieder eine unangestrengte Pause.

Sein Lieblingspfarrer, Pfarrer Chrysostomus Studer, habe einmal in einer Predigt gesagt, im Neuen Testament komme das Wort Reich Gottes 122-mal vor. Es sei fast immer Jesus selber, der das sage: das Reich Gottes. Und dass er selber das Reich Gottes sei. Aber in einer anderen Predigt habe Pfarrer Studer gesagt, jeder trage das Reich Gottes in sich. Er, Percy, gebe zu, dass das ein schöner Ausdruck sei: Reich Gottes. Das hat was. Aber man weiß nicht, was es hat. Auf ihn wirke es wie Musik oder wie eine Droge. Er könne aber zu anderen nicht über Musik oder Drogen sprechen.

Dann hat er gesagt, ihm wäre es unangenehm, wenn er jetzt etwas gesagt hätte, was der Erklärung bedürfe. Er erlebe, wenn er den Mund aufmache, dass er über sich selbst spreche. Ich kann nicht sagen, was ich weiß. Nur, was ich bin.

Jetzt die tolle Hoffnung, er sei anderen am nächsten, wenn er über sich selbst spreche. Jeder sei sich selbst so nah. Da könnten doch alle, die über sich selbst sprechen, einander nah sein. Dann hat er hörbar aufgeatmet, hat die Zuhörer um Entschuldigung gebeten, weil er keine Beweise hat für das, was er da sagt. Aber genau das liegt ihm nicht, etwas zu beweisen. Wenn etwas bewiesen ist, ist es für ihn erledigt. Das Unbeweisbare, das zieht ihn an.

Er ist dann so weit gegangen, den Leuten zu sagen, er habe einer Pfarrköchin namens Hedwig, Pfarrköchin in

Merklingen, einmal gesagt, dass seine Mutter ihm gesagt habe, zu seiner Zeugung sei kein Mann nötig gewesen. Und Fräulein Hedwig habe nicht gelacht. Auf jeden Fall ihn nicht ausgelacht. Und der Pfarrer Studer habe, als er das von Fräulein Hedwig erfahren hatte, zu ihm gesagt: Auf so einen haben wir gewartet. Mehr wolle er, sagte Percy, hier heute nicht sagen. Aber ein anderes Mal mehr. Das hoffe er. Von sich.

Und sagte doch noch: Glaubwürdig sein wäre das Höchste für ihn. Glaubhaft sein zu wollen, käme ihm anmaßend vor. Wenn er euch glaubwürdig wäre, wäre er nie mehr allein. Oder, um es mit Goldrand zu sagen: nie mehr einsam.

Womit ich zugegeben habe, dass ich abhängig bin.

Und musste noch sagen: Einer, der sich unabhängig wähnte, wäre mir fürchterlich. Einer, der abhängig ist, kann einem leidtun. Ich mir aber nicht. Ich bin nicht abhängig von dem und jenem, sondern absolut. Ich bin absolut abhängig. Absolut unselbständig. Ich bin ein Echo und weiß nicht, von was. Noch nicht. Ich habe im Lauf meines Lebens immer mehr Gleichartigkeiten mit anderen erfahren. Und je mehr ich davon erfuhr, desto mehr hoffte ich, auf Einzigartigkeit verzichten zu können. Als ich sah, wie ähnlich ich anderen war, fühlte ich meine Mängel, wenn nicht entschuldigt, so doch aufgehoben in einer allgemeineren Mangelhaftigkeit. Manchmal kriegte ich deswegen sogar etwas Stolzes. Nichts übermäßig Stolzes. Etwas Bescheiden-Stolzes. Ich sah mich dann mit meinen Mängeln im Morgenrot stehen, sah meine Mängel angeleuchtet von einer mehr Licht als Wärme spendenden Morgensonne und war einverstanden mit der Deutlichkeit, in der meine Mängel jetzt erschienen, und ich sagte: Also. Und rannte davon. Der wollte ich auch nicht sein. Ich habe mich nie mit mir eins fühlen können. Jeder konnte mich aus mir vertreiben. Aber meine Mutter hat das nicht zugelassen. Sie hat mich in mir befestigt. Du bist ein Engel ohne Flügel, hat sie gesagt. Mehr als einmal. Und so, dass ich's glauben konnte. Ich habe immer mehr geglaubt als bezweifelt.

Und das auch noch: Was ich euch sage, ist gering. Nur dass ich es sage, zählt. Vielleicht.

Dann, ganz leise:

Nun habt ihr gut geschlafen
und wünscht euch fort von hier
zu Kräutern und zu Schafen,
und zwei mal zwei bleibt vier.
Einziehen, schließen, falten,
eben leben, keine Steigerung,
den Fall nicht nähren,
nur Schnüre entwirren
und sorgsam enden.

Und an die Orgel, und eingeleitet.

Die Leute haben mitgesungen. Heftig. Er hat den Saal so verlassen, dass er niemandem begegnen musste. Er hätte sich geniert. Das weiß er heute noch.

Als Percy jetzt die im Bogenschwung nach oben in den ersten Stock führende Treppe hinaufging, schwebte er wieder. Wenn er diese Treppe hinauf- oder hinabging, schwebte er. Er war oft genug mit dem Professor diese

Zeit lassenden Stufen hinauf- oder hinabgegangen. Der hatte das gesagt, dass einen diese Treppe schweben lasse. Diese Treppe sage alles, sagte der Professor. Man schwebe doch aufwärts genau so wie abwärts. Keinesfalls dominiere das Gefühl, man gehe aufwärts oder gehe abwärts. Das hörte Percy gern, das übertrug sich auf ihn. Seit dem schwebte er, der Engel ohne Flügel, aufwärts und schwebte abwärts und spürte es förmlich, dass die den Treppenschwung begleitenden, die gemalten Äbte, die Reichsprälaten, ihn mit Sympathie betrachteten. Dann an der Gangwand, von der Fensterfront mit Licht bedient, ein Abt-Bild nach dem anderen. Alle mit Hermelin und Gold und Edelsteinen und jeder mit eigenem Wappen. Bei einem blieb er immer stehen: Eusebius Feinlein. Natürlich hatte auch er sich wie alle seine Abtskollegen ein Wappen malen lassen. Drei goldene Ringe im roten Feld. Seine Mitra war die schönste. Gold- und Silberfäden hatten alle, aber er hatte dazu noch farbige Muster erfundener Blumen. Er hatte sich mit weißen Handschuhen malen lassen und trug über diesen Handschuhen am Mittelfinger seiner rechten Hand einen Ring. Aber er war der Einzige, der mitten auf den Rücken seiner weißen Handschuhhand die Gemme der Stigmatisation trug. Draufgenäht, hatte der Professor gesagt, als er sah, dass Percy gar nicht mehr wegschauen konnte von dem roten Mal.

Als Percy mit dem Professor zum ersten Mal vor dem Vorfahr stehen geblieben war, hatte der Professor gesagt: Wenn ich damals auf die Welt gekommen wäre, hätte ich auch Abt werden wollen in Weißenau oder Schussenried oder Obermarchtal oder Rot oder Zwiefalten oder Wieblingen oder eben, wie mein Vorfahr Eusebius, in Scherblingen. Zumindest Chorherr wäre ich geworden. Als Scherblingen 1803 aufgehoben wurde, habe der Konvent neununddreißig Chorherren gehabt. Darunter begabte Tagebuchschreiber. Er habe vor, sobald er seine Landeskrankenhauszeit hinter sich habe, in den Papieren von damals zu verschwinden.

Als vor zwölf Jahren die Klosterbauten endgültig verlassen wurden, hatte der Professor sein Sekretariat in den dafür bestimmten Neubau verlegen müssen. Aber er hatte keinen Stuhl und keine Lampe und keine Schublade mit hinübergenommen. Zu Percy: Drüben arbeite ich, hier leb' ich, beinah hätte ich gesagt: bete ich. Das verstanden nicht alle.

Percy hätte jedes Mal viel länger stehen bleiben können. Dieser Gang. Ein Kunstwerk aus Licht und Stein. Links die Türen, rechts die Fenster. Die dicken Mauern machten aus jedem Fenster eine Nische. Eine Lichtnische. Die Decke spiegelte sich mit allem Stuck im glänzenden Boden. Die letzte Tür war die zur Prälatur. Jetzt: Prof. Dr. Dr. Augustin Feinlein. Wenn Percy dieses Schild vor Augen hatte, dachte er an Innozenz, der sagte, auch Namen bedürften der Aktualisierung. Der Professor Feinlein müsse längst Feinstlein heißen.

Anklopfen musste Percy nicht. Mit diesem Privileg war Percy schon ausgezeichnet worden, als er noch in der Pflegerschule war. Professor Feinlein war von allen, die die Pflegeschüler lehrten, der beliebteste Lehrer. Nach dem ersten Jahr fing er an, Percy auszuzeichnen. Zwei Auszeichnungen überragten alles andere: Der

Professor wollte, dass Percy Latein lerne, und er selber wollte Percys Lateinlehrer sein. Und Percy sollte Orgel lernen. Auch da wurde er Percys Lehrer. Die Orgelstunden fanden nicht in der Stiftskirche statt, sondern auf der Orgel im Bibliothekssaal. Und die oberste Sekretärin, Frau Meyer-Horch, hatte den Schlüssel, und sie konnte zu keinem Menschen einen Satz sagen, in dem nicht eine Freundlichkeit vorkam, mit der in diesem Augenblick nicht zu rechnen gewesen war. Also wurde jedes Orgelschlüsselabholen für Percy zur reinen Ermunterung. Die Orgel war eingebaut worden, als aus dem Kloster schon eine Anstalt geworden war, damit Gottesdienste für Patienten beider Konfessionen stattfinden konnten.

Obwohl die Türen aus der Klosterzeit wuchtig und schwer waren, hörte Percy die Musik. Er trat ein und setzte sich gleich auf den gepolsterten Stuhl neben der Tür. Der Professor nickte. Eine Bass-Stimme sang gerade: Esurientes implevit bonis et divites dimisit inanes.

Als das letzte Amen verklungen war, sagte der Professor: Das wurde hier gesungen: Die Bedürftigen überhäuft er mit Gütern, die Reichen kriegen nichts. Sooft er das höre, er fasse es nicht. Jubel, Innigkeit, Höhenschwung, also wenn Gott Ohren hat, muss er hin gewesen sein von dieser höchstmöglichen Musik. So haben sie sich in die Höhe musiziert, dass sie nicht haben hören müssen, wie draußen, rundherum, geschrien wurde. Vor vierhundertzweiundachtzig Jahren haben die Bauern diese Musik gestört. Fecit potentiam in brachio suo, dispersit superbos mente cordis sui. Ich habe einmal mitgezählt: Zwölf Mal nach einander lässt der Komponist singen, dass der Herrgott mit seinem Arm Gewalt ausübt und die Hochmütigen verjagt. Keine Zeile wird öfter gesungen als die. Und hat doch selber zu den Mächtigen gehört, der Komponist Betscher, der auch ein Reichsprälat war, drüben in Rot an der Rot. Könnte es sein, Percy, dass jede Zeit gleich unempfindlich ist, unempfindlich durch Sensibilität, durch Kultur, durch Schönheit gegenüber dem, was sie anrichtet? Auf jeden Fall hat jede Zeit ihre eigene Musik, dass nicht gehört werden muss, wie geschrien wird.

Weißt du, wie die Herrschaft die Erbschaftssteuer definierte? Starb der Bauer, musste das beste Ross geliefert werden, war es die Bäuerin, die starb, war die beste Kuh fällig, vor allem aber, egal ob von Mann oder Frau, der beste Mantel, und der wurde so definiert: Das ist der Mantel, den der Verstorbene oder die Verstorbene beim Kirchgang getragen hat. Komm.

Und ging zur Tür, die in den ehemaligen Kapitelsaal führte. Percy folgte.

Im Kapitelsaal hatten sich in der Klosterzeit die Chorherren versammelt, in der Krankenhauszeit war es der Sitzungssaal für die Ärzte gewesen. Der Kapitelsaal war nicht wie die Prälatur durch einen Gang von der Südwand getrennt. Der Professor ging zu einem Fenster, öffnete es. Percy stand und schaute. Über den Klosterhof hinaus, an der Stiftskirche vorbei, sah man in eine Wiese voller Ziegen. Geißen, rief Percy, so viel Geißen!

Und der Professor: Mehr als hundertfünfzig sind es im Augenblick sicher nicht.

Ich mag Geißengemecker, sagte Percy.

Dr. Bruderhofer hat für mich den Namen Vater aller Geißen in Umlauf gesetzt.

Versteh das nicht falsch, sagte Percy. Das ist eine Auszeichnung. Und wo wohnt die biblische Schar?

Ganz draußen, sagte der Professor. Hinter den Glashäusern. Was du da gleißen siehst, sind Glashäuser. Die ziehen ihre Dächer ein, sobald es den Tomaten, den Kiwis und den Pfirsichen warm genug ist. Das hat ihnen ein Patient beigebracht. Ein Erfinder, dem draußen die Patente gestohlen wurden, sogar, sagt er, vom Patentamt. Die erste automatische Presse, sagt er, ist von ihm. Und so weiter. Du kennst die Schmerzensballade unserer Patienten. Aber ein Erfinder ist er, bloß, draußen hat ihm das nichts genützt. Ich habe ihn zum Technischen Direktor ernannt. Percy, wir sind ein Wirtschaftsfaktor. Und die ganze Gegend macht mit. Statt mit Korbflechten und Scherenschnitten die Zeit totzuschlagen, arbeitet jetzt, wer kann und will, was er arbeiten kann und will. Handwerk, Landwirtschaft, Industrie, und nichts davon im Neubauteil. Alles in den alten Klosterbauten, die hundertfünfzig Jahre lang dem Verfall gewidmet waren. Die alten Stallungen voll brauchbar. Auch die für die Rösser. Meine Rösser. Auch sie warten auf deinen Besuch.

Er habe, sagte Percy, nirgends innigere Pferde gesehen als Augustins Mongolenpferde. Und seit Jahren trau' er sich nicht zu fragen, warum Augustins Pferde Rösser seien.

Und der Professor: Vergiss nicht, ich bin aus Letzlingen. Wir haben auf dem Hof, bevor der Traktor gekommen ist, vier Rösser gehabt. Aber schon in der Letzlinger

Schule war Ross nur in der Einzahl erlaubt. In der Mehrzahl nur noch Rosse oder gleich Pferde. Rösser wurde in jedem Aufsatz als Fehler gezählt. Jetzt hat Hochdeutsch auch südlich der Donau übernommen. Wenn ich sterbe, gibt es nur noch Pferde. Aber meine Mongolen-Rösser sind weder Rosse noch Pferde, Percy. Das sind Rösser. Es sind jetzt schon neun. In der Angestelltensprache würde ich sagen: Ich verbringe jede freie Minute bei ihnen. Inzwischen seien seine Rösser aber auch Lieblinge vieler Patienten. Wie die mit den Rössern umgehen, reiten ohne Sattel, und wie die Rösser zu den Patienten sind, dafür sei das Wort Therapie ein Unwort. Den Patienten so zuwider wie ihm. Heilung, Percy. Ich muss mit dir zum Teich auf der Südseite, du weißt, wo die Seerosen tun, hast du gesagt, als wüssten sie nicht, wie schön sie sind. Dort zeig' ich dir unser erstes Weizenfeld. Die Patienten säen, ernten, mahlen, backen, dann essen sie ihr eigenes Brot. Das, Percy, ist mein Beitrag zur stationären Psychiatrie. Ich hoffe, du magst unser Brot. Gebacken in der historischen Ofenküche. Allerdings computergesteuert. Inzwischen ein Exportartikel. Wir können gar nicht so viel backen, wie wir verkaufen könnten.

Und Innozenz?, sagte Percy.

Der residiert jetzt, sagte der Professor, an höchster Stelle. Über dem Alten Tor, im Dreiecksgiebel. Extra ausgebaut für ihn. Von Freiwilligen. Da droben hat er zehnmal so viel Platz wie in der historischen Ofenküche. Er hat allerdings verlangt, dass sein hohes Quartier weiterhin Ofenküche heißen müsse. Seine Scherblinger Anthologie soll einmal den Titel *Ofenküche* haben. Er hält diesen Namen für attraktiv. Du musst ihn besuchen, er ist ganz hell zur Zeit. Schon länger hell als je zuvor. Dr. Bruderhofer und ich streiten wie immer, wer sich darauf etwas einbilden darf, er mit seiner ausgetüftelten Medikation oder ich mit meinen Versuchen, den Leidenden dadurch zu helfen, dass ich sie etwas tun lasse, was sie gern tun. Das habe ich von den Jesuiten gelernt: Sie sollen sein, wie sie sind, oder ...

Er lud Percy ein, fortzufahren, der tat's: Aut sint, ut sunt, aut non sint.

Percy, sagte der Professor, in dir geht nichts verloren.

Und Percy: Sie sollen sein, wie sie sind, oder sie sollen nicht sein.

Der Professor: Wenn ich hier Abt wäre, würde ich dich küssen. Wir haben Glück, Percy. Dr. Bruderhofer kann uns nicht dreinpfuschen. Er segelt zur Zeit an der türkischen Küste auf und ab.

Verheiratet mit Eva Maria von Wigolfing. Der Professor hörte auf, schwieg, wie es zwischen ihnen üblich war.

Dann sagte er: Sei froh, dass er jetzt an der türkischen Küste herumsegelt, sonst müsstest du ihm über jeden deiner Besuche bei Ewald berichten. Forensisch. Du verstehst. Er tut, als sei er, nur er, der Staatsanwaltschaft gegenüber verantwortlich. Ein Besuch bei Frau Dr. Breit ist übrigens fällig. Möglichst bald. Sie war dabei, als du gesprochen hast vor zwei Jahren, saß neben mir und war sehr bewegt von deiner Rede. Sie hat mir nur ein Wort zugeflüstert: Zauberhaft. Mehr traute sie sich nicht zu sagen. Andrea Breit ... verzeih, dass ich das auch noch sage, sie liebt mich vielleicht. Vielleicht nur, weil sie, Dr. Bruderhofer direkt unterstellt, von ihm so viel gegen mich anhören muss, dass sich in ihr ein Gefühl gebildet hat für mich. Sie macht immer wieder Andeutungen, auf die ich nicht reagiere. Es könnte ein von Dr. Bruderhofer ausgeworfener Köder sein. Wenn sie abends allein drüben in Scherblingen in ihrer Wohnung sitzt, muss sie, nach allem, was der Tag gebracht hat, mehr an Dr. Bruderhofer denken als an mich. Dr. Bruderhofer ist eins neunundachtzig. Vielleicht eins neunzig. Ich eins vierundsiebzig. Ich lass dich durch Luzia bei ihr anmelden. Ewald Kainz benimmt sich bei ihr genau so wie bei mir. Aber die Mittel nimmt er. Sagt sie. Ich bin schon froh, dass Innozenz die Mittel nicht mehr nimmt. Dass Innozenz das mir gestehen konnte, halte ich für einen Erfolg. Für einen Heilungserfolg.

Sag ruhig, für deinen Heilungserfolg, sagte Percy.

Und er sei so kleinlich, sagte der Professor, so niederträchtig, dass er sich über diesen Erfolg erst freuen könne, wenn er ihn Dr. Bruderhofer habe hinreiben können.

Percy sagte: Das zeichnet dich aus.

Sei nicht so gnädig, sagte der Professor. Aber das habe ich dir nur sagen können angesichts dieses Panoramas: die Ziegen, die Glashäuser, die Ställe, die Rösser … Percy, ich glaube, ich werde mein Leben zwischen meinen Rössern beenden. Als ich die ersten zwei in der Mongolei holte, haben mir die Bauern dort erzählt, dass sie abends nach der Arbeit die Rösser freilassen, die rennen in die Steppe hinaus, rennen zwanzig oder dreißig Kilometer, fressen, saufen, schlafen, und am Morgen sind sie wieder da: zur Arbeit.

Sie gingen zurück ins Abtszimmer, der Professor setzte sich auf die gepolsterte Bank und sagte: Sede dextris meis.

Tibi gratias, Augustine, sagte Percy.

Der Professor: Dass der Pfarrer Studer hinter dir hertelefoniert, weißt du. Du seist abgehauen, als er zu einem Hausabendmahl fortmusste. Er sei nicht gekränkt. Er rufe deine Lieblingsadressen nur an, um zu hören, wo er das Gepäck hinschicken solle. Er sei froh zu wissen, dass du in Scherblingen bist. Das, sagte der Professor, habe ich als Kompliment genommen. Du bist eben ein Star.

Aber an welchem Himmel, sagte Percy.

An unserem, sagte der Professor.

Wenn Merklingen nochmal anruft, sag, sie sollen die zwei Taschen auf die Kirchbühne schaffen. Dass du mich wieder im Alten Hospiz untergebracht hast, zeigt dich auf der Höhe, Augustin. In allen Anstalten, in die ich komme, Zwiefalten hat auch noch telefoniert, ich habe gesagt, ich weiß nicht, wie lange ich in Scherblingen brauche, überall bringen sie mich bei den Pflegern unter. Wenn schon kliniknah, dann bei den Patienten.

Similia similibus, sagte der Professor. Wer nicht zu den Patienten gehört, kann ihnen auch nicht helfen. Du musst damit rechnen, dass Frau Strauch dich überfällt. Sie ist wieder da. Psychotisch dekompensiert, sagt Dr. Bruderhofer. Sobald ich eintrete, tut sie so, als höre sie Stimmen, und ist für mich nicht zu sprechen. Auch wenn ich schweige, tut sie so, als müsse sie angestrengt zuhören, dass sie, was ihr von den Stimmen gesagt wird, verstehe.

Antwortet sogar mit dem Gesichtsausdruck auf das, was ihr da angeblich gesagt wird.

Und Percy: Ist das ein Unterschied, ob sie Stimmen hört oder so tut, als höre sie welche?

Der Professor sagte: Du hast recht.

Und Percy: Als ich das letzte Mal in Scherblingen war, habe ich dich gebeten, nie mehr zu sagen, dass ich recht habe.

Der Professor: Du hast vor zwei Jahren die Stimmen, von denen Frau Strauch gequält wird, zum Schweigen gebracht.

Percy: Aber jetzt sind sie wieder da.

Der Professor: Vielleicht versuchst du es noch einmal. Verzeih, wenn ich nur sage: mit dem Schlafsack. Du weißt, dass mir das Wort Therapie Mund- und Seelenschmerzen macht. Sogar Dr. Bruderhofer erwähnt gelegentlich, wenn auch nicht ohne gemütlichen Spott, Schlugens Schlafsack-Therapie.

Percy: Immer wenn ich den Schlafsack mit einem Leidenden probiere, komme ich mir nachher wie neugeboren vor.

Der Professor: Wenn es mit Dr. Bruderhofer so weitergeht, musst du den Schlafsack mit mir machen.

Percy: Das wäre das Höchste. Aber du brauchst ihn natürlich nicht.

Der Professor: In der letzten Ärzteversammlung vor seiner Abreise zitierte er, dass ein Neuzugang in der ersten Sitzung gesagt habe: Gott sei Dank ist das Arschloch endlich gestorben. So der Patient über seine Mutter. Das sagt Dr. Bruderhofer demonstrativ zu mir hin.

Schweigen.

Der Professor: Ich muss immer daran denken, als ich dich bei Studer angerufen habe und gesagt habe, es sei wieder ein Patient da, der sich vollkommen verweigert, da war dein erster Satz: Wie heißt er? Warum hast du so gefragt?

Und Percy: Ich habe wissen wollen, wie er heißt.

Der Professor: Aber als ich dir den Namen gesagt habe, hast du gesagt: Hallo.

Percy: Was sonst hätte ich denn sagen können, wenn du sagst: Ewald Kainz.

Der Professor: Dann hast du gesagt: Ich komme.

Percy: Und jetzt bin ich da.

Der Professor: Und wie reagiert er?

Percy: Ich habe mich gleich dem Schweigen überlassen. Deinem Schweigen. Noch nie habe ich erlebt, wie genau du das empfunden und erfahren und beschrieben hast. Nämlich nicht als eine Methode dem Kranken gegenüber, sondern als das, was du selber brauchst. In diesem Moment. Ich habe durch und durch empfunden, jetzt reden, unmöglich. Jetzt ist nichts anderes geboten als Schweigen. Das habe ich getan. Und Ewald Kainz hat das begriffen. Sage ich. Behaupte ich. Ein bisschen naseweis. Aber das gehört ja auch zu deinem Schweigen, dass einer dem anderen schweigend voraus ist.

Das Scherblinger Schweigen ist jetzt in der elften Auflage erschienen, sagte der Professor. Ich werde noch ein reicher Mann. Und die Belegexemplare für jede neue Auflage lege ich bei Luzia auf den Tisch, dass sie allen, die bei ihr vorbeikommen, sage, sie dürften sich bedienen.

Dr. Bruderhofer hat bis jetzt von jeder neuen Auflage ein Exemplar mitgenommen, obwohl vorne drinsteht, die Auflage sei unverändert. Es ist ja ein Buch, das aus meiner Empfindungsgeschichte stammt, so etwas kann man nicht verbessern. Für Dr. Bruderhofer ist das der Beweis, dass es kein Fach- und Sachbuch ist. Frau Dr. Breit dagegen bedankt sich jedes Mal dafür, dass sie wieder eins mitnehmen kann. Als sie's zum ersten Mal gelesen hat, hat sie gesagt: Sie machen uns mundtot!

Und Percy: Jetzt muss ich dich aber fragen, du hast Ewald Kainz von vorne gesehen, ihm ins Gesicht geschaut, zu mir hat er sich nicht ein einziges Mal hergedreht, also, Ewalds Augen. Augustin, was hat er für Augen?

Ich weiß, warum du fragst. Ich will nicht so tun, als hätte ich vergessen, dass du diesen Namen immer mit dir führst. Von dem, was du mir sagst, verliere ich nichts. Natürlich habe ich dich gerufen, weil dieser Patient Ewald Kainz heißt.

Percy: Endlich.

Der Professor: Wenn ich den treff', dem erzähl' ich was. Hast du gesagt. Jedes Mal, wenn du ihn erwähnt hast. Und du hast ihn oft erwähnt.

Percy: Mutter Fini kann Ewald Kainz nie erwähnen, ohne seiner türkisenen Augen zu gedenken. Sein Türkis-Blick, sagt sie immer.

Den du, massiv blauäugig, wie du bist, nicht hast, sagte der Professor.

Und Percy: Ein Beweis mehr, dass er nicht mein Vater ist. Und so morgenrote Haare wie ich hat er auch nicht. Also hab' ich meine Bürste nicht von ihm.

Der Professor: Such weiter.

Und Percy: Suchen liegt mir nicht. Finden schon. Bei dir gelernt.

Der Professor: Code Napoléon, Artikel 340: La recherche de la paternité est interdite.

Und Percy: Drehen wir Paulus an die Korinther um: Statt Haben, als hätte man nicht, Nicht haben, als hätte man.

Dann, der Professor: Percy, da, hinter dir, auf meinem Schreibtisch, liegen die Papiere, notariell vorbereitet, du müsstest nur noch unterschreiben, wenn du es erträgst, von mir adoptiert zu werden. Ich seh' dich erblassen. Also Papa will ich nicht genannt werden. Vater auch nicht. Alles bliebe, wie es ist, nur dass ich wüsste, du wärst mein Sohn.

Percy umarmte ihn. Dann sagte er: Ich werde es heute noch der Mutter schreiben. Sie wird sich, hoffen wir, freuen. Augustin! Und umarmte ihn noch einmal.

Längstes Schweigen.

Percy: Aber wenn die Mutter dagegen ist, lassen wir's.

Percy, sagte der Professor, ich habe bei dir gelernt, dass etwas weder der Fall noch nicht der Fall sein muss und trotzdem existiert. Jetzt deine Predigt vorletztes Jahr, Percy, es wird immer noch nach dem Text gefragt. Dem Leben zuliebe. Dass es den Text nicht gibt, wird mir vorgeworfen.

Wenn es ihn gäbe, würde es dir auch vorgeworfen, sagte Percy.

Predigt er wieder, wird gefragt.

Wenn, was er sage, Predigt genannt werde, rede er

nicht, sagte Percy. Kannst du jedem sagen, der nach dem Text fragt.

Das sag ich doch jedem, sagte der Professor. Wer einen Text verlangt, sage ich, der hat halt nichts gehört. Ich sage, dass Percy nur sagt, was der Augenblick ihm eingibt. Was er sagt, gibt es nur in dem Augenblick, in dem er es sagt. Wem es in diesem Augenblick nichts sagt, dem sagt es auch nichts, wenn er es nachher liest. So meine Rede.

Die ist vernünftiger, als ich es verdiene, sagte Percy.

Aber, sagte der Professor, jetzt das Geständnis des Heuchlers. So rede ich zu den Leuten, aber ich selber habe alles aufgeschrieben. Aus dem Gedächtnis. Dem Leben zuliebe. Ich habe das aufschreiben müssen. Mein Gedächtnis ist durch den Beruf so trainiert, dass ich eine 30-Minuten-Rede aufschreibe, ohne ein Wort auszulassen oder hinzuzufügen. Wenn du willst, geb ich dir den Text, und du machst damit, was du willst.

Führ' mich nicht in Versuchung, sagte Percy.

Ich zeig' ihn niemandem, sagte der Professor, glaub' mir, obwohl drei Patienten, zwei Frauen und ein Mann, unabhängig von einander zu mir gekommen sind, um mir den Text zu geben. Alle drei sagten, es sei ihnen unmöglich gewesen, was sie gehört hatten, nicht aufzuschreiben. Ich habe ihnen gesagt, dass ich, was du gesagt hast, auswendig könne, ich bräuchte nichts Aufgeschriebenes.

Und Percy: Ich glaube, ich bin jetzt in einer Verlegenheit.

Der Professor: Es wäre wieder Mai. Wie vor zwei Jahren. Viele möchten von auswärts kommen. Der Bibliothekssaal wird dafür sorgen, dass es nicht zu viele werden. Percy, ich nötige dich zu nichts. Mit der Fraktion Dr. Bruderhofer muss ich selber fertig werden. Und werde ich selber fertig werden. Frau Dr. Breit sagt, er nenne mich jetzt in der Ärzteversammlung Alter Knabe.

Das ist doch toll, rief Percy. Wunderbar ist das. Alter Knabe! Dein zeitloses, schicksalloses, erfahrungabweisendes, Gesichtszüge vermeidendes Gesicht! Ein Hauch von Entschlossenheit, sonst nichts. Alter Knabe, genauer geht's nicht!

Ja, ja, ja, sagte der Professor, aber in der letzten Ärztetafel, bevor er abreiste in die Ägäis, polemisierte er wieder gegen meine Patientenbeschäftigung. Die Patienten seien vor lauter Geißenmelken, Drehbänkelei und Chorgeblöke schon bald nicht mehr therapietauglich, aber ich, der Chef, wolle Scherblingen ja ohnehin zum Prämonstratenser-Kloster zurückschrauben, statt Lithium dona nobis pacem. Das zeigt, dass ich auf gutem Wege bin, Percy. Das Gelächter der versammelten Ärzte war eher dürftig. Aber dich wieder zu hören, Percy, würde mir guttun. Mir und allen, die aus Scherblingen ein Vorzimmer des Himmels machen wollen. Schluss jetzt damit. Du lässt es mich wissen, ob du sprechen willst.

Und dein Vorhaben, sagte Percy.

Als du das letzte Mal da warst, hast du nicht nach meinem Vorhaben gefragt, sagte der Professor.

Und Percy: Dann hast du gesagt: Also, von meinem Vorhaben willst du nichts mehr wissen.

Der Professor: Soll einer dem anderen sagen, wonach er gefragt werden will?

Mir käme das bürgerlich vor, sagte Percy.

Also?, sagte der Professor.

Jeder soll selber sagen, wonach er gefragt werden will, sagte Percy.

Frag mich, sagte der Professor, was die Bücher und Papiere dort auf dem Tischchen sollen?

Und Percy: Papiere und Bücher, alles sorgfältig hingelegt. Das Tischchen ist ihretwegen ins Zimmer gekommen. Der mehrfache Doktor forscht.

Der Professor: Mein Buch, entschuldige, mein Büchlein will die Reliquie verteidigen gegen ihre Erklärer. Dir gegenüber habe ich's angedeutet, dem Innozenz lang dargelegt. Ich habe nicht das Gefühl, dass ich meine Pflichten hier vernachlässige, wenn ich Auskunft gebe über ein historisches Dilemma.

Du hast Angst vor Dr. Bruderhofer, sagte Percy.

Der Professor: Er sammelt Material gegen mich. Es gibt schon ein Dossier. Wenn er das beim Regierungspräsidium einreicht …

Er hörte auf. Fing wieder an. Er habe jetzt einen Namen für sein Vorhaben gefunden, beziehungsweise der Name habe ihn gefunden, ein Name, der sein Vorhaben ganz enthalte, aber eben auf die Art, die allein diesem Vorhaben gemäß sei. Du kannst, wenn du in Zukunft wissen willst, wie es meinem Vorhaben geht, immer gleich fragen: Was macht Mein Jenseits.

Und was macht dein Jenseits, fragte Percy.

Du wirst es erfahren, sagte der Professor und stand auf. Jetzt zu den Akten. Scrutamini scripturas. Die Abhörprotokolle habe ich dir aufs Zimmer legen lassen. Ewald

Kainz wird immer wieder in unregelmäßigen Abständen angerufen. Von einer Frau. Von dieser Psychotherapeutin Dr. Silvia Schall, die ihn verlassen hat, oder von einer anderen Frau, von der wir nichts wissen. Auf irgendwelche Anrufe wartet er Tag und Nacht. Wie sie mit einander reden, na ja, du wirst es selber nachlesen.

Werde ich nicht, sagte Percy. Augustin, verzeih, ich will mir ihm gegenüber keinen solchen Vorteil verschaffen. Ich habe ihm, wenn er es zulässt, etwas zu erzählen. Was dann geschieht, müssen wir nicht wissen. Vor allem: Wir müssen es nicht planen.

Wenn ich dreißig Jahre jünger wäre, sagte der Professor, möchte ich dein Lieblingsschüler sein.

Percy: Dann ich der deine, dass ich alles, was du von mir hättest, bei dir lernte.

Jeder sah im Gesicht des anderen das Lächeln, das er selber hatte, also sah jeder im Gesicht des anderen sich selbst. Beide verneigten sich gleichzeitig und ein bisschen parodistisch vor einander. Der Professor sagte: Tu autem.

Das war immer die Schlussformel ihrer Liturgie. Der Professor hatte sie Percy erklärt: Tu autem domine, miserere nobis. Jedes Mal, wenn der Professor mit dieser Formel aus dem kirchlichen Stundengebet ihre Unterhaltung beendete, sah Percy im Professor den Abt, dem er dann theatralisch den Ring küsste, den dunkelgrünen goldgefassten Stein. Er küsste ihn nicht wirklich, sondern theatralisch. Und beide lachten. Der Professor natürlich weniger als Percy. Sie imitierten ein Lachen. Aber die Imitation riss sie dann doch beide hin.

Als Percy schon an der Tür war, rief der Professor noch: Nicht dass du's nötig hättest, aber wenn du Lust hast, dir die Haare schneiden zu lassen, Massimo ist noch zwei Wochen bei mir und legt im Wintergarten neue Fliesen. Als ich erwähnte, dass du wieder im Gelände bist, hat er gesagt, du seist überhaupt sein Lieblingskunde beim Haarschneiden. Und ich frag' natürlich, warum, und er: Keiner von denen, denen er die Haare schneide, könne ihm so glaubhaft sagen wie du, dass es nichts Angenehmeres gebe, als von ihm die Haare geschnitten zu bekommen.

Das stimmt, sagte Percy.

Dann komm bald mal abends, sagte der Professor.

In seinem Zimmer studierte Percy die Akte Ewald Kainz. Die Abhörprotokolle überblätterte er. Er würde sie morgen Augustin zurückbringen. Die Krankengeschichte überflog er. Ewald Kainz, geboren am 1. 1. 1947, dringt nachts im Ärztehaus in der Maurus-Betz-Straße in die Praxisräume der Psychotherapeutin Dr. Silvia Schall ein. Er hat die Schlüssel zu diesen Räumen. Er trinkt eine Flasche französischen Kognaks, überschüttet sich mit Benzin, legt sich auf die mit grünem Leder überzogene Couch, zündet sich an, verbrennt aber nicht, weil die Sprinkleranlage das Feuer löscht. Die Staatsanwaltschaft verzichtet zunächst auf die Erhebung einer Anklage wegen menschengefährdender Brandstiftung. Kainz wird dem PLK Scherblingen überstellt, Abteilung Forensische Psychiatrie.

2.

Am nächsten Tag klopfte Percy wieder, öffnete wieder, ohne dass Ewald Herein gesagt hätte, und sagte diesmal: Grüß Gott, Ewald.

Ewald lag auf dem Bett wie am Tag zuvor, aber er hatte heute die Schuhe an. Damit drückte er wohl aus, dass er mit Besuch gerechnet hatte.

Wenn Percy irgendwo eintrat, dachte er oft daran, wie leicht es sein Pfarrer Studer hat. Der sagt einfach, wenn er irgendwo eintritt: Gott segne meinen Eintritt.

Bevor Percy sich setzte, öffnete er das Fenster. Es war zwar erst Mai, aber schon heiß. Jetzt, bei geöffnetem Fenster, wirkten die Gitterstäbe vor dem Fenster sehr massiv.

Ewald stand auf und schloss das Fenster. Da der Tisch, an dem Percy saß, am Fenster stand, musste sich Ewald, um das Fenster zu schließen, dicht an Percy vorbeibeugen. Percy sah, dass Ewald ein Kettchen um den Hals trug. Was an dem Kettchen hing, sah er nicht. Aber dass die Brandnarbe am Hals hinab weiterging, sah er jetzt.

Dann lag Ewald wieder. Percy schwieg wieder ohne jeden Ausdruck der Geduld oder Ungeduld.

Er wusste nachher nicht, wie lange er diesmal bei Ewald gewesen war. Er hatte auf nichts gewartet. Er hatte gespürt, dass es genügte, an diesem Tisch ohne Tischdecke auf einem Stuhl zu sitzen und zu Ewald hinüberzuschauen. Ihm war das Bild eingefallen, zu dem der Professor ihn geführt hatte, als er das letzte Mal in Scherblingen gewesen war. In der Stiftskirche. Das erste der Bilder, die das Leben des heiligen Norbert erzählen. Von überall her, aus allen Städten und Ständen kommen die Menschen zu ihm, dem Ordensgründer. Aber einer sträubt sich. Den wollte ihm der Professor zeigen und dazu zitieren, wie die Legende diese Szene ausdrückt: Der sich mit Händen und Füßen sträubende Knabe. Bisher, sagte der Professor, habe noch niemand erklären können, was damit gemeint sei. Percy hatte, als sie die Kirche verlassen hatten, gesagt: Warum auch! Das genügt doch: Der sich mit Händen und Füßen sträubende Knabe. Der Professor war stehengeblieben und hatte gesagt: Du hast recht. Und Percy: Sag das nie mehr.

Aber warum es mich zu dem sich mit Händen und Füßen sträubenden Knaben zieht, habe ich dir noch nicht gesagt.

Sag's mir, sagte Percy.

Ich sag's dir, weil du alles wissen sollst, was mit mir zu tun hat, sagte der Professor. Mein Vorfahr, der Abt Eusebius, er war zweiunddreißig, als ihn die Compromissarii, die Wahlkommission des Konvents, das waren sieben von den neununddreißig Priestermönchen im Jahr 1774, als die Eusebius zum Abt wählten, hat er sich auf den Boden geworfen und hat geweint und seine Brüder angefleht, ihn nicht zu wählen. Aber sie haben ihn gewählt. Der sich mit Händen und Füßen sträubende Knabe, hatte Percy gesagt. Und dann wird alles Legende, hatte der Professor gesagt.

Ach, Ewald, dachte Percy jetzt, glaub' ja nicht, ich wolle dich fragen, warum du dich sträubst, mit mir zu sprechen. Ich weiß, du würdest, wenn du könntest, mit mir sprechen. Dass du mich als Stummen erträgst, ist schon eine Mitteilung. Das Scherblinger Schweigen.

Bevor Percy aufstand, sagte er: Bis morgen, Ewald. Ach ja, sagte er dann noch, das Haus akzeptiert, dass du dich von deinen Motorradmännern verpflegen lässt. Die müssen nicht mehr den armen Pförtner zwingen, die Schranke zu heben, es genügt, was sie für dich bringen, dem Pförtner zu übergeben, dann wird es dir sofort serviert. Bis morgen, Ewald. Und ging.

Auf dem Weg von der *Burg*, in der die untergebracht waren, die noch mit einem Gerichtsverfahren zu rechnen hatten, zum Brunnen wurde Percy förmlich überfallen von einem dürren langen Kerl, an dem kein Haar mehr war. Der führte ein paar tänzerische Bewegungen auf, die damit endeten, dass er sich irgendwie in sich selbst verschlungen vor Percy auf dem Boden befand. Ein einziger Körperknoten, aus dem nur noch zwei Hände herausragten, die mit einander einen Brief hielten. Ein nicht mehr sichtbarer Mund sagte: Carissimo Corte Schlugen und Sledge, cocco mio, all of us, that's to say all inmates who have to participate in the Arbeitstherapie, have got to know, that once more Corte Schlugen und Sledge will visit the State House of Infirmity, so all signed tutte le lettere which I wrote con la stessa pazienza, e le Sozialdienst wird mich nicht bestrafen, vous pouvez vous entretenir avec lui, I mean the neonazi, Wurzelsepp. Dear sweetheart, the neonazi keeps shouting: Die Rente gehört uns,

uns, uns allein, ihr habt gefaulenzt, auf dem Theater rumgehurt. You know, how the nazi-pig behaves, he still is dreaming of those fabulous times, when he could send us to Grafeneck, now he had to switch to Arbeitstherapie, lasciatemi morire, you know. Non si devono dimenticare i contributi pagati fra il 1955–1977. Auguri.

Jetzt schwieg der Mund. Percy nahm den Brief und sagte Danke. Da entwirrte sich der Körperknäuel, und wie von einer Feder geschnellt flog der Körper in die Luft, und mit rudernden Armen rannte der Hagere davon, stoppte noch einmal und schrie: Don't listen to Dr. Bruderhofer. When I started to tell him about the neonazi's Pensionsterror he wouldn't even listen to me. After all, the slags from the AOK must know better. Ask them. Oui, la PENSION! Ce que je pourrais lire dans les journaux sur ce sujet sont des mensonges nudes. Adieu, Altesse, adieu. Votre Serviteur Harry Strawinski. Dann ging er langsam und mit hängendem Kopf, hängenden Armen zwischen den Bäumen davon. Percy ging ihm nach. Eigentlich ging er einfach auch vom Weg weg unter die hohen alten Bäume, die dafür sorgten, dass man vom neuesten PLK nie zwei Gebäude auf einmal sah. Percy wollte vermeiden, dass sich Harry verfolgt vorkomme. Er ging in die gleiche Richtung, aber nicht hinter ihm her. Als er etwas seitlich von Harry war, blieb er stehen und sagte: Harry.

Harry sah herüber, blieb stehen und kreuzte seine Arme vor der Brust. Percy ging hin, zog den Fünfzigeuroschein heraus, den er immer griffbereit in seiner Tasche hatte, weil Pfarrer Studer gesagt hatte, er stecke, wenn er in die Stadt gehe, immer einen Fünfzigerschein in die Tasche, man wisse ja nie, ob nicht irgendwo so ein Schein fehle. Den zog er heraus und hielt ihn Harry hin und sagte: Mir musst du nicht sagen, wie unwürdig es ist, dass Harry Strawinski um seine Rente kämpfen muss. Andererseits ... Andererseits gibt es nicht, sagte Harry rasch, aber doch eher leise. Aber Percy fuhr im gleichen Ton fort: ... wärst du, wenn du den Schein da nimmst, um fünfzig Euro reicher als ich. Tu mir diesen Liebesdienst. Es würde mein Weltbild kitten, wenn ich wüsste, Harry Strawinski ist um fünfzig Euro reicher als ich. Krankmachend ist die Vorstellung, ein Harry Strawinski sei um fünfzig Euro ärmer als ich.

Strawinski nahm den Schein, steckte ihn in die Tasche und sagte: Ich tu gern etwas für einen, der mir sympathisch ist. Je t'embrasse! Croyez à toutes mes sentiments. Verneigte sich tänzerisch und ging. Und blieb noch einmal stehen, kam sogar noch einen Schritt näher und sagte: Was du alles machst mit mir. Das sagte er mit einer ganz anderen Stimme.

Bitte, sagte Percy, wo ich hinkomme in Scherblingen, hör' ich, man möchte tanzen lernen bei Harry. Harry kam rasch auf Percy zu, blieb dicht vor ihm stehen und sagte: Gelogen. Percy sagte ganz hell und hoch: Erfunden!

Harry: Das freut mich, Baron.

Percy: D'accord, Harry.

Harry verneigte sich tänzerisch und ging.

Percy zögerte nicht, sich genau so tänzerisch zu verneigen und genau so tänzerisch zu gehen. Bei ihm sah das aus, als wolle er seine Füße fortwerfen. Und es beflügelte ihn. Das wiederum durchströmte ihn, den doch die Mutter flügellos nannte, mit Wohlgefühl. So über den Platz und um den Hauptbau, den die stuckgefassten Fenster nie langweilig werden ließen, und von vorne hinein in den Mittelbau, hinauf im Bogenschwung auf der Zeit lassenden Treppe, begrüßt von den Reichsprälaten, und oben an weiteren Äbten vorbei, vorbei an Benignus, Bonaventura, Amandus, Eusebius, Tiberius, Ignatius, Benedictus, Didakus, Magnus. Und die hießen ja, da sie allesamt aus der Gegend, meist von kleinen Höfen, kamen, auch noch Ströbele, Örthle, Bauschmid, Stadler, Emele u. s. w. Vor zur Tür aller Türen, zur Prälatur, jetzt: Prof. Dr. Dr. Augustin Feinstlein. Drinnen Musik. Dem entsprechend die Tür geöffnet, auf dem Polsterstuhl Platz genommen und zugehört. Die Frauenstimme hat praktisch nur ein Wort. Mit diesem Wort fliegt sie in jede Höhe. Und landet vollkommen unmerklich, das heißt weich, und zieht, wieder nur mit dem Wort benedictus, hinauf, höher hinauf, als man es sich überhaupt vorstellen kann, man wird mitgerissen, hinaufgerissen in den Jubel dieser absoluten Höhe, ein winzig feines Tirilieren, danach kann man auch wieder atmen. Das hundertfache Benedictus endet.

Percy erstattete Bericht. Er sei weitergekommen. Das Scherblinger Schweigen erfolgreich praktiziert. Daran, dass er weitergekommen sei, gebe es keinen Zweifel. Ewald Kainz lässt mich zu.

Der Professor: Er habe gewusst, es sei richtig, für diesen Fall Percy zu rufen. Das heißt, er hätte Percy hergebeten, auch wenn der Patient nicht Ewald Kainz geheißen hätte. Aber dann hieß der auch noch Ewald Kainz. Auch wenn, wie er hundertmal erfahren habe, das Land zwischen Donau und Bodensee ein einziges Dorf sei, aber dass ihm ein Ewald Kainz in Scherblingen eingeliefert werde, der beschuldigt wird des vorsätzlichen Inbrandsetzens von Räumlichkeiten, welche zeitweise dem Aufenthalt von Menschen dienen, das sei mehr, als selbst in diesem Oberland-Dorf wahrscheinlich genannt werden dürfe.

Ich darf mich wundern, sagte Percy. Über dich, Augustine! Wahrscheinlichkeit! Seit wann gebrauchst du solche Wörter. Ich habe geahnt, dass Ewald Kainz eines Tages erscheinen werde.

Halt mir, bitte, eine Vorlesung über Ahnung und Wahrscheinlichkeit, sagte der Professor. Du warst zwei Jahre lang nicht da, Percy, bitte, bedenk das!

Dass unsere Ahnungen klüger sind als das, was wir bloß wissen, muss ich dir nicht sagen, sagte Percy.

Aber ich hör' es so gern von dir, sagte der Professor.

Percy sagte: Woher wissen die Leute auf dem Klinikgelände, dass Percy wieder da ist?

Von mir nicht, sagte der Professor.

Und Percy: Sie erwarten mich. Gestern Friedlein Vogel. Heute Strawinski. Der überreicht mir wieder einen Brief.

Dreisprachig, sagte der Professor.

Viersprachig, wenn du Deutsch dazunimmst.

Das er nicht mehr in den Mund nehmen kann, weil es die Sprache der Nazis war, sagte der Professor. Deutsch sind nur noch die Verwaltungsfloskeln, die er braucht, weil er um seine Rente kämpft, um die er sich betrogen fühlt. Und wir sollen solche Menschen krank nennen.

Und Percy: Weil wir ihre Einbildungen nicht für real halten können, nennen wir sie krank. Sie hören doch die Stimmen wirklich. Unsere Weigerung, an ihre Stimmen zu glauben, erbittert sie zu Recht.

Der Professor: Frau Strauch! Ich hatte den Verdacht, Dr. Bruderhofer habe ihr gegenüber das Wort schizophren gebraucht, dann sie: Nein, Herr Dr. Bruderhofer habe nie zu ihr gesagt, sie sei schizophren, aber ihre Stimmen sagen ihr, dass Herr Dr. Bruderhofer gesagt habe, sie sei schizophren.

Die sind uns voraus, sagte Percy.

Deine Schlafsacktherapie wird inzwischen zitiert, sagte der Professor. Und nicht nur ironisch. Und ich habe dich praktiziert, sagte Percy, Strawinski als Ballettmeister und Tanzlehrer für alle. Gleich hier im Kapitelsaal. Das passt doch. Und Strawinski fühlte sich geschmeichelt. Ich will auch teilnehmen an diesen Tanzstunden, ich verspüre ein Bedürfnis nach mehr als zweckdienlicher Bewegung.

Der Professor rief: Medice, cura te ipsum.

Und Percy: Medicus nihil aliud est quam animi consolatio.

Bevor der Professor lateinisch weitermachen konnte, sagte Percy, jetzt müsse er doch noch etwas sagen, was er seinerseits für seine Pflicht halte. K VII drüben.

Die *Burg*, sagte der Professor.

Genau, sagte Percy. Als Pflegeschüler und auch als Pfleger habe er nie mit dem forensischen Trakt zu tun gehabt. Jetzt aber K VII, die Burg, eine elektronische Schleuse von Beton zu Beton, und durchleuchtet, schlimmer, als wenn du ins Flugzeug willst. Und wenn du endlich drinnen bist, noch ein rührendes Schlüsselchen. Augustin, das ist deiner nicht würdig.

Dr. Bruderhofer, sagte der Professor. Der kam direkt aus Haar nach Scherblingen und hat das mitgebracht. Heißt Innovation.

Und du machst das mit, sagte Percy.

Und der Professor: Die Insassen der Burg haben Paragraph 63 oder sind kurz davor. Gemeingefährlich. Wenn einer hinauskommt und richtet was an …

Er hörte auf. Percy sagte: Ewald Kainz muss da raus. Den Schlafsack kann ich dadrin nicht probieren.

Sie schwiegen. Dann sagte der Professor: Tu autem.

Die Schlussformel. Noch der gespielte Ringkuss, und Percy konnte gehen.

3.

Am siebten Tag der Percy-Besuche lag Ewald wie am ersten ohne Schuhe auf dem Bett und zog auch, solange Percy da war, seine Schuhe nicht an. Das konnte heißen, dass er Percys tägliche Anwesenheit nicht mehr erlebte wie am ersten Tag. Er wusste, Percy würde kommen, seinetwegen würde er nicht mehr in die Schuhe schlüpfen. Percy konnte jetzt sprechen. Und als er anfing, wirkte das, als antworte er auf alles, was zwischen ihnen vorgegangen war. Nur dass du Bescheid weißt, sagte er. Was ich dir sage, habe ich von ihr. Dass ich es dir sage, ausgerechnet dir, das kann noch verständlich werden.

Percy machte eine Pause. Ewald würde das nicht für eine Aufforderung halten, etwas zu sagen. So viel Verständnisnähe hatte sich gebildet zwischen ihnen. Dann sprach er plötzlich weiter. Seine Mutter heiße Josefine. Sei geboren in Gellnau. Das liegt zwischen Apflau und Leimnau. Im Argental. Gerade noch am Hang. Dass er Josefine auf der ersten Silbe betone, sei gegendgemäß. Ihm gegenüber hieß es immer: Ich bin deine Mutter Josefine. Damit hat sie darauf reagiert, dass sie, auch gegendgemäß, nur Fini genannt und gerufen wurde. Auch von ihm: Mutter Fini. Dass sie am 19. März geboren ist, versteht sich jetzt, auch gegendgemäß, von selbst. Das war im Jahr 1937. Er sei dann von ihr 1977 geboren worden.

Spät im Jahr. Im Marienhospital. Fast hätte er gesagt: Natürlich im Marienhospital. Also in Stuttgart. Und sie hat ihm, dem Drei- oder Vierjährigen, vorgelesen, was sie an jeden Bundespräsidenten und an jeden anderen nach ihrer Meinung in Frage Kommenden geschrieben hat, dass nämlich die Familie Schlugen adelig gewesen sei und dass ihr endlich dieser Titel zurückgegeben werden müsse. Sie stellt umständlich dar, durch welche historischen Ereignisse und Nachlässigkeiten ihrer Familie der Adelstitel abhandenkam. Den Kampf um den Adelstitel habe Mutter Fini erst eröffnet, als er, Percy, geboren worden war. Ihm glaubte sie, den Titel schuldig zu sein. Da lebten sie in einer Zweizimmerwohnung in Stuttgart, in der Metzstraße. Er sei noch nicht drei gewesen, da habe sie ihn gelehrt, das Alphabet von hinten genau so schnell aufzusagen wie von vorn. Als er sie später gefragt habe, warum das, habe sie gesagt: Dass du etwas kannst, was nicht jeder kann.

Sie war auf dem Schlugen-Hof in Gellnau im Argental als fünftes Kind zur Welt gekommen. Einmal – der Vater war schon tot – brannte der heimatliche Hof ab. Hochwinter, die Feuerwehr blieb im Schnee stecken. Alle Kühe tot. Berthold, der älteste Bruder, wurde geizig. Er verjagte alle Geschwister vom Hof. Seiner Mutter entzog er den monatlichen Unterhalt von zehn Mark, als er merkte, dass sie dafür Messen lesen ließ für ihren früh verstorbenen Mann und einen im Krieg gefallenen Sohn. Von ihm, sagte Berthold, bekomme der schwarze Rabbiner keinen Pfennig. Mutter Fini verschlug es dann nach Tettnang, zur Schneidermeisterin Bentele, die schon zwei Lehrmädchen hatte. Josefine sollte im Haus wohnen. Frau Bentele wollte das. Sie bugsierte Josefine in das kleine Zimmer, in dem man sich kaum bewegen konnte, weil da auch noch ein lederbezogenes Sofa stand, das, wie Frau Bentele sagte, der Großvater ihres Mannes im Siebzigerkrieg erbeutet hatte. Immer wenn ihr Mann das gesagt habe, fügte er noch dazu: in Frankreich, genauer gesagt: in Metz. Frau Bentele sagte, Josefine habe leider Glück gehabt. Bis letzten Samstag sei das Hugos Zimmer gewesen, zweiundzwanzig, bei der ZF und dann, in der Nacht von Samstag auf Sonntag, mit seinem Motorrad in die Argen, tot. Und zeigte auf ein großes, gerahmtes Foto, das Hugo in der ledernen Motorradkluft zeigte, den Helm unterm rechten Arm. Frau Bentele starrte das Bild so an, dass nichts anderes übrigblieb, als das Bild auch anzustarren. Tatsächlich merkte Josefine erst jetzt, dass sie es versäumt hatte, das, was da passiert war, zu erleben. Die Verlobte von Hugo werde das Bild holen, so lange könne es doch da hängen. Josefine nickte heftig. Sooft sie jetzt das Bild sah, ansah, daran vorbeisah, dachte sie: zweiundzwanzig, mit dem Motorrad nachts in die Argen.

An Weihnachten fuhr sie mit dem Omnibus hinüber nach Gellnau. Sie fand die Mutter in der unheizbaren Dachbodenkammer als ein wimmerndes Bündel. Sie wickelte die Mutter in zwei Decken. Gegen den Gestank war nichts zu machen. Als sie sich bei ihrem Bruder beklagte, sagte der: Du kannst sie mitnehmen, die alte Loos. Loos ist das gegendgemäße Wort für Mutterschwein. Sie nahm sie mit nach Tettnang.

Der große, grobe Bruder redete daher, wie früher die Mutter auch geredet hatte. Der Vater nie. Kein Satz des Vaters hatte sie je verletzt. Aber oft genug Sätze der Mutter.

Jetzt sollte die Mutter in Finis Bett schlafen, sie selber bettete sich auf das harte Ledersofa aus Frankreich, genauer gesagt: aus Metz. Peinlich war ihr, dass sie die Lehrmeisterin fragen musste, ob die Mutter für kurze Zeit bei ihr im Zimmer bleiben dürfe. Frau Bentele könne ihr dafür fünf Mark vom Lohn abziehen. Frau Bentele hatte sie gern, das hatte Fini gemerkt. Einmal sagte sie, so eine Tochter hätte sie sich gewünscht. Wenn eine Kundin gelegentlich nach ihrer Tochter fragte, rannte Frau Bentele hinaus, kam dann zurück und tat, als sei nichts gewesen. Finis Arbeit lobte sie so, dass es Fini wegen der anderen zwei Mädchen oft unangenehm war. Die waren ja schon im zweiten und dritten Lehrjahr und mussten sich vorhalten lassen, dass Fini schon besser zuschneide als sie.

Zu Anproben, die in dem erstickend feierlichen Wohnzimmer stattfanden, holte sie immer Fini herüber, nicht die zwei anderen. Sogar zu Vorbesprechungen mit anspruchsvollen Kundinnen wurde Fini gerufen, seit sie für den Ausschnitt des türkisfarbenen Abendkleids der Frau Baronin – das war die anspruchsvollste Kundin überhaupt – einen Hohlsaum vorgeschlagen und den auch selber unübertrefflich gut und schön gemacht hatte. Unsere Hohlsaum-Künstlerin, so wurde sie Kundinnen, die sie noch nicht kannten, vorgestellt.

Die Schneiderei war von Frau Benteles Mann gegründet worden. Das Bild des Schneidermeisters Bentele hing in jedem Raum. Von jedem Bild schaute er jedem, der ihn ansah, mit leicht gesenktem Kopf höchst kritisch entgegen. Unter der Nase hing dieses berühmte Bärtchen. Benteles Haus lag an einem steil eingeschnittenen Bachbett. Das Anwesen reichte bis zum Bach hinab, und der Bach floss noch eine Zeit lang durch die Bentele'sche Wiese. Herr Bentele hatte Ziegen gehabt. In dem Stall standen jetzt die Fahrräder. Auch was der verunglückte Hugo für sein Motorrad gebraucht hatte, lag und hing noch herum.

Garten umgraben, Heu machen, Kirschen pflücken, alles, was ums Haus herum zu tun war, war den Lehrlingen aufgetragen. Da die Lehrherrin Zimmer vermietete, waren auch die Zimmerherren aufgefordert, sich in dieser kleinen Landwirtschaft nützlich zu machen. Einmal ist ein Zimmerherr Fini, als sie Kirschen pflückte, in den Kirschbaum nachgeklettert. Einmal hat er sie, als sie von der Berufsschule heimging, ins Café eingeladen und hat auf sie, die kein Wort herausbrachte, eingeredet. Er war doch Studienrat, und sie hielt sich, obwohl sie in Gellnau die Musterschülerin ihres Lehrers gewesen war, für eine dumme Gans. So nannte sie sich auch selber. Allerdings in der Hoffnung, es werde ihr widersprochen. Jedenfalls war es fast schon dunkel, als sie mit dem Studienrat zum Haus kam. Der Studienrat sagte, sie könnten doch noch an den Bach hinunter- und am Bach entlanggehen. Er höre so gern den Bach rauschen, sagte er. Bis zu diesem Augenblick hatte sie den Bach nicht gehört. Jetzt hörte sie ihn auch. Sie sagte aber, dass sie, was sie da glucksen höre, nicht rauschen nennen würde. Sondern, fragte der Studienrat. Glucksen, sagte sie. Der Studienrat war begeistert. Bitte, sagte sie, ich bin über der Argen drüben aufgewachsen, in Gellnau, die Argen, die rauscht. Der Studienrat blieb stehen, stellte sich vor sie hin, umfasste sie, drückte sie an sich hin und zitterte. Dann stöhnte er. Fini erschrak. Sie wusste nicht, was sie tun sollte, weil sie nicht wusste, was dem Studienrat fehlte. Der war mindestens doppelt so alt wie sie. Sie konnte weder etwas sagen, noch etwas tun. Sie musste warten, bis es dem Studienrat wieder besserging. Dann aber rasch zurück. Die Mutter jammerte, schimpfte, prophezeite ihr eine grauenhafte Zukunft, wenn sie so weitermache.

Dass Männer, auch viel jüngere, sogar gleichalterige, wenn sie mit ihr in Berührung kamen, zu zittern begannen, wurde für Fini zu einer Erfahrung. Wenn sie mit ihren Freundinnen am Wochenende in den Bären zum Tanzen ging, kam es vor, dass der Bub, mit dem sie tanzte, bei ruhigeren Rhythmen anfing zu zittern. Sie wagte nicht, diese Erfahrung mit einer Freundin zu besprechen, weil sie fürchtete, sie werde dann für eine Angeberin gehalten. Ihr war dieses Zittern eigentlich sympathisch. Sie spürte das als ihre Wirkung.

Fini hatte sich ein kleines Radio gekauft. Auf dem Schlugen-Hof hatte es so etwas nicht gegeben. Die Mutter schimpfte auf sie ein, weil sie ihre Zeit verschwende, aber sie verehrte den Apparat, sie drehte an den Knöpfen und wurde gefangen genommen von dieser Radiowelt, wie sie noch von nichts anderem gefangen genommen worden war. Die Musikschmeicheleien, die Schlagzeugmassagen, diese sie einfach mitschleifenden Tanzorchester! Wo hatte sie denn gelebt! Gellnau, Pfarrer, Lehrer, dumme Gans! Und geriet in eine Sendung mit Stimmen, wie sie noch keine gehört hatte. Weder der Pfarrer in der Gellnauer Kirche noch der Lehrer, kein Mensch hatte je so gesprochen, zu ihr gesprochen. Dass diese Stimmen zu ihr sprachen, war gar nicht zu bezweifeln. Als die Sendung zu Ende war, wurde gesagt, das sei von Johann Wolfgang von Goethe die Iphigenie gewesen. Am nächsten Tag rannte sie in der Mittagspause in die Stadt, fand die Stadtbücherei, fragte nach der Iphigenie von Goethe und erfuhr, die Stadtbücherei habe Goethes Werke nur in einer alten Ausgabe, die zu kostbar sei, um ausgeliehen zu werden. Aber Josefine Schlugen durfte von da an jeden Sonntag nach der Kirche zwei Stunden in die Bücherei kommen und am Schreibtisch der Leiterin auf mitgebrachtes Papier die Iphigenie abschreiben. Als sich ihre Lehrzeit dem Ende näherte, hatte sie die Iphigenie in schöner Reinschrift auf ihrem Papier. Dass Fini sich dann im Zimmer abends die Iphigenie halblaut vorlas, nicht nur einmal, sondern unzählige Male, brachte ihre Mutter allmählich zur Verzweiflung.

Die Mutter sah Fini in höchster Gefahr. Fini sollte die Meisterprüfung ablegen und dann eine eigene Schneiderei gründen, weil Schlugens nicht zum Angestelltsein auf die Welt kommen. Und jetzt das! Statt zu nähen, zu stricken, zu sticken, diese Leserei! Die Mutter bereitete eine Gegenaktion vor. Gegen Lesen hilft nur Heirat. Sie durchsuchte die Zeitung *Heim und Welt* nach Heiratsannoncen und legte Fini dann die Kandidaten vor, die sie für zukunftsträchtig hielt. Für Fini war's ein Spiel, an dem sie sich gern beteiligte. Ihre Ablehnungen waren immer Ablehnungen des Wortlauts. So, wie es da stand, wollte sie nicht angesprochen oder gar verlockt werden. Sie hatte die Iphigenie im Kopf: Heraus in eure Schatten … und so weiter. Aber dann stieß sie selber auf einen Text, der sie sofort anzog. Da stand:

Mir ist schon viel passiert, aber noch nicht das Richtige. Wenn Du mich verstehst, schreibst Du mir.

Der Mutter fehlte in dieser Annonce das Wichtigste: Alter, Beruf, Ernsthaftigkeit!

Fini schrieb in dem Ton zurück, der ihr aus dieser Annonce entgegenkam. Sie wollte diesen Ton übertreffen.

Mir ist noch nichts passiert. Ich erwarte alles.

Es antwortete ein Hugo Schwillk. Er setzte diesen direkten Ton fort, Fini schrieb genau so direkt zurück. Und dass der auch noch Hugo hieß, wirkte wie ein Blitzschlag, der ihr ganzes Leben erleuchtete, als wäre es eine Landschaft. Sie kam sich geleitet vor. Ihr konnte nichts passieren. Sobald sie im Freien war, pfiff sie, sang sie. Sie jubilierte.

Du bist die Richtige, schrieb der zurück.

Und wenn ich eine dumme Gans bin, schrieb sie.

Eine dumme Gans weiß nicht, dass sie eine ist.

Du bist der Richtige, schrieb sie.

Sonst noch was, schrieb er.

Nebensachen unerwünscht, schrieb sie.

Weil Du die Hauptsache bist, schrieb er.

Tu nicht so, Du weißt genau, dass Du die Hauptsache bist, schrieb sie.

Die Hauptsache, schrieb Hugo, das hat sich jetzt herausgestellt, sind wir, Du und ich.

So ging es zu zwischen den beiden. Die Mutter kam nicht mehr mit. Es ging ihr ohnehin jeden Tag schlechter, und eines Morgens schaute sie, als Fini sie, wie immer, zart wecken wollte, mit starrem Blick an Fini vorbei. Sie war tot.

Zu der Beerdigung in Gellnau kamen alle Geschwister. Fini hatte sich aus einem alten schwarzen Kostüm ihrer Meisterin ein fast freches schwarzes Kostümchen gemacht. Sie taillierte die Jacke extrem und passpoilierte sie mit einem gleißenden Seidensaum. Ihre Brüder merkten nichts, aber ihre Schwestern waren neidisch. Nur die Zweitjüngste, Agathe, die in München in einem Hotel arbeitete und sich nebenher auf das Abitur vorbereitete, war zu Fini so lieb wie Fini zu ihr. Dem großen, groben Berthold trug Fini den grausamen Satz, den er über die Mutter gesagt hatte, nicht nach. Als der Pfarrer in seiner Grabrede den früh verstorbenen Mann der Mutter erwähnte, wurde seine Rede interessanter. Der Schlugenbauer sei ein Mann, ein Christ aus dem edelsten Holz gewesen.

Da kam die Stunde zurück, sie am Bett des kranken Vaters, nur noch sie wollte er bei sich haben, seine Frau nicht, keines der Geschwister, nur Fini, seine Jüngste.

Du schaffst es, hat er gesagt. Das musste sie mehr von seinen Lippen ablesen, als dass es noch zu hören war. Der Brief, hatte er noch gesagt, in der Kammer.

Sie war fünfzehn gewesen. Dass ihr Vater sterben würde, war immer unvorstellbar gewesen. Jetzt sah er schlimm aus. Der Schweiß lief ihm durchs verwüstete Gesicht.

Du schaffst es, hatte er gesagt. Das hatte er doch gesagt. Und einen Brief hatte er erwähnt. Die Mutter, die wusste, dass der Hof, wenn sie nicht ununterbrochen das noch Brauchbare vom Überflüssigen schiede, in Kürze im Unrat versinken würde, hatte nach dem Tod des Vaters alles, was nicht mehr wichtig war, verbrannt. Wichtig waren nur Rechnungen, bezahlte und unbezahlte.

Fini war sofort nach den auffallend gut bestandenen Prüfungen nach Stuttgart gezogen, hatte in Stuttgart-Wangen bei einem Rentner-Ehepaar ein Zimmer gefunden, das Zimmer eines tödlich beim Segelflug verunglückten Sohns. Als ihr Frau Lechleitner das Zimmer zeigte und tapfer aussprach, was ihrem Sohn Hugo, vierundzwanzig, vor zwei Monaten passiert war, griff Fini mit beiden Händen nach Frau Lechleitners Händen und konnte diese Hände nicht mehr so schnell loslassen. Sie dachte an Tettnang. Hugo, zweiundzwanzig, in die Argen. Hugo, vierundzwanzig, mit dem Segelflugzeug. Hugo, zweiunddreißig, ein Brief schöner als der andere. Was stand ihr bevor? Der barsche Bruder Berthold hatte jetzt auf einen Hof in Duznau geheiratet. Ein paar Kilometer droben im Wald. Die Heimat hatte er verkauft. Die hatte sie nicht mehr. Du schaffst es, hatte der Vater gesagt. Hatte der Vater nicht auch noch gesagt: Du bist geleitet? War das nicht früher? Auf der Wallfahrt nach Zurzach zum Gnadenbild der Maria vom guten Rate? Oder noch früher vor dem Maria-Hilf-Bild auf dem Welschenberg? Du bist geleitet. Sie hätte es nicht bewahrt, wenn sie es nicht erlebt hätte. Das Kind, das der Mutter in den Ausschnitt greift. Die größtmögliche Zärtlichkeit.

Und in Stuttgart gleich am ersten Abend die neue Adresse nach Köln gemeldet, dann ängstlich gewartet auf eine Antwort, weil sie es sich nicht vorstellen konnte, wie die Post sie mit Hilfe dieser mageren zwei Zeilen finden sollte. Aber die Antwort kam. Hugo freute sich, dass sie einander jetzt gute zweihundert Kilometer näher waren. Die Briefe gingen hin, kamen her, wie eh und je. Fini hatte einfach nicht gewusst, was einem alles einfallen kann, wenn man darauf angewiesen ist, einen Menschen, den man eigentlich zum Streicheln nah haben müsste, spüren zu lassen, wie sehr er einem fehlt. Hugo sagte genau so deutlich, wie sie ihm fehle. Jeder Brief wollte den anderen übertreffen.

Immer morgens um halb sieben fuhr sie mit der Straßenbahn, die sie, wenn die um die Kurve bog, auch nachts hörte, in die Schwabstraße. Atelier Konetzni. Acht gut ausgebildete Schneider und Schneiderinnen arbeiteten da unter der unendlich geduldigen Anleitung von Herrn Konetzni. Tonino Konetzni. Mit Nieten geb ich mich nicht ab. Sein Wahlspruch. Nur Einserschüler. Und sie war jetzt die Kollegin dieser fabelhaften Schneiderinnen und Schneider. Lauter Geheimräte. Etwas anderes fiel Fini zu diesen Atelieristen nicht ein. Geheimrätinnen und Geheimräte. Und ein Prinz. Hieß Arthur. Tonino Konetzni wusste alles, konnte alles, machte alles, verstand alles. Noch nie hatte sie solche Hände gesehen wie die von Tonino. Da wusste sie, sie hatte bis jetzt nur Pratzen gesehen. Ausgenommen die Hände ihres Vaters. Und Toninos Haare, Haare in Wellen bis auf die Schultern. Und wie das zusammenpasste, die langen herunterfließenden

Haare und diese langen Finger! Das waren Hände wie extra Lebewesen. Die waren einfach intelligent. Deshalb konnten sie auch alles, was man mit Nadeln und Scheren überhaupt können konnte.

Dass Tonino die männlichen Kollegen den weiblichen vorzog, war unübersehbar. Prinz Arthur, so jung wie Fini, war sein Liebling. Freimütig gestand er vor allen anderen, er werde Arthur lieben, auch wenn der es nie schaffen werde, ein Knopfloch richtig zu säumen. Was ist schon ein Knopfloch, rief er dann und lachte auf eine Art, dass Fini lieber weggehört hätte. Ihr braucht da gar nicht so schamlos zu grinsen, rief er dann seinen Angestellten zu, ich bin Arthurs warmer Bruder, er ist es, an dem ich mein Wohlgefallen habe, mitten in dieser Welt der kalten Bauern, gell, mei Arthürle.

Arthur, der sonst sehr blass war, wurde dann immer ganz rot. Und er schaute Fini so an, dass Fini sofort wegschauen musste. Sie hatte das Gefühl, der zittere jetzt. Sie vermied es, mit Arthur zusammen aus dem Haus zu gehen. Wegen Tonino. Und ihretwegen.

Fini fragte Tonino, wo die Stadtbücherei sei. Das wusste er, er hatte früher selber dort Bücher entliehen. Fini verbrachte ihre freie Zeit jetzt im Lesesaal und nahm mit, so viel sie mitnehmen durfte, und las und las und las.

Zuerst einmal nur Hesse. Dann, auf Rat der Bibliothekarin, Rilke. Gedichte! Die schrieb sie abendelang ab. Frau Lechleitner, die sparen musste, sagte, das Licht nicht die ganze Nacht brennen zu lassen, wäre bei den heutigen Strompreisen schon ratsam. Herr Lechleitner baute im Vorgärtchen selber Tabak an und bearbeitete den, bis er daraus Zigaretten drehen konnte. In der Wohnung herrschte der Geruch der von Herrn Lechleitner gedrehten und gerauchten Zigaretten. Ihr kleines Radio hörte Fini unter der Bettdecke. Sie merkte allmählich, dass alles zusammengehörte, die Bücher, das Radio, Tonino, Arthur, Herr und Frau Lechleitner und die irrsinnig interessanten Menschen jeden Morgen in der Straßenbahn. Das war überhaupt ein Märchen, die Straßenbahn. Ihr Geklingel, wenn ihr etwas in den Weg kam, ihr Quietschen beim Bremsen, ihr Gekreische in den Kurven. Das hörte Fini am liebsten, dieses Gekreische in den Kurven. Als kreischte sie vor lauter Lust und Freude; aber einen Schmerz hörte sie auch in dem Kreischen. Und um sie herum saßen und standen die Leute, die auch zuhörten, wie es der Straßenbahn ging auf ihrer Fahrt von Stuttgart-Wangen in die Stadt hinein. Die saßen doch, als lauschten sie einem Konzert. Und das andauernde Aussteigen und Zusteigen der Leute war auch fabelhaft. Und wie verschieden von einander die alle waren. So viele Menschen und jeder ganz anders. Das war doch unglaublich. Verglichen mit den Leuten hier hatten in Gellnau alle einander gleichgesehen. Und in Tettnang auch. Manchmal merkte sie, dass es einem oder einer Angeschauten nicht recht war, so gründlich angeschaut zu werden, dann musste sie rasch wegschauen.

Aber Tonino! Seit ihr Vater sie hatte an sein Bett kommen lassen, weil er in ihrer Gegenwart sterben wollte, war sie nicht mehr so erschrocken wie jetzt, als Tonino alle bat, nicht mehr weiterzuarbeiten, jetzt sofort ein kleines Fest beginnen zu lassen, eine Finisage. Seine Finisage nämlich. Weil sie von Anfang an die war, die, als die dumme Gans, immer, wenn sie etwas nicht wusste, ungeniert fragte, fragte sie auch jetzt, was Finisage heiße.

Tonino küsste sie auf die Wange und sagte ihr, was zu sagen war, ganz mild, liebevoll: wie zu einem Kind. Er sei unheilbar. Angesteckt. Im Urlaub. In Tanger. Eine afrikanische Krankheit. Weil Gott gegen Schwule ist. Hat ja recht.

Tonino hatte schon alles für ein Abschiedsfest vorbereitet. Getränke, Platten voller Delikatessen. Aber niemand wollte zugreifen. Auch trinken wollte niemand. Alle waren unter Schock. Stumm saßen alle um Tonino herum. Fini hätte am liebsten seine Hand genommen, aber sie traute sich nicht.

Geht und kommt nicht wieder, sagte Tonino irgendwann. Er werde sich in seine Hütte auf der Alb zurückziehen, sagte er, und mit den Mäusen Schach spielen. Er gab jedem die Hand, sagte jedem noch einen Satz. Zu Arthur sagte er: Du hast Glück gehabt. Zu Fini sagte er: Du wirst es schaffen. Als sie in ihrem Zimmer war, fiel ihr der Satz ihres Vaters ein: Du wirst es schaffen. Wie sollte sie sich da nicht geleitet fühlen! Sterbende stimmten überein, ihr das zu sagen. Sie sagen ihr das, was sie selber weiß. Wenn sie das Südfunk-Tanzorchester unter Erwin Lehn hört oder Frank Sinatra, oder wenn sie Hesse liest und Rilke liest! Wenn sie die Rilke-Gedichte abschreibt, spricht sie die Zeilen mit und hat das Gefühl, sie sei es, die da dichte:

Du bist nicht näher an Gott als wir;
wir sind ihm alle weit.
Aber wunderbar sind dir
die Hände benedeit.
So reifen sie bei keiner Frau,
so schimmernd aus dem Saum;
ich bin der Tag, ich bin der Tau,
du aber bist der Baum.

Worte des Engels. Die waren an sie gerichtet. Sie war geleitet. Von Anfang an. Ihr sind die Hände benedeit. Warum sie so bei keiner Frau reifen, verstand sie nicht, und verstand es doch, weiter innen in ihr spürte sie ein Verständnis, das sie mit keinem Gedanken erreichte, aber spürte: Du bist ausgezeichnet! Das sagte ihr das Gedicht. Sie spürte es: Du bist ausgezeichnet, weil du das Gedicht verstehst. Das ist überhaupt Ausgezeichnetsein: Verstehen.

Sie hoffte, dass jeder Mensch sich ausgezeichnet vorkomme. Auch wenn sie eine dumme Gans war, sie spürte in sich eine Umarmungskraft, eine Aufnahmebereitschaft, einen Hingabemut, ihr konnte doch, obwohl sie eine dumme Gans war, nichts und niemand widerstehen.

Tu autem, sagte Percy noch, und erklärte, dass das im Kloster immer das Gebet beende. Eine Anrufung. Der Herr möge sich derer, die zu ihm gebetet haben, erbarmen. Und ging so hinaus, dass er nicht wahrnehmen musste, wie Ewald reagierte.

4.

Ewald lag wieder ohne Schuhe. Percy nahm's als eine Art Gruß. Er setzte sich und sagte: Nur dass du Bescheid weißt. Die Briefe an Hugo Schwillk waren längst keine kurzen Fragebotschaften mehr. Seine Briefe nahmen zu an unbeherrschbarer Wörterlust. Ihre Briefe umarmten einander. Allerdings ohne einander je zu berühren. Es war eine Membran zwischen ihnen, die beide respektierten. Aber auf beiden Seiten dieser Scheu- und Schammembran tobten die Gefühle und wurden immer großsprecherischer und doch anspruchsgenauer.

Dann machte sie einen Fehler. Wir könnten auch einmal telefonieren!

Aber er: Schreiben ist schöner als telefonieren!

Sie sah's ein. Aber so schön Schreiben und Lesen ist, gibt's ihn überhaupt? Man hört so viel von Gespenstern. Warum kommt er nicht einfach?

Er kommt doch. Sobald sie eine Unterbringung hat, ist er da. Aber bis dahin braucht er täglich einen Brief. Ihre Briefe sind für seine Seele Sauerstoff.

Für sie sind seine Briefe jedes Mal ein Sturm. Sie ist, wenn sie wieder einen Brief von ihm gelesen hat, richtig zerzaust. An Leib und Seele. Seit sie seine Briefe liest, begreift sie die ganze Welt. Und zwar, ohne hinzuschauen, ohne daran zu denken. Sie hat ein Weltgefühl. Sie spürt sich. Ganz und gar. In der Welt. Es ist ein Lichterlebnis. Seine Briefe sind hell. Reines Licht. Und kein bisschen blendend.

Sie hatte in der Gewandmeisterei des Theaters eine Anstellung auf Probe bekommen. Das war ein weiterer Beweis dafür, dass sie geleitet war. Im Theater! Wo wollte sie denn hin, wenn nicht zum Theater! Sie hatte längst ein Abonnement und saß abends weit hinten und hörte mehr als jeder andere. Die Schauspieler spielten doch nur für sie. Horváth und Schiller. Das wurden ihre Theaterdichter. Die Horváth-Frauen sprachen alle ihren Text. Ihr ging es nicht so wie den Horváth-Frauen, sie war geleitet, aber sie kannte die Angst, dass es einem so gehen könnte wie diesen Frauen. Dann las sie auch noch *November* von einem Dichter namens Flaubert. Den hatte ihr die Bibliothekarin in der Stadtbücherei empfohlen. Zur Hesse-Entwöhnung sagte sie. Obwohl Flaubert nichts schön sein lassen konnte, war bei ihm alles schöner als bei jedem anderen, den sie gelesen hatte.

Den Fehler, Hugo nach einer Fotografie zu fragen, vermied sie. Wie alt sie waren, wussten sie. Fini hatte mitgeteilt, sie werde einen brandroten Schal umhaben. Es war ja inzwischen Oktober geworden. Er hatte geantwortet, dann werde er einen schwarzen Schal und eine schwarze Mütze tragen. Ohnehin, der Zug aus Köln würde auf Gleis 15 einfahren, sie stünde am Gleisanfang, würde alle an sich vorbeigehen lassen, ihn dann sehen, ihn auf sich zugehen lassen, aber ganz zuletzt würde sie es nicht mehr aushalten, sie würde wie von einer Feder geschnellt die letzten drei Meter auf ihn zufliegen, dann, einen halben

Meter vor ihm, stehen bleiben ... der Rest sei, schrieb sie, unvorhersehbar, weil unvorstellbar.

Er kam tatsächlich als Letzter. Sie waren inzwischen allein auf dem Bahnsteig. Irgendwie kamen sie einander näher, hatten es beide offenbar schwerer als ihre Briefe. Nichts von dieser andauernd überströmen wollenden Liebeshast half ihnen jetzt. Der sieht ja wahnsinnig männlich aus, dachte sie. Dieses breit ausschwingende Kinn. Dann wich das Gesicht zurück, erst bei den Backenknochen sprang es wieder heraus. Also Mulden vom breiten Kinn bis zu den die Augenhöhlen ermöglichenden Backenknochen. Tief drin die Augen. Auch der Mund breit, aber sehr fest. Die schwarze Mütze nahm er ab. Eine Baseballmütze. Das war ein Sichöffnen. Allerdings wurde dadurch die fingerbreite, ein wenig wulstige Narbe sichtbar: aus den kurzen, straffen, schwarzen Haaren heraus schräg über die Stirn herab bis auf die Nasenwurzel. Fini erschrak. Aber sie wollte jetzt nicht erschrecken. War an den Augen auch etwas? Er hatte die Mütze wieder aufgesetzt. Auf jeden Fall war der eins achtundachtzig groß. Dafür hatte sie durch das Anzugprobieren einen Blick. Sich selber fühlte sie als ein halbblondes Nichts. Händedruck, die Andeutung einer Umarmung, wie sie auf Bahnsteigen üblich sind, dann seine beiden Hände an ihren Oberarmen, ein angenehm schmerzhaft fester Zugriff, dann sagte er: Josefine, und imitierte dabei die gegendgemäße Betonung. Sie sagte: Hugo, sagte es so leichthin, als habe sie es schon hundertmal gesagt. Dann musste sie aber gleich dazusagen: Ach, Hugo.

Ja, sagte er, so ein Bahnsteig ist ja ein routinierter Pate für jede Art von Mitteilung, also sage ich gleich: Hugo, das war einmal. Der blöde Hugo, den er von seinem dürftigen Erzeuger gegen den Willen seiner orchideenhaft kostbaren Mutter draufgepappt bekam, ist abgeschafft. Hugo, das war Köln. Stuttgart, das ist Arno. Nimm's einfach mal an.

Weil sie erschrak, sagte sie unwillkürlich einen Satz aus seiner Annonce: Mir ist schon viel passiert, aber noch nicht das Richtige.

Nebensachen unerwünscht, sagte er mit einem Finisatz.

Und sie mit seinem Satz: Die Hauptsache, das hat sich jetzt herausgestellt, sind wir, du und ich.

Wir können uns auswendig, sagte er.

Schon lange, sagte sie.

Im Englischen sei das viel schöner, sagte er, da heiße auswendig *by heart*.

Fini, die sonst immer fragte, wenn sie etwas nicht verstand, wagte diesmal nicht zu fragen. Sie konnte nur noch einmal Ach, Hugo sagen.

Und er, fast verlegen: Nicht mehr Hugo, wenn's geht.

Sie wusste jetzt nicht weiter. Er schon. Ja, das sei ein Beispiel dafür, dass das wunderbare Briefgestöber, das von ihnen für einander entfacht worden sei, fürs Kennenlernen grad mal ein Vorspiel gewesen sein dürfte.

Fini erschrak noch einmal. Wusste aber nicht, warum. Erst viel später fiel ihr dieser Satz öfter ein. Die wunderbaren Briefe, die für sie alles waren, grad mal ein Vorspiel! Briefgestöber! Aber jetzt ging es beruhigend weiter.

Wir wollen unseren Paten Bahnsteig nicht überfordern. Komm!

Fini hatte eine erschwingliche Zweizimmerwohnung gemietet, in der Rotebühlstraße. Auf dem Trödelmarkt hatte sie märchenhafte Stücke gefunden. Sie hatte alles hergerichtet zu einem innigen Empfang. Sie wusste plötzlich, was schön war, was noch schöner und was am schönsten war. Sie konnte nichts falsch machen. Sie war geleitet. Von Liebe. Dreizehn Stufen führten in der Rotebühlstraße vom Trottoir hinauf zur Haustür. Sie ging voraus. Er hatte zwei große Koffer, aber er ließ sich nicht helfen. Als er auf der obersten Stufe angekommen war, sagte er: Dreizehn Stufen. Sie nickte wichtigtuerisch. Ja, dreizehn, toll, dass du das gleich bemerkt hast. Sie wollte sagen: Das bringt Glück. Dachte aber rechtzeitig: Dumme Gans, der hat Abitur!

Sobald sie in ihrer Wohnung waren und vor einander standen, legte er die Hände auf ihre Schultern, sie sah hinauf zu ihm. So weit war es auch nicht. Von eins siebenundsiebzig bis eins achtundachtzig.

Du bist eins achtundachtzig, sagte sie.

Eins neunundachtzig, sagte er.

Du hast einen wahnsinnigen Bartwuchs, sagte sie, ganz schwarz. Sie strich mit einer Hand die Wangenkurve nach. Sie sagte: Hugo.

Nein, sagte er und trat einen Schritt zurück.

Arno, sagte sie. Wagte aber nicht, ihn gleich wieder zu berühren.

Verzeih, sagte er.

Arno sei ihr lieber als Hugo, sagte sie.

Das hilft, sagte er. Und noch heute kommst du ins Arno-Land. Ich bring dich hin.

Er fing an auszupacken. Sie durfte nur zeigen, wo alles hinkam. Dass sie selber etwas anfasste, verbot er. Alle seine Bücher hatten Platz in dem halbhohen Regal, das sie beim Antiquitätenhändler gekauft hatte. Das fand er visionär von ihr. Und wie er die Bücher stellte, zeigte, er hatte alle gelesen. Nimm vorerst keines davon in die Hand, sagte er.

Schade, sagte sie.

Vorerst, sagte er. Es gibt berührbare, aber auch unberührbare. Wart's ab.

In der kleinen Küche war er sofort der Koch. Nudelsuppe mit Ochsenfleisch hatte sie vorbereitet. Er schmeckte die Suppe ab und befand: Muskatnuss fehlt. Hatte sie aber nicht. Dann verlangte er Lorbeer. Hatte sie auch nicht. Sie habe geglaubt, Lauch genüge. Und Sellerie, sagte er.

Auch nicht.

Kein Problem, sagte er, am Anfang darf eine Anfängersuppe sein.

Weil er seine Zuständigkeit fröhlich zelebrierte, ging alles gut. Beim Essen sagte er: So gut habe ihm eine von allen Gewürzgeistern verlassene Suppe noch nie geschmeckt. Beim Auftragen und Abräumen wurde sie durch seine Bewegungseleganz zur Zuschauerin. Dann saßen sie. Er im Sessel, zwischen mächtigen Lehnen, trotzdem selber auch noch mächtig. Sie auf dem dazu gehörenden Sofa. Zwischen den ungeheuer wulstigen Seitenpolstern des rostroten Sofas kam sie sich zierlich vor.

Das war ihr recht. Sein schwarzer Kordanzug passte zum grobgeriffelten Stoff ihrer Möbel. Sie hatte das Gefühl, sie habe es getroffen. Eben geleitet.

Liebe Fini, sagte er. Das klang, als probiere er eine Sprache. Eine Ausdrucksweise. Dann noch einmal, deutlich fester, sogar lauter: Liebe Fini. Jetzt konnte er weitersprechen: Er habe sich in ihre Briefe verliebt.

Ich mich in deine auch, sagte sie schnell.

Aber wenn sie finde, dass alles, so wie es sei, nicht gehe, werde er noch heute zurückfahren nach Köln. Er könne jetzt nicht eins nach dem anderen aufsagen. Was sich in ihm vordränge, müsse heraus. Alles auf einmal. Gerade dass er sie vorweg doch fragen könne, ob sie sich zutraue, ihn kennenzulernen.

Sie nickte tapferer, als sie sich fühlte.

Zuerst das Harmloseste, aber nicht das Unwichtigste, sagte er. Nicht mehr Hugo, sondern Arno. Arno Schmidt nämlich.

Kennt sie nicht. Klar. Also. Das ist ein Schriftsteller. Er hat diesem Schriftsteller geschrieben, dass er sich aus Verehrung für ihn Arno nennen müsse. Hat den Schriftsteller aber in diesem Brief so imitiert, dass der perplex zurückmeldete: Ich hoffe nicht, Sie seien mir als Literaturzwilling serviert. Aber dass sich der Verehrer Arno nenne, genehmige er so gnädig, wie es diesem Comic-Akt gebühre. Allerdings eine Bedingung: Der Namenwechsel nicht per Umtauferei, sondern als Reifenwechsel beim Grand-Prix-Rennen ums Lorbeerblatt. Das für die Suppe, versteht sich. Du siehst, der Schriftsteller als Suppenfürst.

Er sah, dass Fini sich nicht wohlfühlte.

Dann lehnen wir uns einmal zurück, weiter, als es das Zimmerchen, in dem wir gastieren, erlaubt. Das heißt, wir wollen heute überhaupt nichts mehr erfahren. Zum Wohl. Und lobte den Wein, den weißen, den sie sich hatte empfehlen lassen. Vielleicht war es der Name, der ihn begeisterte: Stettener Pulvermächer.

Arno Schmidt war für Finis Arno ein Ausdrucksmittel. Was er selber sagen wollte, aber nicht sagen konnte, sagte er mit Arno Schmidt. Ich hoffe, du kannst ihn brauchen, sagte er. Oder, er verstummte, sah Fini eher traurig an, oder du kannst mich auch nicht brauchen.

Ich brauch' dich aber, sagte sie.

Ich lass' mir Mut machen von dir, sagte er. Statt Fotowälzer blättern, sagen wir was Gelesenes auf. Einverstanden? Sie nickte.

Also, Arno Schmidt, sagte er, seit Jahren bezirzt er mich. Nach'm Krieg alles gelesen, was gelesen sein sollte zum Wiederanständigwerden, dann dieser zarte Rüpel, dieser überhaupt in keine Verlegenheit kommen könnende Wortmacher, Satzmeister, Sinnstrotzer. Der hat keinen Krieg verloren. Der hat ihn einfach nicht mitgemacht. Vater Polizist. Mein Vater übrigens auch. Stammt aus Schlesien. Ich zufällig auch. Aber dann hat sich's Gemeinsame. Der klingt nämlich so, wie ich klingen möchte, aber nie kann. Hör zu, tu auf dein Gehörchen für ihn und für mich, seinen Schallboten.

Er richtete sich auf, griff nach Fini, klammerte sich an ihren Oberarmen fest und sagte auf – und zwar in einem anspruchslosen Ton –, fast beiläufig, auch fast zu schnell:

Rundrückiges Wolkenvieh mästete sich am Horizont,

im Norden. Nö eigentlich rundum. Oder: Ein draller ländlicher Mond dicht über dem Bauernvolk.

Oder: Schweigend waren von Norden, Nordwesten, Nordosten her die grauen oktobernen Weben über mich Knaben gekommen.

Jetzt komm' ich, sagte Fini schnell. Und fing, ohne Zustimmung abzuwarten, an:

Heraus in eure Schatten, rege Wipfel
Des alten, heil'gen, dichtbelaubten Haines,
Wie in der Göttin stilles Heiligtum,
Tret ich noch jetzt mit schauderndem Gefühl,
Als wenn ich sie zum ersten Mal beträte,
Und es gewöhnt sich nicht mein Geist hierher.

Und er, ganz schnell:

Abschied vorm Haus: die Wölfin heulte etwas in die verworfene Nacht, und ich Brilleneule lachte wie im wilden Heer: Rochenaug und Haifischzahn bleibt uns ewig untertan!

Jetzt sie wieder, schnell einsetzend, dann aber sofort textfromm:

Denn die Unsterblichen lieben der Menschen
Weit verbreitete gute Geschlechter,
Und sie fristen das flüchtige Leben
Gerne dem Sterblichen, wollen ihn gerne
Ihres eigenen, ewigen Himmels
Mitgenießendes fröhliches Anschaun
Eine Weile gönnen und lassen.

Er, jetzt siegessicher:

Dann entfaltete ich resolut mein Taschenmesser, und schnitt mir noch einen Knopf vom Hemd, am Handgelenk: sie näht gerade, und das bringt menschlich näher.

Fini:

So haben die, die dich erhielten,
Für mich gesorgt: denn was ich worden wäre,
Wenn Du nicht lebtest, kann ich mir nicht denken.

Arno:

Sage Mir, wo Du hingehst, und ich geh sofort andersherum!

Fini:

Halthalthalt, bleib! Sag was Liebes!

Er:

Wenn ich ein offenes Fenster sehe, ärgere ich mich schon im Voraus über den Schlager, der mir daraus entgegenblöken wird. Arno mit d-t.

Fini:

Nur stille, liebes Herz,
Und lass dem Stern der Hoffnung, der uns blinkt,
Mit frohem Mut uns klug entgegensteuern.

Arno:

Den ‹greisen› Goethe stell ich mir immer als 'ne Type vor wie Adenauer.

Fini: Sagst das du?

Das sagt Er, sagte Arno. Und jetzt tue er auch mal edel angesteckt und schwitze ein bisschen Wahrheit aus. Auf Teufel komm raus. Zum Einstand!

Ich benehm' mich jetzt iphigeniös und sag' die sogenannte Wahrheit, auch wenn's Probleme macht. Ich hab's Abitur im Sack, aber wenn einer fragt: Was haben Sie gelernt, sag ich: Töten. Zuerst Napola. Kennst du?

Sie schüttelte den Kopf.

Er: Nationalpolitische Erziehungsanstalt. Nazi-Elite. Wir Napola-Schüler hätten, falls der Schwindel gut gegangen wäre, die Welt regiert. Alle, wie sie heute da sind und als ehrenwerte Sowięsos rumrudern. Ich, sobald es nur ging, weg, ab zur SS. Kriegte eins über die Rübe, wachte auf in Greifswald, einäugig und vermummt. Glück gehabt. Als Unverwundeter hätte ich nicht überlebt. Also Einser-Abi. Breslau war nicht mehr. Papa, Mutti et cetera auch nicht. Hat mich einer geheuert. Versicherungsbranche. Mir war's egal. Gelernt, bestanden, die Firma, schon einhundertzehn Jahre am Platz, freut sich, ich arbeite flink weg, was kommt, fahr' Samstag, Sonntag hinaus, schau' mir Fußball an, am liebsten, wenn Fünfzehnjährige spielen, war in der Ordensburg Mittelstürmerstar. Rede so lang drein, wenn die ihr Spiel diskutieren, bis sie mich als Trainer anheuern. FC Welschkirchen. Ich bring die hoch, Regionalligaspitze. Wenn Jungs duschen, schau' ich zu, lade mal die drei Zuckrigsten ein, fahr' mit denen weit in den Eifelwald, trink' mit denen, rede mich heiß, die spuren, im Auto wird dann gewichst. Schau ruhig weg. Ich sprech' gern in dein Ohr. Daraus wird etwas Regelmäßiges. Keiner muss, nur wollen muss er. Ein paar wollten immer. Sind ja fünfzehn. Noch keine Freundin. Aber einer kommt zu kurz, verpfeift uns. Der Intim-Club, so haben wir uns genannt, fliegt auf, wird ertappt, in flagranti, im Wald auf der wildkarierten Decke, als es gerade richtig schön zuging. Also abgeführt. Nur ich natürlich. U-Haft. Anklage. Es regnet Paragraphen. Höchste Stellen werden eingeschaltet. Ich werde zum bekennenden Homosexuellen. Der Direktor des kriminalwissenschaftlichen Instituts der Uni Köln befindet, im Fall eines grundsätzlich behandlungsfähigen Homosexuellen sollte mit einer Psychotherapie im Rahmen der einstweiligen Unterbringung auch dann begonnen werden, wenn das Strafverfahren noch nicht abgeschlossen ist. Dass das rechtlich zulässig sei, könne keinem begründeten Zweifel unterliegen, da es sich um eine medizinisch indizierte Therapie handle, für die das Gleiche gilt wie für sonstige medizinisch begründete Behandlungen akuter oder chronischer physischer Erkrankungen. Also Eile, Eile, Eile, weil beim Alter dieses Patienten bestehende Heilungschancen durch Verzögerung des Behandlungsbeginns ungünstig beeinflusst werden. Ob ein für eine erfolgreiche Psychotherapie erforderlicher echter Heilungswille seitens des Patienten besteht, muss durch psychiatrische Stellungnahmen geklärt werden. Zwei Gerichtssachverständige, Dr. Klever und Dr. Ahlheim, bescheinigen dem Patienten ehrlichen Behandlungswillen. Herr Professor Dr. Undeutsch, aus Köln: Kein Zweifel, dass die Erfolgsaussichten sehr günstig sind. Alle drängen, Zeitdruck wegen des fortgeschrittenen Lebensalters.

Aber dann: Laut Anweisung des Staatsanwalts darf in der Unterbringungsklinik keinerlei Therapie erfolgen, weil Unterbringung in einer Nervenklinik nur Unterbringung sei, nicht aber Behandlung und Heilung. Die Aufgabe der Strafjustiz bestehe beim Homosexuellen ausschließlich im Strafen. Es kommt zum Streit. Strafrechtler, Kriminologen, Staatsrechtler, Psychiater, Sexualforscher, Psychologen, Soziologen, Naturwissenschaftler, Geisteswissenschaftler, evangelische, römisch-katholische, jüdische Theologen, Bundestagsabgeordnete, Publizisten und Schriftsteller unterschreiben für die Heilung des Homosexuellen! Wer die mögliche Heilung verhindert oder fahrlässig verzögert, macht sich zumindest moralisch schuldig. Eine Gesellschaft, die sich ein Recht auf Strafe und Maßnahmen zur Sicherung zuspricht, hat vorrangig die Pflicht zur Heilung des Homosexuellen. Das bezeugen Leute mit Namen, und die hab' ich by heart: Adorno, Böckenförde, Born, Dahrendorf, Giese, König, von Weizsäcker, Spaemann, Flechtheim, Eberhard, Fetscher, Thielicke, Bultmann, Niemöller, Lilje, Gollwitzer, Maihofer, Nell-Breuning, Rahner, Fleckenstein, Schoeps, Mostar, Krämer-Badoni, Jahn, Jens, Johnson, Koeppen. Die haben mich heilen wollen!

Und Punkt 9 des Schriftsatzes an den Staatsanwalt: Auf den Patienten wartet eine liebende junge Frau, die mit ihm einen Anfang wagen will.

Das, liebe Fini, haben sie aus deinen Briefen gelesen. Du bist eine Schriftstellerin. Jetzt, lebe mit deinen Wirkungen!

In Fini blitzte alles durcheinander, was sie je gehört

oder gelesen hatte. Kirchen, Paläste, Jahrhunderte, Landkarten, Flut- und Brandkatastrophen, Kriege und Heilige Abende, Pilgerfahrten und Predigten und Gesänge, Tonino und nochmal Tonino und Eis, Schnee und Gletscher, Wüste, das Meer im Aufruhr, die Sonntagsvormittagsstille in Gellnau, alle Haustüren offen, aus allen Haustüren kleine Geräusche und Gerüche, die man kennt …

Arno sagte nichts mehr. Aber er stand auf, stellte sich ans Fenster, sah hinunter auf die Rotebühlstraße, es war dämmrig geworden. Fini stellte sich neben ihn, sah auch auf die Straße hinunter und sagte: Die Autos fahren vorbei, als wollten sie nicht stören.

Ich bin froh, dass du so begabt bist, sagte er dann. Er habe übrigens, als er versucht habe, ihr in ihrem mitreißenden Briefton zu antworten, nicht gelogen. Ihm habe sie immer gefehlt. Rein sprachlich. Mehr ausdrücken, als man sagen kann. Das sei immer sein Bedürfnis gewesen. In ihren Briefen sei das immer passiert. Sie hat immer mehr ausgedrückt, als sie sagen konnte. Das habe ihn angesteckt. Und jetzt, sagte er, Punkt 9 des Gutachtens: eine liebende junge Frau, die mit ihm den Anfang wagen will. – Willst du?

Wenn du willst, sagte sie.

Er wolle, sagte er, und wie! Und er traue sich zu, ihr begreiflich zu machen, dass es eine einzige Kitschnummer sei, Beziehungen zwischen Männern und Frauen auf das Geschlechtliche zu spezialisieren. Hör dir noch diese Arzt-Prosa an. Nennt sich Untersuchungsergebnis. Vielleicht sagt dir das was, sagte er, blätterte schnell, hatte gleich die gesuchte Seite und las:

Neurologisch-psychiatrische Untersuchung des Beschuldigten.

Befund: 84 kg. Länge: 189 cm. Haut und sichtbare Schleimhäute sind ausreichend durchblutet. Der Körperbau ist athletisch-dysplastisch-hochwüchsig mit leptosomen Stigmen. Die primären und sekundären Geschlechtsmerkmale sind bis auf eine fehlende Brustbehaarung und eine feminine Brustwarzenbildung regelrecht.

Ja? Feminine Brustwarzenbildung! Können wir ja mal vergleichen mit einander.

Fini sah hinauf zu ihm und tat, als nicke sie.

Als sie beide weit genug von einander im Bett lagen, das ein ausgefahrenes Couchteil war, als sie merkte und hörte, dass Arno schon schlief, sagte sie sich in Gedanken ihren Thoas auf. Der war ihr jetzt näher als Iphigenie.

Man spricht vergebens viel, um zu versagen;
Der andre hört von allem nur das Nein.

Arno wurde gleich angestellt in einer großen Allianz-Agentur, sie bestand ihre Probezeit in der Gewandmeisterei, sie heirateten. Fini hoffte. Sie wusste nicht, auf was.

Am Samstag und am Sonntag fuhr man nicht aufs Land oder sonst wohin, Arno las. Er las auch jeden Abend. Er half ihr in der Küche und überhaupt in der Wohnung. Er kaufte auch ein. Er war der höflichste Mensch überhaupt. Er kam jedem Wunsch, den sie haben konnte, zuvor. Nur: kein Kuss. Im Bett: auch nichts. Fini tastete sich durch ihre Verwirrungen durch. Sie war eben eine dumme

Gans. Typisch Gellnau, Männer und Frauen auf das Geschlechtliche zu spezialisieren. Kitschnummer!

Manchmal kam Arno abends spät heim. Manchmal blieb er die ganze Nacht weg. Noch vor Weihnachten wurde ihr gekündigt. Sie war zu oft beobachtet worden, wie sie saß, die Arbeit, die sie tun sollte, in ihren Händen, aber die Hände rührten sich nicht. Sie saß und sah vor sich hin. Das war alles, was sie noch vermochte: vor sich hin sehen.

Im Diakonissenkrankenhaus wurde eine Wäschebeschließerin gesucht. Sie bewarb sich, wurde angenommen. Einmal begegnete ihr ein Pfleger, folgte ihr in den Keller, sie standen vor einander, berührten einander nicht, aber er sah sie an, dass sie spürte: So war sie noch nicht angesehen worden. Sie las an seinem Schildchen, dass er Sergej hieß. Er sagte, er sei Russe. Und Jude sei er. Er gab ihr dann doch noch die Hand. Er zitterte. Endlich, dachte sie. Arno hatte nicht ein einziges Mal gezittert. Sie rannte weg, ließ Sergej stehen; käme jemand und sähe sie so, wären sie beide sofort entlassen.

Auf der Heimfahrt fiel ihr ein, dass sie als Mädchen, immer wenn eine Sternschnuppe fiel, gedacht hatte, sie wolle später einmal einfach lieben, nichts als lieben, egal, ob sie zurückgeliebt werde oder nicht. Sie wird bei Arno bleiben. Ihn lieben. Bis zum Tod. Sie wird hinauswachsen über die Kitschnummer. Es überlief sie ein Kälteschauer, als sie das dachte, obwohl es in der überfüllten Straßenbahn ziemlich heiß war.

Weil dieser Arno Schmidt sofort eine unüberschätzbare Rolle spielte in dieser Beziehung, soll jetzt auch der andere Unüberschätzbare wenigstens genannt werden. In der Form der Sternschnuppe. Das entspricht seinem Erscheinen und Verschwinden am ehesten. Ewald Kainz heißt er. Hieß er. Erschienen am 11. Januar 1973 am nördlichen Himmel, unter ihm, nämlich in Stuttgart, auf den Stufen des Neuen Schlosses. Dahin hat die Demonstration geführt, hat er sie geführt. Und hat dann zu denen, die eine Stufe unter ihm standen, gesprochen. Hat sein Polit-Schicksal geschildert als beispielhaft für diese unvollkommene Demokratie, die sich mit lauter Verboten dagegen sträubte, vollkommener zu werden. Eisige Temperatur, glühende Rede. Und weil er, was er sagte, belegen wollte, musste er aus der Jackentasche Papiere ziehen, also störte das Mikro. Das war ihr Augenblick. Fini, damals bei jeder dem Fortschritt dienenden Demonstration glühend dabei, griff zu, hielt das Mikro, dass er seine Beweisblätter hervorholen konnte, und ließ auch, als er die Papiere hatte und aus ihnen zitierte, das Mikro nicht aus ihrer von selbstgestrickten Fingerhandschuhen halbwegs warmen Hand. Und er sprach hinein in das von ihr ihm hingehaltene Mikro. Aber da die Demonstration wohl auf dem Schlossplatz, nicht aber auf den Stufen der Schlosstreppe stattfinden durfte, wurde der Redner von Polizisten unterbrochen und unterm Pfeif- und Buhkonzert seiner Zuhörer und Anhänger von den Polizisten, die man Bullen nannte, fortgeführt. In der Zeitung stand am nächsten Tag, dass der Redner Ewald Kainz nach gründlicher Einvernahme wieder entlassen worden sei.

Percy stand auf und sagte in einem Ton, der ausdrücken sollte, er meine, was er sagte, nicht ernst: Tu autem. Und ging, so ausdrucksvermeidend wie möglich, hinaus. Das Wichtigste: Er schaute nicht hin zu Ewald. Und war froh, dass er draußen war. Und war auch froh, dass die Routine befahl, bei Luzia Meyer-Horch den Schlüssel abzuliefern. Ihm war heute bei seiner Erzählung heiß geworden. Eine Art Krampf hatte ihn besetzt und wollte sich auch jetzt auf dem Weg von K VII zum Ärztehaus nicht lockern.

Trat ein bei Frau Meyer-Horch, sie wurde wie immer von ihrem Bürosessel hochkatapultiert. Das war schon erstaunlich, diese jähe Levitation, wenn er eintrat. Er musste den Professor fragen, ob sich das, wenn sonst wer eintrete, genau so abspiele. Es schlug ihr vom Hochgerissenwerden auch noch beide Hände nach oben, die trafen sich, als klatsche sie da droben in ihre Hände, dann sanken die wie Flügel bei einer Landung langsam herab. Dazu fiel ihr wuscheliger Kopf am langen Hals auf ihre linke Schulter. Alles wie bei einer Puppe. Und alles jedes Mal gleich. Und weil sie das Ganze für eine gelungene Nummer halten durfte, lachte sie. Percy konnte nur nicken.

Wie lange das ist, dass man einander nicht gesehen hat, sagte sie, das hängt nur davon ab, wie sehr man einander vermisst hat.

Und dass sie jetzt so lachte, war verständlich, denn tatsächlich hatte Percy bei ihr vor etwas über zwei Stunden den Schlüssel geholt. Den er jetzt wieder ablieferte.

Ach, Luzia Meyer-Horch, sagte er.

Ach, Anton Percy von Schlugen, sagte sie.

Sie sahen einander an, wortlos und unverlegen. Dann sagte sie: Sie treten ein, und mich wirft's in die Höhe. So leicht machen Sie mich.

Dazu bin ich da, Luzia, sagte er.

Und sie, leiser, obwohl ja ihre beiden Hilfen im Vorzimmer saßen, also nichts hören konnten: Der Professor hat's mir schon gesagt, dass Sie wieder zu uns sprechen werden.

Dann weiß er mehr als ich, sagte Percy.

Dazu ist er da, sagte sie.

Percy durfte gehen.

5.

Dass Ewald ihm bis jetzt zugehört hatte, drückte doch ein Interesse aus. Auch wenn Ewald sein Handy bewachte, er hörte zu. Wenn Percy das nicht so empfunden hätte, hätte er nicht so reden können, wie er inzwischen redete. Er erzählte, was er sagte, nicht nur Ewald, sondern auch sich selbst. Der Professor hatte einmal gesagt: Die haben früher nicht für andere gesungen, sondern für sich selbst. Sie fühlten sich erst, wenn sie gesungen haben. So ging es ihm. Er musste sich in eine Unabhängigkeit von Ewald hineinerzählen, auch wenn er ihn direkt ansprach. Das brauchte er. Für sich.

Nur dass du Bescheid weißt, sagte er. 1973, vier Jahre vor meiner Geburt, hat Josefine Schlugen an dieser Demonstration teilgenommen, hat die Sternschnuppe am nördlichen Himmel erlebt, den glühenden Redner am eiskalten Tag. Dann kam sie zurück, wusste nur noch, dass sie den von ihr gestrickten dunkelgrünen Fingerhandschuh, mit dem sie ihm sein Mikro hingehalten hat, nie mehr verlieren durfte. Arno stand mitten im Zimmer, breitbeinig, die Hände in die Hüften gestemmt, die Baseballmütze verkehrt herum auf dem Kopf. Dann war er betrunken. Es war Samstag, da war er jetzt immer öfter schon am mittleren Nachmittag betrunken. Sie roch den Asbach Uralt.

Er las am Samstag sofort nach dem Frühstück Arno Schmidt. Las laut. Ging im Zimmer hin und her, nahm jedes Mal, wenn er am Asbach vorbeikam, einen Schluck, ging weiter und las. Er las und ging und trank, bis er nicht mehr lesen, gehen und trinken konnte. Landete in einem Sessel, auf dem Sofa oder auf dem Boden.

Inzwischen brauchte er manchmal schon fast zwei Flaschen Asbach, bis er niedersank. Das Lesen steigerte er, bis er nicht mehr konnte. Herr Fränkel, der Vermieter, der im ersten Stock wohnte, kam öfter herunter, weil er glaubte, Herr Schwillk sei dabei, seine Frau umzubringen. Herr Fränkel konnte nicht begreifen, dass dieses Geschrei und Gebrüll immer der Text eines Dichters war. Das können Sie mit mir nicht machen, sagte er dann, wenn er wieder gesehen hatte, dass die Frau noch lebte.

An diesem Januarsamstag aber hatte Arno, als Fini heimkam, kein Arno-Schmidt-Buch in der Hand. Und getrunken hatte er auch noch nicht so viel, dass er schon hinsank. Stand also noch breitbeinig da.

Woher kommen wir denn, fragte er.

Sie: Von einer Demonstration. Vor dem Neuen Schloss. Gegen die Berufsverbote.

Und er: Haben wir wieder so einem linken Lümmel zugehört?

Als Lehrer entlassen, weil er zweimal auf Einladung in die DDR gefahren ist, sagte sie.

Und DKP-Mitglied ist er auch, brüllte Arno. Und machte im zitierenden Ton weiter: Die Mitgliedschaft in der DKP ist ausreichend, um Zweifel an Ihrer Verfassungstreue zu begründen!

Und sie: Hat er vorgelesen. Du warst also auch dort.

Er: Wenn auch nicht so weit vorne wie du.

Jetzt sie, jetzt von einem mitgebrachten Flugblatt ablesend: Ist es verfassungsfeindlich, sich an Ort und Stelle über das Bildungswesen der DDR zu informieren, das Schulsystem der DDR kennenzulernen, das international hoch angesehen ist.

Und Arno: Dann leiert er Formeln daher, jederzeit für die freiheitlich demokratische Grundordnung eintreten. Das kennen wir!

Und sie heftig weiterlesend: Für die Ablehnung der Übernahme in den öffentlichen Dienst genügen bereits Zweifel an dem Eintreten für die grundgesetzliche Ordnung, ohne dass der Nachweis für verfassungsfeindliches Verhalten erbracht werden muss.

Gut so, rief Arno, endlich wieder ein Staat, der sich zu helfen weiß. Und du, die ungebildete Gans aus Gellnau, was tut sie? Sie steht nicht nur vorn in der ersten Reihe, sondern … ja … komm … komm … sondern … sie nimmt, dass der seine Dokumente entfalten und daraus so dumm wie böse vorlesen kann, sie nimmt ihm das Mikro ab, ja, und hält es ihm hin, so ergeben wie nur die Gans aus Gellnau einem rotäugigen Kommunarden ein Mikro hinhalten kann.

Türkis, rief sie, schrie sie, türkisäugig.

Arno kam auf sie zu. Was, bitte, quatschst du da, sagte er grimmig, sagte es so, als habe sie ihm mit diesem Einwand einen Gefallen getan.

Er hat türkisfarbene Augen, sagte sie so entschlossen, als komme es darauf an.

Arno höhnte: Türkisfarbene Augen! Da haben wir uns aber aus nächster Nähe innigst verguckt! Du linke Granatenfotze, du … Und schlug auf sie ein. Wenn er auf sie einschlug, glühte immer seine Narbe. Vom Haaransatz bis zwischen die Augenbrauen eine glühende Kurve. Das war an Samstagen nach zwei Flaschen Asbach nichts Ungewöhnliches.

Sie rannte dann hinaus, schrie aber nicht. Wegen Herrn Fränkel schrie sie nie, wenn sie geschlagen wurde. Sie rannte wie immer, wenn er auf sie einprügelte, zur Neckarstraße vor und hinüber über sie. Auf der anderen Seite fühlte sie sich sicher. Er wäre, so betrunken, nicht fähig, sich zwischen den Autos durchzudrängen. Dann vor, bis zum Palmbräu, das auf der anderen Seite war. Da wieder über die Neckarstraße, zu Herrn und Frau Schultheiß, die immer ein Zimmer hatten, in dem sie bis Montagmorgen bleiben konnte. Eigentlich war es schon am Sonntagabend nicht mehr gefährlich, zurückzukommen. Er lag dann wie bewusstlos auf dem Boden, auf der Couch, oft in Erbrochenem. Ab Montag war er wieder der Mann, der so zuvorkommend war, wie einer nur sein kann. Seine Wochenendaufführung wurde nicht erwähnt. Wahrscheinlich hatte der Alkohol alles gelöscht, was da zu erinnern gewesen wäre.

Dieser entlassene, nicht in den Staatsdienst übernommene Studienreferendar, dem Josefine das Mikro hingehalten hat, war … Percy machte eine Pause. War Ewald Kainz.

Ewald reagierte nicht.

Und Percy: Das war 1973. Im Januar.

Zwei Flugblätter brachte Fini mit von der Demonstration. Die versteckte sie in dem Schrankfach, in dem sie ihre Unterwäsche aufbewahrte. Da waren sie sicher.

Dass seine Frau seit der Demonstration vor dem Neuen Schloss Briefe an einen gewissen Ewald Kainz schrieb, nahm Arno nicht übel. Keiner dieser Briefe wurde abgeschickt. Arno sagte, wenn er nüchtern war, er wisse ihre Schreibübungen zu schätzen. Wenn er nüchtern war, lobte er sie, wenn sie las. Ob die Bibel oder Voltaire, war ihm egal, nur Arno Schmidt durfte sie nicht lesen. Wenn sie diesen Namen aussprach, wurde Arno wütend. Ein so ungebildeter Mund dürfe den Namen des gebildetsten deutschen Dichters nicht aussprechen. Wenn es ihr doch wieder einmal passierte, konnte er, was er gerade in der Hand hatte, an die Wand werfen, und sei's ein Teller oder ein Glas. Er war eben im Laufe der Jahre sehr empfindlich geworden. Andererseits führte er den Haushalt vorzüglich. Er kochte viel besser als sie. Wir kochen nicht in derselben Liga, sagte er, wenn sie versuchte, ihn zu loben. Dass er überhaupt eine höhere, feinere, edlere, raffiniertere, brillantere Menschenart war als sie, daran ließ er keinen Zweifel. Richtig schlimm an ihr fand er nur ihre Sympathie für die linken Lümmel. Die hätte er, wenn er etwas zu sagen gehabt hätte, sofort nicht töten lassen, aber kastriert sofort, alle. Nun also das Briefwerk dieser Frau, gerichtet an einen gewissen Ewald, dem sie einmal das Mikro hingehalten hatte, und auch das nur höchstens dreißig oder vierzig Minuten lang.

Sie war dann keine so gute Schneiderin oder Wäschebeschließerin mehr. Ihr immer alle mitreißender Eifer und Ehrgeiz erlosch. Nicht an einem Tag oder in einem Monat, aber sie ermattete. Wenn sie, weil das auffiel, wieder entlassen wurde und eine neue Stelle suchen musste, hielt ihr Arno bittere Vorträge. Sie nehme sich einfach nicht zusammen, ja, sie versacke geradezu wollüstig in ihren trüben Stimmungen. Er wurde öfter entlassen als sie, weil er gelegentlich den Freitagabend nicht mehr erwarten konnte, also die erste Flasche Asbach schon am Mittwoch leerte und dann am Donnerstag nicht auftreten konnte, wie er sollte. Wenn er wieder eine Stelle verloren hatte, war er so empfindlich, dass es unmöglich war, mit ihm nicht in Streit zu kommen. Wenn er dann trank, aber noch nicht so viel getrunken hatte, dass er umfiel und liegen blieb, durfte sie ihm nicht mehr vor die Augen kommen. Er fing an zu stöhnen, sobald er sie sah. Sei so gut und befreie mich von deinem Anblick, rief er. Dich zu sehen, tut so weh, rief er. Wenn sie nicht schnell genug verschwand und er auch nichts zur Hand hatte, was er nach ihr werfen konnte, torkelte er auf sie zu und schlug, schlug auf sie ein. Seine Narbe glühte. Sie musste sich retten, auf die Straße retten. Ins Palmbräu. Herr und Frau Schultheiß nahmen sie immer auf, aber sie verlangten von ihr, dass sie sich endlich scheiden lasse. Als sie einmal mit einer blutenden Wunde an der Stirn eintraf, weil sie einem auf sie einschlagenden Kleiderbügel nicht hatte ausweichen können, setzte Herr Schultheiß einen Brief an einen ihm befreundeten Anwalt auf, Fini unterschrieb, und sieben Wochen später war sie geschieden.

Arno hatte sich nicht gewehrt. Er hatte ihr nach der Amtshandlung noch die Hand gereicht und gesagt, er wünsche ihr alles Gute. Glaubhaft hatte er das gesagt. Wenn Herr Schultheiß und der Anwalt sie nicht so deutlich bewacht hätten, hätte sie am liebsten alles widerrufen. Arno tat ihr, wie er sich so allein entfernte, unendlich leid. Sie gehörte zu ihm.

Als sie stand und ihm nachsah, wollte sie ihn rufen. Herr Schultheiß sah's und verschloss ihr mit seiner kräftigen Hand den Mund. Das Essen im Palmbräu, zur Feier der Scheidung, kam ihr vor wie ein Totenmahl. Arno und ihr misslang das Leben gleichermaßen. Sie wusste niemanden, dem sie sich näher fühlte als diesem Mann. Und saß und musste mit dem Anwalt und dem Ehepaar Schultheiß auf den Scheidungserfolg trinken. Jetzt beginne für sie endlich ein menschenwürdiges Leben. Solche Sprüche.

Sie fand sogar sofort eine gute Stelle, um die sie sich, wenn sie noch andauernd Arnos Anfällen ausgesetzt gewesen wäre, gar nicht hätte bewerben können. Garderobiere im Marquart. Das war zwar nicht mehr die Gewandmeisterei des Staatstheaters mit Schiller und Horváth, aber der Herr Intendant wirkte auf sie, als wisse er alles und tue alles, damit sie das Leben überhaupt und also auch das Garderobenfrauenleben im Marquart aushalte. Er gab ihr zu verstehen, da er mit Kunst zu tun habe, und sei's auch nur mit Boulevard-Kunst, stelle er an sich höhere Ansprüche, was den Umgang mit anderen Menschen angehe, als wenn er zum Beispiel Schrauben produzierte. Eine solche Menschenfreundlichkeit hatte sie drüben hinter den Kulissen der Schiller-Horváth-Kunst nie erlebt.

Wenn sie nicht mehr konnte, schrieb sie ihre Briefe an Ewald Kainz. Dass ihr Arno beim Briefschreiben zusah und sie für das Briefschreiben lobte, vermisste sie. Eines Tages konnte sie keinen Brief mehr schreiben. Sie saß, unfähig, sich noch zu bewegen. Wie lange sie saß, wusste sie nicht. Einmal schrie sie auf wie in höchster Not. Einmal, zweimal, dann ein nicht aufhören könnender Schrei. Herr Fränkel kam herunter. Er brachte sie ins Bürgerhospital. In die Geschlossene Abteilung. Sie leide an Depression, erklärte man ihr und versorgte sie mit Medikamenten, die sie, sobald sie wieder draußen war, nicht mehr nahm. Sie kam sich, wenn sie diese Medikamente genommen hatte, fremd vor; es wurde ihr auch regelrecht schlecht. Mehr als schlecht. Sie wurde ohnmächtig, ohne das Bewusstsein zu verlieren. Sie sagte den Ärzten, das sei furchtbar, diese Ohnmacht bei vollem Bewusstsein. Die Ärzte sagten, das sei weniger schlimm als eine zum Suizid disponierende Depression. Sie lernte die Wörter, die hier im Schwange waren, sehr schnell.

Im Spital hatte sich ein Student im Garten immer neben sie gesetzt. Sie sprachen wenig mit einander. Einen Tag bevor sie entlassen wurde, sagte sie, morgen werde sie nicht mehr hier auf der Bank sitzen. Er fiel sofort vor ihr auf die Knie und flüsterte, sie dürfe ihn nicht verlassen. Er habe nur noch sie, sie, sie. Ein Pfleger nahm ihn mit. Er rief ihr noch seinen Namen zu. Florian Distel.

Monate später, als sie zu einem Kontrollbesuch im Spital war, sagte der Arzt, dieser Florian Distel sei übrigens ausgebrochen, habe es geschafft, bis Gellnau zu kommen, dort sei er, am Argenufer sitzend, erfroren. Sie erinnerte sich daran, dass sie ihm von Gellnau und von der Argen erzählt hatte, vom Tod ihres Vaters, dass der ihr, kurz bevor er gestorben sei, gesagt habe: Du wirst es schaffen, und dass sie von diesem Satz lebe. Dieser Florian hat ihr auf der Bank im Hospitalgarten Liebesanträge zugeflüstert.

Eines Tages wagte sie nicht mehr, beim Intendanten im Marquart zu erscheinen. Sie genierte sich zu sehr. Er so hilfswillig. Und sie so unfähig, dieser Hilfe würdig zu sein. Aber sie fand wieder eine Stelle, eine sehr gute sogar. In der Kleiderburg in der Kriegsbergstraße. Was sie da eigentlich zu tun hatte, hat sie mir nie gesagt, sagte Percy. Überhaupt, wir nähern uns jetzt dem alles entscheidenden Jahr: 1977. Mein Geburtsjahr. Einigermaßen vorstellbar war noch, wie sie ihre Entlassung aus der Kleiderburg erzählte. Im Herbst 77. Gefeuert, weil sie nicht nur nicht mitgetrunken hatte, als die Kolleginnen und Kollegen die Selbstmorde der Ensslin, Meinhof und Baader am hellen Tag mit Sekt begossen, sie hatte denen auch noch eine vor Entrüstung bebende Rede gehalten. Da forderten die sofort vom Chef die Entlassung dieser Terroristen-Sympathisantin; und der Chef sprach die Entlassung sofort aus, brachte Fini aber noch zur Tür und sagte, als sie schon im Freien standen: Mir tut's leid, Fini, Sie wissen, wie hoch ich Sie immer geschätzt habe. Und Sie jetzt, unter diesen Umständen! Und habe auf ihren hochschwangeren Bauch gezeigt. Sie sei zu Fuß zurückgegangen in die Metzstraße. Unterwegs habe sie ein paar Zeilen aufgesagt, die Arno immer und immer wieder in seiner Betrunkenheit ausgerufen habe: Die Abendluft wurde gelb und rot. Wortgeflatter und Gelächter überall. Der beinerne Mond gaffte aus seinem Hexenring. Sie habe zum Himmel geschaut, da sei der Mond tatsächlich droben über dem Killesberg im Himmel gestanden, habe aber nicht gegafft, sondern gegrinst. Kam ihr vor. Sie fühlte sich, weil sie schwanger war, unangreifbar. Ihr war nichts so fremd wie Angst. Sie hatte das Gefühl, sie könne überall und immer sagen, was sie denke. Und was sie dachte, war: Die armen Terroristen.

Percy erwartete nicht, dass Ewald etwas sage. Heute stand er auf wie einer, der genau weiß, dass er alles gesagt hat, was er hat sagen können. So einem kann es dann auch gleichgültig sein, was jemand, der zugehört hat, sagt über das, was er gehört hat.

Wurde er jetzt doch ungeduldig?

Auf jeden Fall verbot er sich Ungeduld. Ziellos erzählen, das ist das, was du tun musst. Zum Glück gab es die Tu-autem-Formel. Die half ihm jedes Mal hinaus.

Sobald er auf seinem Zimmer war, wusste er: Jetzt eine Pause.

Zwei, drei, fünf, vielleicht sieben Tage kein Besuch bei Ewald. Dass der Zeit hat. Dann wird man sehen.

6.

Das hat aber gedauert, sagte Innozenz, als Percy auf sein Herein eingetreten war.

Zuerst musste sich Percy tatsächlich wundern. Die historische Ofenküche hatte vielleicht zehn oder vierzehn Quadratmeter gehabt. Jetzt im barocken Dreiecksgiebel des Alten Torhauses, das war fast ein Saal. Mit schrägen Wänden, aber ein Saal, von dem in der Rückwand auch noch Türchen weiterführten. Und schon voll mit Regalen. An den Wänden entlang und quer in den Raum gestellte.

Der Eindruck: überfüllt. Daran hatte sich nichts geändert. Der drei- oder viermal so große Raum wirkte genau so überfüllt wie vorher die enge, dunkle, steinerne Ofenküche.

Innozenz ließ es nicht zu, dass Percy sich dafür, dass er erst jetzt komme, entschuldige. Deines Interesses, mein Percy, bin ich gewiss.

Innozenz war nicht klein, aber gebeugt, eher noch: gebogen. Ein mächtiger runder Rücken und darauf, ohne jeden Hals, ein großer runder Kopf. So kam eine Haltung zustande, die Innozenz, wenn er sich nicht anstrengte, vor sich hin schauen ließ. Da sein Blick sich so gut wie immer auf vor ihm liegende Papiere richtete, war das eine günstige Haltung. Wenn er einem Menschen gegenüber war, musste er sich aufrichten. Das ging aber nicht. Also musste er seinen Blick nach oben schieben. Die Stirn hochziehen und die Augen ganz nach oben drehen, sodass, was Farbe hat im Auge, fast nach oben hin verschwand, übrig blieb das bloße Weiß. Bei jedem anderen hätte man das für einen bösen Blick halten können, nicht bei Innozenz. Er streckte ja seine Händchen am mächtigen Leib entlang, dem Besucher entgegen. Die Arme wirkten neben diesem Leib wie Ärmchen. Man befürchtete, die Händchen werden nicht weit genug nach vorne kommen. Aber sie kamen. Das wirkte. Das war die reine Herzlichkeit. Und eben dadurch drückte der nach oben geschobene Blick nichts Böses aus, sondern allenfalls Traurigkeit. Der Mund war eine Traurigkeitssichel. Wenn Innozenz von seinem Gesicht nicht das Gegenteil verlangte, weinte es. Schön wurde Innozenz durch sein nur millimeterhoch, aber dicht stehendes silbernes Haar. Kein bisschen weiß war dieser Kopf bedeckt, sondern silbern.

Innozenz stand schon, hatte schon seine Ärmchen ausgebreitet und rief, als Percy ihn noch gar nicht erreicht hatte: Ich, ein Okkupant, Percy, was sagst du dazu! Ich bin doch durch und durch ein Okkupierter! Der Verwaltungstyrann Dr. Geierlein, der mir nichts von dem gönnt, was du hier siehst, nennt mich einen Okkupanten.

Weil er alle Namen so änderte, dass sie das aussagten, was die Namensträger für ihn waren, wurde aus Dr. Beierlein Dr. Geierlein.

Der Herr Direktor Geierlein ist der General der Scherblinger Okkupantengarde. Dr. Schluderhose liefert den Kauderwelsch, mit dem hier geherrscht wird. Die Chemiekeule, Percy. Der Professor schützt mich. Er und ich sind eine Verschwörung. Gegen die Chemiekeule. Du, der Gnadensohn des Professors, und ich, wir sind die Verschwörung. Ich ein Okkupant, Percy! Wenn Dr. Schluderhose mir draufkommt, dass ich der Chemiekeule entkommen bin, kreuzigen sie mich. Oder auf den Scheiterhaufen mit mir. Das ist dann nur noch eine Frage des Wetters. Aber mit Heine-Schumann zu reden, beziehungsweise zu singen: Ich grolle nicht. Glücklich, wer so von morgens bis abends okkupiert wird. Von der ganzen Welt. Du siehst es, die Postflut steigt, es hat sich herumgesprochen und herumgemailt – er zeigte auf den Computer –, wem die Hoffnung kränkelt, der flieht zu Innozenz. Du warst hier genau vor zwei Jahren. Am 17. Mai. Du bist drüben, auf dem Weg vom Ärztehaus zum Springbrunnen, vom Wolkenbruch überrascht worden und hast mir, als du patschnass angekommen bist, gesagt, warum du nass geworden bist. Du hast gesehen, alle Patienten, die gerade auf dem Anstaltsgelände unterwegs waren, sind nicht unters nächste Dach gerannt. Alle Ärzte, Pfleger, Besucher und so weiter haben sofort unterm nächsten Dach Schutz gesucht. Da hast du gewusst, wo du hingehörst. Und warst, als du in die Ofenküche gekommen bist, patschnass.

Sag mir jetzt, wie's dem Hauptwerk geht, sagte Percy.

Pschscht, sagte Innozenz. Er ließ einen energisch durchgebogenen Zeigefinger vor dem Mund hin und her ticken und bewegte sich auf Percy zu.

Er legte Percy beide Hände auf die Schultern. Da sie

beide gleich groß waren, musste er die Augen nicht nach oben drehen. Auge in Auge standen sie. Percy wurde von einer Empfindung ergriffen. Er sei ein Engel ohne Flügel, hatte seine Mutter gesagt. Aber der doch auch. Innozenz und er, zwei Engel ohne Flügel. Hatte er sich je einem Menschen näher gefühlt? Und wie gut dieser gebogene Mensch unter die Dachschräge passte! Wieder eine Harmonie. Innozenz nahm die Hände von Percys Schultern und sagte: Willkommen! Ich bin ein mnemotechnischer Wiedergeburtshelfer.

Dann sagte er: Frag ruhig nach dem Hauptwerk.

Also, Schriftsteller Innozenz, sagte Percy, was macht das Hauptwerk?

Das Hauptwerk, flüsterte Innozenz, hat mich um Verschiebung gebeten. Ich soll's verstecken, hat es gesagt. Ich hab's getan. Es ist gerettet. Hier im Raum. Aber unauffindbar für die Spürhunde des Zeitgeists. Sprich den Titel jetzt nicht mehr aus. Das sagte er noch leiser. Darum bin ich Innozenz geworden, darum wurde die Scherblinger Anthologie gegründet, Fünfundzwanzig Bände plane ich, Titel: OFENKÜCHE. Vom Hauptwerk wird nicht mehr geredet. Die Feinde, die ich mir mit diesem Ehrgeizprojekt geschaffen habe, müssen eingeschläfert werden. Fünfundzwanzig Bände OFENKÜCHE. Die Scherblinger Anthologie. Bis die Zeitgeister vergessen haben, dass sie mich verhindern wollten an dem, wofür ich auf die Welt gekommen bin. Aber die Scherblinger Anthologie ist längst mehr als ein Lückenbüßer. Da, der Tisch für das Tägliche! Da, heute eingetroffen: der erste kosmopolitisch-weltkritische Roman, Titel: Asche und Urne, 752

Seiten von Troilus Barrack von Wosnesenski, ein Pseudonym für Hans Rabe, und der Bertelsmann Verlag reagiert so: … in unserem Programm bis auf weiteres kein Platz mehr. Kiepenheuer & Witsch: Leider ist unser Programm im Voraus geplant. Der Insel Verlag: … für das Programm des Insel Verlages nicht geeignet. Du siehst: Die Verlage haben ein Programm, mit dessen Hilfe sie Literatur ablehnen können. Ich werde Herrn Rabe natürlich schreiben, dass in der Ofenküche kein Ablehnungsprogramm existiert. In der Scherblinger Anthologie ist jeder willkommen. Da, Hans Kleiber. Das ist der siebzehnte Brief von Hans Kleiber in diesem Monat. Hör zu: Ich gestatte Ihnen, meine Briefe ins Saubere zu schreiben und sie in Ihre gewaltige Anthologie aufzunehmen. Mein Unheil rührt daher, dass ich mich zu lange mit Schriftstellern abgegeben habe, die schon unter der Erde weilen. Irgendwer presst mir andauernd Reuetränen ab. Sie müssen wissen, dass ich ein Aufschneider bin. Im Abendgymnasium andauernd in englischen Büchern geblättert und so getan, als könnte ich Seite für Seite lesen, dabei verstand ich kein Wort. Vielleicht sind meine mäandernden Briefe ein Roman. Schon schade, dass Dostojewski nicht mehr lebt. Er lebt doch nicht mehr, oder? Können Sie mir einen Schriftsteller sagen, der schon mal vor Wut ein Buch an die Wand geworfen hat? Insgeheim betrübt es mich, dass mir nichts mehr, aber auch gar nichts mehr heilig ist. Ich bin mir sicher, dass sich mit meinem Geschriebenen nichts anfangen lässt. Vielleicht lässt sich in späteren Jahren damit etwas anfangen. Vielleicht sogar viel. Vielleicht sogar alles.

Ja, ja, ja, Hans Kleiber! Dafür bin ich da! Der Erdkreis kann sich diese Geistverluste nicht länger leisten. Sag jetzt nicht, Percy, dass ich aus meiner Flucht vor dem Hauptwerk ein Geschäft machen will. Das Hauptwerk kommt. Sobald die Verfolger eingeschlafen sind. Aber die Scherblinger Anthologie ist kein Lückenbüßer, Percy. Das siehst du doch. Da, gestern, Siegfried Adler. Er schreibt: Es wird mir heute Abend zum ersten Mal richtig bewusst, dass es doch besser wäre, wenn die Post Einzelgängern Bücher erst abends zustellte. Der Hauptgrund dieses Schreibens aber ist, Ihnen mitzuteilen, dass Sie mein Manuskript nach Möglichkeit so lange behalten sollen, wie Sie es aushalten können, es bei sich zu haben, ohne mir zu antworten. Ich werde mir hier die Zeit schon zu vertreiben wissen. Diese Jahreszeit eignet sich ja so gut für Spaziergänge. Darüber hinaus hoffe ich, dass ich wieder ich selbst werde. Vielleicht hilft Hamsuns *Hunger* lesen.

Dass viele, die mir schreiben und Manuskripte schicken, Hans heißen und fast immer in Berlin oder in München leben, wird zu untersuchen sein.

Und las gleich weiter: Da, Hans Sperber: Wenn es aber einen Gott gibt, so gibt es zu allen Zeiten nur eine Sprache, in der man zu diesem Gott redet, wenn man von ihm angerufen wird. Darum kann ich nicht zustimmen, wenn mir gesagt wird, dass in meine Dichtungen nichts eingegangen sei, was der Mitteilung wert ist. Ich bin angerufen worden von Gott. Daraus kann keine supramoderne, mit ängstlicher Verstandeskraft zusammengekleisterte Intellektualdichtung erstehen, von der es einem schwindlig werden muss, weil die Seinsschwere verloren gegangen ist. Ihr Urteil, werter Herr, mag vernichtend sein. Aber dann ist alles wieder, wie es bis jetzt war, und die Ausnahme war dann die Zeit, in der ich hoffte, irrsinnigerweise hoffte, dass Sie mich gelten lassen könnten.

Und las weiter: Wenn die Quelle versiegt. Gedichte. Ich muss Ihnen mein jüngstes Werk anvertrauen. Es ist ein wahres Herzenskind. Dass darauf niemand gewartet hat, weiß ich jetzt. Aber dass es Sie gibt, weiß ich jetzt auch. Wenn ich Sie meinen einzigen Lichtblick nenne, will ich Sie nicht nötigen, gut zu sein zu mir. Was auch immer Sie sagen, es wird alles entscheiden. Ihrem Urteil allein werde ich mich fügen. Ihre Gretel Kornblum.

Und las weiter: Ist mein Geschriebenes so unzulänglich, wie ich mich genau in diesem Augenblick fühle? Das steht als drohende Frage im Raum. Ich möchte nicht um eine Antwort betteln, nur darum bitten möchte ich, Ihnen meine Manuskripte schicken zu dürfen. Ida Halm.

Schön, gell, sagte Innozenz. Wenn keine hiesige, keine Scherblinger Regung spürbar, sichtbar, beachtlich geworden wäre, hätte ich geglaubt, ich sei auf dem Weg in eine Sackgasse hinein. Aber, zu meinem großen Glück, treffen aus Scherblinger Quartieren leuchtende Texte ein. Fabelhaft, das Selbstbewusstsein der Schreibenden. Moment, das muss ich dir vorlesen, ein Friedlein Vogel, inzwischen auf Station II, wenn es dich überhaupt interessiert.

Es interessiere ihn sehr, sagte Percy, Friedlein Vogel sei er persönlich begegnet.

Innozenz: Horch! Ihrer Lektüre nur wenig vorgreifend, weise ich darauf hin, dass mein Schreiben nichts anderes ist als Abschied, das Ritual eines endlosen Abschieds, der immer weitergetriebene Versuch, die aus dieser Befindlichkeit jede Stille blutend durchblühenden Erfarungen und die darin begründete unermessliche Fruchtbarkeit zum Ausdruck zu bringen. Gut, gell.

Percy schüttelte sich ein bisschen, als wolle er etwas loswerden.

Innozenz noch einmal: Gut. Oder?

Percy sagte: Gut.

Und Innozenz: Das heißt doch was, dass ich Dichter entdecke. Nur noch Dichter! Das spricht sich herum. Die sagen es einander. Dichter, Percy, das sind die wahren Menschen. Gestern schrieb mir der Dichter Hans Kleiber: Das Leben ist schön. Weil es endet. Endete es nicht, wäre es nicht schön. Und der ist abgelehnt von allen Verlagen. Aber die Verlage sind unschuldig. Die Verlage sind die Welt. Und die Sensation, unbescheiden, wie ich zu sein habe, sage ich meine Sensation: Die Scherblinger Anthologie ist die einzige Anthologie der Welt, in der keine Zeile veröffentlicht wird, die schon sonst wo zu lesen war! Gut, gell?!

Und wie, sagte Percy.

Percy, Percy, Percy! Die Welt strotzt vor Bedeutung. Sag doch du mir, ob es mir auffallen darf, dass seit drei Wochen alle Manuskriptsender Vogelnamen haben. Raabe, Fink, Kleiber, Adler, Stieglitz. Und davor wochenlang nur Vegetation. Gewachsenes. Herr Esche, Herr Fichte, Herr Busch, Frau Gerster, Herr Kleie, Frau Weidenmann, Herr Dorn, Frau Strauch.

Er wartete offenbar darauf, dass Percy aus dieser Aufzählung etwas lerne. Weil der nichts sagte, sagte er, er habe immer schon diese Schwäche gehabt, von Bedeutungen bestürmt zu werden. Gib jetzt zu, dass du glaubst, alles, was ich hier mache, sei nur ein Vorwand, um mich vor dem Hauptwerk zu drücken. Ich weiß, das kannst du aus lauter Herzenshöflichkeit nicht zugeben. Vom Hauptwerk bin ich nicht ablenkbar. Durch keinen anthologischen Schlenker. Ein Briefroman, das Hauptwerk. Der Dichter schreibt an einen Zeitgenossen, der ihm der Wichtigste Mensch ist. Der Autor schreibt den einen Brief als Jude, den nächsten Brief als Faschist, den dritten als Millionär, den vierten als Sozialist, den fünften als Franziskanerin, den sechsten als dreimal geschiedene Frau, den siebten als noch nicht erwischter Kinderschänder, den achten als lebenslänglich eingesperrter Mädchenmörder, den neunten als betrogener Erfinder, den zehnten als bankrotter Einzelhändler, den elften als unerziehbare Mutter. Der Wichtigste Mensch sammelt, was ihm vom Dichter geschickt wird. Er muss sich alles, was ihm geschrieben wird, gefallen lassen, weil es ihm bessergeht als dem Schreibenden. Verstehst du, Percy! Das ist seine Schuld, dass es ihm bessergeht. Das ist das, was der Dichter will, den Wichtigsten Menschen davon überzeugen, dass es ihm bessergehe als denen, die ihm schreiben. Das gelingt dem Dichter. Aber dann, wenn alle Briefe von allen durch ihre Leidensfähigkeit überzeugenden Figuren geschrieben, abgeschickt und vom Wichtigsten Menschen gelesen sind und der Wichtigste Mensch dann zugeben muss, er habe durch die vom Dichter an ihn geschriebenen Briefe lernen, einsehen und zugeben müssen, es sei angesichts dieser Existenzmitteilungen nicht zu rechtfertigen, dass es ihm so gut geht, wie es ihm nun einmal gehe, dann erst holt der Dichter aus zum allerletzten Brief, darin steht, ihm, dem Dichter, gehe es besser als allen seinen elenden Figuren und ihm gehe es auch unendlich viel besser als dem Empfänger dieser Briefe, der ja doch wohl die windigste Sorte Mensch sein müsse, wenn er sich dadurch, dass es anderen schlechtergeht, den Tag und den Abend verderben lasse. Er, der Dichter, schwebe selig über gar allem, was ihm nur Stoff ist für seine Ausdruckslust. Und seine Rechtfertigung, Percy, es ist alles EIN TEXT. Keiner und keine darf ausgeschlossen sein. Du denkst nicht, ich unterschlage, dass du es warst bei deinem vorletzten Besuch vor zwei Jahren, dass du die Scherblinger Anthologie befohlen hast. Ich habe damals nichts gesagt zu deinem Befehl. Ich habe gedacht: Er traut mir das Hauptwerk nicht zu. Er erfindet mir eine Ausrede. Ich war beleidigt, monatelang, dann nicht mehr. Jetzt bin ich glücklich. Jeden Tag strömen die überall Abgelehnten herein zu mir. Niemand sieht so genau wie ich: DIE WELT IST EIN TEXT. Was gesagt und geschrieben, was gelesen und gehört wird, es ist EIN Text. Die Welt ist nichts als ein Text. Aber als Text ist sie alles, was sie sein kann. Die Bewertungsgewohnheiten stehen dem Erlebnis, dass die Welt EIN Text sei, noch hinderlich im Weg. Aber schon wird spürbar, dass die Einteilung in Lyrik, Mathematik, Religion, Chemie, Prosa, Musik, Sport und so weiter eine durch Hilflosigkeit und Angst zustande gekommene Einteilung ist.

Es gibt zum Glück heute schon fast keine Möglichkeit mehr, diese zur Grausamkeit und Willkür dienende

Einteilung zu verstehen. Die entsetzliche Trennung der Existenzen in solche und solche. Die gewollte oder doch lachend geduldete Unverständlichkeit ganzer Bereiche. Das kalkulierte Missverständnis als Straftat zum Beispiel. Die Freude der einen über Unfähigkeiten anderer. Nichts als Peitsche und Scham. Und die Zeitvorstellung, eines der schmerzlichsten Folterwerkzeuge. Seit wir Text sind. Es ist nicht mehr möglich, das Leiden der unter der Zeit leidenden Jahrtausende noch nachzuempfinden. Wir wissen zum Glück nicht, wovon wir erlöst sind. Der Himmel oder der Kopf war voller Wörter für Nichtexistierendes. Nur zur Knechtung entwickelt. Seit wir ein Text sind und keiner allein sich nur im Geringsten verständlich wäre, ist es nicht mehr nötig, Einzelne zu knechten. Jeder ist durch andere vollkommen bestimmt und hat selber keine Mühe mehr: Der Irrgarten der Wörter wird wieder zum Paradies.

Ich überspringe die Zeit des allmählichen Zusammenbruchs der kosmetischen Ausdrucksweise – ich habe diese Zeit noch nicht hinter mir. Spürst du jetzt die Hauptwerksdimension? Man muss, das ist das mindeste, die Handlung so weit treiben, dass sie nicht mehr möglich erscheint, erst von da an wird sie interessant. Aber was erscheint wem noch unmöglich? Diese Frage, o Percy, stellt das Hauptwerk!

Percy, dass du gerade heute gekommen bist, hat eine noch gar nicht fassbare Bedeutung. Vielleicht bist du ein so starker Mensch, dass du, egal an welchem Tag du kommst, immer wirkst wie ein Lift, wie eine Emporhebung. Du bist die Erleichterung. Zum ersten Mal kann ich es wieder nennen, das Hauptwerk. Ohne zu fürchten, mir die Spürhunde auf den Hals zu hetzen. Hauptwerk. So soll es heißen. Jetzt hat es dieser Raum gehört. Ich verspreche aber allen hier wartenden Manuskripten, dass das Hauptwerk erst wieder bedacht wird, wenn die Scherblinger Anthologie steht. Percy, im Augenblick habe ich keinen Feind mehr. So leicht machst du mich. Direktor Geierlein winkt mir zu, ruft mir zu, ich soll ihm nichts übelnehmen, ruft er. Der gespenstisch unnachgiebige Dr. Schluderhose hebt beide Hände, zeigt sie richtig vor, er will mir zeigen, dass er kein Pharmakon mehr anrührt. Percy, ich danke dir.

Er streckte beide Händchen aus. Percy ergriff sie und drückte sie. Lang.

Innozenz zeigte auf einen Tisch, auf dem sich Bücher und Papiere häuften. Für unseren Professor, sagte er.

Mein Jenseits, sagte Percy.

Ich schaff' ihm her, was es gibt. Dieser Blick auf die Reliquien! Die Heiligblut-Tropfen in unserer Stiftskirche, heute Religionstheater für Minderbemittelte. Wenn er das schafft, Percy, die Rehabilitierung der Reliquie! Zu mir kommt er und holt, was ich zusammentrage, nimmt immer nur so viel mit, wie unauffällig in seine Tasche geht. Wenn er Dr. Schluderhose begegnen würde und der entdeckte, woran der Chef des PLK Scherblingen arbeitet, er wäre erledigt. Du und ich, wir sind keine Feiglinge. Von dir spricht er wie ein Vater. Mich ernennt er zum Guten Geist. Er der Vater, ich der Geist, du der Sohn. Percy!

Er war immer lauter geworden. Percys Namen hatte er gerufen. Laut gerufen. Dann hatten sie beide losgelacht. Innozenz wieder lauter als Percy. Er musste sich an Percy halten, so schüttelte ihn das Lachen. Und im Lachen musste er noch ein paar Male wiederholen. Er der Vater, ich der Geist und du der Sohn. Und lachte noch einmal.

Da fiel die Lampe von der schrägen Decke und zersprang.

Danke, sagte Innozenz, ich fühle mich verstanden.

Scherblingen, sagte Percy.

Innozenz: Herr von Kahlau, mir ist jede Scherbe heilig.

Percy: Wir Laienschauspieler!

Aber im Welttheater, sagte Innozenz plötzlich ganz ruhig, im Welttheater, Percy. Die ganze Welt in der Wissenssklaverei. Und der Professor befreit sie, die ganze Welt. Sie will befreit werden. Es wird der letzte noch denkbare Kampf werden. Gegen die Kollaborateure, die bewusstlosen Statthalter des Wissens, die Funktionäre des Zweimalzweiseivier. Das Problem der Wissenschaft kann nicht auf dem Boden der Wissenschaft erkannt werden. Nicht von mir. Bruder Nietzsche. Gell. Wenn der Professor zu mir heraufkommt, sitzen wir, und er sagt, was gerade vorgeht in ihm. Es ist immer die Unbeweisbarkeit dessen, was er glaubt. Ich glaube, also bin ich, sagt er. Das ist revolutionär, Percy. Ich glaube, also bin ich. Das ist sein Satz. Noch sagt er den nur hier heroben im barocken Dreiecksgiebel des Alten Torhauses. Komm jetzt. Setzen wir uns. Falls du für einen paranoid halluzinatorischen Schizophrenen noch einen Augenblick Zeit hast.

Er ging voraus. Percy folgte. Hinter den quergestellten Regalen gab es ein Sofa, zwei Sessel und einen kleinen runden Tisch, wahrscheinlich aus Messing.

Percy, sagte er, ich habe natürlich gewusst, dass du wieder kommen wirst. Ich weiß natürlich, dass die zuerst mit Vogel-, dann mit Gewächsnamen auf mich zu dirigierte Flut unter dem Vorwand Scherblinger Anthologie nichts ist als der Versuch, das Hauptwerk zu verhindern. Falls du das auch denkst, könntest du es ruhig aussprechen. Ich glaube sogar, die Zentrale, wer auch immer das sei, organisiert die Ablenkungsattacke absichtlich so durchsichtig, sieben Wochen Vogelnamen, und ich heiße Horst-Jürgen Storch, dann neun Wochen Gewächse, und meine Mutter ist eine geborene Klee, verstehst du, ich soll merken, was gegen mich im Schwange ist. Ja, ja, ich merke es! Für einen Zufall habe ich es nie gehalten. Dazu war ich immer zu realistisch. Aber, Percy, und wenn sie mir sämtliche Lampen auf den Kopf fallen lassen, mögen die Lampen zerbrechen, ich zerbreche nicht.

Dann, später: Percy, mach dir keine Sorgen um mich! Und flüsternd: Den Innozenz, den kriegen sie nicht. Zentralen sind immer dumm.

Und wieder später, noch leiser flüsternd: Das Hauptwerk wird erscheinen. Autor wird sein: Innozenz Alias.

Dann etwas lauter: Gut, gell?!

Percy nahm die rechte Hand von Innozenz und hielt sie an seine Brust. Innozenz sollte spüren, wie heftig Percys Herz schlug. Dann gab er die Hand zurück.

Irgendwann sagte er: Du hast es schön hier heroben.

Und später: Vielleicht müssen wir einmal zusammenziehen. Du und ich. Und unseresgleichen.

Und Innozenz: Zum Beispiel der Professor.

Du weißt, ich bin hier, weil ich mein Gesicht verloren habe. Darum muss ich mich hier verstecken. Der Professor ist mein Komplize. Ich habe immer Angst, er müsse es eines Tages büßen.

Irgendwann stand Percy auf, gab Innozenz die Hand.

Innozenz sagte: Nimm mich bitte nicht so ernst. Und weil Percy nichts sagte, sagte er noch: Sonst friert's mich.

Von der Tür her ein Klopfgeräusch, das schon eher ein Trommelwirbel war. Und bevor Innozenz Herein rufen konnte, stürmte herein Friedlein Vogel. Und nahm die größtmögliche Haltung an und trug vor:

Spiel zum Tanz auf, Saxophon,
wer jetzt noch lacht, lacht mir zum Hohn.
Spielt auf, ihr köstlichen Schalmeien,
der Hass tanzt mit mir Ringelreihen.

Und, rief er.
Weiter, rief Innozenz, weiter!
Und der:
Soll ich noch ne Strophe dichten,
dann könnt ihr mich noch gnadenloser richten.
Mich zieht ein jeder Reim von hinnen,
ich wohne längst bei Käfern und bei Spinnen.

Und rief: Immer noch?
Und Innozenz: Aber ja, aber ja.
Und der:

Jedes Gedicht wölbt mir den Mund,
jedes Wort wird mir zum Fund,
ich bin gemeint von tausend Sonnen,
die letzte Schlacht wird von mir gewonnen.

Dann, ein bisschen müder klingend: Soll ich noch?
Innozenz: Unbedingt.
Der, jetzt eher leise, fast vor sich hin:

Ich bin von einer Frau im Traum geboren,
mich hat kein Mann im Bett verloren,
ich blühe auf asphaltenen Plätzen,
wo sie Menschen mit Gesetzen hetzen.

Dann, auch nicht gerade laut:
Am schönsten wäre es, wenn ich etwas Schönes machen könnte. Das Schöne braucht uns wie wir den Tod.
Ich bin Jonas. Ruft mich. Ich werde euch hören.
Jonas warf ihnen einen Kuss zu und ging.

Innozenz sagte: Scherblinger Anthologie!
Percy sagte: Du treibst was um!
Dann ging er auch.

Ohne es eigentlich zu wollen, ging er Richtung Portal. Als er das merkte, gestand er sich ein, dass er in den Bibliothekssaal wollte. Auf die Orgel. Phantasieren. Wenn er auf der Orgel phantasierte – und das tat er hier in Scherblingen öfter, als ihm recht war –, konnte er sich gehenlassen. Es war eine Art Verantwortungslosigkeitsgenuss. Vielleicht würde Luzia Meyer-Horch ihn abbringen von dem, was er wollte. Und nicht wollen wollte. Luzia Meyer-Horch, die Schlüsselbewahrerin für Saal und Orgel. Aber heute kam er nicht bis zum Portal. Eine Frau verstellte ihm den Weg. Unter einem Arm eine grellviolette Kinderbadewanne, umgehängt eine Gitarre ohne Hülle, auf dem Rücken einen prallen Rucksack. Sie stand vor ihm, hielt ihm ein großes Kuvert so hin, dass nichts übrigblieb, als es zu nehmen.

Gretel Strauch, sagte er. Seit wann verkehren wir per Papier mit einander. Ich habe schon gehört, dass du wieder eingetroffen bist.

Lesen Sie's trotzdem, sagte sie.

Lesen reicht nicht, sagte Percy. Setzen wir fort, was wir vor zwei Jahren angefangen haben. Morgen in der Alten Kornscheuer. Um fünf.

Nichts verriet, dass sie ihn gehört oder gar verstanden hatte. Sie schaute ihn an, ihr Mund halb offen, und im halboffenen Mund kreiste die Zunge. Er wusste, dass sie so Stunden vor einander stehen konnten. Dass ihre Zunge so kreiste, wie rasend kreiste, war ihr eine Qual. Vielleicht wollte sie ihn sogar zum Zeugen machen: Da schau, das sind eure Medikamente. Dyskinesie, irreversibel, wa!!!

Aber dann schaffte sie doch noch einen Satz: Don't talk to a tortured.

Morgen um fünf, sagte er.

Sie drehte sich um, als drehe sie sich gegen einen übermächtigen Widerstand um. Und ging. Er sah ihr nach. Ihr tastender, andauernd entgleiten wollender Gang. Der Medikamentengang. Eine Art Pflichtgefühl befahl: Nicht auf die Orgel! Ins Zimmer! Im Zimmer musste er das Kuvert öffnen. Dem Kuvert sah man an, dass es durch viele Hände gegangen war. Die Seiten, die er herauszog, waren eng beschrieben. Das wirkte, als sei es die Aufgabe der Schreiberin gewesen, auf diesen Seiten keinen Quadratmillimeter unbeschrieben zu lassen. Er wusste, was ihn erwartete, hätte die Seiten lieber weggelegt. Die Klagen der Patienten gleichen einander. Diese Seiten aber konnte er nicht weglegen, weil er direkt angesprochen wurde: Gehen Sie! Verschwinden Sie. Sie verpesten die Luft mit Ihrer guten Laune. Ihr Lächeln können Sie sich in den Arsch stecken. Hier wird gefoltert. Hier setzt der Euthanasist Bruderhofer niederschmetternde Psychopharmaka per Gerichtsbeschluss gegen die Patienten durch. Alle Qual, alles Unfähigwerden und Unlebendigsein, alles Verrecken durch diese Zwangsmedizin ist übrigens nur Nebenwirkung. Dass einer um Hilfe ruft, kann nicht gehört werden, denn es findet nicht statt. Was wirklich stattfindet, findet nicht statt. Was nicht stattfindet, findet statt. Die Zwangsprediger haben das Wort. Und das Wort ist Pharmakon geworden und hat die Herrschaft übernommen in Scherblingen. Früher haben sie Juden in ihre Kirchen gesperrt und ihnen die Ohren vollgeschrien. Jetzt sind wir dran. Die Juden konnten sich in den Kirchen die Ohren mit Wachs zustopfen. Gegen das elektronische Geschrei der Heutigen hilft kein Wachs. Ihr sagt: Unsere Stimmen gibt es nicht, also sind wir verrückt, wenn wir sagen, dass wir die Stimmen hören. Dabei kann jeder von uns aufschreiben, was ihm die Stimmen sagen. Nichts ist so sicher, wie dass es die Stimmen gibt. Wenn wir die Macht hätten, wie ihr sie habt, könnten wir sagen: Ihr seid verrückt, wenn ihr die Stimmen nicht hört. Es gibt sie, sie quälen uns. Perfekt montiert. Der längst wahnsinnige Führer schreit Tag und Nacht mir aus den Zähnen heraus. Sie, Herr Baron, wissen das alles und wandeln darüber hinweg wie Jesus über den See Genezareth. Ihr Glaube macht Sie selig. Uns nicht. Jetzt aber schnell weg. Fort. Ab nach Kassel. Sie sind nicht würdig, dass Sie atmen die Scherblinger Luft. Sie nehmen uns den Sauerstoff. Wir sind nämlich am Ersticken.

Sie, Herr Baron, arbeiten mit dem Systemkollaborateur Horst-Jürgen Storch alias Innozenz zusammen. Hüten Sie sich vor diesem Ermöglicher des Unmöglichen. Ich schick ihm auch was hin. Dreizehn leere Seiten. Nummeriert. Aber leer. Für seine einlullende Anthologie. Die Welt dröhnt von einlullenden Anthologien. Jetzt also auch Scherblingen. Eine Schande. Mein Sohn, ein Praktikum beim Bau, stürzt sich angeblich selbst vom Gerüst. Tot. Mein Mann lässt sich scheiden. Von mir. Weil ich den Sohn vom Gerüst gestürzt habe. Die Uni hat sich auch scheiden lassen von mir. Ich möchte mich auch scheiden lassen von mir. Was ist nicht alles versucht worden! Was das Medikament macht mit mir: Ich bin am Strang hingerichtet worden. Der Stuhl ist weg. Ich baumle, aber ersticke nicht ganz. Wenn doch einer käme, der an meinen Füßen zöge. Dass es ein Ende hätte. Ihr mit eurem nachgemachten Grauen. Ich hätte Lust, laut zu werden. Aber ich bin und bleibe nur: Gretel Strauch.

Percy dachte an Innozenz. Diese Verführung in allem. Dass eine Bedeutung sei.

Als er das für morgen mit Luzia Meyer-Horch in die Wege geleitet hatte, ging er in den Bibliothekssaal, auf die Orgel, und überließ sich der Verantwortungslosigkeit.

7.

Percy wartete unten, sah ihr entgegen, sah, wie unsicher sie ging, so als tastete sie sich vorwärts. Sie sah beladen genug aus. Unterm rechten Arm die violette Kinderbadewanne, unterm linken hing die Gitarre, auf dem Rücken der immer prallvolle Rucksack. Als sie da war, öffnete er die Tür, drinnen gab er ihr die Hand und sagte: Ich danke dir. Noch nie war er so einverstanden mit seinem Du. Er dachte an Pfarrer Studers Gott segne meinen Eintritt. Ihre Hand ließ er nicht gleich los. Er spürte, dass es jetzt nichts Wichtigeres gab als ihre Hand in seiner Hand. Ihre Hand war kalt. Und hart. Vielleicht würde er jetzt eine unmessbare Zeit lang hier stehen, ihre Hand in seiner Hand. Bis er die Kälte nicht mehr spürte. Er drückte ihre Hand überhaupt nicht, aber er hatte sie doch so im Griff, dass sie spüren musste, er würde ihre Hand nicht mehr loslassen. Ihre Hand wehrte sich nicht gegen seinen Griff. Er schaute ihr in die Augen. Das war das, was über die zwei in einander liegenden Hände entschied: ihre Augen. Wenn sie nicht beide in Trainingsanzügen gekommen wären, hätte er diesen trüben Blick vielleicht nicht ausgehalten. Aber dass sie auch im Trainingsanzug gekommen war, belebte ihn. Er wartete nicht. Er erlebte ihre Hand. Und hoffte, sie erlebe seine Hand auch. Sie starrten einander in die Augen, wie unter anderen Umständen

Menschen einander nicht in die Augen starren können. Irgendwann wurde ihr Blick dunkler. Nicht entgegenkommender. Schmerzlicher. Leidender. Lebendiger. Jetzt ließ er ihre Rechte frei, nahm die Linke und ging mit ihr die Treppe hinauf bis in den Dachboden. Der hatte der Klinik, bevor sie sich drüben im Wald neu erbaut hatte, als Ruheraum gedient. Eher ein Saal als ein Raum. In der Klosterzeit ein Getreidespeicher. Jetzt leer. Vollkommen leer. Durch die Gaupen fiel, fast romantisch, Tageslicht auf die alten Dielen.

Er zog seine Schuhe aus. Sie tat das Gleiche. Sie sagte, in einem sogenannten Standardwerk habe sie gelesen: Die Psychotherapie beschäftigt sich mit Missratenen. Da sie ja als Psychotikerin für Psychotherapie nicht in Frage komme, könne sie über solche Sätze grinsen. Sie sage ihm das auch gleich, dass er wisse, sie erwarte von diesem Dachbodentermin rein gar nichts. Percy nahm wieder ihre linke Hand und ging los. Immer an den Wänden entlang. Er ließ ihre Hand nicht aus seiner Hand. Steigerte das Tempo. Sie machte sein Tempo mit. Sie rannten nicht, aber sie gingen schnell. Noch gingen sie stumm. Gretel Strauch machte mit. Das spürte er. Er würde gehen, solange er diese Zustimmung spürte.

Vor zwei Jahren waren sie im selben Raum an den Wänden entlanggegangen, bis Gretel Strauch nicht mehr konnte. Irgendwann war sie stehengeblieben und dann auch gleich auf die Knie gesunken, dann war sie auf dem Boden gelegen, rücklings, Atem holend mit offenem Mund, schweißüberströmt. Und er hatte sich neben sie gelegt und hatte durch sein Schnaufen zugegeben, dass auch er außer Atem war. Auch diesmal musste gegangen werden, bis sie nicht mehr konnten. Es war ein unerklärter Wettbewerb. Sie musste zuerst zu Boden. Wichtig war, dass er ihre Hand, wenn sie in die Knie ging, nicht gleich loslassen würde. Erst wenn sie lag. Dann musste er aus seinem Rucksack, der neben der Tür lag, Wasser holen. Fünf Flaschen hatte er dabei und zwei Becher.

Wie oft sie vor zwei Jahren zu Boden gegangen war, wusste er nicht mehr. Auf jeden Fall war es schon dunkel geworden. Sie hatte sich aufgesetzt, mit dem Rücken zur Wand, er hatte von den vier Deckenleuchten eine angemacht. Dann waren sie gesessen und hatten noch lange nicht gesprochen. Irgendwann hatte er gesagt, dass er ihr etwas vorsagen wolle. Falls sie Lust habe, könne sie, was er vorsage, nachsprechen, es seien liebenswürdige Texte, und am schönsten wäre es für ihn, wenn sie beide die Texte so oft aufsagten, bis sie sie auswendig könne. Und das war dann, was sie taten. Eine Zeit lang. Dann war er wieder aufgestanden, hatte ihr die Hand gereicht, sie hochgezogen, und wieder waren sie gegangen. Aber nicht mehr so schnell. Jetzt hatte er angefangen, die aufgesagten Sätze wieder aufzusagen. Immer zuerst er, dann sie. Beim Gehen waren die Sätze anders erlebbar als im Sitzen. Irgendwann hatte er bemerkt, dass sie nicht mehr konnte. Also hatten sie die Rucksäcke geholt, er hatte zwei Schlafsäcke mitgebracht, dann waren sie neben einander auf dem Boden gelegen. Er hatte erzählt, was das Auswendiglernen und Aufsagen in seinem Leben für eine Rolle gespielt hatte. Sie war eingeschlafen, er auch. Am Morgen war er vor ihr aufgewacht, hatte ihr, als sie wach wurde, zu trinken gegeben, dann waren sie, noch halb in ihren Schlafsäcken, mit dem Rücken zur Wand gesessen, und er hatte noch einmal alle Texte vom Vortag aufgesagt, und sie hatte alle Texte wiederholt. Im Sitzen. Dann hatten sie sich von einander verabschiedet und abgemacht, dass sie das jetzt zweimal pro Woche genau so wiederholen würden. Und das hatten sie getan.

Als sie ihn jetzt auf dem Brunnenplatz angesprochen und gleich auch beschimpft hatte, wirkte sie wie ein Tier, das gehetzt wird. Er hatte, als sie ihre Beschimpfung beendet hatte, gesagt, dass er sie gern beschützen würde. Dieser Satz hatte genügt, die Verabredung für die Kornscheuer zu ermöglichen. Und jetzt gingen sie wieder an den Wänden entlang. Stumm. Ihre Hand in seiner Hand. Es gab nichts Wichtigeres als dieses Gehen. Bis sie nicht mehr konnte. Dann lag sie. Sobald sie lag, hatte er ihre Hand losgelassen. Als sie sich wieder aufsetzte, stand er auf, zog sie hoch, zeigte, dass jetzt wieder gegangen werden könnte. Sie machte mit. Aber in der zweiten Runde fing er an zu sprechen.

Er sagte:

Erhabenster, Gütigster, Machtvollster, Allgewaltigster, Erbarmungsreichster und Gerechtester, Verborgenster und Allgegenwärtigster, Lieblichster, Kraftvollster!

Und sie fuhr fort:

Du stehst felsenfest und bist doch nicht erkennbar; Du Unwandelbarer wandelst alles; bist niemals jung, niemals alt; Du ernennst alles und gibst die Hochmütigen der Vergänglichkeit preis, ohne dass sie's fassen.

Und er:

Du bist immer geschäftig, immer ruhig, geeint und bedürfnislos, tragend, erfüllend und behütend, wirkend, sättigend und beschließend und ewig suchend, obwohl Dir nichts ermangelt.

Und sie:

Du bist die leidenschaftslose Liebe; Du bist der ruhige, milde Eifer; Deine Reue ist schmerzlos.

Und er:

Was aber bringe ich vor mit alle dem, mein Gott, mein Leben, Du meine heilige Wonne?

Und sie:

Welchen Wert haben überhaupt unsere Worte, wenn man von Dir redet?

Und er:

Und dennoch.

Und sie:

Weh denen, die Dich verschweigen.

Und er:

Ihr Schweigen ist gar zu beredt.

Und sie, stehenbleibend, ausatmend:

Augustin.

Und er: Augustin ist immer unser Anfang. Du spürst, wenn wir ihn ansprechen, wir rufen ihn nicht an. Sondern? Gretel Strauch!

Wir ernennen ihn, sagte sie.

Und er: Dafür, dass du das nicht vergessen hast, danke ich dir.

Sie wunderte sich auch darüber, dass, was sie vor zwei Jahren in diesem Raum ihm nachgesprochen hatte, jetzt genau so wieder gesprochen werden konnte.

Und er: Und jetzt?

Und sie: Unser Seuse.

Ja, rief er, ja! Unser Seuse.

Er:

Er war allein. Dann bedrängte ihn ein Leiden. Schwer. Ganz absonderlich. Dann war seine Seele verzückt. In ihm oder um ihn. Und sah und hörte, was kein Mensch sagen kann.

Und sie:

Und doch voller freudenreichen Sinns. Das Herz war gierig danach. Ein fröhlicher Mut erfüllte ihn. Kein Wünschen mehr, kein Begehren. Er starrte in den Widerglast.

Und er, jetzt wieder gehend:

So gewann er seinem Selbst und allem Sonstigen ein Vergessen. Tag und Nacht gab es nicht mehr. Aus brach eine Süßigkeit des ewigen Lebens voll der gegenwärtigen, stillstehenden, ruhigen Empfindlichkeit.

Sie:

Und er sprach: Wenn das nicht das Himmelreich ist, weiß ich nicht, was Himmelreich ist. Wenn all unser Leiden nichts vermag gegen die Freude, die unauslöschliche.

Er:

So eine Stunde lang. Oder eine halbe. Ob seine Seele in ihm war oder von ihm geschieden, wusste er nicht. Als er wieder zu sich kam, war es ihm, als sei er aus einer anderen Welt gekommen.

Sie:

Sein Leib erlebte in diesem Augenblick ein solches Weh, dass er glaubte, außer beim Sterben sei ein solches

Weh nicht möglich. Er kam zu sich mit einem heftigen Seufzer und fiel hin und schrie: O weh, Gott, wo war ich? Wo bin ich jetzt?

Er:

Und als er aufstehen konnte, sah man ihm nichts an. Aber innen, in seiner innigsten Innerheit, war er erfüllt vom süßesten Himmelsgeschmack. Das blieb ihm als eine Sehnsucht nach Gott.

Sie: Seuse, genannt Suso.

Er sagte, dass sie das alles zwei Jahre lang behalten habe, sei für ihn ein Geschenk.

Beide fingen jetzt gleichzeitig an zu gehen. Und zwar viel schneller, als sie bisher gegangen waren. Er hatte ihre Linke losgelassen.

Er sagte:

Non sum. Ich bin nicht. Ach, was liegt ein unaussprechliches Wesen in diesem Non sum. Ach, diesen Weg will niemand wandern, man wende sich, wohin immer man sich wende. Wir sind und wollen und wollen immer sein, immer einer über dem anderen.

Sie:

Jeder nimmt lieber auf sich zehn Werke als ein einziges gründliches Verlassen. Darum dreht sich immer alles, dafür setzen sie immer Leib und Seele ein, dass sie sein wollen, groß sein, reich sein, gewaltig sein. Davon kommt aller Jammer, alle Klage, dass wir gottlos sind, gnadenlos, lieblos. Davon allein kommt alles, was uns fehlt, nur davon, dass wir sein wollen.

Er:

Ach, das Nichtsein wäre all überall der wahre, ewige

Frieden, wäre das Seligste, Sicherste, Edelste in der Welt. Aber niemand will das, sei er reich, arm, jung oder alt.

Die höchste Schule und ihre Kunst, die man hier liest, die ist nichts anderes denn eine ganz vollkommene Gelassenheit seiner selbst, also dass ein Mensch stehe in solcher Entwordenheit, wie immer sich Gott gegen ihn erzeige, mit sich selbst oder mit seinen Kreaturen, in Lieb und Leid, dass er sich des befleißige, dass er allezeit gleich stehe in einem Aufgeben des Seinen, in wie fern es menschliche Dürftigkeit erzeugen mag, und allein Gottes Lob und Ehre ansehe, wie sich der liebe Christus bewies gegen seinen himmlischen Vater.

Sie:

Ach, Kinder, wer dich in dein Nichts will weisen, den empfange mit Dankbarkeit und mit Liebe, dass du genannt wirst, was du bist: Non sum. Und dass wir alle in diese Vernichtigkeit kommen, dass wir versinken in das göttliche Jetzt, das gebe uns Gott.

Er:

Wer dich in dein Nichts will weisen,

Sie:

Den empfang mit Dankbarkeit und Liebe.

Er:

Damit du in der Wahrheit daran erinnert wirst, was du bist: Non sum.

Sie:

Amen.

Weil sie zum Schluss doch eher gerannt als gegangen waren, sanken sie beide zu Boden. Gerade bei ihren Rucksäcken. Es war dunkel geworden. Er schenkte Wasser ein. Sie tranken.

Gretel Strauch sagte:

Non sum.

Er wiederholte: Non sum.

Er ging weiter, sie ging mit.

Er: Jakob Böhme.

Wie ist doch in einem lebendigen Wesen alles so wunderbar und herrlich.

Sie:

Darf ich Dich, der Du die Wahrheit bist, lauschenden Herzens fragen, warum die Tränen, die der Unglückliche vergießt, ihm wohltun?

Er:

Du bleibst ewig friedvoll, wir aber haben mannigfache Prüfungen zu bestehen. Und doch wären wir aller Hoffnung bar, wenn wir unsere Tränen nicht vor Dir vergießen dürften.

Sie:

Wie kommt es aber, dass man Seufzer, Tränen, Stöhnen und Schluchzen gleichsam als eine süße Frucht von dem bitteren Baum des Lebens pflückt?

Er:

Du, o Herr, bist nur denen nahe, die zerknirschten Herzens sind.

Sie:

Du lässt Dich nicht von den Hochmütigen finden, wenn sie auch in ihrem Fürwitz die Sterne und den Sand zu zählen, den Sternenhimmel auszumessen sich erkühnen.

Da sie gerade an ihren Rucksäcken vorbeikamen, blieb er stehen.

Dann schlüpften sie in ihre Schlafsäcke und wünschten einander eine gute Nacht.

Am Morgen kam die Wiederholung. Das kannte sie ja. Aber ohne Gehen. Sitzend, halb noch in den Schlafsäcken, sagten sie die Texte von gestern. Sie sagten sie einander. Beim Gehen hatte jeder die Sätze hinausgesprochen, in den Raum. Jetzt dienten ihnen die Sätze zum Dialog.

Danach ließen sie sich Zeit. Percy ließ ihr Zeit. Irgendwann waren beide bereit beziehungsweise fähig, weiterzumachen.

Percy sagte: Weiter mit Jakob Böhme.

Es ist eine Zeit, sich selber zu suchen. Halte es niemand für Scherz.

Weil er es in dem Vorsageton sagte, der zwischen ihnen eingeführt war, sprach sie, was er sagte, nach. Aber sie sagte es nicht im Vorsageton nach. Sie sagte es langsamer. Wie zu sich selbst.

Und das waren die Sätze, die er ihr vorsagte und die sie dann sich selber vorsagte.

Das Zentrum ist die Seele, und das Licht ist Gott. Gott ist im Himmel, und der Himmel ist im Menschen. Der innere Himmel zündet den äußeren an.

Er entschwand unseren Augen, damit wir in uns gingen und ihn dort fänden.

Du bist das Leben aller Seelen, das Leben alles Lebendigen. Du Leben meiner Seele.

Ja, wenn ich eine Engelzunge hätte und du einen Engelverstand, so wollten wir wohl fein davon reden, aber so siehet es nur der Geist, und die Zunge kann's nicht erheben, denn ich kann keine anderen Worte als die Worte dieser Welt.

Percy ließ ihr und sich wieder Zeit. Dann sagte er:

Jakob Böhme, der war 1575 bis 1624, geboren in Altseidenberg, gestorben in Görlitz.

Als sie auch das befestigt hatten, gingen sie Hand in Hand langsam die Treppe hinunter und drunten hinaus. Sobald sie draußen waren, ließ er ihre Hand los. Sie verabredeten sich: Übermorgen. Dann sagte er noch: Gretel Strauch, du hast mir unheimlich imponiert, ehrlich.

Sie sagte: Aber wohin mit mir.

Und ging.

8.

Da er, wenn er eilig aussah, überhaupt nicht hastig wirkte, bleibt nichts übrig, als seine Art zu gehen übermütig zu nennen. Wie die Fußspitzen mehr nach links und rechts als nach vorne hinausstachen, da wunderte es einen, dass er vorwärtskam. Dieser Engel ohne Flügel. Dieser – Harry Strawinski mög' es verzeihen – Tänzer der Gewichtigkeit. Er war nämlich nicht schwer, sondern gewichtig. Er fing etwas an mit seinem Gewicht. Schon sein Blick. Trotz innozenzischer Halslosigkeit und ebensolchem Rundrücken, sein Blick war immer hinausgerichtet. Ja, sogar nach oben. Er selber erlebte sich hinaus- und hinaufschauend und ebenso gehend. Er war eben mit seiner Art zu gehen einverstanden. Gehen war überhaupt sein Lebenssinn. Als er von Stuttgart aufgebrochen war, hatte er einen ledernen Rucksack, einen dunklen runden ledernen Hut und einen Stock. Der nach oben dicker werdende Stock endete nicht in einem Bogen als Griff, sondern in einer Ledermanschette. Die hatte Percy selber an diesen Stock montiert. Auch die lederne Schlaufe, durch die er mit der linken Hand schlüpfte, wenn er ging, hatte er selber angebracht. Das hatte ihm, als er vor sieben Jahren angefahren worden war, das Leben gerettet. Er hatte noch den linken Arm bewegen können, und an der Hand hing der Stock, mit dem er dann den Hut auf die

Straße hinaushielt, dass Pfarrer Studer ihn retten konnte. Der Stock endete in einem Stahlstift. Percy benützte den Stock nur, wenn er von Ort zu Ort wanderte. Also jetzt, im Scherblinger Anstaltsgelände, gab es keinen Stock. Da sah er sich gehen, wenn er ging. KVII Station 17 war sein Ziel. Station 17 war die vorletzte Station für alle, die hier mit mehr als einem Gutachten für einen Prozess präpariert wurden. Wer Station 18 oder 19 erreichte, war dem Staatsanwalt entwunden und hatte es nur noch mit den Ärzten zu tun.

Der Eintritt wie immer. Ewald Kainz wie immer. Das hieß jetzt: zwar das Handy in der Rechten, aber die Schuhe unterm Bett.

Percy sagte: Lieber Ewald. Dann nichts mehr. Hatte ihn aller Mut verlassen? Wollte er zum Anfang zurück, zwei, drei Stunden sitzen und nichts sagen? Lieber Ewald Kainz, sagte er noch einmal. Er fand es passend, dass draußen mächtige Wolken von einem geradezu fauchenden Wind über den Himmel gejagt wurden. Immer wieder verfinsterte sich das Zimmer, eine Minute später war es wieder grell hell. Dass er das passend fand, konnte er nicht sagen. Warum eigentlich nicht? Gehörte es nicht gerade heute zur Situation, dass er mehr sagen konnte als bei seinen Besuchen bisher? Wie sollte er diesem zwei Meter fünfzig von ihm entfernt Liegenden sagen, dass er, was er jetzt sagen würde, eine Kindheit und Jugend lang von seiner Mutter eingebläut bekommen hatte? Briefe, nicht abgeschickte, Briefe, mit denen er lesen lernen musste, lange bevor er in die Schule kam. Immer wenn die Mutter eigentlich wieder einen Brief schreiben wollte, aber dann aus irgendwelcher Zermürbtheit doch keinen Brief schreiben konnte, musste Percy ihr die schon geschriebenen, nicht abgeschickten Briefe vorlesen. Oder, weil er sie längst auswendig konnte, vorsagen, aufsagen, vortragen.

Anstatt Ewald etwas zu erklären, fing er einfach an. Er blieb aber genau so sitzen, wie er bisher immer gesessen hatte. Dann sagte er:

Das Briefwerk. Josefine Schlugens gesammelte Briefe. Ich lese sie dir vor, obwohl ich sie auswendig kann. Aber dann könntest du alles für meine Erfindung halten. Also. Geschrieben an einen Ewald Kainz, dessen Adresse sie nicht hatte.

Ewald richtete sich auf, stand auf, Percy erschrak fast.

Percy, sagte Ewald.

Dann setzte sich Ewald auf sein Bett, zog die Beine an und sah auf die gegenüberliegende Wand.

Percy sagte: 1973, 10. Februar und so weiter. Sehr geehrter Ewald Kainz. Nur dass Sie's wissen. Vor genau vier Wochen standen Sie auf den Stufen des Neuen Schlosses und redeten. Sie brauchten Papiere, um daraus zu zitieren. Ich stand nur eine Stufe unter Ihnen, nahm Ihnen das Mikrophon ab, Sie begriffen, dass ich begriffen hatte, was jetzt nötig war, Sie nahmen mir das Mikro erst wieder ab, als Sie Ihre Rede beendet hatten. Als Sie mir das Mikro abnahmen, drückten Sie durch einen Blick und die dazugehörende Kopfbewegung aus, dass Sie es zu schätzen wussten, wie ich mich hatte nützlich machen wollen.

Keine Angst, ich kann, was ich Ihnen schreiben muss, nur schreiben, weil ich nicht weiß, ob ich Ihnen den Brief je schicken werde. Eher nicht, glaub ich. Wohin auch?!

Also. Ich glaube, ich bin eine Arbeiterin. Ob es bei mir jeweils Freude sein kann oder nur Trauer, das hängt von den anderen ab. Alle bestimmen mein Leben. Sie, zum Beispiel. Seit einem ganzen Monat schon. Und was ich längst fertig gedacht habe, was ich eigentlich in der halben Stunde nach dem Aufwachen schreiben wollte, das lebte, das muss ich jetzt durch das Schreiben wieder zurückholen, damit Sie es lesen könnten und, wenn Sie es läsen, mich verstünden. Weil Verstandenwerden mein Lieblingswunsch ist. Seit fünf Jahren muss ich fürchten, dass mein Mann mich umbringen will. Er sagt immer, er habe das Töten gelernt, Augenaushebeln, Handkantenschläge, und wenn er noch einmal jemanden umbrächte, dann mich. An dem Tag, an dem ich tot wäre, hat er letzten Samstag gesagt, könnte er das erste Mal wieder lachen. Dann rannte er hinaus, weil der Schnaps fehlte. Ich, in Todesangst, fuhr mit dem Taxi zu Frau Dr. Gern, meiner Ärztin, sagte, ich wolle mich umbringen aus Angst, sie solle mich gleich ins Bürgerhospital einweisen. Sie telefonierte, ich fuhr mit dem Taxi hin. Vier Tage war ich dort, hatte immer noch diese Angst vor Männern. Im Bürgerhospital sind Männer und Frauen zusammen auf einer Station. Leider. Rief meinen Mann an. Er weigerte sich, mir meine Sachen zu bringen. Als ich allein im Zimmer war, versuchte ich, mich aufzuhängen, stürzte ab, war ohnmächtig, hatte mir einen Fuß gebrochen. Sie brachten mich ins Feuerbacher Krankenhaus, ich kriegte einen Gips, lag da acht Tage, dann kam der Oberarzt aus dem Bürgerhospital, weil ich nicht dahin zurückwollte. Mein Mann hatte mich jeden Tag besucht. Ich hatte keine Angst mehr vor ihm. Frau Dr. Gern gab mir Tabletten. Ich wollte dann nicht mehr lesen, kein Buch, keine Zeitung, nicht ausgehen, nicht nähen, keine Kleider von Breuninger tragen, mir war alles egal, und das Rauchen habe ich auch wieder angefangen, eine Schachtel pro Tag. So war ich meinem Mann am liebsten. Ich bin jetzt eine gute Hausfrau, rede nicht mit mir selber, habe keine Wahnvorstellungen. Einen Pfarrer habe ich auch kennengelernt. Ich habe in der Kirche um meine Liebe geweint, er sah das, kam hinter mir her, gab mir seine Adresse, ich schrieb ihm gleich einen Brief, und schon läutet es an der Glastür, und er steht draußen. Ich zeigte ihm mein Tagebuch, er meinte, ich sei eine Mystikerin, ich weiß bis heute nicht, was das ist, dann sagte er noch, und infantil sei ich auch. Darum bin ich doch zu Ihrer Demonstration am Neuen Schloss gegangen. Infantil! Ich! Horváth, Die Unbekannte aus der Seine, da bin ich auch hin. War superlangweilig. Dreizehn Mark fünfzig hat es gekostet. Geschichten aus dem Wienerwald war viel unterhaltsamer. Ich habe alle Stücke von Horváth gelesen, auch die Fragmente. Er hat ja nicht viel schreiben können, das mit dem Ast in Paris, das wissen Sie sicher. Aber Sie wissen sicher nicht, woher ich Miró kenne. Von Henry Miller. Es gibt ein Büchlein von ihm: Das kleine Lächeln (des Clowns) am Fuße der Leiter. mit Bildern von Miró. Die kann man auch selber malen. Aber dann ist es kein Miró! Das Wort Spaß ärgert mich immer. Ich möchte wissen, wo es herkommt, aus welcher Sprache. Ist es rein deutsch? Sie wissen das sicher.

Ich fürchte, jetzt habe ich Ihnen alles erzählt, ich weiß nichts mehr, es war wie eine Therapie! Vielen Dank.

Wenn Sie alles gelesen haben, Herr Kainz. Dass mich mein Mann verprügelt hat, weil ich Ihnen das Mikro gehalten habe, können Sie ruhig wissen. Ich bereue es nicht, Ihnen das Mikro gehalten zu haben. Nur dass Sie's wissen. Ohne Sie kann ich keine Ohrringe tragen. Gestern habe ich sie mir ausgesucht. Zwanzig Mark. Halb Negerin, halb Zigeunerin. Tragen kann ich sie natürlich nicht. Ich mach mich doch nicht lächerlich, und wenn, dann nur Ihretwegen. Sie haben mich, als ich Ihnen das Mikro hielt, nicht angeschaut. Türkisene Augen haben Sie also. Wenn ich Sie treffe, werde ich rebellisch gegen Sie. Und das wird schon Gründe haben. Der natürliche Zustand des Menschen ist Lust. Habe ich gelesen. Verzichten habe ich schon oft müssen. Immer auf die gleiche Art. Darin sollte ich Übung haben. Wenn ich dabei nur nicht immer in so einen schier unerträglichen Zustand kommen würde. Das ganze protzige Frühjahr hindurch keine Linderung, keine Hand, die mich heilend anfasste. Ich fand mich wieder nur auf Sie eingestellt.

Nur dass Sie's wissen. Ich will mit Ihnen schlafen. Ihre Frau ist mir völlig egal! Falls Sie eine haben. Sicher haben Sie eine. Mir egal. Ich will nichts als das: mit Ihnen schlafen. Mein Mann ist ein Trinker. Und homosexuell. Und mich nennt er manisch-depressiv. Ich werde Frau Dr. Gern fragen, was das heißt. Nur dass Sie's wissen.

Sie sind mir zu arrogant. Ich weiß nicht, was Sie mit Ihrer Dialektik über mich bestimmen. Sie sind mir zu wenig naiv. Ich glaube Ihnen nicht, dass Arbeiter Ihre Brüder sind. Wenn ich mit Ihnen in einem Zimmer wäre, würden mir die Worte fehlen. Sollte ich mich vor Ihnen blamieren? Erwarten Sie das von einer Arbeiterin? Ich weiß, als was Sie sich verstehen. Auch muss ich sagen, jeder Brief an Sie ist, als ob er der letzte wäre. Nur dass Sie's wissen. Sie zwingen mich durch Ihr Auftauchen und Verschwinden, einen Standpunkt zu suchen für mich. Was ich je gedacht und gefühlt habe, passt nicht mehr. Warum können Sie nicht meine Gedanken fühlen? Warum muss ich immer alles zuerst aufschreiben? Beim Schreiben geht so viel verloren. Meine Gefühle bestimmen mein Leben, mein inneres und mein sichtbares, und meine Gefühle, das sind Sie. Nicht lachen. Über eine Volksschülerin lacht man nicht. Dass Sie nicht mein Wunscherfüllungsgehilfe sind, werde ich mir schon noch beibringen.

Nur dass Sie's wissen. Manchmal denk ich einen Tag lang nichts. Also auch nicht an Sie. Würde ich Sie kennen, gäbe es nicht dieses Verlangen, dieses erregend wunderbare. Säßen Sie mir jetzt gegenüber, es gäbe kein Verlangen. Zu sagen hätte ich nichts, schön oder reizvoll bin ich auch nicht mehr. Der Kellner, der mich hier bedient, schaut misstrauisch her, weil ich auf der roten Tischdecke schreibe. Und beim Servieren schaut er mir aufs Papier. Er ist verheiratet. Ich möchte jetzt Salome lesen von … jetzt fällt mir der Name nicht ein. Ich blamier' mich so gern vor Ihnen. Kennen Sie dieses Verlangen, das nie endet und nie gestillt werden kann?

Nur dass Sie's wissen. In Tettnang samstags beim Tanzen, die Kerle konnten nichts sagen, zittern schon, aber nichts sagen. Heiratsanträge stottern, das ging, ich fing an, Tagebuch zu schreiben, die Mutter hat *Heim und*

Welt abonniert, ich las die Witze, die Mutter die Heiratsanzeigen.

Nur dass Sie's wissen. In Behandlung. Die Tabletten helfen nicht. Die Kündigung kommt per Einschreiben. Nachträglich. Als ich morgens ins Geschäft kam, hatten sie einen Italiener eingestellt. Für mich. Also eine Wohnungssuche mit Arbeitslosengeld, nee? Da nimmt mich kein Hausbesitzer. Kein Mann, keine Arbeit, keine Wohnung. Herr Fränkel, schlau, meldet Eigenbedarf an. Ich muss lachen. Umbringen werde ich mich noch nicht. Ich will selber sehen, wie das weitergeht. Mein Mann hat recht gehabt: Du bist zu dumm zum Leben. Ich bin nur froh, dass mir nach Lachen zumute ist und nicht nach Weinen.

Nur dass Sie's wissen. Ich war noch nie mit einem Mann zusammen. Einmal mit Ihnen, sei's nur eine Nacht. Ich schäme mich nicht mehr. Ihre Hand zwischen meinen Schulterblättern. Wem nehme ich da was weg? Gestern Abend das Gefühl, Sie umgebracht zu haben. Wie Sie dann da lagen. Halb offen Ihr Mund. Um die Augen tat es mir leid. Jetzt bin ich ruhig, weil ich ausgesprochen habe, was ich möchte. Schon seit Januar 73 möchte. Kann ich auf menschliche, männliche, ehrliche Antwort hoffen, oder beleidige ich Sie damit? Mit dieser Selbstverständlichkeit? Wo leben wir denn!

Nur dass Sie's wissen. Sehnsucht ist etwas Brutales. Wenn Ihre rechte Hand zwischen meinen Schulterblättern liegt, dort meine Haut berührt … das ist das Problem und der Grund des Schreibens. Ja, ich muss beschämt lachen, meine Haut ist fettig, ein bisschen schon wie eine Schwarte, dort, wo Ihre Hand hinkommt. Das muss ich

Ihnen einfach mitteilen. Das ist der Grund allen Schreibens. Ich erwarte Ihre Hand natürlich nicht.

Nur dass Sie's wissen. Ich hasse Sie, verabscheue Sie. Sie fehlen mir wie noch nie. Wenn mir noch ein Mann begegnete, der mich lieben könnte, möchte ich es Ihnen schreiben dürfen.

Nur dass Sie's wissen. Ich habe Sie zerstört. Sie werden sterben. Aus Nächstenliebe. Sie werden an Ihrer Menschlichkeit zugrunde gehen. Ich weiß, wovon ich rede. Sie mit Ihrer sozialen Ader. Ich war mit einem Nazischwein verheiratet. Das war lebensgefährlich. Aber ehrlicher als alles andere in der Welt. Der konnte nicht lügen. Überhaupt nicht. Und Sie? Ich habe Sie erniedrigt. Sie spießiger Sozialist, Sie.

Nur dass Sie's wissen. Der unterdrückte Teil in uns ist erst das, was uns zu Menschen macht. Wagen Sie es, uns zu befreien! Ich arbeite jetzt in einem Krankenhaus. Mein geschiedener Mann wohnt wieder bei mir. Er will, dass wir wieder heiraten. Angeblich ist seine Arbeit der Grund, warum er zu Hause so revoltiert. Er muss es, sagt er, an einem Menschen rauslassen, der von ihm abhängig ist. Er ist von seiner Mutter erzogen worden. Sein Bauchnabel ist heute noch tabu für ihn, weil seine Mutter ihm das beigebracht hat. Er will, schwört er, nur noch jedes zweite Wochenende trinken. Und was er schwört, hält er.

Nur dass Sie's wissen. Meine Verzweiflung stammt aus meiner Zudringlichkeit Ihnen gegenüber. Manchmal komm ich mir vor wie eine Horváth-Figur. Ich kann Freund und Feind nicht unterscheiden. Wie sollte ich auch? Nur Kapital schafft Unabhängigkeit. Und Kapital habe ich nicht. Ich bin besitzlos und will es bleiben. Gestern kam die Kündigung dieser Wohnung. Mein Mann gab mir die Schuld und betrank sich. Ich habe das Radio zerschlagen. Ein neues werde ich mir nicht mehr leisten. Hätte ich wieder ein Radio, würde ich wieder glauben, man höre und sehe mich. Wir gehen wieder auseinander. Ich habe mich einmal stark gefühlt. Es fehlt mir wohl das Geistige. Hat der Herr Pfarrer auch gesagt. All dies Aufbäumen meiner Lebenskraft ist ins Leere verlaufen, ins Aus. Ich werde versuchen, das Vegetieren zu lernen.

Nur dass Sie's wissen. Ich will mit Ihnen zusammen sein, jetzt. Für eine Stunde oder mehrere. Dann vielleicht, sicher sogar, nie mehr. Könnten Sie nicht mal mit einer Art Dienstmädchen zusammen sein? Spüren Sie meine Verzweiflung nicht? Seit Jahren. Sicher war es auch eine Lebenshilfe. So gesehen ist es für mich nur richtig, dass Sie leben und da sind, damit soll ich zufrieden sein. Vom Verstand und Gemüt her, ja. Aber Blut und Fleisch gehören auch zum Menschen. Was erwarte ich? Geliebt zu werden? Sie haben vielleicht einen höheren Moralbegriff. Wenn ich schön wäre und jung, begehrenswert als Frau, dann hätte ich mehr Berechtigung zu sagen: Ich liebe … Dann hätte ich etwas zu bieten. Meine Verzweiflung, mein Leben und der Spiegel haben mir bewiesen, dass ich, was ich sein möchte, nicht bin. Sie sind das Ziel meiner Ungeduld. Ich gehe in die Kirche. Dann gehe ich ins Bad und mache mir mit dem warmen Wasserstrahl einen Orgasmus. Dass das so heißt, weiß ich von Frau Dr. Gern.

Nur dass Sie's wissen. Ich brauche sowieso zwei Männer oder drei, mit denen ich leben möchte. Zeitweise. Ich finde nichts Verwerfliches dabei, ehrlich zu sein. Die Zeit ist noch nicht so weit, dass es so was für mich geben könnte. Ich komme nicht mit Männern zusammen, die mir gefallen. Die mich wollen, die will ich nicht. So war es schon immer. Eines Tages werde ich auch Sie vergessen haben, ohne Sie gekannt zu haben. Es wird alles nicht gewesen sein. In meiner Erinnerung.

Nur dass Sie's wissen. Mir geht es gut, sehr gut. Auf dem Nachhauseweg fuhr ein Auto an mir vorbei, darin saß ein Mann, der blitzschnell so aussah wie Sie. Wie Sie aussehen müssen. Jetzt. Im Frühling. Ohne Pelzmütze. Das hat mir so gut getan, dass ich mich fast schäme, je verzweifelt gewesen zu sein. Es gibt Sie ja. Sie leben noch. Irgendwo. Und was brauche ich mehr! Und manchmal sind Sie also wieder in Stuttgart. Tatsächlich hat mein Mann, der wieder weg ist, mit mir über Sie gesprochen. Nüchtern. Nüchtern hat er gesagt, entweder seien Sie unheimlich naiv oder ziemlich dumm. Politisch, meint er. Wer politisch heute noch links sei, sei fast nicht mehr zu bedauern. Er meint, ich müsse froh sein, dass Sie von mir nichts wissen wollen. Das habe ich eingesehen. Aber dann dieses Auto. Darin Sie. Jetzt sehe ich Sie überall. In jedem Auto. Es genügt mir, dieses blitzschnelle Vorbeifahren des Autos mit dem Mann, der aussah wie Sie. Danke schön, dass Sie irgendwo sind. Meine Enge hat sich seit heute Mittag wieder geöffnet. Meine enge Welt. Arbeit, Wohnung, Isolierung, mal mit, mal ohne Mann. Ich fühle mich frei. Geöffnet. Ich kann wieder lesen. Was ich jetzt auch wieder tun werde. Und beten auch. Zu Maria. Maria nimmt mich auf. Immer. Sie sieht auf jedem Bild so aus, als warte sie auf mich. Mein Vater hat keine Frau so verehrt, wie er Maria verehrt hat. Wenn man einen Maria-Verehrer als Vater gehabt hat, kann einem nichts mehr passieren. Sogar der SS-Mensch macht immer wieder Kniefälle vor mir. Er sagt: Er will mich verehren. Du bist verehrenswert, sagt er. Und er schlägt mich nur sehr ungern. Wenn es gar nicht anders geht. Mir ist es noch nie so gut gegangen wie jetzt. In diesem Augenblick. Ich bin geleitet. Auf und hinauf, das ist mein Leben.

Nur dass Sie's wissen. Ich habe keine manische Phase. Ich strecke mich nur nach Glücksberührung. Ich will Glück. Sonst nichts. Nur Glück.

Jetzt leg ich los. Ich krieg Ihre Adresse raus, dann schreib ich an Ihre Frau. Sehr geehrte Frau Kainz, schreib ich dann, warum hat Ihr Mann gerade Sie geheiratet? Wegen Ihrer Figur? Sicher hat Ihr Mund ihn angezogen. Ein Mann kann eines Mundes wegen ein Leben lang bei einer Frau bleiben. Ich habe diverse Frauen mit solchen Mündern beobachtet. Mein Mann und ich haben uns auf dem Papier kennengelernt. Unsere Briefe haben sich ineinander verliebt. Als wir dann einander sahen, war es aus. Er ist ein Trinker geworden. Obwohl er Männer vorzieht, hielt er mir Frauen vor, aus dem Geschäft, in dem er gearbeitet hat. Im Vergleich mit denen war ich immer nichts. Verrückt soll ich auch noch sein. Vielleicht bin ich's ja. Ich soll nur in den Spiegel schauen, sagte er immer, dann … Außerdem sei ich durchs Lesen verdorben. Durchs Lesen der falschen Bücher. Ich bin durchs Lesen meiner Bücher freier geworden. Ich wage mehr. Natürlich auch nur auf dem Papier. So wie jetzt hier: Brief an Frau Soundso. So triumphiere ich über die dumme Wirklichkeit, in der nichts geht. Ich bin keine Schriftstellerin, klar. Aber ich möchte den Kampf um Ihren Mann immer weitertreiben, bis er nur noch Literatur ist. Ihr Mann gefällt mir als Mann. Ich hatte mehr als vierzig Minuten Gelegenheit, ihn aus der Nähe zu sehen. Ich habe fast nur auf seinen Mund geschaut. Ein Bubenmund, find ich. So ein Lippentrotz und -protz. Schnell mal die Unterlippe eingeklemmt, eine Pause gemacht, die Leute angeschaut, ob er verstanden worden sei. Ein Mund zum Lachen, zum Fluchen, wahrscheinlich auch zum Küssen. In den Zeitungen war er dann auch noch abgebildet. Samt seiner geballten Faust. Und ist miesgemacht worden. Als Kommunist. Zum Glück war ich nicht auf diesen Bildern. Mein Mann hätte mich erschlagen. Ihr Mann stottert. Ein bisschen. Immer wenn er sich in seiner Rede gegen die Berufsverbote gesteigert hat, hat er gestottert. Ein bisschen. Ich war so nahe bei ihm, dass ich genau sah, wie es in seinem Hals zuging. Und jedes Mal schaffte er's wieder. Ich hatte so Angst um ihn. Ich habe schnell ein Stoßgebet zu Maria hinaufgeschickt, zur Horber Maria vom guten Rat, o starke Jungfrau Himmelskönigin, o Maria, hilf! Und sie hat geholfen. Dem Kommunisten hat sie sein Stottern genommen. Falls ihm was passieren will, empfehlen Sie ihn Marias Schutz.

Ihr Mann gefällt mir, ich sag's noch einmal, als Mann. Ich seh ihn vor mir, andauernd. Über mir auch. Entschuldigen Sie, bitte. Ich will Ihnen nichts nehmen, was mir nicht zukommt. Was sollte ich auch anfangen mit Ihrem

Mann! Und er mit mir! Vor Jahren hab ich mich in einen Schneider verliebt. Ich bin ja, müssen Sie wissen, Schneiderin. Diesen Kollegen hab ich richtig verfolgen müssen, aber dann war es aus, bevor es angefangen hat. Mein Mann hat in den letzten Jahren unserer Ehe immer weniger gesprochen. Trinken und Lesen. Auf dem Klo, in der Badewanne, nur gelesen. Wenn er mit mir redete, hieß es immer nur, er wäre froh, wenn ich tot wäre. Wenn ich mich doch endlich umbrächte. Er hasse mich, sagte er. In den Büchern kommt manchmal Hassliebe vor. Kann es so was sein? Ich möchte Ihrem Mann meinen nackten Busen entgegenstrecken und sehen, was er dann macht. Tut es Ihnen weh, wenn ich so was schreibe? Aber aus den Büchern weiß ich, dass es in Ihren Kreisen erlaubt ist zu sagen, was man denkt. Sie sollen mir, Sie werden mir nicht antworten. Ich bin nichts als eine beliebige Briefschreiberin. Sie erniedrigen sich, wenn Sie mir antworten. Ich bin es nicht wert. Dass ich es nicht wert bin, hat man mir beigebracht. Ich bin eine Wichtigtuerin, die zu viel gelesen und zu wenig verstanden hat. Ihren Mann in Ruhe zu lassen, habe ich mir vorgenommen. Die Briefe, die ich Ihnen schreibe, zerreiße ich nicht. Ich komme um Ihren Mann nicht herum. Ich muss Ihnen Ihren Mann abjagen. Da haben Sie wieder die gewöhnliche Ausdrucksweise einer Arbeiterin, die viel gelesen hat, und sich auszudrücken, hat sie nicht gelernt. Ich bin vierzig. Meinen Mann habe ich durch die Zeitung suchen müssen. Er hat sich, als er mich dann hatte, nur noch geschämt. Er hat Abitur. Er ist arrogant. Und echt blöd. Lassen Sie Ihren Mann über sich bestimmen? Ich habe meinen Mann über mich bestimmen lassen müssen. Er ist krank, gefährlich, einfach ein Idiot, hat mich allmählich nur noch an Idi Amin erinnert. Wir sind auseinander, zum Glück. Trotzdem tut es weh, so auseinander zu sein. Reden Sie doch einmal mit Ihrem Mann über mich. Das würde mich freuen. Ich kann natürlich keinem Mann gefährlich werden. Ihrem Mann schon gar nicht. Ich bin weder schön noch gebildet. Ganz dumm ist es, dass ich, weil ich so auf Ihren Mann fixiert bin, andere Männer uninteressant finde. Schildern Sie mir, bitte, Ihren Mann, dass ich endlich weiß, auf wen ich fixiert bin. Dann könnte ich mich vielleicht einem anderen Mann zuwenden. Ihr Mann hat mit anderen Frauen geschlafen. Das sah ich ihm an. Warum also nicht auch mit mir.

In der letzten Nacht ist er mir nahegekommen. Wie noch nie. Es ist alles passiert, was zwischen einem Mann und einer Frau passieren kann. Ich werde ein Leben lang von dieser Nacht leben.

Mit diesen Blättern, die eine andere Frau schrieb, verabschiede ich mich von Ihnen. Natürlich bin ich geisteskrank. Und dämlich obendrein. Aber so dämlich, wie Sie glauben, dass ich sei, bin ich vielleicht doch nicht. Vergessen Sie nicht: Es ist morgens, halb drei. Ich schreibe im Hauptbahnhof. Ich liebe Bahnhöfe. Und Ihren Mann. Der hat ja auch was von einem Bahnhof. Aber das kapieren Sie nicht. Sie haben keine Ahnung von Ihrem Mann. Darum bleibt er bei Ihnen. Und das ist zum Verrücktwerden. Morgens über den Schlossplatz. Jeder Schritt Lust. Jeden Schritt spür ich im Geschlecht. Das ist zum Verrücktwerden. Wenn ich nicht schon verrückt wäre. Oh, wenn ich doch noch jung und schön wäre. Beides war ich. Jung und schön. Schöne Beine, das sagten alle. Nur dass Sie's wissen. Was mir passiert ist. Entweder Sie haben Riesenmyome im Bauch, oder Sie sind in anderen Umständen. Sagte der Frauenarzt. Ich sagte: Ihre anderen Umstände können Sie sich an den Hut stecken. Dann müssen Sie sich mit dem Tod vertraut machen, sagte er. Da ich vom Tod absolut nichts wissen will, sagte ich, dass ich dann lieber schwanger sei. Draußen, auf der Straße, machte ich Hochsprünge. Es hob mich von selbst in die Luft. Ich kann es nur Jubel nennen. Es ist der reine Jubel. Zum Glück war mein Mann gerade wieder abgehauen. Zum Glück hatte ich gerade einen sanften Arbeitsplatz. In der Kleiderburg. Zum Glück erlebe ich endlich, was das ist: Glück. Ich danke Ihnen. Wie noch nie. Ab sofort keine Zigarette mehr. Alkohol sowieso nicht.

Nur dass Sie's wissen. Der Fortschritt: Ich schreibe nicht mehr an Sie und nicht mehr an Ihren Mann. Die Schwangerschaft bringt's! Dass ich nicht schön bin, schrieb ich schon. Ich habe leider nicht immer einen Spiegel zur Hand, in den ich ständig blicken könnte, sonst wäre alles unterblieben. Wie kann man sich jemandem zumuten wollen mit so einem, ehrlich gesagt, da hilft kein Pipapo, Winterschlussverkaufsgesicht. Mein Fehler! Nicht oft genug in den Spiegel geschaut. Heute Morgen holte ich mir einen Spiegel und schaute rein. So was kann man keinem zumuten. Ich möchte mir so was auch nicht zumuten lassen, wenn ich ein Mann wäre. Mitleid hasse ich. Schön war es trotzdem all die Zeit, meine Hässlichkeit einfach nicht wahrzunehmen. Jetzt schau ich in den Spiegel. Frühmorgens, jeden Tag. Das heilt mich. Lachen Sie ruhig über mich. Nur dass ihr's alle wisst. Ich möchte gefühlsgescheit sein. Oder wenigstens dafür gehalten werden. Nur dass ihr's alle wisst.

Auserlesen. Gebenedeit. Ich, der Engel von Stuttgart-Ost. Vergessen Sie nicht, dass ich in der Marquardtstraße eine Nähstube betreibe. Zuerst nur Änderungsschneiderei. Heißt jetzt Freies Nähen. Jetzt kommen Frauen, die keine Maschine haben. Denen helf ich. Ohne Warteliste geht es schon lange nicht mehr. Und wenn genäht wird, agitier ich ein bisschen drauflos. Zur sinnlosen Rühmung der Gerechtigkeit. Adieu.

Das war's, sagte Percy.

Er stand auf und sagte leichthin: Den Alten hatten wir ewig am Hals. Immer wenn er wieder irgendwo rausgeflogen war, stand er bei uns vor der Tür. Und Mutter Fini machte auf. Sie konnte nicht anders. Dass er uns, sobald er besoffen war, aus dem Haus schmiss, nahm sie hin, weil er es ja nur tat, weil er besoffen war. Aber bevor er uns rausprügelte, redete er noch. Immer die gleiche Rede. Er nannte sie Evangelium. Außer Schmidt nichts. Und mit Schmidt alles verachtenswert. Und seine Frau ist das Verachtenswerteste überhaupt. Und wenn sie noch einmal den Namen des Allergrößten in ihren unwürdigen Mund nimmt, bringt er sie um. Das heißt, wenn sie ihn so weit bringt, dass er sie umbringt, straft sie ihn mit sechs, sieben, acht Jahren Knast! Sag sie nicht noch einmal, dass sie ihn liebe! Wenn sie ihn liebte, würde sie sich selber umbringen, anstatt ihn zu zwingen, sie umzubringen.

Sterben muss sie, noch heute, also bitte, tu sie es selber. Jede Frau, die ihren Mann liebt, kann das nur dadurch beweisen, dass sie sich selber umbringt. Eine Frau, die sich nicht umbringt, soll mir nicht davon reden, dass sie ihren Mann liebt. Lieb mich, also bring dich um! Und fing an, auf sie einzuschlagen, sie riss mich an sich, wir rannten hinaus, hinüber über die Neckarstraße und vor und wieder hinüber ins Palmbräu. Dort musste sie Herrn und Frau Schultheiss noch daran hindern, dass die die Polizei riefen. Am Sonntagabend gingen wir zurück und räumten auf. Er lag meistens in seinem Gekotzten und schlief. Ab Montag war er wieder der liebste Mensch der Welt. So ging das, bis er starb. Da war's 1990. Ich zwölf. Mutter Fini ging ein Jahr lang schwarz. Mir hat sie von Anfang an gesagt, dass Arno nicht mein Vater sei. Zum Glück, sagte sie, sooft sie das sagte, zum Glück haben wir keinen Mann gebraucht. An dich hat sie, sobald ich da war, nicht mehr geschrieben. Aber mit dem, was sie vorher geschrieben hatte, habe ich lesen gelernt.

Ewald Kainz sprang auf, schlüpfte schnellstens in seine Schuhe, stand jetzt vor Percy. Percy stand nicht auf. Aber weitersprechen konnte er auch nicht. Ewald hatte das Handy auf seinen Nachttisch gelegt. Ging zurück zum Bett. Setzte sich aufs Bett, zog die Beine an und sah auf die Wand. Percy saß noch eine Zeit lang, dann stand er auf und sagte: Tu autem. Und ging. Ging wie immer. Und war froh, dass Ewald nichts gesagt hatte.

Percy fühlte sich wohl. Er hatte keine Lust, sein Wohlgefühl zu buchstabieren. Dazu fühlte er sich einfach zu wohl.

9.

Dann standen sie wieder vor der Tür der Zehntscheuer, er schloss auf, nahm ihre linke Hand, die hart war, aber nicht mehr so kalt, und ging mit ihr hinauf in den vierten Stock. Sie legten ihre Sachen neben der Tür auf den Boden, zogen ihre Schuhe aus und gingen wieder barfuß ihre Bahn, die Percy ihren Seelentrott nannte.

Er stimmte wieder an: Erhabenster, Gütigster, Machtvollster, Allgewaltigster, Erbarmungsreichster und Gerechtester, Verborgenster und Allgegenwärtigster, Lieblichster, Kraftvollster!

Und sie fuhr fort:

Du stehst felsenfest und bist doch nicht erkennbar; Du Unwandelbarer wandelst alles; bist niemals jung, niemals alt; Du ernennst alles und gibst die Hochmütigen der Vergänglichkeit preis, ohne dass sie's fassen.

Und er:

Du bist immer geschäftig, immer ruhig, geeint und bedürfnislos, tragend, erfüllend und behütend, wirkend, sättigend und beschließend und ewig suchend, obwohl Dir nichts ermangelt.

Und sie:

Du bist die leidenschaftslose Liebe; Du bist der ruhige, milde Eifer; Deine Reue ist schmerzlos.

Und er:

Was aber bringe ich vor mit alle dem, mein Gott, mein Leben, Du meine heilige Wonne?

Und sie:

Welchen Wert haben überhaupt unsere Worte, wenn man von Dir redet?

Und er:

Und dennoch.

Und sie:

Weh denen, die Dich verschweigen.

Und er:

Ihr Schweigen ist gar zu beredt.

Jetzt Swedenborg, Gretel Strauch, Emanuel Swedenborg. Aus seinem Traumtagebuch aus dem Jahr 1744.

Wenn du nicht mitsprechen willst, sprichst du einfach nicht mit. Mir wär' es lieber, wenn du mitsprechen würdest. Ich höre in den Sätzen, wenn du sie sagst, etwas, was ich, wenn ich die Sätze sage, nicht höre. Gar nicht mitkriege. Und fing an:

Ich erwachte und entschlummerte mehrere Male, und alles war Antwort auf meine Gedanken. In allem war ein solches Leben, und solche Herrlichkeit war in allem, dass ich nicht das Geringste beschreiben kann. Dann alles Geheime war mir da klar, ich konnte es aber nachher nicht darstellen. War, um alles mit einem Worte zu sagen, im Himmel und hörte Reden, von deren Herrlichkeiten und innigen Köstlichkeiten keine Menschenzunge aussagen kann. Dabei war ich wach in einer himmlischen Ekstase, welche unbeschreiblich ist. Wie ein Strahl kam mir die Erkenntnis, dass es das größte Glück sei, Märtyrer zu werden. Die unbeschreibliche Gnade, mit Gott in Liebe vereint zu sein, erweckt den Wunsch, diese Pein erleiden zu dürfen, die nichts gegen die ewige ist. Das Leben zu opfern wäre das Geringste. Ich hatte auch in meinem Sinn und in meinem Körper ein Gefühl unbeschreiblicher Freude. Wenn sie einen noch höheren Grad angenommen hätte, wäre der Körper vor lauter Freude vergangen.

Als ich zwischen acht und neun Uhr abends von den Wundern las, die Gott durch Moses getan hat, merkte ich, wie sich mein Verstand einmischte, sodass ich den starken Glauben nicht fühlen konnte, wie ich gemusst hätte. Ich glaubte und glaubte doch nicht. Erkannte daran, warum sich Gott und die Engel den Hirten erzeigten und nicht den Philosophen, weil die mit ihrem Verstande dazwischenkommen und fragen, wie es zuging. Ich schlief darauf ein, und ungefähr um zwölf, eins oder zwei in der Nacht überkam mich wieder starkes Zittern vom Kopf bis zu den Füßen, begleitet von einem Donnergetöse, als entlüden sich viele Gewitter. Ich wurde auf unbeschreibliche Weise hin und her geschüttelt und auf mein Angesicht geworfen. In dem Augenblick, als ich hingeworfen wurde, war ich ganz wach und sah, dass ich hingeworfen wurde. Wunderte mich, was das zu bedeuten hätte, und sprach, als sei ich wach, merkte aber, dass mir die Worte in den Mund gelegt wurden: «O allmächtiger Herr Jesus Christus, der du aus großer Gnade dich herablässest, zu einem so großen Sünder zu kommen, mach mich der Gnade würdig!» Ich faltete meine Hände und betete, und da spürte ich eine Hand, die meine Hände fest drückte. Ich erkannte, dass ich unwürdiger als andere und der größte Sünder sei, da unser Herr mir gegeben, in gewissen Dingen tiefere Gedanken zu haben als viele andere. Dort aber, in den Gedanken, aus denen die Taten kommen, entspringt die Sünde. Daher kommen meine Sünden aus tieferem Grunde als die vieler anderer. So erkannte ich meine Unwürdigkeit und erkannte, dass meine Sünden größer waren als die der anderen. Denn es genügt nicht, dass man seine Unwürdigkeit bekennt, denn dies sieht der Herr nicht an, da es auf Heuchelei beruhen kann. Aber einzusehen, dass man unwürdig ist, das ist Gnade des Geistes.

Das sagte er ihr so lange, bis sie es nachsagen konnte.

Weiter:

Diese Nacht schlief ich ganz ruhig. Gegen drei oder vier Uhr erwachte ich und lag wach, aber wie in einer Vision. Ich konnte die Augen öffnen und wach sein, wenn ich wollte, war also wach, aber doch im Geiste. Ich war von innerer Freude erfüllt, die ich am ganzen Körper empfand. Alles schien mir auf eine übernatürliche Art emporzudrängen, gleichsam in die Höhe zu fliegen und dort im Unendlichen in einem Mittelpunkt zu münden. Hier in dieser Mitte war der Ort der Liebe selbst. Von hier floss alles wieder aus und strömte hernieder; alles war ein unfassbares Kreisen um den Mittelpunkt, der die Liebe war. Ich erkannte, und sah es gestern im Geiste, und durch eine Art geistiger Lichtschrift wurde es mir offenbart, dass der Wille das Denken am meisten beim Einatmen beherrscht, da nämlich dann die Gedanken vom Körper aus dem Denken einströmen. Beim Ausatmen aber werden sie gleichsam hinausgetrieben und so geläutert. Somit sind die Gedanken dem selben Wechsel wie die Atmung der Lungen unterworfen, da die Einatmung durch den Willen, die Ausatmung durch die Natur bestimmt wird, und wechseln mit jedem Atemzuge. Kommen böse Gedanken, so braucht man nur den Atem anhalten, dann sind sie fort. Auch das ergiebt sich daraus, dass man in der Ekstase den Atem anhält, wo die Gedanken uns wie völlig entschwunden sind.

Als sie das nachsagen konnte, fuhr er fort:

Allmächtiger Gott, ich bitte dich um die Gnade, dein sein zu dürfen und nicht mein. Es ist nichts mein Werk, sondern alles ist der Wille des Herrn. Ich bitte dich, Gott, um die Gnade, dir zu gehören, damit ich mir nicht selber überlassen bleibe.

Endlich wurde mir die Gnade des Geistes verliehen, dass ich bedingungslosen Glauben empfing und Gewissheit erlangte. Da ich nun sah, wie meine Gedanken jetzt von mir beherrscht wurden, lächelte ich im Geiste über meine Fragen und noch mehr über meine Zweifel. Der Glaube schien mir weit über Denken und Verstehen erhaben. So kam ich zum Frieden. Gott bewahre mich in ihm, denn alles ist sein Werk. Nichts ist mein Werk, denn selbst meine besten Gedanken zerstören mir mehr, als sie mir gewinnen. Hat man aber Gnade, so lächelt man über sich selbst, wenn man ungläubige Gedanken hat, oder wenn man den Glauben mit dem Verstand beweisen will. Darum ist es höher, vielleicht das Höchste, wenn der Mensch die Gnade empfängt, dass er seinen Verstand gar nicht in Glaubensdinge mischt.

Ich erkenne aber hieraus, wie schwer es die Gelehrten gegenüber den Ungelehrten haben, über ihr Denken hinaus zu diesem vollen Glauben zu gelangen, in dem sie über sich selber und ihr Denken lächeln. Denn zuerst muss die Anbetung des eigenen Verstandes vertrieben und vertilgt werden. Das aber ist Gottes Wirkung und nicht Werk der Menschen. Auch ist es Gottes Werk, wenn man in diesem Zustande verharrt. Der Glaube ist also von unserem Verstande getrennt und steht über ihm. Dies ist der reine Glaube, der andere, der mit dem Verstande vermischte Glaube, ist unrein. Man muss seinen Verstand unter den Gehorsam des Glaubens beugen. Man muss glauben, weil Gott, der die Wahrheit selber ist, sich uns offenbart hat. Man muss einsehen, dass wir sein müssen wie Kinder. Dass die Verstandesbeweise den Glauben schädigen, sieht man daraus, dass der Verstand nur bis zu Wahrscheinlichkeiten gelangt und Beweise die Art haben, stärker oder schwächer, aber nie gewiss zu sein. Denn die Betätigungen unseres Verstandes sind immer Zweifeln unterworfen und verdunkeln so das Licht des Glaubens. Aber der Glaube ist Gottes Gabe, die man nur empfängt, wenn man nach Gottes Befehlen lebt und ihn inständig darum bittet.

Percy merkte, dass Gretel Strauch erschöpft war. Lass uns noch ein bisschen liegen, sagte er. Als sie lagen, schlief Gretel Strauch gleich ein. Er schloss die Augen, bis sie wieder wach war. Es war früher Morgen. Er sagte, jetzt sei Text genug da für ein paar Wochen. Wie vor zwei Jahren: Wir müssen die Texte nicht ernst nehmen. Wir sagen sie auf, weil sie uns gefallen. Wie es ihnen dann in uns ergeht, wird sich zeigen.

Gretel Strauch sagte, sie sei ja eigentlich verstummt.

Das sind Texte für Verstummte, sagte er.

Sie gehen einen nichts an, sagte sie.

Deshalb kann man sie hundertmal aufsagen, sagte er.

Es ist ein Sport, sagte sie.

Gretel Strauch, das hast du toll gesagt, sagte er.

Und sie: Du stehst felsenfest und bist doch nicht erkennbar; Du Unwandelbarer wandelst alles; bist niemals jung, niemals alt; Du ernennst alles und gibst die Hochmütigen der Vergänglichkeit preis, ohne dass sie's fassen.

Dann standen sie auf und gingen hinunter. Als er sie draußen losließ, sagte sie: Non sum. Er gratulierte ihr. Er blieb stehen, bis sie ging. Er sah ihr nach und bildete sich ein, ihre Schritte seien sicherer als vor zwei Tagen. Und ihr Blick, als sie Non sum sagte, war hell. Von Stimmen keine Spur.

10.

Es ist, als wenn eines Nachts alle Sterne plötzlich auf dich zielten. Sagte der Professor. Dann nichts mehr. Das war so zwischen ihnen. Gesprochen wurde nur, wenn einem danach war. Das Scherblinger Schweigen. Sie saßen nicht neben einander auf der Polsterbank wie beim Musikhören. Der Professor hatte Percy sich gegenübergesetzt.

Dann sagte er: Nachts der Andrang der Sterne. Der blendende Hauch.

Dann: Percy, ich bin so unsicher. Soll ich dir das vor dem Film sagen oder nach dem Film?

Du hast ja schon angefangen, das heißt doch, dass du es mir vor dem Film sagen willst, sagte Percy.

Der Professor: Ich sollte dich aber nicht schon vorher beeinflussen. Damit wird, wie du nachher auf den Film reagierst, weniger wert.

Percy konnte leichthin sagen: Wenn wir das wissen, wird die Reaktion vielleicht doch noch was wert.

Der Professor schwieg. Dann redete er weiter: Es war im Sommer 70. Ich war schon Assistenzarzt in den Schmieder-Kliniken. Richard Sandro von Wigolfing war Patient, harmlos. Zyste im Innenohr. Wir wurden Freunde. Er lud mich ein auf sein Schloss, zwischen Schaffhausen und Stein am Rhein, auf der deutschen Seite. Meine Freundin Eva Maria habe ich mitbringen dürfen. Graf Richard war gerade frisch geschieden. Drei Wochen später heirateten sie, Eva Maria und der Graf.

Zwei Jahre nach dem Graf Richard Sandro in der Eiger-Nordwand verendete, heiratete die Witwe Eva Maria von Wigolfing, geborene Gansloser, Herrn Dr. Bruderhofer. Sie ist achtzehn Jahre älter als er. Wenn du sie sehen würdest, würdest du begreifen, dass das geht. Mit Eva Maria. Ich kann es nicht sagen. Ich habe es geschrieben. Du wirst es lesen. Es ist noch nicht fertig. Es muss noch gehandelt werden. Dann geschrieben. Komm jetzt.

Der Film wurde vorgeführt im Spankörble. So hieß die Aula der Krankenpflegerschule. Die Wände waren aus ineinandergeflochtenen Holzbändern, wie früher bei den Obstkörben. Die Schule war nicht umgezogen ins Neubaugelände drüben im Wald. Der Professor hatte darauf bestanden, dass die Pflegeschülerinnen und Schüler immer noch in dem aus der Klosterzeit stammenden Bau ausgebildet wurden. Drüben wartete ein Schulneubau. Sobald der Professor pensioniert ist, wird die Schule umziehen. Das ist abgemacht.

Am Kriegerdenkmal machte der Professor halt. Percy sagte: Du hast uns zu dieser Ehrentafel geführt, wir mussten buchstabieren, was man kaum noch lesen kann: Im Jahr 1870 sind unsere Krieger von hier ausmarschiert.

Aber warum solltet ihr das buchstabieren, fragte der Professor.

Und Percy: Wir sollten begreifen, was im 19. Jahrhundert passiert ist. Als Scherblingen von Stuttgart vor die Wahl gestellt wurde, ob die Klosterbauten jetzt Kasernen oder eine Heilanstalt werden sollten, haben sich die Scherblinger Bürger für die Heilanstalt entschieden. Und schon fünfundzwanzig Jahre später setzen sie dem Ausbruch eines Krieges ein pompöses Denkmal mitten in die von wenigen alten Bäumen bestandene Klosterwiese.

Eins plus, sagte der Professor.

Das Spankörble war schon gut gefüllt. Sie mussten natürlich in die erste Reihe. Also vorbeigehen an Innozenz, der in der letzten Reihe saß. Er sah, wie es ihm entsprach, auf den Rücken des vor ihm Sitzenden. Percy beugte sich hin zu ihm, stieß ihn leicht an, sagte seinen Namen, Innozenz fuhr hoch. Percy bat ihn, mit nach vorne zu kommen. Keinesfalls! Er in die erste Reihe, undenkbar, Dr. Schluderhose würde sich weigern, anzufangen, solange er in der ersten Reihe säße. Dann wäre er wieder der Okkupant. Hau ab, Bruder Percy.

Percy ging nach vorne, setzte sich zwischen Frau Dr. Breit und den Professor. Das hatte die Frau Doktor durch eine Geste empfohlen. Bevor er sich setzte, sah er noch in der vierten oder fünften Reihe Luzia Meyer-Horch, und zwar neben Friedlein Vogel, und ihr Mund gerade an Friedlein Vogels Ohr. Sie musste ihm etwas ins Ohr flüstern. Und wie lang. Percy konnte nicht so lange hinstarren, wie die flüsterte. Er musste sich setzen. Aber ihm blieben Kopfhaltung und Gesichtsausdruck von Friedlein Vogel, Kopfhaltung und Gesichtsausdruck, als halte er den Kopf unter eine warme Dusche. Neben Friedlein Vogel, übermäßig aufrecht, so als habe der Stuhl keine Lehne, Gretel Strauch. Und sah, starrte nach vorne. Percy wollte, dass sie ihn sehe und darauf reagiere. Sie strich sich eine ins Gesicht gefallene Strähne zurück. Percy bedankte sich, indem er sich selber hoch über seinem Kopf die Hand drückte und diesen Händedruck zu Gretel Strauch hin schwenkte. Dann gab er noch Frau Dr. Breit die Hand. Das konnte er, weil der Professor ihr zauberhaft gemeldet hatte. Sobald er neben dem Professor saß, merkte er, dass der nicht richtig atmete. Immer wieder nicht, dann plötzlich ein jähes Atemholen. Er müsste die Hand des Professors holen, ihn streicheln. Das ging aber nicht. Zum Glück wurde es im Saal dunkel. Dann kam Dr. Bruderhofer. Trat Dr. Bruderhofer auf. Weil es jetzt dunkel war, tastete Percy hinüber. Irgendwo an der Hüfte berührte er den Professor. Er legte alle Kraft in diese Berührung. Dabei atmete er selber demonstrativ ruhig, langsam, tief.

Dr. Bruderhofer erschien. Zuerst stand er einfach und wartete darauf, dass sich die Leute auf ihn einstellten. Und fing an: Dass es nicht ganz unkomisch sei, Urlaubsbildchen, gar solche Filme anderen vorzuführen, das sei ihm schon klar. Warum tu er's dann? Weil er nach drei Wochen Abwesenheit wieder hier sein wolle, hier in der Klinik. Weil er hoffe, im Alltag besser verstanden zu werden, wenn er wenigstens eine Stunde lang zeige, wie es, wo er war, zugegangen sei.

Percy fand ihn liebenswürdig. Dann der Film. Er habe einen türkischen Studenten dabeigehabt, der einmal ein Filmregisseur werden wolle, der habe, was jetzt zu sehen sei, gedreht. Dann stach die stolze zweimastige Yacht in See. Zwölf Menschen an Bord. Von denen seien aber im Film nur neun zu sehen. Gefilmt zu werden sei nicht jedem recht. Der Professor sah zu Percy herüber. Sein Mund formulierte: Eva Maria. Percy selber wartete darauf, dass Eva Maria auftauche, auftrete, wenigstens sichtbar werde. Tatsächlich gab sich der Film neugierig, führte den fabelhaft leicht dahingleitenden Segelalltag genussvoll vor. Auch die zum Schönwettersegeln gehörende Langeweile wurde gezeigt. Aber immer wieder: An was für Naturwundern fuhr man vorbei. An was für Buchten! Da hingen Wälder ins Wasser, als träumten sie. Da starrten zerrissene Felsen ins Meer, als hätten sie Furchtbares erlebt. Dann die Handlung. Es wurde wieder einmal Zeit, eine Schutzbucht zu finden, in der man ankern, essen, schlafen konnte. Kapitän Bruderhofer hatte auf der Karte eine solche Bucht gefunden. Porto Ciniviz hieß sie. Die wurde angesteuert. Da lagen schon zwei, drei kleinere Boote vor Anker, meist einheimische. Dr. Bruderhofer sagte, die hießen Güllet, seien sehr tüchtig. Dann wurde abgetakelt. Wer nicht bei Klarschiff beschäftigt war, kochte, deckte den Tisch, da saßen dann alle, aßen alle. Der Professor stieß Percy heftig an. Das konnte nur heißen, dass eine von den drei Frauen, die man jetzt von hinten sah, Eva Maria war. Die Einstellung dauerte nicht lang, aber Eva Maria war die mittlere von den dreien, das war klar. Größer als die links und die rechts von ihr. Ihr Nacken wuchs aus erhabenen Schultern. Die Haare verdeckten nichts. Eine Statue von hinten. Dann die Nacht. Da wurde an die Kajütentür des Kapitäns geklopft, das Wetter, der Wind frischte auf; wenn der noch stärker auffrischte, wenn ein Sturm daraus würde, war es nicht sicher, ob der Anker die Kybele halten könnte. Schon Windstärke 7 bis 8, sagte

Dr. Bruderhofer. Und das aus Nordost. Es gelang nicht, die Yacht in den Wind zu drehen. Die Yacht schleifte ihren Anker durch die Bucht, auf das Ufer zu. Hoher Wellengang. Zwischen Yacht und Ufer mehrere dieser Güllets, die ihrerseits auf den Wellen tanzten und an ihren Ankerketten rissen wie wild gewordene Pferde. Wenn es nicht sofort gelang, die Yacht in den Wind zu drehen, dass sie mit dem Bug in den Sturm zeigte, dass also der Sturm keine Angriffsfläche mehr hätte, dann wäre es um diese und jene Güllet geschehen. Aber Dr. Bruderhofer schaffte es. Schaffte es mit der Hilfe der zwei zum Schiff gehörenden türkischen Matrosen. Beide heißen Mehmet, sagte Dr. Bruderhofer, also blieb nichts anderes übrig, als sie Mehmet eins und Mehmet zwei zu nennen. Das aber auf Türkisch. Schließlich hießen sie nur noch Bir und Iki. Bir warf vom Bug aus zwei Notanker, Iki setzte ein Besansegel. Da das Segel ganz hinten gesetzt wurde, achtern, sagte Dr. Bruderhofer, drückte der Sturm gegen das Hinterteil des Bootes stärker als gegen das Vorderteil. Also drehte es sich ein bisschen. Drehte sich, weil es, vorne von den Notankern gebremst, hinten vom Besansegel Druck bekam. Das benutzte Bir, um mit Hilfe des Motors ein bisschen Fahrt aufzunehmen. Mit Hilfe dieser Fahrt und dem Druck auf das achterlich gesetzte Segel gelang es, das Boot gegen die Wellen in den Wind zu drehen und damit dem Wind die Angriffsfläche zu nehmen. Sobald das Boot mit dem Bug gegen den Wind stand, hatte der Sturm keine Chance mehr, die Anker fassten wieder Grund. Schnitt: Alle beim Frühstück auf Deck, die Bucht eine Idylle, das Meer eine sanfte Pracht. Dr. Bruderhofer sagte, ohne die zwei türkischen Matrosen wäre es die Katastrophe pur geworden.

Alle standen auf und klatschten. Percy war froh, dass auch der Professor klatschte. Heftig klatschte. Er selber sowieso. Dr. Bruderhofer war unwiderstehlich. Das spürte er. Als Percy vor zwei Jahren im Bibliothekssaal gesprochen hatte, war Dr. Bruderhofer als Erster zu ihm aufs Podest gekommen und hatte ihm gratuliert. Zum Inhalt könne er nichts sagen, hatte er gesagt, aber wie Percy gesprochen habe, das habe ihm gefallen, sehr sogar. Irgendwo habe er den Ausdruck Anmut und Würde gehört. Er habe nie mehr an diese Prägung gedacht. Aber heute, Percy zuhörend, sei ihm das wieder gekommen: Anmut und Würde.

Weil viele jetzt mit Fragen auf Dr. Bruderhofer einstürmten, konnten der Professor und Percy den Saal verlassen, ohne noch angesprochen zu werden. Dass beide heftig geklatscht hatten, war von Dr. Bruderhofer mit einer sanften Kopfneigung gewürdigt worden. Sie waren noch nicht draußen, da hakte einer sich unter, und zwar heftig. Strawinski. Er riss Percy förmlich an sich. Percys Staunen beantwortete er mit einer Zeigefingerpantomime, die nur heißen konnte: Keine Reaktion, ja! Und löste sich und war weg. Verschwunden. Der Professor hatte ihn gar nicht bemerkt.

Natürlich ins Abtszimmer jetzt. Percy war gespannt, ob der Professor, wenn sie am Bild des Vorfahren Eusebius vorbeigehen würden, hinschauen würde. Er schaute hin. Natürlich! Als sie auf der Polsterbank nebeneinander saßen, sagte der Professor, die in der Mitte sei es gewesen. Rötlich helle Haare. Die anderen zwei waren ja blond und langhaarig. Sie aber rötlich, und Haare nur bis in den Nacken.

Und was für ein Nacken, sagte Percy.

Artemis, sagte der Professor.

Und nach einiger Zeit: Da die Yacht Kybele hieß, hätte Dr. Bruderhofer doch sagen können, dass das die altanatolische Fruchtbarkeitsgöttin gewesen sei. Abgelöst erst im ersten Jahrtausend durch Artemis. Dass die als vielbrüstige Göttin heute noch zu sehen sei, wäre auch erwähnenswert gewesen. Und dass beiden dann Maria folgte …

Er schwieg wieder.

Dann: Das begreifst du, Percy, es ist … es tut weh … einen so tadellosen Feind zu haben.

Wieder später: Ein Schurke wär' mir lieber. Und jedes Jahr hoff' ich, dass sie jetzt schwimmt. Dort. Im Meer. Und dass man das sehe.

Weil das unüberhörbar der Schluss war, konnte Percy gleich sagen: Augustin, sag mir, warum du mir oft vorkommst wie mein jüngerer Bruder. Den ich nicht habe.

Der Professor zog die Brauen in die Stirne. Schob seine Zungenspitze zwischen die Lippen.

Und Percy: Wir sehen einander überhaupt nicht gleich. Deine Augen sind viel heller blau als meine. Deine sind größer, sind in offenen, fast flachen Augenhöhlen. Meine Augenhöhlen verdienen diese Bezeichnung, deine nicht. Dein braves Blond, mein explosives Rot. Und nichts entspricht deinem unten ein wenig vorspringenden Sanftheitsgesicht so genau wie deine randlose Brille. Dein

Mund. Wenn du nicht sprichst, schiebst du die Zungenspitze zwischen die Lippen. Ich habe lästig viel Lippen, du hast diszipliniert folgsame, und die Zunge wird dir zur dritten Lippe.

Der Professor sagte: Lieb, wie du mich zeichnest. Vor vierzig Jahren hatte ich wahrscheinlich auch eine Ober- und eine Unterlippe. Die Unterlippe ist weg. Ich war ein Leben lang in sie verbissen. Die Zunge ersetzt die verbissene Unterlippe.

Und Percy: Wenn du wenigstens mein älterer Bruder wärst! Aber auch noch der jüngere! Ich muss dich beschützen. Du bist das Lamm. Ich der Hirte. Und jetzt sag' ich noch einen Traum. Gestern Nacht. Ein Satz. Er stockte, dann sagte er: Der Riesenzustand aller Dinge, ein eigensüchtiges Gepräng.

Der Professor sagte: Du kannst dich auf dich verlassen.

Schweigen.

Und drückte auf den Knopf. Ein gewaltiger, aber friedlicher Chor brach los. Magnificat anima mea Dominum.

Sie saßen neben einander und hörten zu, als werde ihnen etwas mitgeteilt. Immer wieder anima mea. Und jedes Mal noch sehnsüchtiger hochstrebend. Nach dem Amen saßen sie wieder, ohne zu reden, aber nicht schweigend. Als es Zeit war, sagte der Professor: Tu autem.

11.

Während die Leute Platz nahmen, saß Percy schon am Spieltisch der Orgel. Die Orgel war auf der den Saal umlaufenden Galerie eingebaut, auf der Stirnseite der Galerie; der Spieltisch auf einer Seite der Orgel, also könnte der Orgelspieler sehen, was drunten im Saal vor sich ging. Aber Percy wollte nicht wissen, dass da ein Saal war, der sich füllte. Er zog ein einziges Register. Das klang wie ein Holzblasinstrument. Oboe vielleicht. Er spielte mit diesem einzigen Ton, als suche er eine Melodie. Er suchte ja wirklich eine. Aber er wollte keine finden. Er wollte nur eine suchen. Immer wenn er einer Melodie hörbar nahegekommen war, brach er deutlich ab und fing deutlich wieder von vorne an. Diesmal mit einem anderen Register. Flöte vielleicht. Aber dass der Professor, der schon in der ersten Reihe gesessen war, aufstand, musste er bemerken. Also führte er sein Melodiesuchspiel zu einem fast groben Ende. Das hieß: Ich darf jetzt nicht weiterspielen. Tut mir leid. Und ging auf der in steilem Bogenschwung nach unten führenden Treppe hinunter und stellte sich neben dem Professor auf das Podest. Der sagte wie vor zwei Jahren, er freue sich, dass Anton Percy Schlugen wieder nach Scherblingen gefunden habe und wieder, wie vor zwei Jahren, zu allen sprechen wolle, die bereit seien, ihm zuzuhören. Da Anton Percy Schlugen in den zwei

Jahren, seit er hier gesprochen habe, auch andernorts aufgetreten sei, er nenne nur Zwiefalten, Untermarchthal und Weißenau, grenzte es an Lieblosigkeit, wenn er jetzt da nicht mehr spräche, wo er sich vielleicht als Sprecher entdeckt hat. In diesem Saal, unter diesem Himmelsgewölbe, in das alles gemalt ist, was in Europa seit mehr als zweitausend Jahren verehrenswert ist. Bitte, Percy.

Percy konnte jetzt nicht gleich anfangen. Er hob die Arme, breitete die Arme aus. Eine Ich-kann-nichts-dafür-Geste. Dann aber ging ein Ruck durch die Arme, sie ruderten durch die Luft, als seien sie Flügel. Aber wieder waren es keine. Und zeigten doch, dass er eigentlich nach oben wollte. Hinauf. In dieses gemalte Himmelsgewölbe mit allen Szenen und Figuren, die nennenswert sind. Unwillkürlich lenkte er so die Köpfe, die Blicke der Leute auch nach oben. Das hatte er nicht gewollt. Aber da er selber so heftig nach oben strebte, nahm er die Leute einfach mit. Dann ließ er die Arme rasch sinken. Irgendwann, als er merkte, dass die Leute wieder zu ihm hinschauten, sagte er: Liebe Leute, das habe ich ja vor zwei Jahren schon gesagt, dass meine Mutter gesagt hat, ich sei ein Engel ohne Flügel. Wie recht sie, was die Flügellosigkeit angeht, hat, kann einem nirgends deutlicher werden als unter diesem Himmelsgewölbe. Man möchte zu gern auffliegen. Hinauf. Einfach, weil man so sicher weiß, wo man landen möchte. Wo ich landen möchte. Nicht beim apokalyptischen Lamm in der hohen Mitte dieses bevölkerten Himmels. Auch nicht, so steil überm eigenen Kopf, in Golgatha mit allem grausamen Drum und Dran. Nein, ich möchte landen, wo das Licht landet, das der Tag durch die Fenster wirft. Das viele Licht. Durch alle Fenster. Die des Saals und die der Galerie. Der mit zweitausend Jahren bevölkerte Himmel lebt von diesem Licht. Und seine hellste Stelle: Maria. Die sogenannte Himmelskönigin. Das ist die Spannung da droben. Dort Maria mit ihrem Kind und hier das Ende: Golgatha. Und um Maria herum, zu ihren Füßen, die Marienverehrer. Da möchte ich landen. Zwischen dem Denker Duns Scotus aus Schottland und dem Dichter Hermann von der Insel Reichenau. Der Schotte hat gebetet, Maria soll ihn würdig machen, sie zu loben. Aber in der Weltsprache seiner Zeit hat er das gesagt, in griffigem Latein, Dignare me laudare te. Das geht einem direkt ein. Dazu reicht das bravste Urlaubsitalienisch. Dignare me laudare te. Und zwischen dem Schotten und dem Reichenauer Mönch möchte ich landen. Hermann der Lahme, immer mit Krücke gemalt, er hat den Gesang angestimmt, der nicht mehr aufgehört hat: Salve Regina. Einmal, bei einer Führung, fragte eine Zehnjährige, wie das gehen solle, dass so viele da droben Gemalte auf Wolken stünden. Sie wurde belehrt: Schau doch, wer die Wolken trägt, die Engel. Woher haben die Engel so viel Kraft, fragte das Kind. Und der, der die Gruppe führte, sagte: Moses Maimonides hat gesagt, alle Kräfte, die in einem Körper wohnen, sind Engel. Es ist nicht überliefert, ob dem Kind das etwas gesagt hat. Hätte es mich gefragt, ich hoffe, ich hätte gesagt: Gemalte Engel können alles. Warum hat man den Bücherschränken hier im Saal und droben auf der Galerie Bücher auf die Türen gemalt? Hinter den gemalten Büchern waren einmal zehntausend wirkliche Bücher. Dann wird das Kloster aufgelöst, ein Graf und ein König reißen sich zehntausend Bücher unter den Nagel, verscheppern die Beute ans Antiquariat, die Schränke sind leer, für immer, aber auf den Türen gibt es noch die zehntausend gemalten Bücher. Liebe Leute. Cassette vergine. Leere Behältnisse. Vergine heißt jungfräulich, heißt rein UND heißt leer. Und schon ist leer gleich rein gleich jungfräulich. Ich könnte mich im frommen Rap verlieren. Dignare me laudare te, Leere! Was immer du sonst wo heißt. Ich glaube an die Leere beziehungsweise an gemalte Bücher. Der Rest ist Gebet.

Percy machte deutlich unernste, flatterhafte Flugbewegungen. Er parodierte sich selbst. Und ließ wieder seinen Blick vom übervölkerten Himmelsgewölbe anziehen. Blieb sogar so stehen: Blick nach oben, die Hände nutzlos an ihm herabhängend.

Die Leute schauten auch wieder hinauf. Er wartete wieder, bis sie wieder zu ihm hinschauten. Und sagte: Liebe Leute, weil ich ängstlich bin, komme ich mir kühn vor. Ich bin der Indianerstamm, der am Anfang des Jahres die Vorratskörbe verbrennt, um zu beweisen, dass er den Göttern vertraut. Angst vor dem nächsten Winter müssten die Götter für eine Beleidigung halten. Ich, liebe Leute, stelle mich vor euch hin, mache den Mund auf und zu und bin gespannt, was der Mund jetzt wieder sagen wird. Die Götter würden es für eine Beleidigung halten, wenn ich irgendwann vorbereitet hätte, was ich euch sagen will. Dann würde ich euch jetzt ja nicht sagen, was ich euch jetzt sagen will, sondern das, was ich irgendwann vorbereitet habe. Auch dieses Problem habe ich dem Professor vorgetragen. Und er: Das sei schon dem jungen Nietzsche ein Problem gewesen. Der habe es deshalb für unmöglich gehalten, dass ein Philosoph Professor sein könne, verpflichtet, immer am Mittwoch und am Freitag um 10 Uhr 15 öffentlich zu sprechen. Damit beraube er sich, habe Nietzsche gesagt, seiner herrlichsten Freiheit, nämlich der, seinem Genius zu folgen, wann der und wohin der ihn haben will. So der Professor. Würde also der Mund, weil ich kühn genug bin, die Vorratskörbe zu verbrennen, würde der Mund jetzt gleich auf- und zugehen, ohne noch etwas zu sagen, dann käme ich euch vor wie ein Fisch, den es ans Land geworfen hat, und jetzt japst er. Was dann? Mein Mund würde nach einer Zeit nicht mehr auf- und zugehen, nicht mehr japsen, er schlösse sich. Kein Wort mehr. Es wäre still. Still zwischen uns. Es herrscht Stille, sagt man. Dann würde also zwischen uns Stille herrschen. Bitte, das wäre prima. Vorausgesetzt, dass ihr mitmachen würdet, die Stille herrschen zu lassen. Ich will euch nicht erpressen. Wenn dieser oder jener und diese oder jene einem Lachreiz nachgeben möchte, bitte. Ich schlage die Stille nicht vor, dass ihr sie mitmachen müsst. Begreift aber, dass die Stille jetzt eintreten muss. Das kennt ihr auch. Man sagt: Dann trat Stille ein. Noch besser wäre es, wenn man sagte: Dann trat die Stille ein. Die Stille hört man, daran kann niemand zweifeln. Ich glaube, ich sehe sie auch jetzt, darum sage ich: Jetzt tritt die Stille ein.

Es hob ihm wieder die Arme, die Hände, den Kopf, den Blick. Über die den Saal umlaufende Galerie hinauf. Zur gewölbten Decke. Das geordnetste Durcheinander

der Welt, hatte der Professor gesagt, als er die Pflegerschüler den Bibliothekssaal sehen ließ.

Irgendwann hörte die Hochgerichtetheit auf, zerfiel, er stand wieder, wo er stand.

Liebe Leute. Das Erlebnis des Verstandenwerdens ist das heftigste Erlebnis überhaupt. Dank Mutter Fini. Wenn Mutter Fini nicht an mich glauben würde, könnte ich an niemanden glauben. Und an nichts. Würde also niemanden verstehen. Und nichts. Wenn niemand an dich glaubt, kannst du an niemanden glauben. Glauben kann nur, wer erlebt hat, dass an ihn geglaubt wird. Das kann nicht gewollt werden. Und was ist das denn: Jemand glaubt an dich? Das sagt dir: Du darfst sein, wie du bist. Immer. Das habe ich erlebt durch Mutter Fini. Von Anfang an. Ich darf sein, wie ich bin. Wenn ich das sage, merke ich, wie es mich jetzt bestimmt. Ich habe kein bisschen Angst vor euch. Spürt ihr das auch, ihr, jeder und jede, wir? Das Seindürfen, wie wir sind. Jetzt. In diesem Augenblick. Angstlos. Alle.

Er hörte auf. Er schaute nirgends mehr hin. Er stand, die Hände hingen an ihm herab. Er spürte eine Richtungslosigkeit. Eine Zeit lang. Dann redete er weiter. Er hörte sich sagen: Ich bin mit allen per Du. Manche spotten darüber. Ich spotte da gern mit. Mein Du heißt: Ich glaube an dich. Und damit sind nicht weniger gemeint als alle.

Und hörte wieder auf. Wieder war er weder leicht noch schwer. Dann hörte er sich sagen:

Träumend verbring ich die Tage,
trübe Ahnungen forschen in mir,
die Wahrheit verschenk ich.

Wenn sie wiederkommt,
verwandle ich sie
in etwas Erträgliches.

Er ging so strikt, so entschieden auf die Empore, dass alle wussten: die Orgel. Percy hatte sich in eine Stimmung hineingeredet, in der er nicht bleiben konnte. Er illustrierte seine Stimmung ziemlich krass, suchte aber auch Hilfe bei einem Mai-Motiv:

Maria durch ein' Dornwald ging.

Er spielte so, als müsse er einen Knäuel, einen Knoten aus verschiedenen Bändern und Stricken und Schnüren lösen. Die Orgel eignet sich zur allmählichen Auflösung eines Knotens, den man selber geschürzt hat. Er bekannte sich dazu, dass er sich zwar gegen das Maria-Motiv wehren musste, dass er aber unterliege. Das Motiv siegte. Das spielte er so, dass die Leute wussten: Jetzt wird gesungen. Und sie sangen:

Maria durch ein' Dornwald ging.

Dann begleitete er sie mit der Orgel hinaus. Als er wie von selbst aufhörte, saß nur noch der Professor in der ersten Reihe. Sie gingen. Blieben im Haus. Im ersten Stock in der Prälatur war ein Vesper für sie vorbereitet. Alles aus der eigenen Produktion.

Wenn du nicht so jung wärst, sagte der Professor, würde ich dich Sokrates nennen.

Eine Redeformel des Professors nachmachend, sagte Percy: Etz kumm!

Ich meine deine Tugend des Unvorbereitetseins, sagte der Professor. Sokrates sagt, hör zu: Auch würde es sich ja schlecht ziemen, ihr Männer, in solchem Alter gleich einem Knaben, der Reden vorbereitet, vor euch hinzutreten.

Dann sagte er: Tu autem.

Percy ging. Wie es sich gehörte.

Auf seinem Zimmer ein Brief. Von Dr. Bruderhofer. Er las: Lieber Anton Percy Schlugen, Eva Maria, meine geliebte Frau, feiert heute ihren Geburtstag. An diesem Tag will auch ich nichts anderes feiern als ihren Geburtstag. Nur darum muss ich heute darauf verzichten, Ihr Zuhörer zu sein. Das bedaure ich.

Mit freundlichen Grüßen, Ihr Dr. Heinfried Bruderhofer.

Percy las den Brief mehr als einmal. Am Fenster stehend las er ihn. Und auf einmal las er die Anrede so:

Lieber Anton Percy von Schlugen.

Nichts konnte deutlicher sein als das Gefühl, dass dieses *von*, wenn es nicht da stünde, fehlen würde. Und dachte natürlich an Mutter Fini. Und wenn er an Mutter Fini dachte, dachte er: dem Leben zuliebe. Später, an diesem Abend, kam die Angst zurück. Du bist zu wenig negativ, noch nie ist jemand ohne Verneinung ausgekommen, ohne Verneinungskraft wirst du nicht ernst genommen. Du musst Verneinen lernen. Und stand auf und sagte zur Wand hin, als wäre das ein Publikum: Ich verneine die Verneinung.

Und es blieb als eine Art Glücksgefühl, dass er heute, sooft er auch zu den Leuten hingeschaut hatte, immer so hingeschaut hatte, dass er keinen Einzigen wahrgenommen hatte. Er wusste nicht, wer da gewesen und wer nicht da gewesen war. Zum Glück.

12.

Talkshow

Susi: Meine Damen und Herrn, liebe Zuschauerinnen und Zuschauer zu Hause, jetzt wird es, wenigstens für mich, riskant. Da Fred und ich es immer so halten, er spricht mit den weiblichen, ich mit den männlichen Gästen, deshalb darf also, soll also, muss also ich mich mit Herrn Anton Schlugen, genannt Percy, beschäftigen. Ich hoffe, die Unterhaltung mit Herrn Schlugen, genannt Percy, wird zeigen, warum ich sage, jetzt wird's, wenigstens für mich, riskant. Andererseits, was wäre ein Leben ohne Risiko. Einverstanden, Herr Schlugen?

Percy: Mutter Fini hat zu mir gesagt: Du bist ein Engel ohne Flügel. Das hat für mich geheißen: Du wirst zwar nie fliegen, aber auch nie abstürzen. Also kein Risiko weit und breit.

Susi: Da sind wir ja schon mittendrin. (Sie schaut auf einen ihrer Zettel.) Aber fangen wir vorne an. Warum genannt Percy?

Percy: Das hat Mutter Fini so gewollt.

Susi: Hat sie Ihnen gesagt, warum?

Percy: Percy Sledge.

Susi: Der Soulsänger der siebziger Jahre.

Percy: Genau.

Susi: Ist das auch Ihr Musikfavorit geworden?

Percy: Ich empfinde nichts gegen Percy Sledge …

Susi (schnell dazwischen): When a man loves a woman.

Percy: Richtig. Aber es ist nicht meine Musik.

Susi: Was ist Ihre Musik?

Percy: Ich bin ausgebildet worden in der Pflegerschule des PLK Scherblingen.

Susi (schnell dazwischen): Psychiatrisches Landeskrankenhaus.

Percy: Genau. Der Chef, Professor Dr. Dr. Augustin Feinstlein, bei dem ich nebenher Latein und Orgelspielen gelernt habe, ist daheim in der Kirchenmusik des 18. Jahrhunderts. Ein Vorfahr von ihm war in Scherblingen, als es noch Kloster war, Prämonstratenser-Kloster, Abt und hieß als solcher Eusebius. Es heißt, solange er Abt gewesen sei, sei es bei der Aufnahmeprüfung wichtiger gewesen, ein Instrument spielen, als Latein zu können. So bin ich halt auch in diese Musik hineingekommen.

Susi: Sie wissen schon, warum wir Sie in diese Talkshow eingeladen haben?

Percy: Du wirst es mir sagen.

Susi: Sie haben, als es uns gelungen war, herauszubringen, wo Sie wohnen, obwohl das wahrscheinlich schon übertrieben ist zu sagen, dass Sie da und da wohnen, aber als wir Sie erreicht hatten und Sie einluden, haben Sie einfach zugesagt.

Percy: Sollte ich nicht?

Susi: Und Sie wissen, warum wir Sie in unserer Talkshow haben wollten?

Percy: Ich ahne es.

Susi: Und was ahnen Sie?

Percy: Weil ich manchmal, wenn ich irgendwo spreche, erwähne, dass Mutter Fini mir gesagt habe, zu meiner Zeugung sei kein Mann nötig gewesen.

Susi: Richtig. Jetzt die Frage, die mich plagt, seit ich weiß, dass ich mit Ihnen sprechen darf, soll, muss: Glauben Sie das, was Ihnen Ihre Mutter gesagt hat?

Percy: Ich glaube, dass Mutter Fini es glaubt.

Susi: Und Sie?

Percy: Wenn ich das nicht glauben würde, hätte ich es nicht da und dort erwähnt.

Susi: Sollen wir Ihnen das glauben?

Percy: Du nicht. (Das Publikum lacht.) Kein Mensch außer mir muss das glauben. Aber jeder und jede tut so, als sei, was mir Mutter Fini gesagt hat, ganz und gar unmöglich. Einfach unglaubhaft. Ich erlebe, wie in jedem und jeder ein Widerlegungseifer wach wird. Warum ertragen sie nicht einfach, dass das meine Sache ist. Meine und Mutter Finis Sache. Dürfen wir etwas nicht glauben, weil andere nicht daran glauben wollen oder können? Glauben, das ist eine Fähigkeit. Eine Begabung. Bei Musik weiß jeder: Manche sind musikalisch, andere nicht. So mit der Glaubenskraft. Manche können nur glauben, was sie auch wissen können. Offenbar gibt es Menschen, die können nur mit Gleichungen leben, die aufgehen. Glauben, das ist eine Gleichung, die nie aufgeht. Manchmal möchte ich laut aufschreien aus nichts als Glaubensübermut. Wenn ich allein bin und niemand es hört. Ich muss mich beherrschen, meinem Glaubensübermut freien Lauf zu lassen, solange Leute in der Nähe sind, die mich hören könnten. Der Glaubensübermut ist die hellste Lebensstimmung, die ich kenne. Bis jetzt. Ich habe natürlich die ganze Lebensfülle noch nicht erlebt. Aber im Glauben erfahre ich, wer ich bin. Wahrscheinlich. Es gibt keine zwei Menschen, die dasselbe glauben. Jeder hat nur seinen Glauben. Der Glaube, das ist die Handschrift der Seele.

(Das Publikum reagiert.)

Susi: Dass Sie mit Nazareth konkurrieren, ist Ihnen bewusst?

Percy: Ich weiß nicht, was das ist: konkurrieren.

Susi: Spielen Sie jetzt den Naiven?

Percy: Ich weiß nicht, wie das geht: den Naiven spielen.

(Im Publikum wird gelacht.)

Susi: Sie sind inzwischen schon eine Art Berühmtheit, Schlafsack-Therapie, Spontanpredigten, berühmt, aber eigentlich unbekannt. Sie lassen sich in eine Talkshow einladen, wissen, dass ein Millionenpublikum Sie sieht. Das heißt, Sie wollen werben. Für Ihre, sagen wir einmal, Sache. Nach allem, was wir über Sie herausgebracht haben, hat es mich gewundert, dass Sie sich in einer Talkshow zeigen.

Percy: Wenn ich jetzt in deinem Stil antworten würde, müsste ich sagen: Jesus ist auch in den Tempel gegangen.

Susi: Um die Händler zu verjagen.

Percy: Richtig.

Susi: Das heißt, Sie sind gekommen, um uns die Leviten zu lesen.

Percy: Ich habe gesagt, wenn ich in deinem Stil sprechen würde, würde ich so sprechen.

Susi: Ich muss gestehen, dass es mich ein bisschen nervt, von Ihnen andauernd geduzt zu werden.

Percy: Dann verbiet es mir halt.

Susi: Verbieten liegt mir nicht. Aber ich bitte darum, von Ihnen nicht mehr geduzt zu werden.

Percy: Einverstanden. Dann lassen wir's.

Susi: Sie wollen mit mir nicht länger sprechen?

(Percy nickt.)

Susi: Das habe ich gewusst, dass das danebengeht. Fred!

Fred: Ja, Susi?

Susi: Bitte.

Fred: Gern, Susi. Percy!

Percy: Ja.

Fred: Mich kannst du duzen, solange du willst.

(Im Publikum wird gelacht.)

Ich finde Dein Du-Sagen interessant. Darf ich fragen, was es bedeutet, dass du zu allen Du sagst?

Percy: Oje! (Schweigt)

Fred: Bitte, du kannst auf jede Frage mit Oje! antworten. Mich hätte es interessiert.

Percy: Oje, sag ich, weil die Antwort in die Mitte führt. Tief hinein in mein Leben.

Fred (weil Percy schweigt): Ja? War's das, oder kommt noch was?

Percy: Das ist überhaupt meine Hemmung. Wenn ich etwas sage, das führt immer zu weit. Viel zu weit.

Fred: Probier's.

Percy (jetzt sehr beschleunigend, er will das hinter sich bringen): Nach dem ich Latein gelernt hatte, habe ich nicht mehr Sie sagen können. Latein habe ich gelernt bei Professor Dr. Dr. Augustin Feinlein. Er leitet das Psychiatrische Landeskrankenhaus Scherblingen und unterrichtet dort an der Pflegerschule. Und hat mir Latein und Orgel beigebracht. Außerhalb des Lehrprogramms. Nach Mutter Fini ist er für mich der wichtigste Mensch geworden. Aber wie bin ich hingekommen zu ihm? Weil ich zu Fuß gehe. Immer. Überall. Also werde ich am 24. Dezember im Wald zwischen Merklingen und Brauchlingen in der Dämmerung bei Schneetreiben von einem Auto gestreift, in den Graben geschubst, kann aber meinen Hut an meinem Stock noch in die Straße hineinhalten, dass der Pfarrer Chrysostomus Studer, der von einer Kindergarten-Bescherung heimfährt, mich beziehungsweise meinen Hut sieht, Hilfe holt, ich komme nach Ulm, werde geflickt und gepflegt; bis die Reha vorbei ist, wird es Ende März. Nach so viel Arzt- und Pflege-Erfahrung denk ich, weil ich noch keinen Beruf habe: Werde doch einfach Pfleger. Einer empfiehlt mir: Pflegerschule Scherblingen. Ich schreib hin. Leider zu spät für dieses Jahr. Die Aufnahmeprüfungen sind Ende März, alles ist schon terminiert. Vorübergehende Entmutigung. Aber ich kann wieder gehen. Der erste Gang natürlich zu meinem Retter Pfarrer Studer. Ihm erzähl' ich alles. Und er: Mit Augustin Feinlein ist er in Biberach in die Schule gegangen. Den ruft er an. Ich werde zur Aufnahmeprüfung zugelassen. Und in die Schule aufgenommen auch. Und dazu Orgel und dazu Latein und durch das Latein dann das immerwährende Du. Kürzer lässt sich's nicht sagen.

(Die Leute reagieren beifällig.)

Fred: Da kann man sagen: Glück gehabt.

Percy: Kann man.

Fred: Du sagst das so, als könnte man's auch noch anders sagen.

Percy: Stimmt.

Fred: Und?

Percy: Oje.

Fred: Wieder tief in die Mitte.

Percy: Das nicht. Aber riskant. Irgendwie. Hier.

Fred: In einer Talkshow?

Percy: Genau.

Fred: Heraus damit.

Percy: Ich bin geleitet.

Fred: Geleitet? Von wem?

Percy: Wenn ich nicht zu Pfarrer Studer gegangen wäre, wäre ich nicht Professor Feinleins Schüler geworden, gäb' es kein Latein und kein Du.

Fred: Ganz klar.

Percy: Mutter Fini war auch geleitet. Immer.

Fred: Ich verstehe.

Percy: Prima.

Fred: Und dass du hier in unserer Talkshow gelandet bist, kommt von deiner Geleitetheit.

Percy: Würde ich nicht so sagen, aber man kann es so sagen.

Fred: Du hast sicher bemerkt, dass so ein Talkshowmensch immer einen oder oder mehrere Zettel vor sich hat. Er hat sich vorbereitet auf den Gast. Die Zettel für dich hat nun Susi. Mit denen könnte ich sowieso nichts anfangen. Susi, wenn du wieder übernehmen willst, sagst du's einfach.

Susi: Ich bin bedient. Vorerst.

Fred: Weil wir uns immer mit einander vorbereiten, habe ich mitgekriegt, dass du dich auf deine öffentlichen Auftritte und Reden nie vorbereitest, du bist auch dagegen, dass jemand, was du sagst, aufnimmt, abschreibt, drucken lässt, das heißt, du bist gegen unser ganzes hochentwickeltes Kommunikationssystem.

Percy: Ich bin gegen nichts.

Fred: Das klingt ganz schön umarmerisch. Bei unseren Vorbereitungen auf dich ist uns natürlich aufgefallen, dass du aber doch auch gegen etwas bist, nämlich gegen vorbereitetes Reden.

Percy: Lass es mich in die Nähe bringen. Ihr, Susi und du, bereitet euch vor auf eure Gäste, dann seid ihr vorbereitet, dann redet ihr nicht mehr mit euren Gästen, wie sie dann da sind, sondern mit den Menschen, auf die ihr euch vorbereitet habt. Ein Mensch ist in jedem Augenblick alles, was er sein kann. Wenn man ihn reduziert auf das, was man über ihn wissen kann, ist es möglich, dass auch er selbst sich nachher produziert als die Datei, die ihr aus ihm gemacht habt.

(Vereinzelt Beifall aus dem Publikum.)

Ich kann ja gar nichts dagegen haben, dass so verfahren wird, hier und anderswo. Ich sage nur, ich möchte nicht vorlesen, was ich irgendwann gedacht und geschrieben habe. Verstehst du. Wenn ich selber anwesend bin. Selber erscheine. Wenn ich nicht dabei bin und es wird etwas gelesen, was ich nicht geschrieben, aber unvorbereitet gesagt habe, bitte. Das ist dann doch ein Dokument eines Augenblicks, in dem ich so und so anwesend war, lebendig war, gelebt habe. Dagegen kann ich nichts haben. Nur, wenn ich persönlich anwesend bin vor anderen Anwesenden, dann sind wir zusammen ein Lebensaugenblick. Dann sind wir alle mit einander eine Anwesenheit, wie sie noch nie war und nie mehr sein wird. Und dieser Einzigartigkeit will ich zu entsprechen versuchen, indem ich bin, wie ich jetzt bin. Egal, wie ich sonst war und sonst sein werde.

(Das Publikum stimmt zu, ziemlich lebhaft.)

Ich bin immer darauf angewiesen, dass es anderen auch so geht wie mir. Für diese – ich übertreibe –, für diese Heiligung des Augenblicks habe ich einen Helfer, Augustin. Heiliggesprochen. In seinen Bekenntnissen, die er im Jahr 399 nach Christus geschrieben hat, kann man lesen: Der Zweck meiner Bekenntnisse ist nicht etwa der zu erzählen, wie ich war, sondern wie ich bin.

Bitte, stellt euch vor, Bismarcks Erinnerungen oder die von Adenauer würden nicht erzählen, was die Politiker getan und geleistet haben, sondern der Ehrgeiz dieser Erinnerungsschreiber wäre nur, uns mitzuteilen, wie sie jetzt gerade beim Memoirenschreiben sind. Das wäre grotesk. Das kommt nicht vor. Auch Augustin hat viel zu erzählen, von Kindheit, Jugend, Erwachsenwerden, von Karthago über Rom nach Mailand, aber das erzählt er uns nur, um uns erleben zu lassen, wie er jetzt ist, gerade jetzt, im Augenblick des Schreibens seiner Erinnerungen. Die allerdings heißen nicht Memoiren, sondern Bekenntnisse. Und Bekenntnisse kennen keine Vergangenheit und keine Zukunft, sondern nur den Augenblick, in dem sie ausgedrückt werden. So weit würde ich es gern bringen.

(Das Publikum stimmt zu.)

Es tut mir leid, Fred, wenn du in dem, was ich da sage, etwas deine Vorbereitung, eure Recherchen Schmälerndes entdeckst. Das will ich überhaupt nicht. Ich will nur sein, wie ich möglicherweise bin. Beziehungsweise: jetzt gerade bin.

Fred: Prima, Percy, ich fühle mich durch dich kein bisschen geschmälert. Du enthältst für mich null Vorschrift, im Gegenteil: Du bist die größte Lizenz, der ich je begegnet bin. Du bist ein Freiraumschaffer ersten Ranges.

(Das Publikum stimmt zu.)

Percy: Das liegt weniger an mir als an deiner Lebensbereitschaft.

Fred: Jetzt musst du mich aber auch nehmen, wie du mich hingekriegt hast.

Percy: Ich fühle mich schon verantwortlich.

Fred: Bist du gelegentlich geil?

Percy: Ununterbrochen.

(Das Publikum lacht und klatscht.)

Fred: Mir fällt ein Stein vom Herzen.

Percy: Ich hab ihn poltern hören.

Fred: Weißt du, dass da bei dir kein Mann beteiligt gewesen sein soll, das klingt doch ein bisschen lebensfeindlich?

Percy: Wichtig ist doch, was herauskommt, nicht, wie es hineinkommt.

(Das Publikum lacht.)

Fred: Also du bist gelegentlich geil, also …

Percy: Fred, verzeih, dass ich dir dreinrede …

Fred: Ich bitte dich darum.

Percy: Also, schau, ich will ein Beispiel nehmen. Die Erschaffung der Welt. Egal, wie wir uns diese sechs Schöpfungstage nachträglich vorstellen, am siebten Tag ruhte der Schöpfer. Der Zeuger. Der Erzeuger von allem. Für mich ist das ein Ausdruck für Geilheit und Erguss. Gott war geil, also hat er die Welt geschaffen, dann geruht.

Susi: Und diesmal war keine Frau nötig.

Percy: Wie recht sie hat, Fred.

Susi: Dann war es Selbstbefriedigung.

Percy: Bravo, Susi.

Fred: Darf ich weiterfragen?

Percy: Du musst.

Fred: Find ich auch. Also, Beziehungen zu Frauen gibt es? Darüber haben wir nämlich nichts herausgefunden. Du lebst also keusch.

Percy: Keusch sein heißt geil sein.

Fred: Könnte man sagen: geil an sich?

Percy: Letzte Woche im Zug. München–Salzburg. Wenn ich eingeladen werde, fahr ich Zug. Die zahlen immer 1. Klasse. Ich soll bei Salzburg auf einem edlen Hof mit Leuten reden, die mit mir reden wollen. Und sitz' im Abteil einer Frau gegenüber, die kann fünfundzwanzig sein oder sechsunddreißig. Zweireihige Samtjacke, schwarz, mit orangefarbenen Nadelstreifen, vier Ringe an der Linken und vier Ringe an einem Finger der rechten Hand und trotz riesiger Lippen ein unschließbarer Mund. Farbe: überreife Himbeeren. Die wollen ja dann lieber violett sein als rot. Haare natürlich auch so ein verdorbenes Rot. Kein Gepäck. Ein Schirm. Extrarot. Schwarze Stiefel. Rein violetter Rock. Schaut manchmal auf aus ihrem Journal. Da sitze ich ihr genau gegenüber. Aus schwarz geschminkten Augen schaut sie, ob ich appetitlich sei. In Rosenheim steigt sie aus, unter der Tür dreht sie sich noch einmal um und sagt: Auf Wiederschaun. Das klingt so vorwurfsvoll, dass ich sofort weiß: Ich habe etwas falsch gemacht. Aber da hat ja schon die deutlich drei Jahre Ältere Platz genommen. Wenn du am Fenster sitzt, sitzt dir jede genau gegenüber. Bevor ich sie recht wahrnehme, sehe ich, wir sind ja noch in Rosenheim, im Zug auf dem Nebengleis, die langmähnigste Blondine das Fenster hochschiebend, dadurch rutscht der Pullover und gibt ihren nackten Bauch frei, plus Nabel. Aber diesem Anblick fahren wir zum Glück davon. Sodass ich ganz der vielfach durchbrochenen Bluse gegenüber bin, die zwei Knöpfe weit offen ist. Und auf der rechten Brust, von mir aus gesehen, prangt richtig eine rosarote Blumentätowierung. Nichts Grauenhaftes. Ein allerliebstes Blumenstillleben auf einer wunderbar ansteigenden Brust. Hilfesuchend lenke ich meinen Blick hinauf in das Gesicht über der Blumenstilllebenbrust. Von den Ohren bis zu den Fingern alles Gold. Zum Glück ging das so weiter. Eine stach die andere aus. Noch vor Salzburg.

Fred: Es gibt, glaube ich, eine Geschichte, da verhungert ein Esel zwischen zwei Heubündeln.

Percy: Nicht meine Geschichte. Mir muss angesichts

der immerwährenden Frauenpräsentation Mutter Fini einfallen. Eine Kindheit lang war ich Zeuge, wie Mutter Fini gelitten hat. Sie hat einen Mann geliebt, den sie nicht erreichte. Hat bei mir bewirkt: Meinetwegen soll nie eine Frau leiden. Jetzt tappe ich jeden Tag durchs Mädchen- und Frauendickicht. Kein Schritt möglich ohne gewaltiges weibliches Entgegenkommen. Die Welt kann noch nie so von Prachtsmädchen überflutet gewesen sein wie jetzt. Noch nie können Mädchen so schön gewesen sein wie jetzt. Ich fühle mich andauernd attackiert, ohne dass die, die mich attackieren, das wollen oder auch nur wissen. Ich bin andauernd hingerissen. Und weiß: Wenn ich der nachliefe, erfolgreich nachliefe, müsste ich wegen der nächsten, die genauso ungeheuer ist, die sitzenlassen, bei der ich gerade gelandet bin. Und so weiter. EINE wollen ginge nur, wenn man die anderen nicht wollen müsste. Muss man aber. Ich fühle mich andauernd angezogen, hingerissen, von jeder, zu jeder, ich kann, ohne Unheil anzurichten, nur existieren, wenn ich immer alle bewundere und bei jeder Einzelnen immer an alle denke. Das klingt jetzt schon ganz schön falsch. So, als stünden mir, wenn ich nur wollte, alle zur Verfügung. Eher das Gegenteil. Diese alle Wünschbarkeit übertreffenden Erscheinungen sind, bevor sie etwas anderes sind, eine Einschüchterungswucht. Jede hat etwas Schönes, was nur sie hat. Wie sie auftritt, signalisiert sie zuerst einmal, dass sie bestimmt, was möglich ist und was nicht. Sie erobert, nicht du. Das ist der normale alltägliche, andauernd erlebbare Mädchenimperialismus. Wer mich kriegt, das bestimmt sie! Und wenn sie will, dass du in Frage kommst, dann schlägt die Stimmung um: Ist sie die, die du nicht mehr verlassen wirst? Darfst du die, die dich mit einem Hauch von Bereitwilligkeit anschaut, damit bestrafen, dass du ihr etwas sagst, was du auch zu einer anderen gesagt hättest! Das müsste ich mir übelnehmen. Und sie müsste es mir auch übelnehmen, dass sie eine Stelle ausfüllt, die auch eine andere hätte ausfüllen können.

Fred: Und wenn sie dir sagt: Es könnte auch ein anderer sein.

Percy: Das müsste ich hoffen.

Fred: Kann man sagen: Du wartest auf eine, bei der du für immer bleiben möchtest.

Percy: Ich möchte bei jeder für immer bleiben. An der Schwarzen im eng anliegenden, sie in hellen und dunklen Streifen nachfahrenden Pelzmantel, auf Schuhen, unter denen der Kontinent bebt, an der komm ich doch nicht vorbei, ich schau sie an und komme vorbei nur, weil jetzt zum Glück die ruhigste Blonde Mitteleuropas so sanft daherschwebt oder -schwingt, dass du glaubst, sie tut überhaupt nichts selber, sie geschieht einfach direkt vor dir und deinetwegen. Eine Lippenentfaltung, eine Zähneentblößung. Wenn du diesen Mund überlebst, kann dir nichts mehr passieren. Denkst du. Aber da passiert schon die nächste. Zum Glück. Wenn nicht immer eine die andere auslöschen würde, wäre es nicht auszuhalten.

Susi (soufflierend): Ingwer.

Fred: Ingwer?

Susi: Ich habe auf meinem Zettel als letztes Fragestichwort Ingwer.

Fred: O ja. Percy, wenn du in Gesellschaft wärst, Party der feineren Art, die Dame des Hauses hat zum Schluss eine Schale mit Ingwer herumgereicht. Jetzt bist du dran. Sie sieht, dass du zögerst. Dann sagt sie: Kandierter Ingwer ist ein Aphrodisiakum. Was sagst du dann?

Percy: Dann nehm ich zwei.

(Das Publikum lacht.)

Fred: Noch eine Frage, Percy. Die steht nicht auf dem Zettel. Mich interessiert das einfach, wie du das machst, dich nie vorbereiten. Dann sprichst du, dann fällt dir aber ein, was du schon einmal dann und dann gesagt hast. Oder sagst du jedes Mal was ganz Neues?

Percy: Nie was Neues. Alles, was mir einfällt, gibt es schon. Das gibt mir beim Sprechen eine Leichtigkeit, beinahe hätte ich gesagt: eine vollkommene Leichtigkeit, wenn ich spüre: Das gibt es alles, du musst es nur kommen lassen. Die Welt ist ein einziges Angebot. Wehr dich nicht. Sie will durch dich zu sich selber kommen. Und so weiter.

Fred: Meine Damen und Herren, jetzt wissen Sie, wie man Spontanist wird.

(Das Publikum will sich beifällig zeigen.)

O ja, Percy, das auch noch: Dürfen wir deine Anschrift oder überhaupt mitteilen, wo du erreichbar bist? Ich sehe voraus, dass unsere Zuschauer dich nicht gleich wieder entbehren wollen. Also, wo?

Percy: Ich kann zwar nicht sagen: Ich bin, der ich bin. Aber sagen kann ich: Ich bin, wo ich bin.

(Publikumsreaktion.)

Fred: Noch eine letzte Frage, Percy, die steht auch

nicht auf dem Zettel, die stell ich aus … aus … eigenstem Bedürfnis. Percy, gibt es ein Leben nach dem Tod?

Percy: Immer wenn ich darüber nachdenke, lande ich bei der Gewissheit, dass meine Hosenträger unsterblich sind.

(Das Publikum stimmt zu mit Lachen und Klatschen.)

Fred: Und wir bedanken uns bei Anton Schlugen, genannt Percy, für sein geiles Gastspiel in unserer Show.

Percy: Ich habe euch zu danken.

(Wieder Beifall.)

(Die Talkshow widmet sich dem nächsten Gast: eine Frau, die mit Schlangen lebt und zwei dabeihat, die sie mit Zischlauten lenkt.)

II

Dieses Leben

1.

Meine Mutter hat mich, als ich drei Tage alt war, mit dem Kissen zugedeckt und das Kissen auf mein Gesicht gedrückt, um mich zu ersticken. Das ist ihr nicht gelungen. Also hat sie mich – ich wurde am 1. Januar geboren – ans offene Fenster gelegt. Erst, als auch daraus nichts wurde, hat sie mich im Fürsorgeerziehungsheim Oberbieber bei Neuwied am Rhein vor die Tür gelegt. Da bin ich, weil ich nicht das zweifelhafte Glück hatte, Adoptionswilligen zu gefallen, geblieben, achtzehn Jahre lang, habe in der heimeigenen Werkstatt eine Schreinerlehre durchgezogen, dann aber hinaus, die Mutter gesucht. Und gefunden. In Mainz. Sie war gerade am Sterben und konnte mir noch sagen, was sie mit mir vorgehabt hatte. Sie habe mir dieses Leben ersparen wollen, sagte sie. Für diesen Satz habe ich sie gestreichelt. Sie lächelte. Und starb.

Wir Bettnässer mussten die Laken, die wir selber gewaschen hatten, mit ausgestreckten Händen am Heimtor in die Luft halten. Barfuß bis in den November. Für eingefangene Ausreißer gab es Glatzeschneiden. Wer beim Ährenauflesen barfuß nicht spurte, kriegte von Pfarrer Fangmüller die Stockbehandlung. Pfarrer Fangmüller war alles in einer Person. In den Gesangsstunden brüllte er los, wenn das Singen ihm nicht genügte. Staatskrippenfresser, Parasiten. Aber am Sonntag auf der Kanzel war er großartig, mitreißend. Auch sich selber riss er mit. Weinte und holte umständlich ein riesiges rotes Taschentuch mit weißen Punkten unter seinem Pfarrerhabit hervor und wischte die Tränen ab, die er hatte vergießen müssen, weil er so toll gepredigt hatte. Keine Predigt ohne den Satz: Das Leben ist eine Sackgasse. Dann kam, dass es mit Hilfe Christi keine Sackgasse mehr ist. Wie das ging, habe ich vergessen. Dass es eine Sackgasse ist, ist mir geblieben.

Zweimal habe ich selber versucht, mir diese Sackgasse zu ersparen. Beim Blaubeerenpflücken mit der scharfkantigen Sammelbüchse übers Handgelenk und, als Ausgerissener, hoch vom Baum gesprungen. Zweimal missglückt. Wie jetzt das dritte Mal auch. Zum Leben verurteilt. Lebenslänglich.

Abendabitur. Finanziert durch die Betreuung kriegsverletzter vietnamesischer Kinder. Phosphorbrandbombenverletzt, weggeschossene Beine. Tübinger Student, erfolgreich wie noch nie, bis der Oberschulamtspräsident Weiß am 1. 2. 1974 befindet: Das Oberschulamt sieht sich nicht in der Lage, Sie, Ewald Kainz, einzustellen. Zweimal in die DDR gereist, Spartakus-Kandidat bei den Wahlen zum Großen Senat der Universität. Die Zweifel an Ihrer Verfassungstreue können auch durch Ihre Erklärung, jederzeit für die freiheitliche demokratische Grundordnung einzutreten, nicht zerstreut werden. Ohne Effekt, dass Eltern und Kinder des Mössinger Quenstedt-Gymnasiums für den Studienreferendar Ewald Kainz ans Kultusministerium schrieben, weil er doch über das Erwartbare und Verlangbare hinaus Lehrer, ein sehr beliebter Lehrer gewesen sei. Was hat er alles mit der Musik-AG hervorgebracht. Nein danke. Der Präsident Weiß vom Oberschulamt in Tübingen hat allein das Sagen. Und der sagt: Nein. Postboten, Lehrer und andere nach Paragraph 6, Abs. 1, Nr. 2, LBG. Das war's. Dann demonstrierte ich. Überall herum. Erfolgreich und wirkungslos. Ja, wunderbare Mädchen hielten mir in der Winterkälte das Mikro vor den Mund, dass ich meinen Text aufsagen konnte. Jedes Denken, sagte ich, das alles auf eins zurückführt, ist Ideologie, weil das, was sich nicht fügt, durch die Idee so lange gebogen wird, bis es die Idee bestätigt. Wenn Wirklichkeit, um begriffen zu werden, vorher durch eine Idee verändert werden muss, begreift man nachher nicht die Wirklichkeit, sondern die durch die Idee präparierte Wirklichkeit. Das heißt, die Idee begreift sich selber. Wenn die Geschichte nichts ist als die Geschichte des Klassenkampfes, dann lässt man, um das nachzuweisen, ganz von selbst weg, was stören würde. Genau so bei der sogenannten Aufklärung. Kant hat's gesagt, dass die Vernunft nur sich selber begreift. Sonst nichts. Einen schönen Gruß an den Herrn Präsidenten. Und Konsorten. O ja! Und Konsorten! Gnadenhalber Hilfsschullehrer in Isny, Krankenstellvertreter überall zwischen Gammertingen und Wangen. Und merkte ein Interesse für Hängengebliebene. Also in Weingarten Sonderschul-Pädagogik studiert. Am Ende nur noch in Sonderschulen, die sich schmeicheln durften, Förderschulen zu sein. Zum zweiten Mal Masern. Mit peinlichen Folgen. Dann das Stottern. Als ich kein Schulhaus mehr betreten konnte, war die letzte Ausbildung fällig geworden: Fahrlehrer. Nur für Motorrad. Endlich ein Erfolg. Überbelegt meine Kurse in Uhldingen. Sicherheitstraining wurde meine Spezialität. Aber auf meine Stimme war kein Verlass. Auf dem Übungsplatz in Uhldingen und bei den Lehrfahrten draußen war ich Herr der Situation und der Herr meiner Stimme. Abends in den Theoriestunden stotterte ich mich schlecht und recht durch. Das ging auch nur, weil ich bei jedem Kurs vor der ersten Stunde sagte, meine Stimme leiste sich manchmal Fehlzündungen. Es wurde gegrinst. Ich grinste mit. Ich sagte: Wenn's euch nicht stört, stört's mich auch nicht. Dann merkte ich die Lüge und sagte: Stimmt nicht. Mich stört's schon. Aber euch soll's nicht stören.

Dann in der Schwäbischen Zeitung, die ich beim Friseur immer gründlich durchblätterte, weil ich das Gefühl hatte, ich müsse mehr über diese Gegend erfahren, ein Artikel: Das spanische Königspaar sei im Schloss Altshausen bei der Königlichen Hoheit zu Besuch. Die Königliche Hoheit, das war der Herzog von Württemberg, hatte eine Tochter zu verheiraten, der spanische König sollte eine feierliche Rede halten und konnte nicht. Seine Stimme war weg. Am Abend vor dem Fest! Die Panik erreichte das Personal. Das Personal wusste Bescheid. In Amtzell die berühmte Chorleiterin und Logopädin, Frau Elsa Frommknecht. Sie wurde geholt und gab dem König seine Stimme wieder. Das Honorar sei fürstlich gewesen. Amtzell also. Da brauste ich hin. Jeder im Ort wusste, wo sie wohnt. Auf dem Kapellenberg.

Ich war als Einspringer zwischen Biberach und Wangen und Singen längst auf dem Motorrad gelandet. Aber die Straße hinauf, zu der hierherum berühmten Logopädin, fuhr ich so langsam, so leise, so sanft wie möglich. Zum Glück ist das Haus das letzte und weitab von der Straße. Ich wollte nicht gleich als Motorradfahrer erkannt sein. Die Gartentür war kein Problem. Ein von Blumen gesäumter Treppenweg noch ganz hinauf. Droben ein Holzhaus mit Anbau, drei Birken, eine Tanne. Im Näherkommen war es ein Schindelhaus. Auch der flachere Anbau war geschindelt. Die Schindeln des Hauses waren schon grau, silbergrau, der Anbau noch leuchtend rotbraun. Also das Haus dreißig Jahre alt, der Anbau zehn, schätzte ich. Als gelernter Schreiner, der ein Jahr bei einem Zimmermann gearbeitet hat. Im Anbau drei Türen. Eine offen. Ich blieb stehen. Sie sollte meinetwegen nicht aufhören, Klavier zu spielen. Ich würde stehen bleiben, egal wie lange sie spielte. Aber vielleicht war es überhaupt ihr Mann, der da spielte. Ich habe in Tübingen selber Klavier gelernt. Nachher, in der politisch missglückenden Lehrerlaufbahn, war ich mit Musik-AGs wirklich erfolgreich.

Ich näherte mich der offenen Tür so, dass ich von drinnen nicht gesehen werden konnte.

Oft kenne ich eine Musik, ohne dass ich sagen kann, wie sie heißt. So ging es mir hier. Dann passierte das erste Malheur. Ich weinte. Es war nichts zu machen. Dieser Kapellenberg, weit hinaus, ein grünes Auf und Ab, ein Hügel friedlich-runder als der andere, bis zum Horizont, der seinerseits unter blauem Himmel blaues Gebirge bot. Vielleicht war es mein nicht gelingen wollendes Leben, das mir durch dieses Klavierspiel vorgeführt wurde. Hoffentlich kam, wer da spielte, jetzt nicht heraus. Und hoffentlich spielte da eine Frau. Bis sie herauskam – und zum Glück war es eine SIE –, hatte ich von mir Fassung verlangt. Ich musste aber trotzdem fragen, wie die gerade gespielte Musik heiße. Es seien das sechste und das neunte Präludium gewesen, aus dem Wohltemperierten Klavier. Ich nickte. Und gestand gleich, dass ich für Musik, die ich kenne, oft den Namen nicht wisse. Sie schüttelte ein bisschen den Kopf, was wohl heißen sollte, dass sie das nicht begreife. Dann sagte ich noch, ich sei froh, dass es eine Frau sei, die da gespielt habe. Das verstand sie besser. Sie sagte sogar, sie wundere sich manchmal, dass Männer sich überhaupt ans Klavier trauten. Lachte aber gleich so, dass ich verstehen sollte: Diesen Übermutsausbruch vergessen wir sofort wieder. Einen Blick hat sie. Das glaubt man nicht, dass eine Frau aussieht wie ein Volkslied. Der Blick! Ist das jetzt Schmerz, Weh, Sehnsucht oder einfach zu viel Freundlichkeit? Oder einfach Schutzlosigkeit? Dazu der Mund, zwei Lippen, die beide gleich groß sein wollen. Ein Lippenaltar. Über den eine feine Nase wacht. Ausschwingend das Gesicht im beträchtlichen Kinn.

Es war klar, dass ich mich zuerst für das Motorrad entschuldigen musste.

Warum denn das, sagte sie.

Weil ich nicht sicher war, ob meine Stimme nicht gleich streiken würde, deutete ich hin und sagte: Ich stottere. Darum komme ich.

Sie sagte: Wenn es sonst nichts ist. Bitte.

Und ging zurück ins Atelier, das sie Studio nennt, ging durch das Atelier in den Praxisraum der Logopädin. Darin fiel am meisten auf das hellblaue Sofa. Darauf sollte ich Platz nehmen. Liegend. Sie sagte, meine Geschichte könne ich ihr später erzählen, zuerst wolle sie mich genauer kennenlernen.

Ob ich bereit sei, die Motorradkluft auszuziehen. Ich war bereit. Dann lag ich in Oberhemd und Turnhose auf ihrem Sofa. Sie holte ein Brettchen, in dem steckten nebeneinander mehrere Vogelfedern. Weiße. Von einer Möwe. Das Brettchen legte sie mir auf den Bauch, dann sollte ich atmen. Ich atmete, wie ich immer atme. Sie beobachtete mich und die Federn. Irgendwann sagte sie: Danke. Dann machte sie mich nach. Zeigte mir, wie ich atme. Ob ich gesehen hätte, die Federn, bewegungslos. Und zeigte mir, wie ich atmen sollte. Ich hoch, sie hin, sich das Brettchen aufgelegt, atmete, die Federn atmeten mit. Und sagte mir, wohin ich in mir beim Einatmen kommen sollte. Was alles ich in mir beim Einatmen erreichen und beim Ausatmen mitnehmen sollte. Bevor sie mit mir irgendetwas anfangen könne, müsse ich atmen lernen.

Meine oberflächliche Art zu atmen grenze ans Japsen. Das richtige Atmen müsse ich selber üben, bis der Atem ohne alles Zutun von selbst komme und gehe.

Sie war ohne weiteres per Du mit mir, aber das ohne jede private Bedeutung. Du musst mit beiden Füßen den Boden spüren, auf dem du stehst. Du musst deine Schwere erleben. Empfinden. Genießen. Dass du so schwer bist, ist eine Erfahrung.

Zweimal acht Tage, sagte sie. Nach zwei Wochen sehe

sie, ob sie mir helfen könne. Ihre Termine, meine Termine, dann gab sie mir die Hand und sagte: Adieu.

Ich sagte noch: Schön, hier. Und zeigte nach oben, wo statt einer platten Decke die Dachbalken schräg nach oben führten. Mit der Übertreibung, dass ich gelernter Zimmermann sei, erklärte ich mein Interesse am Balkenwerk.

Aber jetzt bist du Fahrlehrer, sagte sie, weil sie das bei unseren Termin-Abstimmungen erfahren hatte.

Motorrad, sagte ich, weil ich das vorher nicht gesagt hatte.

Oh, sagte sie, aber sie lachte dazu.

Ich ging den blumengesäumten Weg hinab, drehte mich, um die Gartentür zuzumachen, noch einmal um, sah hinauf, sie stand, sah mir zu, sie wollte offenbar sicher sein, dass ich ging. Ich fuhr im Leerlauf bergab, erst als ich im Ort war, drückte ich den Anlasser.

Ich war bezaubert. Verzaubert. Ich fuhr nicht heim, sondern machte im nächsten Wald Station und atmete. Atmete so lang, bis ich mir einbildete, der Atem gehe selber tief in mich hinein und verlasse mich dann von selbst, wie er gekommen war. Ich wusste, dass ich diese ganze Atmerei nur ihretwegen machte. Kein Ziel, kein Zweck, nur sie.

Als ich zur ersten Woche hinauffuhr, fühlte ich mich gut vorbereitet. Ich lag, sie stand. Wie sie im Stehen atmete, das war eine Kraftübertragung. Mühelos machte ich alles nach. Ich hatte das Gefühl, sie beatme mich. Sie stellte mir wieder das Brettchen mit den Möwenfedern auf den Bauch und beobachtete, wie die Federn auf mein

Atmen reagierten. Allmählich reagierten sie ganz schön. Dann wurden Wörter in Hauchsilben verwandelt und das in einem eintönigen Singsang. Dann ganze Sätze. Di-hie-We-helt-wi-hird-je-heden-Ta-hag-no-hoch-schö-höner-da-has-muhuss-ma-han-spü-hüren-spü-hü-ren-a-halles-wa-has-ma-han-spü-hüren-ka-hann-i-hist-schö-hön-schö-hön-schö-hön.

Das lallte sie, ich lallte es nach. Nur nirgends anstoßen, auf Luftpolstern gleiten lassen. In der zweiten Woche dasselbe mit Musik. Töne hauchen. Töne einer Melodie, die man kennt. Schlager, Oper, egal. Einfach eine Melodie, die man mit la-ha-la-ha-la-ha zerhauchen kann. So langsam wie möglich. Nach der zweiten Woche sagte sie, sie könne versuchen, mir zu helfen. Jetzt immer dreitägig. Immer Samstag, Sonntag, Montag. Nach zwei Monaten wollte sie meine Geschichte hören. Meine Stottergeschichte. Und ich sollte sie ihr lallend, die Wörter in Hauchsilben verwandelnd, erzählen. So langsam wie möglich. Ein Sprechgesang. Ein Singsang. Der musste so oft wiederholt werden, bis er nirgends mehr anstieß. Von den Quälereien im Heim bis zu den Behandlungen mit Kortison und Antibiotika lallte ich meine Stimmbandbiographie. Ich musste kein Wort scheuen, vor keinem Wort Angst haben, weil jedes Wort, schon bevor es drankam, eingebettet war in den langsamen Singsang und in die Silben aus Hauch. Zuletzt – nach wie vielen Wochen? – sollte ich mich auf einer Trommel begleiten. Mit den Händen. Auf einer afrikanischen Trommel. Den Singsang mit einem Dauerwirbel begleiten. Zwei Wochen lang. Von Bezahlung wollte sie nichts hören, bevor ich meiner Stimme sicher sei. Oder wenigstens sicherer als vorher.

Ich war ihr doch längst verfallen. Als die Möwenfedern anfingen, mir zuzunicken, wenn ich den Atem kommen ließ, und genau so nickten, wenn ich ihn gehen ließ, musste ich manchmal so lachen, dass sich die Federn schüttelten. Dann lachte sie auch.

Aber wie verfallen ich ihr war, ließ ich nicht merken. Es war, wie wenn ich mit dem Motorrad eine schwierige kurvenreiche Strecke im Gebirge zum ersten Mal fuhr. Du genießt deine Konzentration. Du kannst nichts falsch machen. Und in jeder Kurve erlebst du, wie richtig du alles machst. In der Kurvenstrecke würdest du, wenn du etwas falsch machst, abschmieren, bei der Logopädin würde alles, was an Gelingen erlebbar war, in einer blöden Privatgeschichte kaputtgehen. Eine Art Ehrgeiz erlebte ich. Bei ihr und bei mir. Wir waren ein Artistenpaar. Kein Kuschelpärchen. Das sind wir erst geworden, als sie mir sagte, ich sei so weit. Deine Stimme wird dir gehorchen, wenn du deiner Stimme gehorchst. Sie könne vorerst nichts mehr für mich tun. Da wusste ich, dass es mir gelungen war, meine Empfindungen vor ihr zu verbergen. Ich gebe zu, dass ich darauf stolz war. Das konnte ich ihr jetzt sagen, weil das, was sie mit mir, an mir geleistet hatte – ja, geleistet –, uns in eine Hochstimmung versetzte. Wir waren beide so glücklich, als hätten wir miteinander einen Viertausender bestiegen. Und ich war fähig, ihr jetzt sozusagen alles zu gestehen. Auch dass ich Liebe beziehungsweise die dazugehörenden Verrichtungen bisher nur als bezahlten Dienst gekannt hatte, weil die Angst vor dem Stottern am grellsten war, wenn ich eine Frau ansprechen wollte. Eine Frau für mich einnehmen wollen, und dann geht das Gegackse los, der Mund krampft sich sinnlos ab, du siehst, wie die Frau halb amüsiert, halb mitleidig grinst. Aus!

Und jetzt das. Die Stimme. Und die Frau!

Mir muss zugutegekommen sein, dass Elsa gerade verlassen worden war. Von einem Mann, dem nichts übelzunehmen sei. Aus Dresden. Nicht direkt, aber ungefähr. Adalbert von Rauch.

Sooft sie diesen Namen aussprach, spürte ich, dass sie diesen Namen gern aussprach. Sogar Berti kam oft genug vor. Erinnerungszärtlichkeit durch zwei Namensilben. Dabei hatte der, der so hieß, ihr jede Art Schaden zugefügt. Aber der Name beherrschte sie. Adalbert von Rauch, Berti. Nie verächtlich oder bitter oder zornig, obwohl dieser Herr ihr übel genug mitgespielt hatte. Ja, aus einem Elbschlösschen stammte er, waren die Eltern vertrieben worden. Das Regime hatte das Schlösschen zerfallen lassen. Jetzt hätte er's wieder haben können. Aber er will nicht sein Leben vergeuden damit, dass er eine Fast-Ruine vor dem Totalruin rettet. Er hat drüben noch das Klavierstimmen gelernt, ist dann so schnell es ging dort weg, landet in Ravensburg bei einer Cousine, etabliert sich als Klavierstimmer und -händler. Elsa bestellt ihn ins Haus, er findet ihren Flügel schrottreif, er beschafft einen neuen, zwar gebraucht, aber er klingt verführerisch schön. Bevor sie alle Raten bezahlt hat, ist Adalbert von Rauch ihr Freund, ihr Mann, ihre Lebensaufgabe. Er spielt lieber Klavier, als dass er Klaviere stimmt. Ein langhaariger Schlaks, eine elende DDR-Kindheit, ein nicht gelebtes Leben, eine gestaute Gier. Er macht Schulden, und als die nicht mehr zu verbergen sind, haut er ab. Schlimmer als die Schulden, Schulden auf ihren Namen, schlimmer war, dass er mit allen Damen und Frauen, denen er das Instrument stimmte, auch schlief. Aber die Kinder – zwei, zwei Töchter – hingen an ihm. Er war ein hingebungsvoller, von Märchenhaftigkeit jeder Art überströmender Vater. Es ist zwischen Sandra und Laura eine nie mehr zu schlichtende Feindseligkeit entstanden, ein Streit um seine Gunst. Wen mag er lieber. Laura, die jüngere, aber viel kräftigere, fing an, Sandra zu schlagen, zu verprügeln, wenn sie fürchten musste, dass Sandra in ihrer immer verträumten Art vom Vater deutlichere Liebesbeweise erntete als sie. Adalbert landete zuerst in Südtirol. Eine Karte kam aus Südtirol. Kellner in einem Gasthof in vierzehnhundert Metern Höhe. Sobald er das Geld, das er schulde, verdient habe, komme er. Bitte, reich die Scheidung ein, ich bin mit allem einverstanden. Dein Adalbert. Dann nichts mehr. Die Scheidung glückte. Die Schulden hat sie nur bezahlen können, weil ihre Großmutter starb und ihr Geld hinterließ. Berti sei ein Lump. Immer gewesen. Darum gehe es ihm gut. Immer. Das sei die höhere Gerechtigkeit in der Welt, dass es einem, der ein Lump ist, dann wenigstens gutgehe in der Welt.

Am Morgen unserer Hochzeit sagte Elsa zu ihren Töchtern, die gerade zwölf und vierzehn Jahre alt waren: Ich habe euch mehr als einmal gesagt, nie einen Mann heiraten, der schnarcht, und nie einen, den ihr liebt. Und was tu ich, ich heirate einen Mann, der zwar nicht schnarcht, aber ich liebe ihn. Als sie das so sagte, wusste ich, dass ich sie nie verlassen würde.

Sandra und Laura überboten einander in Zustimmung. Ich hatte mich allerdings bei beiden eingeschmeichelt. Ich hatte mich in ihre Probleme hineingefragt und ihnen das Gefühl gegeben, dass ihre Probleme wichtiger seien als alle Probleme der Welt. Dass ich keinesfalls beide erreicht oder gar von mir überzeugt hatte, stellte sich bald heraus. Sandra hat mir verständlich gemacht, wie mit ihr zu reden sei. Ich musste umlernen. Laura ließ mich bei jedem Zusammenkommen spüren, dass meine Verstehensfähigkeit ihr Verneinungsniveau nicht erreiche.

Am Hochzeitstag ging's mittags hinunter in den Ort. In der Schloss-Wirtschaft sang ein Chor aus Elsas zwei Chören. Das waren das Vokal-Ensemble Wangen und der Chor Talentissimo aus Ravensburg. Und sie sangen aus Haydns Jahreszeiten, Frühling und Sommer.

Mich plagte die Angst, es könnte plötzlich jemand aus meiner Vergangenheit auftauchen und übles Zeug daherreden. Heimzögling, Kommunist, Berufsverbot, Sonderschulpauker … Es kam niemand. Aber abends brauste ein anderer Chor den Kapellenberg herauf. Mein Chor. Von meinen Motorradkursen waren allmählich zehn Schüler an mir hängengeblieben. Zum Motorrad gehört ja die Gruppe. Aber mehr als elf durften wir nicht werden. Das machten wir ab. Würde einer ausscheren, konnte wieder einer kommen. Auf unserer schwarzen Lederkluft steht: German Insiders. Darunter: Frei-Chor e.V. Das hatte ich Elsa längst gesagt, gestanden. Immer am Freitagabend der Verein. Im Wald hinter Pfrungen. Unser Heim. Mit Grillen, Blödeln und Gesang. Elsa und ich fanden es anheimelnd, dass wir beide Chöre hatten. Sie mehrere, ich immerhin einen. Was heißt: ich! Es war Giacomo. Ohne Giacomo kein Chor! Ich hatte Giacomo entdeckt. Ich fuhr die 31 Kehren des Rohrach hinauf – zwischen Lindau und Scheidegg –, komme hinter einen, der die Kurven lustvoll nimmt. Und das mit zwei riesigen, prallvollen Satteltaschen, und auf dem Sozius einen Riesenkoffer, der auch in den schrägsten Kurvenlagen rätselhafterweise hält. Ich kenne das Rohrach auswendig. Meine Sicherheitskurse müssen immer das Rohrach bestehen. Es gibt zwischen den Kurven immer wieder mal kurze Geraden. Da wollte ich diesen Fahrer überholen. Er merkte es. Und ließ mir keine Chance. Droben, kurz vor Scheidegg, fuhr er rechts ran. Georg – Ewald. Dann die fälligen Komplimente. Ich: Ducati! Er: Monster! Ich: Naked Bike! Er: Du kennst dich aus. Ich: Mein Beruf. Er: Du kurvst ganz gut. Ich: An dein Schräglagenpotenzial komm ich natürlich nicht ran. Er: In jeder Geraden hängen mich deine 100 PS glatt ab. Ich: Wie viel hast du? Er: Frisiert auf 91. Und jeder klopfte dem anderen auf den Lenker.

Alle anderen im Verein sind zwanzig oder dreißig Jahre jünger als ich. Giacomo, der da noch Georg hieß, höchstens elf oder zwölf.

Eine Bedingung meiner Kurse: Ich wollte von keinem, der bei mir lernte, wie man mit einem Motorrad umgeht, den Nachnamen wissen. Und nicht den Beruf. Aber jeder muss mein Sicherheitstraining absolviert haben. Und jeder musste sich selber einen Namen geben. Ich machte den Anfang und nannte mich Marlon. German Insiders war mein Vorschlag. Frei-Chor stammte dann von Giacomo. Giacomo ist unser Dirigent. Und er ist so gut, dass man vermuten kann, er habe das gelernt. Aber ihn danach zu fragen, kommt nicht in Frage.

Ich fragte, ob wir nicht noch einen Kaffee trinken sollten mit einander. Er schaute mich ernst an. Und nickte. Aufgesessen auf den Hobel und abgebiked. Aber nicht mehr als Rennen, sondern als Vergnügen. Wir tanzten mit einander. Ich dicht hinter ihm, machte alles nach, was er machte. An der nächsten Wirtschaft bog er ein, ich auch. Wir stiegen von den Maschinen und erzählten einander unser Leben. Ich erfuhr, er sei gerade unterwegs zu seinen Bienenstöcken im Allgäu. Er habe Bienenvölker im Südschwarzwald, am Oberrhein und eben auch im Allgäu, bei Ellhofen. Dahin sei er gerade unterwegs. Ich konnte mich nicht gleich wieder verabschieden von ihm. Wenn er eine Frau gewesen wäre, würde ich sagen, dass ich mich in ihn verliebt hatte. Die Biographien passten. Er landete, weil er Hausaufgaben hasste, in der Sonderschule, haute ab, traf zwischen Wäldern einen Imker, blieb bei dem, erbte von dem, nach sieben Jahren, dessen Völker, vierundvierzig an der Zahl, heute hat er zweiundsiebzig Völker. Er bekämpft die Milbe aus Asien nicht mit Chemie, sondern mit Ameisensäure. Fünfzehn Kilo bringt ihm jedes Volk. Manches aber auch dreißig. Zuletzt zitierte er Einstein: Wenn die Bienen aussterben, sterben auch die Menschen aus. Ich beschrieb ihm, wie man im Wald hinter Pfrungen unser Heim finde. Und sagte ihm, dass ich im Verein

Marlon heiße und dass er sich auch einen Namen geben müsse. Ihm zog es die Stirn auf der Nasenwurzel zusammen. Und löste sich wieder, und er sagte fast triumphierend: Giacomo. Ich gratulierte, er fand unser Heim und blieb. Alle mochten ihn. Er hat uns zum Singen gebracht. Durch ihn sind wir zum Frei-Chor geworden. Er ist der Dirigent. Das Wichtigste: unsere Gebirgsfahrten. Im Mai und im September. Ins Montafon, ins Oberengadin, in die Dolomiten, ins Berner Oberland. Immer hinauf, bis jede Straße endet und der Schnee beginnt. Das Ziel, dass alle BMW 1200 R fahren, haben wir noch nicht erreicht, aber wir kommen ihm immer näher. Ich habe durch stotterfreies Redenschwingen beim Händler die Preise heruntergeholt. Statt elftausendundnochwas höchstens acht. Und das mit edlen Zahlfristen. Wenn wir dann die Kickstarter unserer Bikes treten, den Kupplungsgriff fahren lassen, die Vorderräder sich aufbäumen und wir uns donnernd hinaufschrauben, die Öfen Rad an Rad, und erst absteigen, wenn der Gebirgsbach unter der Schneelast herausschäumt, dann haben wir alle ein Freiheitserlebnis, das wir feiern müssen. Mit Grillen, Blödeln und Gesang.

Und die schoben jetzt den Kapellenberg herauf. Es war schon nach zehn. Weil Elsas Haus zwar das höchstgelegene, aber nicht das einzige ist, war das eine Art Ruhestörung. Aber Elsa hatte die Nachbarn rundum eingeladen zum prachtvollen Abschluss dieses Tages. Zehn Männer auf blitzenden Maschinen und alle in schwarzem Leder. Sie stiegen von den Maschinen. Ich stellte sie vor. Ich musste zuerst einmal sagen, dass wir im Verein andere Namen haben als draußen. Und dass jeder seinen

Namen selbst gewählt habe. Und musste gleich mit mir anfangen: Marlon. Das gab schon mal da und dort einen Lachlaut. Die von den Buben gewählten Namen haben sicher noch nie so gut gepasst wie in dieser Nacht auf dem Kapellenberg. Petrus, Kondor, Katze, Ringo, Lenin, Castro, Silber, Apache, Basta, Giacomo. Und jeder, dessen Namen ich erklingen ließ, zeigte durch eine Geste, dass er der Aufgerufene sei. Petrus breitete seine Arme aus, als wolle er alle umarmen. Kondor ließ eine Hand über seinem kahlgeschorenen Kopf kreisen, als werfe er gleich ein Lasso. Ringo ließ seine Fäuste hochschnellen, das hieß: Ich finde hier alles toll. Lenin nahm Castros Rechte und riss beider Arme in reiner Zustimmung in die Höhe. Basta winkte einfach. Silber ließ eine Zeigefingerhand auf sich zeigen. Apache kreuzte seine Arme vor der Brust und verneigte sich feierlich. Katze, der da gerade den linken Unterarm und die Hand im Gips hatte, beugte sich so, dass die schulterlangen Blondhaare, die seine Glatze säumen, vornüberfielen, dann ließ er den Gipsarm langsam steigen, richtete sich dabei auf, bis der Arm senkrecht in die Höhe zeigte und die blonde Flut wieder auf die Schultern fiel. Giacomo verbeugte sich eher spielerisch.

Ich war dann doch froh, dass meinen Buben diese Überraschung eingefallen war. Ich hatte Elsa alles erzählt, was es zu erzählen gab. Unsere Treffen, unsere Fahrten, unsere Feste im Stadel, der unser Heim ist. Jetzt sah sie wenigstens, was für prachtvolle Kerle das waren, meine German Insiders, alias Frei-Chor. Und die waren gekommen, um zu singen. Sie wussten ja, dass ich eine Chorleiterin heiraten wollte. Sie sangen *Die Legende von den zwölf Räubern.* Das hatte Giacomo mit ihnen einstudiert. Ich kannte es noch nicht. Eine russische Volksweise sei es, sagte Giacomo. Und gab den Einsatz. Aber er stand nicht vor seinen Sängern, sondern unter ihnen. Sie sahen ja seine dirigierenden Hände. Vor allem: Sie hörten ihn. Seine Tenorstimme führte den Gesang wie ein Licht in der Nacht. Zwölf Räuber hausten im dichten Wald, ihr Hauptmann hieß Kudejar, viel Christen starben durch ihre Hand. Sie raubten und mordeten, bis eines Nachts Gott selber im Hauptmann das Gewissen weckte. Schluss war's mit Rauben und Töten. Ins Kloster ging der Hauptmann, Gott und den Menschen zu dienen.

Alle, die jetzt noch da waren, begriffen, meine Motorradfahrer sahen in meiner Ehe das Kloster, in das ihr Hauptmann ging. Ich glaube, ganz ohne feuchte Augen überstand keiner und keine die innige Mär. Laura wollte gleich auf Kondors Maschine übernachten. Sandra kletterte auf Katzes Sitz. Dass er seine Maschine angeblich mit einer Hand heraufgelenkt hatte, das zog sie an.

Ich versprach vor Zeugen, dass ich weiterhin zum Frei-Chor gehören wolle. Giacomo drückte mir die Hand so ernst wie noch nie. Ihm war's ein Anliegen. Tatsächlich habe ich seit dem keinen unserer Freitagstermine versäumt. Am Freitagabend probt Elsa mit ihren Talentissimos in Ravensburg. Allerdings blieb ich nicht mehr jeden Freitag in unserem Pfrungener Stadel über Nacht. Aber die rasanten Ausfahrten in die Berge machte ich genau so mit wie immer. Die zehn Buben waren mir, als ich noch Angst um die Stimme haben musste, so wichtig geworden wie das Netz für den Trapezkünstler in der Zirkuskuppel. Mit ihnen zusammen, singend, redend, trinkend, Motorrad fahrend, entweder vom Freitag auf Samstag im Stadel oder auf unseren Touren ins himmelhohe Gebirge – das war mein Leben. Elsa war keine Sekunde eifersüchtig. Einmal im Jahr, und zwar immer am Tag der Hochzeitsfeier, waren die Buben zu Gast auf dem Kapellenberg. Das war ein Bruch unserer Verfassung, die ja vorschrieb, dass es keinerlei Berührung mit Privatem geben dürfe. Das hatte Giacomo wahrscheinlich mit der Gruppe diskutiert, als er heimlich den Gesang von den zwölf Räubern vorbereitet hatte. Und da ich zwanzig bis dreißig Jahre älter war als die Buben, durfte dieser Bruch sein.

Aber wie würde Elsa auf meine Buben wirken?

Gewinnend. Das hatte ich gehofft. Am ersten Freitag nach diesem Auftritt wurde Elsa diskutiert wie eine Sache, wie ein Problem, wie etwas, was nicht zu uns gehört, was verlangen kann, dass wir uns damit beschäftigen. Giacomo gab den Ton an. Er gab das Stichwort: Gewinnend sei sie. Und Kondor, der in der hierarchielosen Schar doch der war, der gleich nach Giacomo kam, Kondor sagte, ihm habe es gutgetan, dass Elsa keine Sekunde lang verlegen gewesen sei. Sobald jemand ihm gegenüber in Verlegenheit gerate, werde er auch verlegen. Und das hasse er. Und dann hasse er den oder die, die ihn in Verlegenheit gebracht hätten. Nichts davon bei dieser Elsa. Dass Kondor, der immer kahlgeschorene Radikale, so redete, überraschte alle, beeindruckte alle. Ringo, der immer fragt, warum etwas so sei, wie es ist, Ringo sagte, diese Elsa sei sicher bei ihr daheim die Jüngste gewesen, also die Beliebteste, also hat sie immer sagen dürfen, was sie sagen wollte, und dieses Ungenierte bestimme eben heute noch ihr Verhalten. Petrus, der immer den Besinnlichen gibt, konnte es in einem Satz sagen: Sie hat etwas Bewahrtes. Und Basta, der eine Freude daran hat, alles, was er sagt, möglichst schnoddrig, das heißt, gefühlsarm, also trocken herauszubringen, Basta sagte: Nichts Affektiertes, das bringt's, klar. Katze, der gern den Unbestechlichen gibt, sagte: Wir werden's ja sehen. Lenin und Castro nickten zu allem. Und Silber kochte lieber, als dass er redete. Ich fuhr am nächsten Morgen singend vom Heim zurück auf den Kapellenberg. Es hat niemand eine Prüfung bestehen müssen, aber alle hatten eine Prüfung bestanden. Diese Elsa, hatten sie sie noch genannt. Aber am nächsten Freitag und an allen kommenden Freitagen hieß sie nur noch Elsa. Sie gab mir – und das gehörte sich eigentlich unter uns auch nicht –, sie gab mir immer einen Korb voll Genießbarkeiten mit für die Buben. Dass das sein durfte, sagte am deutlichsten, dass Elsa gewonnen hatte. Etwas mitbringen, was eine Beziehung nach außen ausdrückte, war ausgeschlossen. Nichts, was von einer Mutter, von einer Schwester, von einer Freundin oder von einer Frau stammen konnte, durfte mitgebracht werden. Was mitgebracht wurde, sollte jeder, der es mitbrachte, selber gekocht oder gekauft haben. Aber ich, da ich schon die Ausnahme war, durfte mit Elsa eine Ausnahme sein. Dass das überhaupt nicht diskutiert werden musste, machte mich glücklich. Meine Bindung an die Buben steigerte es.

Dann passierte es.

Der Sündenfall.

Die Ballon-Verfolgungsfahrt. 1999, am 8. Juni. Veranstaltet vom Bayerisch-Württembergischen Automobil-Club. Der Freiballon OMO der Ballongruppe des Aero-Clubs der Schweiz wurde gefüllt vom Städtischen Gaswerk in Lindau. Mitmachen konnte jeder Autofahrer. Das Nenngeld fünf Mark für Mitglieder des Clubs, für Nichtmitglieder zehn. Ob ich als Motorradfahrer teilnehmen dürfe, hatte zuerst von der Jury des Bayerischen Automobil-Clubs beraten werden müssen. Ich durfte.

In der Nacht davor ist Elsa von einem Traum geweckt worden. Sandra sei in Todesgefahr. Elsa konnte nicht mehr einschlafen. Um acht Uhr, bevor ich abfuhr nach Lindau, rief sie Sandra an. Ja, sie hat gestern die Diagnose bekommen. Die wieder geschwollene Zyste an ihrer Schilddrüse muss sofort operiert werden. Elsa will sofort nach München, zu Sandra. Ich nach Lindau. Zur Ballonverfolgungsfahrt. Unsere Abschiede waren immer heftig. Wir hielten einander immer lange umarmt. Wir waren seit neun Jahren verheiratet und konnten einander jeden Tag sagen, dass wir noch keinen glücklosen Tag verbracht hatten. Eine Art Angst, die aus unseren Lebensgeschichten stammte, schärfte jeden unserer Abschiede. Wenn Elsa als prominente Chorleiterin mit einem ihrer Chöre auswärts ein Konzert geben, also über Nacht fortbleiben musste, klammerten wir uns beim Abschied an einander, als stehe etwas Schlimmes bevor. Diese Angst war immer meine Angst. Dass etwas auf die Dauer gutgehen konnte, hatte ich nicht gelernt. Also umklammerte ich Elsa immer heftiger als sie mich. Sie hatte mich aus meiner verpfuschten Biographie gerettet. Aber dass auf mich ein Missgeschick lauerte, war in mir immer gegenwärtig. Elsa hatte durch den Vater ihrer zwei Töchter genug mitgemacht. Was ihr mit diesem unglückseligen Hochstapler passiert war, konnte jeden Tag, jede Nacht wieder grell werden. Dann musste ich ihr beweisen, dass das alles vorbei war. Dieser Adalbert von Rauch würde sich hüten, je wieder aufzukreuzen. Aber am Hochzeitstag konnte sie mich nur wider besseres Wissen heiraten. Nie wieder einen, den sie liebt. Mich hatte sie vom Stottern geheilt. Ich habe von Elsa atmen gelernt. Aber die Angst, dass sich mir die Sprache wieder verweigern könnte, blieb. Tatsächlich war mein Sprechenkönnen an Elsa gebunden. Manchmal, wenn sie schon im Auto sitzt, sagt sie, bevor sie die Tür zumacht: Ich bin froh, dass du dich für mich entschieden hast. Ich sage: Ich bin viel froher, dass du dich für mich entschieden hast. Ich hätte sie so gern nach Wangen zum Zug gebracht. Aber sie hatte sich noch kein einziges Mal, auch nur probeweise, auf den Sitz meiner 1200 R gesetzt. Sie sagte: Ich betrüge dich mit meinem Golf, du betrügst mich mit deinem Donnerding. Das war Spaß. Wir wussten, dass wir einander nie betrügen würden. Unsere Lebensgeschichten waren auf einander zugelaufen, wir hatten einander staunend kennengelernt, staunend darüber, dass wir so zusammenpassten. Und das lag an unseren Lebensgeschichten. Ihr Erfahrungsschmerz war, als wir uns trafen, noch ganz frisch. An unserem ersten Abend taten wir beide so, als sei das Leben etwas Lustiges. Sie sagte: Das Einzige, was ich von einem Mann erwarte, ist, dass er nicht schnarcht. Der langhaarige Schlaks hat geschnarcht. Das nie mehr. Aber er war musikalisch, sagte sie plötzlich ganz ernst. Sie verlange nicht, dass ein Mann musikalisch sei, aber er darf nicht unmusikalisch sein. Wer unmusikalisch ist, ist unerreichbar, sagte sie. Und fügte hinzu: Für mich. Mich hatte sie in ihrem Studio mit tausend Tönen musikalisch behandelt. Und sagte an unserem ersten Abend: Du hast ein Gehör. Und du hast eine Stimme. Diese Prüfung hatte ich offenbar bestanden.

Als sie von ihren zwei Chören erzählte, vom Vokal-Ensemble in Wangen und vom Talentissimo-Chor in Ravensburg, konnte ich melden, dass ich als Studienreferendar im Quenstedt-Gymnasium in Mössingen meine größten Erfolge mit einer Musik-AG erntete und drauf und dran war, einen Schulchor zu entwickeln, was aber vom Oberschulamt in Tübingen so gut verhindert wurde, dass ich zum Stotterer wurde. Sie sagte: Du bist ein Schicksalsglücksfall für mich. Nein, sagte ich, du für mich! Wir für uns, sagte sie.

Ich spürte, dass ich die Ballonverfolgungsfahrt absagen musste. Sandra, dieser innigste Mensch, den ich kenne, Sandra wird operiert. Elsa muss hin. Aber doch nicht allein. Sandra würde erwarten, dass ich an ihrem Bett stünde. Sandra war hilflos gegenüber jeder Art von Stimmung. Sie stimmte ununterbrochen zu. Offenbar glaubte sie, dass so auch ihr nur mit Zustimmung begegnet werde. Sandra kam mir vor, als wäre sie meine Tochter. Wenn sie zu Besuch kam, redeten Sandra und ich oft noch auf einander ein, während Elsa längst schlief. Laura war zwar gefestigter, aber ihre Stabilität verdankte sie ihrer Bereitschaft, alles zu verneinen. Sie ließ nichts gelten. Sandra ließ alles gelten. Laura wusste, dass nichts gut sei. Wenn ich sagte: Laura, du bist so negativ, sagte sie: Und du so naiv. Lief blaurot an, nicht nur ihr Gesicht, alle Haut, die man sah, stand auf, rannte aus dem Zimmer, ich ihr nach, sie saß auf ihrem Bettrand, blass jetzt, sah aus, als friere sie. Elsa sagte, Laura habe als Kind, wenn man ihr widersprach, Erstickungsanfälle bekommen. Das sogenannte Wegbleiben. Sandras unerschöpfliche Zustimmungsbereitschaft und -fähigkeit ist offenbar gewachsen durch Lauras Verneinungskraft. Laura hat es schon fertiggebracht, Sandra in meiner Gegenwart zu schlagen. Vielleicht hat sie Sandra sogar besonders gern in meiner Gegenwart geschlagen. Sie hat es genossen, dass ich nicht eingegriffen habe. Ich bin jedes Mal aufgestanden und aus dem Zimmer gegangen. Elsa sagt, Laura habe Sandra schon geschlagen, als ich noch nicht im Haus war. Als ich einmal zu Laura gesagt habe, dass ich das nicht begreife, sie, ein schönes junges Mädchen, dem es an nichts fehle, schlägt die um zwei Jahre ältere Schwester, sagte sie: Wenn ich die Archivarin nicht gelegentlich prügle, weiß sie überhaupt nicht mehr, was los ist in der Welt. Gewalt gehört zum Stoffwechsel. Und ließ mich stehen.

Laura ist inzwischen Kindergärtnerin in Augsburg, verheiratet mit einem Afrikaner, den sie sich selber geholt hat aus dem Kongo. Den schlägt sie auch, aber der lacht sie aus, wenn sie ihn schlägt. Moise arbeitet als Kellner, aber so oft er freihat, hilft er Laura im Kindergarten. Und seinem unerschöpflichen Fröhlichkeitstalent verdankt es

Laura, dass ihr Kindergarten mit einem Preis ausgezeichnet wurde. Sie sagt das auch gern, dass sie Moise ihren Erfolg verdanke. Aber verhauen müsse sie ihn trotzdem dann und wann, weil er in seinem Dritte-Welt-Schlendrian oft genug unerträglich werde.

Wahrscheinlich erwartete Elsa, dass ich mitkäme nach München. Dass ich nicht mitgefahren bin, begreife ich nicht.

Ich donnerte nach Lindau hinab. Der Junisonntag lieferte dem Alpenpanorama, auf das ich zufuhr, das Postkartenlicht. Ein Horizont aus blauen Gebirgen. Eine Gipfelkette mit feinen weißen Borten. Der liebe Gott als Spitzenklöppler.

Noch vor neun war ich auf dem Startgelände. Zu der Besprechung waren erschienen der Ballonführer, der Unparteiische, die Autofahrer. Dass da auch einer mit dem Motorrad an der Verfolgungsfahrt teilnehmen würde, hatte sich offenbar herumgesprochen. Ich wurde nicht unfreundlich begrüßt, eher fand man es lustig. Der Unparteiische stellte sich vor, stellte Fred Dolder, den Ballonführer, vor und stellte vor Frau Dr. Silvia Schall. Frau Dr. Schall werde heute Abend um halb neun im Gasthof Stift die vier wertvollen Preise überreichen. Alle klatschten. Die sicher noch nicht vierzigjährige Frau Doktor lächelte. Das wirkte, als wolle sie sagen, sie wisse, dass sie so schön sei, wie sie nun einmal sei, dafür könne sie nichts. Eine Art Unschuld schälte ihre Lippen von den Zähnen. Und der Unparteiische freute sich, dass auch Herr Habernuss an der Verfolgungsfahrt teilnehme, der ja, wie wohl jeder hier wisse, über jedes gängige Auto ein

Buch geschrieben habe. Inzwischen über fünfzig Bücher in einer Auflage von dreißig Millionen.

Der Schriftsteller, rasch: Nur neunundzwanzig! Alle klatschten, ich auch. Habernuss verneigte sich belustigt. Es war deutlich, dass er sich über uns erhaben fühlte, uns das aber nicht merken lassen wollte.

Wie alles gehen sollte, wussten wir aus der Broschüre, die jeder mit dem Nennungsformular bekommen hatte. Ich hatte alles so oft durchgelesen, bis ich glaubte, die Regeln auswendig zu können. Zu Elsa hatte ich gesagt, dass ich durch meine Teilnahme an dieser Verfolgungsfahrt auf mich als Motorrad-Lehrer aufmerksam machen wolle. Das war der einzige Grund, der mir eingefallen war. Ich selber brauchte keinen Grund. Ich las: Ballon-Verfolgungsfahrt, das genügte. Meinen Insiderbuben sagte ich nichts. Sie fänden es, fürchtete ich, piffig, bei so was Bürgerlichem mitzumachen. Die BMW-Vertretung gratulierte mir natürlich gleich zu meiner Idee. Sollte ich gewinnen, würde BMW etwas Großes daraus machen, weil doch diese Ballonverfolgungsflüge veranstaltet wurden zugunsten der internationalen Kinderdorf-Stiftung. Dass ich mich an so etwas Gutem beteiligte, hatte ich erst gemerkt, als der BMW-Mann mir dazu gratulierte.

Los ging's. OMO füllte sich, die Bundeswehrsoldaten, die zuerst als Haltemannschaft auf dem Ballonkorb gesessen hatten, waren abgesprungen. Der Ballon stieg erstaunlich schnell, die drei im Korb, der Kapitän, der Unparteiische und Frau Dr. Schall, konnten kaum noch winken, da waren sie schon in der Höhe und über den

Dächern und fort. Erst als der Ballon eindeutig landeinwärts flog, durften die Verfolger starten. Zwar blitzblanker blauer Himmel, aber ein Wind von Südwest, der den Ballon, kaum dass er sich über die Dächer erhoben hatte, förmlich fortriss. Zum Glück nicht nach Österreich hinüber, sondern allgäuwärts. Mir passte das. Bis man sich über die Landtorbrücke und durch die Lindauer Vorstädte durchgedrängt hatte, war der Ballon hoch droben und weit voraus. Dann die Entscheidung, die wahrscheinlich alles entschied: Der Ballon flog jetzt so Richtung Nordosten, dass man versucht sein konnte, ihm einfach auf der Autobahn zu folgen. Ich gab mich ratlos, ließ mich überholen von denen, die, auf den Nordost-Kurs des Ballons vertrauend, auf die Autobahn einbogen. Ich bog nicht ein, weil ich dachte, wenn der Ballon auch nur ein wenig auf Nord-Nordwest geblasen würde, war man auf der Autobahn bis zur nächsten Ausfahrt, also zehn oder zwölf oder vielleicht sogar fünfzehn Kilometer weit, unfähig zu folgen. Ich war nicht der Einzige, der auf die Landstraße abbog. Der Ballon war jetzt nicht mehr vor uns, sondern rechts droben. Dann gleich die nächste, nicht mehr ganz so dramatische Entscheidung: eine Gabelung. Links Richtung Wangen, rechts Richtung München. Ich hielt mich links. Nach dieser Gabelung waren wir vielleicht noch zehn oder zwölf Verfolger, die sich so entschieden hatten. Der Ballon war immer noch rechts vor uns in der Höhe. Wenn das so weiterging, kämen wir auch noch durch Amtzell! Aber das doch nicht. Noch vor Wangen wurde der Ballon von einem Wind deutlich nach Nordwest getrieben. Das hieß, noch kleinere Straßen wählen. Das Tempo war ohnehin nicht das Problem. Mein Tacho sagte mir, dass der Ballon ziemlich konstant mit fünfzig Stundenkilometern dahinglitt. In Neuravensburg über die Argen, das passte. Die auf der Autobahn, wenn sie endlich nach Westen abbiegen konnten, würden die Argen erst bei Herfatz überqueren. Eine der Regeln hieß, der Ballon dürfe sich nie länger als zwanzig Minuten über oder in den Wolken der Erdsicht entziehen. Das war vorerst auch nicht zu befürchten.

Ich hielt mich in der Gruppe, die auf die kleineren Straßen vertraute. Ich wollte mich überhaupt nicht hervortun und etwa die Autofahrer zum Wettrennen reizen. Dass da ziemlich sportliche Typen darunter waren, auch ziemlich flotte Automarken, hatte ich gesehen. In unserer Gruppe der Landrover, darin der Autor der fünfzig Bücher, zwei Cabrios und ein roter Japaner.

War es besser, dem Ballon zu folgen, egal auf welchen Straßen und Wegen, oder fuhr man auf besseren Straßen in die Himmelsrichtung, in die der Ballon flog?

Natürlich hätte man auf größeren Straßen dem Ballon vorausfahren und dann warten können, bis er nachkam – aber wenn sich die Windrichtung änderte, kam er vielleicht nicht dahin, wo man auf ihn wartete. Ich hielt mich hinter dem Landrover, den zwei Cabrios und dem roten Japaner.

Die Wälder waren gefährlich. Man wusste nicht, wo man wieder herauskommen würde, und solange man im Wald fuhr, ging die Sichtverbindung zum Ballon wahrscheinlich verloren. Also immer um die Wälder herum. Es sei denn, eine regelrechte Landstraße führte in den

Wald hinein und durch den Wald durch und die Himmelsrichtung stimmte halbwegs.

Wenn ich nicht aufpasste, fuhr ich auf den roten Japaner vor mir drauf, der sich nach dem vor ihm fahrenden Landrover richten musste. An ein Überholen war nicht zu denken, weil wir uns auf zwar noch asphaltierten, aber doch schon sehr schmalen Sträßchen fortbewegten. Wenn ich zum Ballon hochschaute und zu den drei winzigen Figuren, die sich über die Ballonbrüstung beugten und uns vielleicht sahen, dann setzte sich bei mir die Vorstellung durch, dass ich nicht mehr dem Ballon nachfuhr, sondern der Frau, dieser Frau Dr. Schall. Noch schlimmer. Ihrem Mund fuhr ich nach. Diesem langsam sich öffnenden Mund. Wie in Zeitlupe schälten sich ihre Lippen von den Zähnen. Das wirkte, als wollten sie nur diese Zähne so langsam wie möglich entblößen. Das war es, eine Entblößung. Nichts als eine Entblößung. Zum Glück kann man fahren, ohne daran zu denken, dass man fährt. Die Routine oder der Instinkt macht schon alles richtig. Jede Nuance des Wegs, des Tempos wird richtig beantwortet. Fast zu kurz, diese blonden Haare. Eine Art Herausforderung. Dieser Mund, diese Zähne, diese Entblößung, und dann dieser kurzgeschnittene Blondschopf. Der wiederum passte zu der Lederjacke. Die trug sie so offen, dass man das violette T-Shirt, beziehungsweise die Brüste, anschauen musste. Die hellbeige Lederjacke war, wie sich später herausstellte, ein Geschenk des Schriftstellers.

Diese Verfolgungsjagd konnte ich gewinnen. Ich war, wenn der Ballon irgendwo im Gelände landen würde, jedem Auto überlegen. Das durfte ich keinesfalls demonstrieren. Nicht einmal merken lassen durfte ich das. Vier Preise würde sie heute Abend vergeben. Ich musste der vierte sein. Ich musste der letzte sein, den sie auszeichnete.

Der Ballon darf nicht weiter als zweihundert Kilometer Luftlinie fliegen, und er muss bis spätestens vier Uhr landen. Jeder der Verfolger muss mit seinem Fahrzeug mindestens zweihundert Meter vom gelandeten Ballon halten. Der Ballon gilt als gefangen, wenn er innerhalb von fünfzehn Minuten nach der Landung von einem Verfolger oder von mehreren erreicht wird. Wird der Ballon innerhalb der festgesetzten Zeit von keinem der Verfolger erreicht, so gewinnt der Ballonführer den ersten Preis. Jeder Verfolger, der den gelandeten Ballon erreicht, muss auf seiner Startkarte vom Unparteiischen die genaue Zeit seines Eintreffens eintragen lassen. Bleibt der Ballon mit dem Schlepptau oder mit den Halteleinen irgendwo hängen, zum Beispiel an einem Baum, gilt der Ballon als gefangen, wenn der Verfolger diesen Baum berührt.

Der Ballon ließ Ravensburg und Weingarten rechts droben liegen. Das war auch für uns günstig. Beide Städte sind, was den Verkehr angeht, nur auf die Nord-Süd-Strecke eingerichtet. Von Ost nach West aber sind sie nichts als ein Hindernis. Auch am Sonntag.

Die Argen hatten wir bei Neuravensburg überquert, der Ballon überquerte, uns weit voraus, die Schussen und flog drüben Richtung Nordwest. Ich sah an dem roten Japaner vorbei, dass der Schriftsteller sich von seinem Beifahrer, der offenbar eine Karte nutzte, raten ließ, wo und wie man am schnellsten über die Schussen komme.

Allmählich ahnte ich, wie sich der Ballonführer den Jagdverlauf vorstellte. Er wusste, woher der Wind an diesem Tag wehte und mit welcher Geschwindigkeit zu rechnen war. Schussenried, Buchau, Federsee oder, wenn der Wind West-Kurs wollte, Saulgau, vielleicht sogar eine Donauniederung. Diese Landschaft war gesegnet mit weiten Mooren. Da blieb der Ballon an keinem Baum und an keiner Überlandleitung hängen.

Sollte ich die drei Autos, die jetzt noch vor mir waren, überholen und ihnen durch selbstbewusstes Vorausfahren zeigen, wo's langging? Nein und noch einmal nein. Bleib hinter denen, bis du merkst, dass Ballonführer Dolder an Landung denkt. Erst dann, wenn die Landung unwiderruflich ist, musst du so taktieren, dass du als Dritter oder als Vierter beim Ballon ankommst.

Das heißt, auf einen Wettlauf auf den letzten hundert Metern darfst du es nicht ankommen lassen. Die sind alle zehn Jahre jünger als du. Nur der Schriftsteller nicht. Der ist zehn Jahre älter. Also musst du zwar als Erster oder Zweiter in Landeplatznähe ankommen, aber dann kannst du dich von einem oder von zweien noch überholen lassen.

Zum Schluss wurde ich geradezu märchenhaft in Versuchung geführt. Der Wind drehte so deutlich, dass der Ballon keinen Meter mehr nordwärts trieb, sondern nur noch nach Westen, sogar Südwesten. Und flog schließlich genau über mein Revier. Er flog doch tatsächlich über unser Heim in den Wäldern zwischen Wilhelmsdorf und Illmensee. Er flog auf das Pfrungener Ried zu.

Ich kannte hier alle Kreuz- und Querwaldwege wie

meine eigene Hosentasche. Wie leicht das wäre, als Erster am Ried zu sein und dann der Erste zu sein, der den Ballon berührte. Und ihn berühren hieß: ihn fangen. Dann würde ich den drei Ballonfahrern herunterhelfen. Auch ihr. Nein und nochmal nein. In Wilhelmsdorf bog ich ab, um eine Hausecke, und ließ drei Autos vorbei. Ich durfte nicht der Erste sein. Dann hinter denen her. Die hatten auch verstanden, dass der Ballon sich schon senkte, also draußen im Ried landen würde. Die Straße, die aus Pfrungen hinausführte, war eine Lieblingsstraße für uns, das heißt für meinen Club. Die kleine Straße, ein makelloses Asphaltband, das sich an jedes Gelände-Auf-und-Ab anschmiegt. Und wird gesäumt, ja geschmückt von Hunderten von Birken. Zuletzt fuhr ich so, dass ich von einem Waldrand aus das Ried überblickte, die Landung beobachtete, aber mich erst näherte, als zwei Verfolger auf den gelandeten, jetzt in sich zusammensackenden Ballon zueilten. Ich startete. Und wurde der Dritte. Ich reichte meine Startkarte hinauf. Herr Dolder sagte: Brav. Trug die Zeit ein, notierte sie hinter meinem Namen auf seiner Liste. Vor mir eingetroffen waren als Erster der Schriftsteller, als Zweiter ein Cabrio-Fahrer. Auf einer Strickleiter waren die Ballonfahrer herabgestiegen. Meine Hilfe war nicht nötig. Als Frau Dr. Schall wieder festen Boden unter den Füßen hatte, probte sie demonstrativ, ob dieser Boden auch fest sei, schaute noch einmal zum Himmel hinauf und sagte: Das bläst ganz schön da droben. Der Autor, nicht faul: Ja, auch Engel machen was mit. Sein Satz gefiel mir viel weniger als ihrer.

Aufbruch. Zurück nach Lindau. Der Autor lud Frau

Dr. Schall ein, mit ihm zu fahren. Sie sagte: Da du nun mal der Sieger bist. Ab ging's. Ich fuhr nicht über Wilhelmsdorf zurück, sondern über Illmensee, dann durch das Deggenhauser Tal. Dann den Gehrenberg hinauf. Wirkliche Kurven, das brauchte ich jetzt. Die nahm ich ganz unbedacht und willkürlich, dass es mich fast geschleudert hätte. Das tat gut. Droben haltgemacht, abgestiegen und hinausgeschaut in die reine Weite. Der See. Drüben der Säntis. Überhaupt eine Sichtbarkeit, tief in die Schweiz hinein und nach Vorarlberg hinüber. Ich buchstabierte die Gipfel, die ich kannte wie ein Kind. Mit Giacomo Bergkurven hinauf, die in den Himmel führen. Das bräuchte ich jetzt. Ich tätschelte meine Maschine wie ein Pferd. Ich wollte hinüber, hinauf, in die Höhe stürzen. Weg aus dieser ebenen Erde mit den blöden Sprüchen. Und musste mir auch noch vorstellen, dass der Schriftsteller der neben ihm sitzenden Doktorin Schall die hundert weißen Birkenstämme, zwischen denen gefahren wurde, servierte als einen Einfall von ihm persönlich für sie!

Fuhr aber dann brav nach Lindau. Parkte die Maschine vor dem Stift, zog die anderen Schuhe an, das Hemd ließ ich in der Tasche. Ich ging in eine der beiden Kirchen, setzte mich und ließ mich da sitzen. In Kirchen ist man nicht so aufdringlich bei sich selber. Ich durfte nichts denken. Und dass ich nichts denken durfte, durfte ich auch nicht denken. Ich war unmöglich. Das spürte ich. Ich durfte nicht sein, wie ich jetzt war. Elsa. Frau Dr. Schall. Es gab nicht die Spur einer Verbindung mit Frau Dr. Schall, sie hatte mich kein bisschen bemerkt, aber ich, ich konnte nicht wegdenken von ihr. Darum war ich unmöglich.

Ich war natürlich nicht im Lederzeug des Frei-Chors gefahren, sondern in Sportzivil. Das war bei mir der hellblaue Jeansanzug. Aber hinten musste doch noch der Markenkoffer mit. Darin das Hemd in fahler Farblosigkeit und leichtere Schuhe. Ich ließ in der Schwebe, ob ich abends zurückfahren werde oder übernachten in Lindau. Das hellere Hemd und die Schlüpfschuhe hatte ich in die Tasche getan, ohne dass Elsa es merkte. Also heimlich.

Abends wurde an einem langen Tisch gegessen, der BWAC-Vorsitzende Dr. Sowieso hielt seine Rede und überreichte dem Kapitän und jedem, der mitgefahren war, die Anerkennungsmedaille des BWAC. Der Ballonkapitän dankte. Frau Dr. Schall zeichnete uns vier Gewinner aus. Vier Schalen, unterschiedlich groß, darin stand geschrieben, wozu sie dienten. Und Urkunden. Ich war also der Dritte. Sie sagte jedem Gewinner noch einen Satz. Dem Autor sagte sie, dass dieser Tag sicher in einem Roman auftauchen werde. Mir sagte sie: Um einen Motorradfahrer muss man ja immer Angst haben. Sie haben's überlebt. Gratuliere! Nachher saß ich wieder so, dass ich sie sehen konnte. Dann wurde getanzt. Ich blieb sitzen und schaute zu. Sie, in ihrem engen Rock, tanzte ziemlich heftig. Egal, mit wem sie tanzte, sie tanzte immer so, als tanze sie allein. Ich dosierte mein Hinschauen. Sie durfte nicht bemerken, wie ich sie ansah. In einer Musikpause stand ich auf und bedankte mich dafür, dass ich hatte teilnehmen dürfen. Die schöne Schale werde ich, sagte ich, in Ehren halten. Verneigte mich und ging. Den Satz mit der schönen Schale hatte ich ausschließlich zu ihr hin gesagt. Ich hatte dabei die Augenbrauen hoch in die Stirn gezogen und dem Mund eine Art Grinsen abverlangt. Das sollte heißen, so ernst ist das, was ich da sage, nicht gemeint.

Hau ab. Ab nach Amtzell. Den Wein hatte ich abgelehnt. Nur Bier, bitte, hatte ich gesagt und zu ihr hingeschaut. Sie sollte daran denken, dass sie mir zum Überlebthaben gratuliert hatte. Ich fuhr unter einem aufgeregt funkelndem Sternenhimmel heim nach Amtzell.

Gleich in die erste Kurve fuhr ich zu schnell hinein. Ich brauchte das Gefühl, gleich schleudere es mich. Aber die Kurve hörte nicht auf, und das Gefühl, dass es mich gleich schleudere, auch nicht. In mir spielte sich ein Unfall ab, den geschehen zu lassen ich mir nicht leisten konnte. Dabei wollte ich auf dieser Heimfahrt nichts als schleudern, geschleudert werden, erlöst sein von der dämlichen Zurechnungsfähigkeit. Und hämmerte mir den Satz zurecht, dass ich Elsa nie verlassen werde. Und kam mir blöde genug vor, als ich es nicht lassen konnte, dazuzudenken: Elsa darf nicht ein zweites Mal verlassen werden. Und wusste, dass nichts so unnötig war wie solche Gedanken.

2.

Elsa kam nach drei Tagen zurück. Sandra war operiert, Elsa erschöpft. Schön erschöpft. Erfolgreich erschöpft. Vom Helfenkönnen erschöpft. Er war herumgehockt, Silvi buchstabierend. Eine Blonde mit einer Lederjacke. Er läuft ihr einfach nach. Wie ein Hund, der von einem Geruch fortgerissen wird. Ihre Nase. Eine Nase wie ein Gedanke. Wie ein schöner Gedanke, ein disziplinierter Gedanke, so auffällig gerade, eigentlich lang, genau entsprechend dem langen schmalen Gesicht, nicht spitz endend, ruhig endend über dem Kontrastmund. Aber die ruhige Nase und der unruhestiftende Mund sind nicht mehr so wichtig, wenn man einmal in diese Augen geschaut hat. Kein bisschen leidend oder duldend. Nur innig.

Im Telefonbuch stand, sie habe ihre Praxis in der Mauritz-Betz-Straße. In Überlingen. Er fuhr hin. Hockte da stundenlang, hoffend, sie komme, und hoffend, sie komme nicht. Sie kam nicht.

Ich konnte Elsa nicht mehr ansprechen. Ich antwortete nur noch mit Gesten und Bewegungen. Wie ein Taubstummer. Dieses Vor-mich-hinstarren-Müssen war mir nicht ganz fremd.

Elsa kam mit Tees, Johanniskraut, Baldrian, Weißdorn. Wie lange würde ich ihre Angst ertragen. Sie litt. Sie sprach mich an, massierte an mir herum, ich wollte nicht reagieren müssen, ich wollte nicht da sein, ich wollte nicht schuldig sein an ihrer Angst.

Wenn es ihm gelungen ist, wieder einen ganzen Tag lang nicht anzurufen, bilanziert er: Es geht. Er wird nicht anrufen. Es geht. Leistung. Leistung. Leistung. Er muss sich vormachen, dass er es fertigbringe, sie nicht anzurufen. Aber er weiß, dass er sich das nur vormacht. Man sehnt sich nach Zahnweh. Überhaupt: Körperlicher Schmerz ist fair.

Als Elsa eine ärztliche Hilfe finden wollte, wusste ich, dass ich das selber tun musste.

Er musste anrufen. Er rief an. Besetzt. Er war erlöst. Was soll er, wenn sie dran ist, sagen? Er erreichte sie. Die Sekretärin sagte: Ich stelle Sie durch.

Ihre Stimme. Er, sprachlos.

Sie sagte zweimal: Hallo? Legte auf.

Er rief sofort wieder an. Konnte sich der Sekretärin mühelos verständlich machen, eine technische Panne vortäuschen, sie stellte ihn durch.

Ja, mein Name ist Kainz, Ewald Kainz, ich war an dieser Ballonverfolgung …

Sie sagte weder besonders laut noch besonders lebhaft: Sie sind der Motorradfahrer. Dann haben Sie sich so schnell verabschiedet. In der Zeitung wurden Sie lobend erwähnt.

Hab' ich nicht gelesen, sagte er.

Sie schicke ihm gerne eine Kopie zu, sagte sie.

Nein danke, sagte er. Er müsse ihre Hilfe in Anspruch nehmen, sagte er. Am Telefon sei es nicht zu erklären. Die Sekretärin gab ihm einen Termin. Davor aber hatte sie noch gesagt: Sehr gern, Herr Kainz. Motorradfahrer sind in meiner Sprechstunde eher selten. Aber Sie sind ja, weiß ich aus der Zeitung, Motorradlehrer.

Jetzt der Termin. Am späten Vormittag. Im Ärztehaus. Zweites Obergeschoss. Dr. Silvia Schall. Psychotherapie.

Ich bot mich Elsa noch einmal an. Am Morgen des Tages, an dem ich bei Frau Dr. Schall den ersten Termin hatte. Wir lagen noch im Bett, ich mehr auf dem Bett als im Bett. Ich war schon auf gewesen, lag jetzt im Morgenmantel.

Ich sagte: Meine Zehen.

Und Elsa: Was ist mit deinen Zehen?

Sie brennen, sagte ich.

Sie dachte über etwas nach. Das sah ich an ihrem Gesicht. Könntest du sie einmal anschauen, sagte ich.

Gleich, sagte sie.

Hätte sie einen meiner Füße in ihre Hände genommen, wäre mein Morgenmantel auseinandergegangen, ich hätte da gelegen, entblößt, sie sähe es … Aber sie hat meine Zehen nicht sehen wollen.

Eine geplagt Aussehende kam, als er eintrat, gerade aus dem Sprechzimmer. Beherrschend im Raum die Couch, grün bezogen. Leder. Sie stand schon, als er eintrat, neben ihrem Schreibtisch. Eine helle Erscheinung. Ein farbloser, sehr heller Anzug. Kein violettes T-Shirt mehr, sondern eine geschlossene Jacke. Um den Hals eine dünne Kette aus rosaroten und dunkelgrünen Partien. Sie gaben einander die Hand. Er zuckte zusammen, das heißt, er zog die Hand zurück, bevor der Händedruck richtig stattgefunden hatte. Er wollte ihre Hand nicht drücken. Sie wies auf die drei Sessel, die um ein Tischchen gruppiert waren, das eine Platte aus Mosaiksteinen hatte.

Also, sagte sie. Was gibt es?

Er sagte, dass er vielleicht gleich gar nicht mehr sprechen könne.

Dann schwieg er. Sie auch. Er musste also weitersprechen. Aber er konnte nicht. Er machte eine Handbewegung, die heißen sollte: Hat doch alles keinen Sinn.

Dann sagte er doch: Ich stottere eigentlich nicht mehr. Aber jetzt, ich komme nicht, weil ich gestottert habe.

Er schwieg.

Sie kommen also –, sagte sie und wartete.

Er konnte nichts sagen.

Also, sagte sie, wenn er wolle, könne er sich auf die grüne Couch legen, zur hellblauen Decke hinaufschauen und dann … reden oder nicht reden, ganz wie es ihm zumute sei.

Nein, sagte er, hinlegen wolle er sich nicht, aber an ihr vorbeisprechen schon. Er werde zu diesem Bild sprechen, sagte er und deutete auf das große Bild an der Wand.

Ja, sagte sie, die Mondrian-Reproduktion ist ein Partner.

Er wusste inzwischen, was er sagen musste. Da er ihr

nicht sagen konnte, wie es ihm ging seit jenem Junisonntag, musste er früher anfangen, dann bei diesem Sonntag enden. Und fing an mit seiner Mutter, die versucht hatte, ihm dieses Leben zu ersparen, und sagte dann kurz dieses Leben auf. Vom Heim in Oberbieber zur Uni Tübingen, zum Berufsverbot, zum Aushilfslehrer, zum Stotterer, zum Motorradlehrer, zur wunderbaren Rettung durch Elsa, dann dieser Junisonntag. Dass er sich seit jenem Sonntag nicht mehr bewegen könne. Seine Frau habe gesagt: Depression. Und, sagte er, ich habe jetzt viel mehr gesagt, als ich sagen wollte.

Sie sagte, dass sie ihn eigentlich sofort einem Kollegen übergeben müsste. Sie müsse darüber nachdenken. Dass Patienten im Lauf einer langen Behandlung zum Therapeuten eine besondere Beziehung aufbauten, sei ja psychotherapeutischer Alltag. Aber dass jemand mit einer solchen Beziehung die erste Stunde eröffne, sei zumindest nicht psychotherapeutischer Alltag. Ob er einverstanden sei, wenn sie sich in einer Woche wiedersähen und sie bis dahin nachdenken könne, was zu tun sei.

Nach einer Woche eröffnete sie mit der Frage, ob es auch Einzelunterricht gebe auf dem Motorrad.

Ja, natürlich.

Gut, sie wolle bei ihm Einzelunterricht. Motorrad, das sei immer schon ein unterdrückter Wunsch von ihr gewesen.

Zuerst also Einzelunterricht, dann, wenn der funktioniere, die nächste Sitzung bei ihr zur Beantwortung der Frage, ob sie seine Therapeutin sein könne.

Giacomo hatte dem Frei-Chor auch eine Frage vorgelegt: Durfte Marlon an dieser Ballonverfolgung teilnehmen, ohne es uns vorher zu sagen?

Manche sagten: Natürlich durfte er das. Aber ein paar, darunter Giacomo selbst und Katze, sagten: Er hätte das schon sagen können. Von Müssen kann im Frei-Chor keine Rede sein, aber sagen hätte er das schon können. Ich gestand, dass mich diese Ausschreibung gereizt habe, ich wisse nicht, warum, und weil ich das nicht gewusst hätte, habe ich auch im Stadel nichts davon gesagt. Aber, sagte ich, ich gestehe sofort, dass mir bei diesem Nichtssagen nicht ganz wohl gewesen sei. Und ich hätte noch davon angefangen, auch wenn Giacomo jetzt nicht davon angefangen hätte. Dass es nichts sei, was ich habe verheimlichen wollen, sei klar. Dass dergleichen in der Zeitung stehe, sei auch klar.

So kriegte ich das im Stadel hin. Dass ich durch die Ballonjagd eine Kursantin gewonnen hatte und was mir das bedeutete, sagte ich nicht, und hatte auch keine Sekunde lang ein schlechtes Gewissen wegen dieses erneuten Verschweigens.

Seiner Schülerin hat er leihweise eine G 650 verschafft. Zum Übungsplatz kam sie mit einem Saab. Er legte die Stunden so, dass sie auf dem Übungsplatz allein waren, und warnte sie blumig vor den Potenzen dieser so leicht aussehenden BMW 650. Wenn sie bei der die Kupplung zu hastig loslasse, gehe die vorne richtig hoch, als wolle sie sie abwerfen. Noch nie war er so froh, dass er auf dem Motorrad gelandet war. Er würde eine große Fahrerin aus ihr machen. In diese handliche und leichte G 650 verliebte sich die Doktorin. Auf jeden Fall sagte sie das. Von Therapie wurde nicht mehr geredet. Wenn aber das, Unterricht bei ihm zu nehmen, Therapie war? Das wagte er nicht zu fragen.

Das schöne Fieber wird zusammenbrechen. Solange alles noch nichts ist, ist alles gut. Jede Welt, deren Schöpfung unterbleibt, ist ein Glücksfall.

Die praktische Prüfung bestand sie spielend, im Theoretischen war sie dem Prüfer überlegen. Dann drehten sie hinter einander das Rohrach hinauf und fielen droben irgendwo hinter Scheidegg glücklich ins duftige Heu.

Klammere Elsa aus aus allen Gebeten und Flüchen. Sie darf keiner Vergleicherei ausgesetzt werden.

Alles, was Elsa jetzt für mich tat, tat weh. Ich musste andauernd mit ihr schlafen. Gewissermaßen wütend musste ich schlafen mit ihr. Fast vergewaltigen musste ich sie.

Und dann, wenn es bei ihr so weit ist, ihr Lachen. Es ist das höchste, schönste, ungeheuerste Lachen der Welt. Immer wenn sie so weit ist, dieses Lachen. Keine Spur von Gelächter. Das leichteste Lachen der Welt. Ja, das ist es. Das schwereloseste Lachen der Welt. Nicht lang. Nur so dahingelacht. Kein Lachen aus der Kehle, sondern aus der Seele. Dieses Lachen holte mich heim. Ich wollte nirgends sein als bei diesem Lachen.

Das Wachsenlassen künftigen Unglücks.

Mit Dr. Silvia Schall zu telefonieren, ist einfach. Am Mittwoch, am Donnerstag und am Freitag ist Elsa bei ihren Chören, Proben und Stimmbildung, und kommt immer spät heim. Immer erschöpft. Glücklich erschöpft. Und ist nie schöner, als wenn sie glücklich erschöpft heimkommt. Dann sinkt sie von selber an mich hin. Manchmal summt sie noch. So, als wolle sie sich eines Glücks versichern. Dass es noch einen Augenblick lang bleibe. Sie will mich teilhaben lassen an dem Musikglück, das sie den Abend lang erlebt hat. Produziert hat. Dann weiß ich: Schöner kann eine Frau nicht sein als durch Musik. Und nichts ist so sicher wie das: Wir sind ein Paar. Wir sind das Paar. Wenn ich am Dienstag Theorie habe, holt Elsa mich manchmal ab, nimmt mich mit.

Elsa am Steuer. Plötzlich diese aufwallende Zärtlichkeit. Ich hätte sie gern gestreichelt. Warum biegt sie nicht in den nächsten Waldweg ein?

Elsa ruft mich zum Essen. Wir sitzen einander gegenüber. Elsa spürt, dass sie fragen müsse, was sei. Ich müsse, sage ich, manchmal an diese Frau Dr. Schall denken. Sie geht mir nicht aus dem Kopf, sage ich. Dann lass sie drin, sagt Elsa und lacht.

Und ich: Ich fürchte, etwas anderes bleibt mir gar nicht übrig.

Jetzt Elsa, doch ein bisschen empört: Mein Gott!

Ich, nach dem ich den ersten Löffel Suppe gegessen habe: Deine Kürbissuppe ist besser als alles, was es zur Zeit gibt in dieser Welt. Diese fabelhafte Schärfe? Das ist doch nicht Curry! Sie zieht ihre sanften Augenbrauen hoch, sieht mich über ihren Löffel hinweg an und sagt: Ingwer.

Ich muss einmal, sage ich, alle deine Suppen aufschreiben. Ja, lach nur. Es wäre die einzige Möglichkeit, wie ich der Menschheit nützen könnte.

Ich kann dann manchmal solche Sätze sagen: Elsa, ich liebe dich mehr, als ich sagen kann. Also wirst du nie erfahren, wie ich dich liebe.

Dann Elsa: Ich liebe deine Arien. Zum Glück brauchen wir keine Rezitative.

Elsa, als sie uns durchs Allgäu fuhr: Zum Glück gibt es Tiere. Ich konnte nur nicken. Sie: Ohne Tiere möchte ich nicht leben.

Dann wieder: Wenn du nicht da bist und ich denk an dich, hör ich die Engel singen. Wenn ich nicht an dich denke, bin ich taub.

Elsa stellt um ihr Kräuterbeet herum mit Bier gefüllte Schalen. Die Schnecken kriechen hinein und ertrinken.

Für den nächsten Tag richtet sie sich immer danach, ob die Löwenzahnblüten offen oder geschlossen sind.

Auf unserem Komposthaufen nichts, was nicht hier gewachsen ist. Elsa duldet keine importierte Schale.

Kann man sich verfluchen oder muss das ein anderer tun?

Wenn Silvi Schall sich nicht meldet, müsste er schon nach dem zweiten oder dritten Mal aufhören zu wählen. Er weiß, er wird nie mehr aufhören können, ihre Nummer zu wählen.

Gestern Nacht, als Elsa mitkriegte, dass mich die Neuralgie nicht schlafen ließ, hat sie sich, sagte sie heute Morgen, ganz auf diesen Nerv konzentriert, gleich darauf sei ich eingeschlafen. Und präsentierte mir heute Morgen die von ihr geschälten Trauben und sagte: Das tu ich für mich.

Ich bin natürlich wie alle. Ich glaube auch, mir sei mehr zugefügt worden, als ich zugefügt habe.

Elsa, bitte, schau mich nicht an, als sei ich da.

Ich habe immer mehr verheimlicht als ausgesprochen. Aber noch nie waren Verheimlichtes und Ausgesprochenes so weit auseinander.

Mein Gefühl: Wenn ich einem Gremium der Vernunft meine Lebensumstände offenbarte, würde man mich entmündigen.

Immer dieses Bedürfnis, aus einer brutal dreckigen Situation in eine kostbare Sprache zu fliehen. Alles höher sagen, als es ist. Wenigstens Schicksal soll es doch sein.

Er weiß, er darf. Sonst weiß das niemand. Es ist das einsamste Wissen überhaupt. Das des Verbrechers. Er hat ein Unrechtsbewusstsein.

Umgeworfen, niedergewalzt von der Wucht einer sich nicht helfen könnenden Bewegung.

Frisch erkältet, sieht sie sich als Rotzfabrik. Das ist Elsa.

Silvi hat ihm ein Extra-Handy gekauft, dass sie unbemerkt sprechen können.

Elsa in Tübingen bei ihren sieben Chormusiktagen, Silvi auch in Tübingen. Bei ihren Eltern. Mit beiden telefonieren!

Wenn Silvi in Tübingen war und er rief an, musste er sich als Tobias Schrader melden. Das befahl sie und befahl es so flüssig, als habe sie das immer schon allen Männern befohlen, die sie in Tübingen anriefen.

Niemand darf gewinnen. Weil es keinen Verlierer geben darf.

Silvi: Das ist nicht möglich, dass das alles zu nichts führt.

Auf seinen Satz: Ich liebe dich, sie: Also, danke, tschüs. Sie war nicht allein. Wer war bei ihr?

Angesagte Vergewaltigung. Elsa wehrte sich zum Schein. Zuerst sie durchs Ziel. Dann ich. Aber durch eigene Hand. Wie ein Affe. Vor ihr. Das ist der kleinstmögliche Betrug.

Elsa mitten in der Nacht plötzlich: Sag, dass du mich brauchst, sonst kann ich nicht leben. Ich: Ich brauche dich.

Sie waren oft tagelang aufs Telefonieren angewiesen. Sie versprachen einander, das, was sie per Telefon taten, zu wiederholen, wenn sie wieder in einem Zimmer sein werden. Er wollte das. Er fand, sie sollten das praktizieren, dann wüsste bei späteren Telefongesprächen jeder vom anderen, was der beim Telefonieren tat.

Der Schriftsteller kennt Silvi seit sieben Jahren. Das klingt stilisiert. Das sagt, was es heißen soll, nicht, was ist. Seit er Silvi kenne, schreibe er nicht mehr über Autos, nur noch über Silvi. Sie war also mit dem Schriftsteller noch in zwei Lokalen. Sie hat es gern gehabt, dass er den ganzen Abend lang hingerissen war von ihr und das zeigte. Seine Knie ununterbrochen an ihren Knien. Im letzten Lokal saßen sie neben einander auf einer weichen Polsterbank. Immer wieder fuhr seine Hand an ihrem Hintern hinab. Er hat kräftige Hände.

Als er kritisch wurde, sagte sie: Ein gutaussehender Mann mit kräftigen Händen, der bis nachts um zwei Hingerissenheit demonstriert, das darf man doch genießen, wenn man von dem, den man liebt, allein gelassen wird.

Wenn sie fragte, welche Kette sie ins Theater umlegen sollte, musste er ohne jedes Zögern antworten. Er hat dazu beizutragen, dass sie so schön wie möglich ins Theater gehe. Es musste ihm recht sein, dass sie in Zürich so schön, so begehrenswert wie möglich aussehe. Inmitten der vom Schriftsteller organisierten Kulturtour.

Unglücklich verlaufende Geschichten hören nie auf. Was nicht glückt, wird nie aufgegeben. Ihre ständige Sprechbereitschaft für den Schriftsteller bewies es, ein Jahr ums andere. Er fuhr bei ihr vor im Bademantel, darunter nichts. Und sie? Das würde sie ihm nie sagen.

Sobald Elsa sich auszieht, wirkt sie auf mich. Mit Elsa zu schlafen, ist durch Silvi mit einem absoluten Verbot belegt. Andererseits hat sie ihm als Therapeutin beigebracht, dass er endlich nichts mehr einem anderen zuliebe tun dürfe, sondern immer nur das, was er selber tun will. Es kommt mir vor wie die Steigerung der Kaltblütigkeit.

Belegt. Kaum zurück, war sie schon wieder belegt. Dass man auf diesen Besetztton trifft, hat etwas Niederdrückendes jenseits aller dafür aufzufindenden Gründe.

Während er bei ihr war, rief der Schriftsteller an. Seine lockeren Angebote waren im ganzen Raum zu hören. Silvi: Bist du schon ganz krumm vor schlechtem Gewissen. Weniger denn je, rief er. Tilda, seine Frau, habe sich mit allem abgefunden. Gratuliere, sagte Silvi. Und schloss: Sie habe Besuch. Tschau.

Er scheut sich, den Anteil des Geschlechtlichen zu erwähnen. Andererseits wäre, ohne das Geschlechtliche über alles andere herrschen zu lassen, von diesem Verlauf überhaupt nicht zu reden. Aber da ohnehin überall von nichts anderem als vom Geschlechtlichen geredet wird, da nichts gezeigt wird, nichts vorkommt als das Geschlechtliche, möchte er zu dieser Allgegenwart des Geschlechtlichen nicht auch noch beitragen.

Die Liebe mit Elsa war nie gesprächsfreudig. Ihr Blick. Ihre Augen erleben, was wir tun. Ihre Augen sagen alles. Sie sagt nichts. Dass Augen so glänzen können. Ihr Augen sind stolz auf das, was passiert.

Sie behandelt mich gern wie einen, den sie retten muss.

Reibt mich ein von oben bis unten mit Zimtöl. Oft muss ich den Schlafenden spielen, dass sie einschlafen kann. Ich warte darauf, dass sie mir sagen kann, wie es in ihren Träumen, in ihren Angstträumen zugeht. Sie weiß, dass ich darauf warte. Wir sind erst wirklich verheiratet, wenn du von mir träumst, habe ich gesagt. Hoffentlich nicht, hat sie gesagt.

Silvi, eine Redebegabung, eine Wörterbegleitung. Solang es mehr der Natur als dem Willen entspricht, ist es gut. Sicher ist, dass Elsa Natur ist. Silvi ist … Zivilisation.

Als ich zurückkam, saß Elsa am Flügel und spielte ihren Bach. Ich begriff: Ohne Elsa war alles ein Unglück. Ohne Silvi auch.

Sie habe, als es besetzt gewesen war, mit ihrem Vater telefoniert. Glaubhaft durch den Satz: Zum Glück bist du nicht wie mein Vater.

Silvi, als es Dezember geworden war: Wenn er für den nächsten Sommer nichts Gemeinsames schaffe, breche sie aus. Und wenn er auch dann, sie könne es nicht anders sagen, seinen Arsch nicht hochbringe, dann sei es ganz aus.

Für ihre Unerreichbarkeit die einfachsten Erklärungen: unter der Dusche, beim Föhnen, das Handy nicht dabei.

Sie wacht am Morgen schon mit der Sehnsucht auf. Ihre Hand schon zwischen ihren Schenkeln.

Gestern zu Elsa: Zugegeben, alle Brüste holen meine Blicke. Aber nur, weil sie mich an deine Brüste erinnern.

Elsa: Das wäre wahr, wenn du es nicht gesagt hättest.

Wenn ich gehe, hast du mich verlassen, sagte Silvi. Und er: Das ist ein guter Satz.

Am meisten sagt, was er ist, das Wort *unmöglich*. Er kann das feststellen ohne Regung. Ein bisschen Angst davor, eines Tages dafür vernichtet zu werden. Ein bisschen Hoffnung, dass die Zukunft für ihn mehr Verständnis haben könnte als die Gegenwart. Und die Hoffnung, innen seien alle gleich asozial, illegitim, unmöglich.

Silvi: Mir platzt der Mund vor nichtgesagten Sätzen.

Ich würde dich gern heraushauen dort.

Elsa darf nicht merken, dass sie mich schützen muss. Je mehr man einen Süchtigen schützen will, umso gewalttätiger will er ausbrechen.

Ihr Auto da, das Fahrrad da, in der Küche die Schüssel mit dem Salat, unangemacht, die Tasse mit der Salatsauce, im Ofen das Lammfilet, auf der Herdplatte die Pfanne, darin das Olivenöl für die Kartoffeln, die geschält und geschnitten danebenliegen. Aber sie?

Allmählich merkte ich, wie leer das Haus war. Ihr Name geriet mir zu einem Schrei. Ich spürte ihre furchtbare Überlegenheit. Sie triumphierte. Über mich. Ich trank eine Flasche Rotwein aus. Ich wollte mich so lächerlich aufführen, wie ich war. Eine Flasche Rioja Reserva, Jahrgang 1988. Das hat sie gewusst, dass ich mich, wenn sie so jäh abhaut, lächerlich benehmen werde. Sie hat es nicht mehr ausgehalten. Dass ich sie schön finde, habe ich nie erlügen müssen. Sie hat es mir nicht mehr geglaubt. Dass ich sie bewundere, bewundere, bewundere …

Ich habe ihr zu beweisen versucht, dass sie der wertvollste Mensch sei. Niemand, kein Mann und keine Frau, sei so voll des Werts wie sie. Anders könne ich es nicht sagen. Wenn das Wort Wert noch einen Sinn habe, dann nur durch sie.

Was ich dachte, kam von den Wänden zurück. Wo ist sie? Es ist unvorstellbar. Sie ist zur Zeit jeden Abend fort. Aber jedes Mal weiß ich, Wangen oder Markdorf oder Judas Maccabaeus.

Seit Monaten. Aber heute ist nicht Judas Maccabaeus. Für Judas Maccabaeus nimmt sie jedes Mal Abschied. Und summt mir noch ins Ohr Mourn, ye afflicted children, the remains of Judah, mourn in solemn strains. Und drückt mich an sich und reißt sich los. Aber heute … ihr Auto ist da, ihr Fahrrad ist da …

Wie viel man ihr gegenüber falsch machen kann, hat sie mir deutlich genug gesagt, wenn sie erzählte, was Adalbert von Rauch, genannt Berti, falsch gemacht hat. Dieses Von-ihm-angefasst-Werden. Berti griff einfach an ihre Brüste, wenn er an ihr vorbeiging. Eine Routine, die nichts bedeutete. Wenn sie das aussprach, sagte er, sie sei eben unlebendig. Sie sah ein, dass ihm vorschwebte, eine Frau müsse in jedem Augenblick bereit sein, sich erregen zu lassen. Auch wenn der, der sie erregen will, selber ganz unerregt ist. Ihm macht es einfach Spaß, seine Frau im Vorbeigehen anzulangen. Reagiert sie anders, als er es erwartet, belegt er sie mit dem schwersten Vorwurf. Sie soll hören: Wenn du so bist, geh ich. Es gibt Frauen, lässt er sie spüren, die auf meine Berührung zärtlich reagieren, worauf man selber auch zärtlich werden könnte, und sie dann noch zärtlicher, und so weiter. Das ist das Leben, das sie nicht hat, also bei ihm verhindert ... Diesen Text hat sie in vielen Bemerkungen gehört, wenn sie auf seine sogenannten Zärtlichkeiten nicht so zärtlich reagieren konnte, wie er das wollte.

Ich war in ihren Beispielen mehr auf Adalberts als auf ihrer Seite. Das wagte ich aber nicht zu gestehen. Sie erzählte mir Derartiges doch sicher, um mich zu warnen.

Jetzt hat sie es nicht mehr ausgehalten. Sie weiß alles. Das Schlimmste ist eingetroffen. Sie wird wieder betrogen. Sie ist allwissend. Gefühlsallwissend. Das hat sie nicht mehr ausgehalten. Sie will nichts beweisen. Sie kann nur nicht mehr. Und beweist mir, ohne das zu wollen, dass ich nicht leben kann ohne sie. Nie mehr Silvi. Silvi ist alles Mögliche. Silvi ist toll. Aber ich brauche sie nicht. Sie braucht mich nicht. Elsa und ich sind angewiesen auf einander. Ohne Elsa ist alles nichts.

Ich kann weiterhin in den Seilen hängen. Den Alkoholschleier dichter ziehen. Ein Einwickelpapier bin ich für eine Ware, die verdorben ist. Alles, was ich noch an Kraft habe, wird fürs Verschleiern, Verbergen und Weglügen verbraucht. Elsa, vorgestern: Dass ich sie nie belügen werde, wisse sie, aber glauben könne sie's nicht. Das müsse ich ertragen, wenn wir zusammenleben wollten, und nichts als das wolle sie.

Sie hat mir oft genug gesagt, ja gestanden, dass sie unfähig sei zu lügen. Nicht immer sei sie das gewesen. Aber durch diesen Mann sei sie unfähig geworden zu lügen, weil sie durch ihn erlebt habe, was für eine Vernichtungskraft das Lügen habe. Der Belogene wird, wenn er erkennt, wie er belogen worden ist und wie er das Erlogene geglaubt hat, für wahr, für echt gehalten hat, wenn er das einsieht, nie mehr etwas, was zu ihm gesagt wird, glauben können. Die Vernichtung der Glaubensfähigkeit, das ist das, was die Lüge vermag. Zum Glück, sagte sie dann, gibt es noch etwas anderes als die verhunzbare Sprache. Auch wenn sie mir kein Wort glaube, einfach, weil sie nichts Gesagtes mehr glauben könne, sie glaube mir aber jede Bewegung, jede Geste, jeden Blick, ja, jeden Atemzug. Da erlebe sie, dass ich sie liebe und wie ich sie liebe. Und wenn's drinnen nichts zu lieben gibt, liebe sie jedes Gras im Garten. Hat sie gesagt. Und: Die Amselfrau hüpft immer her, wenn ich mich im Garten irgendwo aufhalte. Hat sie gesagt, als sie noch da war.

Elsa kam. Ich sagte nichts. Sie sagte, sie finde es lieb, dass ich mich betrinken müsse, bloß weil sie von einer Nachbarin gerufen worden sei. Zu Hilfe gerufen. Du kennst sie doch, die Zilli. Ihr Mann habe seine Freundin ins Haus gebracht. Zilli habe schon zwei Nächte im Liegestuhl hinter dem Wachholderstrauch übernachtet. Jetzt werde es aber kühl. Sie habe sie im Patientenzimmer untergebracht. Und sie habe noch bei ihr bleiben müssen. Zur Beruhigung. Ich sagte, dass ich ohne sie nicht leben könne. Sie verschloss mir den Mund. Lass doch die Wörter, sagte sie. Nachher entschuldigte sie sich für ihre Abwesenheit. Zilli habe jetzt zweiundzwanzigmal Chemo hinter sich. Und elfmal Hyperthermie. Und dann bringt der die Freundin ins Haus.

Wenn man die Unwahrheit sagt und es wird einem geglaubt, das tut weh: mit einer Lüge durchzukommen. Wenn einem nicht geglaubt wird und man muss die Lüge mit viel Aufwand verteidigen, und es wird einem immer noch nicht geglaubt, dann darf man spüren lassen, es werde einem unrecht getan. Eine Lüge ist am wenigsten moralisch zu werten. Sie hat Substanz. Sie produziert Wirklichkeit. Das Leben muss liefern, was die Moral verweigert.

Ich bin nur noch eine Lügenmaschine. Ich lüge nicht nach beiden Seiten gleich. Die Differenz liefert mir eine moralische Legitimität.

Traum: Der rechte Schneidezahn bricht glatt ab. Und ich habe etwas vor. Das muss ich absagen. Ich kann das nur mit der Hand vor dem Mund mitteilen.

Er hört, ob sie, wenn er anrief, einen Mann oder eine Frau gegenüberhat. Wenn es ein Mann ist, hört sich ihre Munterkeit ihm gegenüber immer übertrieben an, künstlich. Ist es eine Frau, spricht sie einfach in dem Ton weiter, in dem sie gerade gesprochen haben kann.

Auf die Wange geküsst ... Das ist nicht Silvis Stil. Zur Zeit viel an der Backe, das ist ihr Stil. Also log sie. Herr Habernuss tendiere wieder sehr. Und noch mehr leide er.

Silvi: Mein Herz hat nicht schneller geschlagen, als er hereinkam. Das ist eine präparierte, für ihn gemachte Aussage.

Keiner von uns kann sich über sich erheben, um zu sehen, was er tut.
Elsa auf der Terrasse, abends: Veilchen duften abends stärker. Und: Ich lege meinen Arm um dich als Schal. Und: Der Wind macht mit den Bäumen ein Konzert mit viel mehr Tönen, als man ihm zutraut. Und: Die Vögel sticken ihre Töne hinein.

Was sie sagen kann, nur weil ich ihr zuhöre. Da darf ich mich gemeint fühlen, wenn sie sagt: Solange man im Freien liegt, genügt es, das zu gestehen. Und dann sagt sie auch noch: Zum Glück ist nichts wahr.

Da kann ich endlich sagen: Je tiefer du den Schnittlauch abschneidest, desto voller kommt er wieder, hast du gesagt.

Das ist wahr, sagt sie.

Gestern hat sie mir die Mausefalle entgegengestreckt. Darin eine ganz kleine Maus. Tot. Jetzt sind wir bestraft, hat Elsa gesagt.

Silvi: Ich gehe hier die Wände hoch, und du kniest dort vor jedem Piepser nieder.

Dass der Schriftsteller noch nie etwas Positives über ihre Kleider gesagt hat. Es mache ihr aber nichts aus. Dass sie das so sagt, sagt alles.

Als sie das erzählt hatte, plötzlich: Weißt du, was ich tue, während ich dir das erzähle? Sie hat es nicht bemerkt, aber jetzt bemerke sie es. Sie hat ihre Hand …

Welche, fragte er?

… die Rechte, hinten in die Hose geschoben und einen Finger hineingesteckt.

Silvi: Ich würde dir nicht ununterbrochen an die Wäsche gehen.

Die Verkäuferin zu Silvi: Also das hätte sie nicht gedacht, nach der 36er-Hose, als sie die Brust sieht, 75 C.

In der Stadt sieht er nur noch Paare, wo der Mann den Schirm über die Frau hält. Und schaut immer zu spät weg.

Wie sie mit ihm spricht. Herablassend – therapeutisch – pflegerisch. Er ist sechzig. Der Schriftsteller zweiundsiebzig.

Einsamkeit ist Ideologie. Es genügt Alleinsein.

Dass er sofort wieder aufgelegt hat, muss ihr sagen, dass er das war. Also muss sie zurückrufen. Tut sie aber nicht. 18 Uhr 10, nichts, 18 Uhr 20, nichts, auf dem Hausapparat auch nichts, in der Praxis auch nichts. Also noch einmal das Handy und gleich wieder auflegen. Wenn sie jetzt immer noch nicht tickt! Zweimal hat er sich jetzt blamiert. Ihr Apparat meldet ihr das. Ach, lass es doch. In die Wanne mit heißem Wasser und dann geritzt und auslaufen.

Silvi: Nervensäge. Lacht dabei. Aber gesagt ist es doch.

Wenn Elsa von ihren Proben zurückkommt, singt sie, kann sie nicht aufhören zu singen. Wenn sie dann doch aufhört, sagt sie, dass sie den ganzen Abend lang nur andere zum Singen gebracht habe, ohne selber wirklich zu singen. Wenn sie singt, ist sie … ist sie … Sie hat eine Stimme, ihre Stimme schwingt, der Raum schwingt mit, ihre Stimme ist eine Gewalt, eine Kraft, eine Übermacht, sie trägt mich, ich bin viel mehr, als ich bin, durch diese Stimme, oh Liberty, thou choicest treasure, source of pleasure, worth caressing, eine mich auflösende, wegschmelzende Süße, Elsa, mit Händel, und ich weiß, dass ich Elsa um Asyl bitten muss. Dass ich nirgends sein kann als bei ihr. Außer ihr nichts. Sicherer als dieses Gefühl kann nichts sein. Come, ever-smiling Liberty.

Würde es dir Spaß machen, mir im Bett Befehle zu geben? Unterwerfungsgesten fordern. Es ist klar: Er ist nicht der, der das von sich aus tut. Und wenn er es nur tut, weil sie es will? Besser, er fragt zurück: Hat das der Schriftsteller praktiziert? Sie will eine solche Frage nicht beantworten. Das ist eine klare Antwort.

Eine Fangfrage bringt es an den Tag: Sie weiß die Nummer des Schriftstellers auswendig.

In drei, spätestens in vier Stunden bist du wieder da, sind wir wieder zusammen, jetzt dieses unbegreifliche Gefühl der Verlassenheit. Bloß weil du bei deinen Buben bist. Erklär mir heute Abend mein dummes Verlassenheitsgefühl, Lieber. So schwach, wie ich jetzt bin, werde ich nicht bleiben. Das kann ich versprechen. Ich werde mich gleich mit Händel betäuben. Händel, die schönste Betäubung der Welt. Und hoffen muss ich, dass auf dem Grund meiner Abhängigkeit eine Feindseligkeit bereitliegt, die ich, wenn ich ganz drunten angekommen sein werde, gegen dich mobilisieren kann. So wie ich jetzt bin, darf ich nicht sein. Also, keine Angst, das geht vorbei. Vorbei. Vorbei. Lieber.

Wie das, was sie sagt, mit dem Ton übereinstimmt, in dem sie es sagt.

Hast du ein Unterhemd an? Und lachte schon, weil sie wusste, dass er eins anhatte. Das war ein Urteil. Du gehörst nicht dazu. Die, die für sie in Frage kamen, hatten kein Unterhemd an. Die haben unter dem drei Knöpfe weit offenen Hemd nichts an. Die zeigen eine blanke, möglichst behaarte Brust.

Er nahm sich vor, irgendwie herauszubringen, ob der Schriftsteller ein Unterhemd anhabe. Sie möchte sich gern einmal am Morgen von ihm vernaschen lassen. Das sind ihre Sätze.

Vor sieben Jahren am ersten Abend hat der Schriftsteller mit ihr die h-Moll-Messe gehört. Beide auf dem Sofa eng neben einander, die Partitur auf den Knien, er zeigt, was gerade läuft. Aber ein Arm um ihre Schulter. Der Schriftsteller bestand noch am selben Abend darauf, es mit ihr vor einem Spiegel zu tun. Er nannte das Reflexionssex. Sie hat sich, als sie auf mich gewartet hat, selber behandelt. Auf dem Balkon. Die Sonne hat da hingeschienen. Du glaubst, wenn du weg bist, vergnüge ich mich wieder mit dem Schriftsteller.

Er hätte fragen sollen, warum sie, wenn sie diese Eventualität formuliert, das Vergnügen nennt.

Silvi ließ ihn hören, was ihr der Schriftsteller aufs Band gesprochen hatte. Ein Stück aus dem neuen Roman. Seit er Silvi kennt, schreibt er nicht mehr über Autos. Ein Neunundfünfzigjähriger mit einer Sechsundzwanzigjährigen. Die betreiben das dann auf der Motorhaube ihres Autos.

Bei Regen. Er konnte das nicht weiter hören. Sonst war es ihm immer recht gewesen, wie alle zu sein. Da nicht.

Ich kann kein Hemd mehr kaufen für mich. Wenn ich ein Hemd kaufte, bin ich immer in fünf Läden gewesen, habe alle halbwegs in Frage kommenden Hemden angestarrt und überprüft, was Elsa zu diesem Hemd sagen würde. Ich konnte bis jetzt nur kaufen, um Elsa zu gefallen. Ist das noch so?

Der Schriftsteller kam gestern doch mit seiner Zunge zwischen ihre Lippen. Wenn auch nur kurz und nur zweimal.

Wenn sie telefoniert haben, muss er sie noch einmal anrufen. Er hätte nichts mehr zu sagen. Er weiß nicht, warum er sie noch einmal anrufen muss. Aber er muss. Also ruft er, kaum dass aufgelegt ist, sofort wieder an. Und immer, tatsächlich jedes Mal, ist bei ihr schon besetzt. Das wirft einen Schatten auf das Gespräch, das sie hatten. Sie hat auf Beendigung hin dirigiert. Das ist ihm nicht aufgefallen. Jetzt zeigen alle ihre Sätze der letzten zehn Minuten diese Beendigungstendenz. Wahrscheinlich telefoniert sie jetzt schon mit ihrem Schriftsteller.

Auf einmal diese Gefühlsdeutlichkeit: Zu den Braven gehörst du nicht mehr.

Elsa muss immer etwas loben. Wenn sie gerade nichts zu loben hat, lobt sie ihre Schuhe. Ich kann froh sein,

sagte sie heute, als sie von ihren Proben zurückkam, dass ich diese Schuhe gefunden habe. Also, dass man solche Schuhe findet, das ist doch toll.
Habernuss, der Schriftsteller, taucht einfach auf. Und sie meldet: Ich sehe ihn und empfinde, was das war, was mich angezogen hat. Ich spüre noch etwas davon. Es wäre vielleicht zurückzuholen. Ich will es nicht zurückholen. Ich bin besetzt von dir. Dann ihre Suada. Ihr Wörterstrom. Ich möchte dich mit Wörtern streicheln, von der Achselhöhle an.

Habernuss will sie mitnehmen zum Autorennen nach Monza. Sie kann, sagt sie, nicht alles auf einmal ablehnen. Habernuss ist ein großer Leidender. Er geht davon aus, dass sie mitfährt. Sie hat nichts sagen können. Wenn der melancholische Macho ihr zeigt, wie er leidet, ist sie hin. Dass er so unvorstellbar viel Geld verdient hat, ist ihr wichtiger, als sie weiß.

Der Schriftsteller: Ich zerstörte aus reiner Weggegebenheit meine Ehe. Das allein, sagt er, mache ihn wieder unschuldig.

Als der Schriftsteller über verschiedene Blumenbilder dahin kam, ihr Geschlecht eine Rose zu nennen, auch noch eine nasse Rose, und als er, obwohl sie nicht mitmachte, fortfuhr mit der Rose, vielblättrig und rot, da sagte sie, Fotze gefalle ihr besser. Da gratulierte er ihr.

Am Himmel eine zarte Röte, als hätte die Erde einen obszönen Witz erzählt. Die Kraft, das, was man bewirkt, zu ertragen, nimmt ab.

Gibt es moralische Schmerzen? Ja. Die fügt man sich

selber zu. Silvi: Mit ihm das erste Mal, dass sie mit einem Mann zusammenkam. War das eine Liebeslüge?

Elsa ist schön wie niemand sonst. Silvi ist schön wie viele andere. Elsas Haut. Die Oberschenkelinnenseiten. Ich gehöre ihr. Ich bin ihr Werk. Sie hat mich gemacht.

Wenn man in sie hineinfährt, stößt Elsa, wenn man nur eben am Eindringen ist, einen Laut aus, nein, den stößt sie nicht aus, der löst sich aus ihr, und dieser Laut ist der Wohllaut schlechthin. Es kann keinen schöneren Laut geben. Und der hat sich aus ihr gelöst und ist ihr aus dem ein wenig geöffneten Mund gekommen, wer immer da unten eindringt. Und das ist es. Du wirst nicht fertig mit deiner Uneinzigkeit.

Der erste Blickwechsel, wenn ich zurückkomme. Und kann ihr nicht sagen, dass ihr von früherem Leiden geschärftes Gesicht immer schöner wird. Seit wir uns kennen, ist Elsa immer schöner geworden. Das könnte ich beweisen. Mit meinem Gefühl.

Silvi: Brich mir den kleinen Finger, dass mir etwas anderes wehtut.

Sie kommt ins verschneite Allgäu herauf. Er erzwang einen Gang aus Sauerstoffnot. Der Gang wurde, weil die Töchter da waren, genehmigt. Also lagen Silvi und er auf einer kein bisschen genügenden Decke an einem steilen Waldstück.

Ich bin unglücklich verliebt. In mich.

Ich möchte nicht mit mir verheiratet sein.

Ich werde die Folgen dessen, was ich jetzt tu', nicht ertragen.

Das neue seidene Nachthemd, zu ihrem Geburtstag von mir hingelegt, im lichtesten Blau, ihrer Lieblingsfarbe. Ich zog sie aus, zog ihr das Nachthemd an. Sie hat plötzlich die Wörter benützt, die sie nicht mochte. Sie sagte, sie wolle von mir gevögelt werden. Das sagte sie so, wie man einen frommen Wunsch sagt. Vielleicht spielte sie diese Stimmung, weil sie ohne sie das Wort nicht hätte sagen können. Also imitierte sie eine Neunjährige, die sagt: Ich will zu Weihnachten ein Pippi-Langstrumpf-Buch.

Elsa: Zu deinem Geburtstag schenk ich dir deine Freiheit. Ich: Abgelehnt.

Jahrelang habe ich keine Messe, die sie dirigierte, versäumt. Ich begreife nicht, dass auf mich außer Elsa noch etwas wirkt.

Silvi kniete, lag vorne auf den Ellbogen, offener kann die Öffnung nicht sein. Sie zu besteigen … Dieses Besteigen findet in diesem Augenblick einemillionmal statt. Es ist nicht möglich, sich ein einzelnes Paar vorzustellen. Diese Szene gibt es nur einemillionmal.

Wenn er etwas verbirgt, entblößt er es.

In meinen Schuhen immer Elsa-Zettel: Wann immer du zurückkommst, ich bin schon da.

Meine Treue zu Elsa ist ganz unfreiwillig. Ein Zwang von innen.

Silvi immer wieder.

Elsa immer.

3.

Acht Tage vor Judas Maccabaeus. Im Konzerthaus in Ravensburg. In der letzten Woche vor einer Aufführung sind die von außen verpflichteten Sänger dabei, die Profis.

Elsa hat neunzehn Monate mit dem aus ihren beiden Chören gebildeten Chor geprobt. Bis zur Aufführung will sie in Ravensburg bleiben. Hat ein Zimmer im Waldhorn. Ein Doppelzimmer. Ob ich meine Kurse nicht ausfallen lassen könne? Kann ich nicht. Aber jede freie Stunde werde ich bei ihr sein. Tag und Nacht. Schon als sie ihr Auto am Montag in die Tiefgarage fährt, reißt sie bei einem geparkten Auto den Spiegel ab. Dann gleich die erste Katastrophe. Der Sänger des Simon ist am Montag nicht wegen einer vorübergehenden Indisposition nicht erschienen. Er kann überhaupt nicht. Seine Lebensgefährtin hat ihn mit seinem besten Freund betrogen, die beiden sind nach Griechenland geflogen, nach Kreta, sie wollen heiraten. Das hat der Simon-Sänger Elsa sagen lassen. Er selber hat sich in St. Gallen in ärztliche Behandlung begeben, an Singen ist nicht zu denken. Elsa, kurz entschlossen: Sie wird die Rolle selber singen. Mit ihrem Konzertmeister erarbeitet sie über Nacht eine Mezzosopran-Lage für den Simon. Sie kann ohnehin alle Rollen auswendig.

Er informierte Silvi. Sie findet solche Mätzchen zum Kotzen. Künstlerallüren sind ihr, sagt sie, von allen Allüren am meisten zuwider. Sie ist eingeladen zu einem Kongress der Internationalen Vereinigung für Psychoanalyse, vom 24. bis 29. Mai. Auf Mallorca, Hotel Formentor. Sie ist seit Tagen unter Strom: die harmloseste Frage beantwortet sie schreiend. Morgen um 11 Uhr 20 wird sie auf Mallorca landen. Was soll sie anziehen zum Gala-Dinner? Vor dem Dinner die Opening Plenary Session. Bis 18 Uhr. Um halb acht das Dinner. Sie kann doch nicht zur Eröffnung und zum Dinner im selben Dress gehen?

Elsa kämpft um das Oratorium. Sie hat das mir mögliche Niveau längst verlassen. Wenn sie zum Tenor, einem sonst in Augsburg singenden Koreaner, der den Judas Maccabaeus singt, wenn sie zu dem sagt, dieses verlängerte Es habe er gesungen, ohne daran zu denken, dass er es singe, dann merke ich, dass ich nicht mehr mitkomme. Als sie mich den Musikern vorstellte, hat sie sich dafür geniert, dass sie einen Mann hat, der kein Musiker ist. Er kann ja nichts dafür, dass er kein Musiker ist, hat sie gesagt und dann mich angeschaut und noch gesagt: Gell, du. Das ist Elsa.

Und obwohl ich kein Musiker bin, muss ich ihr abends, wenn wir in unserem Zimmer im Waldhorn allein sind, alles erzählen, was ich beim Zuhören erlebt habe. Da hat sie einen Genauigkeitsanspruch, dem ich ehrgeizig zu genügen suche.

Sie selber hat so viel zu erzählen, dass ich merke, ihr zuzuhören ist noch wichtiger als etwas zu sagen. Neunzehn Orchestermusiker! Sie traue sich oft nicht, einem Geiger oder einem Bläser zu sagen, was er gerade gespielt hat, habe sie nicht erreicht. Der hat die Noten richtig gespielt, hat alles gespielt, was da steht. Und trotzdem hat ihr etwas gefehlt. Einem Sänger, einer Sängerin gegenüber, ob im Chor oder Solist, habe sie dieses Problem nie. Dem, der singt, sagt sie, ist sie viel näher. Ganz von selbst. Sie spürt, was der Sänger oder die Sängerin gesungen hat, und weiß, dass das noch offener, noch atemvoller, noch seelennäher, noch zarter, noch rechthaberischer, noch unterwürfiger, noch auftrumpfender, noch seliger gesungen werden kann. Immer dem Vokal, den man gut kann, muss man den schwachen aufhängen, ruft sie. Gähnstellung ja, aber nicht das Ende vom Gähnen, sondern den Anfang! Das Schlimmste ist für sie, wenn etwas Gesungenes sie kaltlässt. Es gibt überhaupt nicht richtig oder falsch. Es gibt nur mehr oder weniger. Und sie will immer alles. Sagt sie. Mir. Aber das will sie nur, sagt sie, weil es alles gibt. In jedem Menschen. In jeder Stimme. Mit einem Instrument ist es viel schwieriger. Auf jeden Fall sind da ihre Erwartungen bescheidener. Da sei sie abhängiger von dem, was ihr angeboten wird. Den Singenden kann sie steigern, das weiß sie. Jeder Singende wartet auf sie. Sie wartet auf jeden Singenden. Sie berühren einander, und von da an fließt ein Strom von ihr zum Singenden und zurück vom Singenden zu ihr, und sie spürt, dass sie dazu da ist, diesen Strom nicht aufhören zu lassen, ihn zu stärken, dass er seiner selbst inne wird, dass er sich spürt und dadurch groß beziehungsweise schön wird. Wenn die Stimme sich selber erlebt, wächst sie über sich hinaus, sie singt sich selber. Wir Singenden sind einander unheimlich nah, sagt sie. Und jedes Mal, wenn eine Simon-Arie oder ein Simon-Rezitativ kommt, stellt sie sich zu den vier Solisten und singt. Arm, arm, ye brave! A noble cause, the cause of Heaven your zeal demands. Elsa singt anders als die Profis. Ihr höre ich direkt zu. Das versuche ich, ihr zu sagen.

Silvi hat gesagt, sie werde ihn von Mallorca aus gleich anrufen. Und jetzt? Sie wird ihm erzählen: Ich habe an dich gedacht. Es gab kein Netz. Da waren andauernd Leute vom Kongress …

Er hat, wenn er bei ihr war und sie waren weiter fort, immer Elsa angerufen und hat Trostsätze gesagt. Die waren nach der gängigen Moral nicht ehrlich. Die waren gelogen. Aber sie waren gesagt. Da sieht man, was die moralische Unterscheidung zwischen Lüge und Wahrheit wert ist. Seine Lügen waren tröstlich. Und daran lag ihm mehr, als die Anrufe selbst sagten. Wenn du jetzt auf die Mailbox tröstliche Lügen sagen könntest … Aber du bist dort glücklich. Wer glücklich ist, ruft nicht an. Klar. Wenn sie je etwas mit einander gehabt hätten, würde sie ihm jetzt täglich eine zwei bis drei Minuten lange Lüge zur Verfügung stellen.

Für welche Meetings soll sie sich einschreiben? Sie begreift nicht, warum im Programm Morning Sessions und All Morning Sessions angeboten werden. Soll sie nehmen Trauma, memory and transference oder Between memory and destiny: repetition. Narcissistic temptations würde sie auch reizen. Wenn er sagt, wie wenig er davon verstehe, schreit sie:

Wenn man dich einmal braucht!

Dann schreit er zurück: Frag doch den Schriftsteller. Dann sie: Der ist in New York.

Er merkt, dass ihm Silvis Nervenzustand gleichgültig ist.

Ich sitze jede freie Minute im Konzerthaus. Nachher, im Waldhorn, wenn wir allein sind, weiß ich mir nicht anders zu helfen, ich erdrücke Elsa fast. Ich muss sie überwältigen. Ich muss ihr mehr tun, als sie will. Ich muss sie quälen, dass sie spürt, wie ich sie liebe. Ich weiß doch, dass meine Sätze sie nie erreichen. Sie ist Sätzen gegenüber abweisend. Durch Berti. Das ist geblieben. Sie traut ihrem Gehör nicht mehr. Und hat ein so feines Gehör. Kann alles, was gesungen wird, sofort aufschlüsseln in Töne und wie sie zustande kommen und wie sie sein sollen. Alles Gesungene geht sofort in sie ein, durch sie durch. Sie schwingt mit, singt mit, sagt, wie es sein soll. Da kennt ihre Verbesserungskraft keine Grenze. Jede Stimme macht sie sich ganz zu eigen und zeigt ihr den Weg zur Vervollkommnung. Aber Gesprochenes hat keine Chance bei ihr. Von mir Gesprochenes. Dafür entschuldigt sie sich tausendmal. Dass sie nicht mehr, nichts mehr glauben kann. Nichts Gesagtes. Sie ist ganz sicher, dass das nur an ihr liegt, an der alle Vertrauensfähigkeit vernichtenden Praxis ihres ersten Mannes. Der war seinerseits entschuldigt, weil er alkohol- und drogensüchtig war.

Zum neunundvierzigsten Mal (heute) die Mailbox: Sie haben keine neue Nachricht. Das gehört wirklich dazu, dass er neunundvierzig Mal abhören muss, obwohl er weiß: Keine neue Nachricht. Ein 10-Sekunden-Anruf würde alles ändern: Ich denke an dich. Das wär's. Das ist es nicht.

Elsa rennt hundertmal zu ihren Sängern hin und flüstert auf sie ein und singt dann vor. Was sie vermag, der Tenor zeigt's. Er hat eine schöne, aber keine starke Stimme. Wenn sie zu dem Tenor sagt, das Rezitativ, das die Israeliten an ihre Geschichte erinnern und ihnen Mut machen soll, habe er gesungen, als sei er selber durchdrungen von der mutmachenden Kraft der Geschichte Israels, aber die darauf folgende Arie Call forth thy powers, my soul, and dare the conflict of unequal war, diese Zeilen, die zehnmal oder zwölfmal gesungen werden, seien nur noch Musik und müssen sozusagen unvernünftig gesungen werden. Keine dieser Textwiederholungen sei auch in der Musik eine Wiederholung. Die Musik steigert und steigert sich. Wir werden Zeuge einer Selbsterregung. Zu bekämpfen sei ein überlegener Gegner. Der Feldherr Maccabaeus singt sich in die Höhe, jedes Mal noch lauter, bei jeder Zeile, call forth thy powers, my soul and dare, da muss der Zuhörer glauben, höher, intensiver geht's nicht mehr, und dann geht es doch noch höher, noch intensiver, ja, auch noch lauter. Das letzte *dare* sei der lauteste Ton im ganzen Oratorium. Da erleben wir auch die Selbsterregung Händels. Es ist uns alles egal. Außer Musik. Außer dieser Musik!

So redet sie, bleibt aber leise, will nicht suggestiv sein. Sie sagt es sich vor. Das Wunder – weniger ist es nicht –: Der Tenor singt, wenn sie bei ihm war, so anders, dass man glaubt, jetzt singt ein anderer Sänger. Stärker und inniger. Und kann sich steigern und steigern. Keine Wiederholung. Nur noch Steigerung. Dieses Wunder geht am nächsten Tag wieder verloren. Elsa wieder hin. Und das Wunder ist wieder da. Und dann bleibt es sogar. Und der Tenor ist selber überrascht. Und glücklich. So scheint es ein Fest zu werden.

Ich habe, wenn Elsa auswärts war, im Bett gelegen und habe geweint. Geweint wie am Anfang bei den Präludien. Kein einziges Mal habe ich sie diese Präludien spielen hören können, ohne zu weinen. Ich weiß nicht, warum. Wenn sie Mozart spielt, muss ich nie weinen.

Ohne Elsa ist alles nichts. Auch Silvi wäre ohne Elsa nichts. Sag dir das so lange, bis du's kapierst. Und dann glaubst.

Sie: 23 Uhr 35: Gut Nacht, Schatz. Total erledigt. Im Zimmer kein Netz. Und auf dem Balkon ist jedes Wort zu laut. Die Grillen dürfen. Gut Nacht. Ich liebe dich.

Er wird bis Dienstag das Handy anrufen, wie man Gott angerufen hat, und das Handy wird genauso wenig antworten, wie Gott geantwortet hat.

Hotel Formentor: Ich geh' jetzt frühstücken. Halb im Freien. So richtig malerisch. Du fehlst mir. Jetzt auf dem Balkon vor meinem Zimmer. Also, Schatz, ich bin bei dir. Wo denn sonst! 11 Uhr 33. Kleine Pause. Der Kongress der Internationalen Psychoanalytischen Vereinigung: Heute das Thema «Erinnern, Wiederholen, Durcharbeiten». Freud halt. Ich muss hinein, Schatz. Hoffe, bis heute Abend.

Null Uhr: Allmählich lern ich was. Heute zuerst: Neuropsychoanalysis. Zuletzt Dr. Kirk Austin: Memory and pleasure. Merk dir: Transformation of pain into pleasure is indispensable to the ego constitution. Morgen derselbe: Enjoy and jealousy – their origins and dynamics. Schatz, ich habe dir mehr zu erzählen, als du wissen willst.

Halb sieben: Schatz, mehr als tausend Psychoanalytiker. Jeder Referent verbeugt sich zuerst vor der Freud-Büste, die in einem Blumenstrudel seitlich auf der Bühne steht. Was ist heute das Paradigma der Psychoanalyse? Braucht sie überhaupt eins? Schatz, ich höre nur zu. Den Diskussionen. Ich erzähl' dir alles. Sei ganz ruhig. Du bist sechzig-sechzig-sechzig! Eine kleine Auszeit. Mehr ist es nicht!

Er wird ihr beweisen oder glaubhaft vormachen, dass er sie nicht braucht. Das muss er sich doch nicht gefallen lassen von sich. Hockt neben dem Handy wie der Hund, der auf seinen Herrn wartet.

Heute hat Elsa den ersten Akt zum ersten Mal ohne Unterbrechung singen lassen. Sie erzählt das Oratorium, wie sie es am Samstag erzählen wird. Zum Chor hinauf sagte sie noch: Ab heute keine Stimmbandknötchen mehr. Zum Orchester: Und keine Nervenentzündung. Sie fing gleich mit dem Englischen an. Sie will nichts Aufgeschriebenes. Sie wirkt unbeirrbar. Auch ehrgeizlos. Vollkommen sachlich. Und während ich ihr zuhörte, sie erlebte, spürte ich, dass ich ihr abends nicht würde sagen können, wie sie auf mich wirkt. Warum habe ich keine Sprache, die ihr ihre Wirkung zeigt?

Obwohl ich mit ihren Nervenzuständen in Schlussprobenzeiten vertraut sein müsste, weiß ich von Tag zu Tag weniger, wie ich sein sollte.

Wir essen abends in unserem Zimmer. Sie will abends kein Beisammensein mit den Mitwirkenden. Man verplaudere dann, was man tagsüber geschafft hat. Sie ist erschöpft. Ich kann ihr nicht sagen, was ich am Tag erlebt habe. Durch sie. Dass ich im Quenstedt-Gymnasium nie eine so gewaltige Musik probiert habe, weiß sie ohnehin. Gestern hat sie gesagt, glücklicher als in diesen Maccabaeus-Tagen mit mir sei sie noch nicht gewesen.

Auf der Frühstücksterrasse des Formentor: Kirk Austin schaut her, zeigt in seinem Blick, dass er der ist, mit dem sie geschlafen hat, und dass sie die ist, die mit ihm geschlafen hat. Sie nimmt seinen Blick an, bestätigt seinen Blick durch ihren Blick. Und es ist ganz sicher, dass alle 400 oder 1200 Kongressteilnehmer das mitkriegen. Alle, die überhaupt in diesem Augenblick in diesem Gebäude sind, werden von diesem Blickwechsel berührt, wenn nicht sogar gerührt.

6 Uhr 20: Mit großem Aufwand fünf oder sechs Nachrichten abgehört von dir, Schatz. Ich darf dich ja nicht mehr so nennen. Kann doch mal so sein, dass man ein paar Tage nicht richtig sprechen kann mit einander. Der Kongress fasziniert mich, das gebe ich zu. Professor Emmrich, dem ich die Einladung zu verdanken habe, sorgt rührend

für mich. Dass ich das Wichtigste mitkriege. Und stellt mich vielen Leuten vor. International. Der Konflikt zwischen Neurochemie und Psychoanalyse soll gelöst werden. Aufnahmen im Kernspintomographen zeigen, dass die Analyse zu Veränderungen im Gehirn führt. Ich erzähl's dir genau.

Silvi: Ich war mit dir verbunden, wenn auch in einer anderen Welt, die mich ganz in Anspruch genommen hat. Ich versteh nicht diesen Untergangston. Gut, ich bin ein bisschen bezaubert, gebannt. Was soll's! Wenn du Kirk Austin nicht vor dir hast, verstehst du es nicht. Wenn du ihn vor dir sehen würdest, würdest du verstehen, dass mir das passiert: bezaubert und gebannt. Kirk vertraut ihr. Sie habe das Gefühl, dass sie das schützen müsse. Sie könnte alle Stimmungen schildern, die es gab. Sie weiß, dass ihn das verletzen wird. Und das will sie nicht. Also kann sie nichts sagen. Beide halten es für denkbar, dass etwas Ernsthaftes zwischen ihnen möglich sei. Das Furchtbarste:

Du würdest Kirk mögen.

Drei viertel neun dort: Dann sitzen sie noch. Der Wein ist bestellt. Sie hat gesagt, viel verstehe sie auch nicht vom Wein, aber ein bisschen schon. Der Hauptgang ist dran.

Vielleicht doch schon der Nachtisch. Sobald ihr im Schlafzimmer seid, schreibt er nicht mehr mit. Es ist nicht so, dass er gierig ist auf den größtmöglichen Schmerz. Es gibt jetzt nur noch den größtmöglichen Schmerz. In der Brustmitte dieser Druck. Die unausgeatmete Sehnsucht. Die geballte Täuschung. Die wild werdende Erwartung. Die Tatsachenhärte. Das Weltgewicht. Es wird Zeit zu zahlen. Du lädst ein. Das lässt Dr. Kirk Austin nicht zu. Es ist gleich elf. Gute Nacht, liebe Silvi, eine gute Nacht.

Treue, das ist kein Wort, sondern ein Klebstoff. Hat Elsa einmal gesagt. Vielleicht ein Berti-Satz.

Silvi hat ihn getäuscht. Ihm zuliebe. Er hat sich nur zu gerne täuschen lassen. Ich finde es gut, dass wir das gemacht haben, hat sie danach gesagt. Früher hätte sie gesagt: Dass wir es getan haben.

Pfingstsamstag – Tag der Aufführung. Elsa ist aus Glas. Extraterritorial: das Konzerthaus. Ein Kontinent für sich. Elsa vor ihren Musikern. Schwarze Lackschuhe, schwarze, nicht ganz lange Hose, dass man die zinnoberroten Socken sieht, zinnoberrote Seidenbluse, darüber ein schwarzer ärmelloser Pulli. Elsa will nichts tragen, was nach Geld aussieht.

Wir, Sandra, Moise und ich, sitzen in der siebten Reihe, 117, 118, 119. Fünfzig oder sechzig Chorsänger besetzen auf der Hinterbühne das steil ansteigende Gerüst. Dann die Musiker. Dann die Solisten. Dann Elsa. Beifall. Sie steht schon an ihrem Pult. Dreht sich zum Publikum, nimmt aber mit beiden Händen alle, die hinter ihr Platz genommen haben, mit in ihre Verbeugung vor dem Publikum. Ein ausverkauftes Konzerthaus. Auch die Empore haben sie aufmachen müssen. Elsa eröffnet den Abend. Eine Erscheinung in Rot und Schwarz. Alle Sänger mit weißer Fliege, alle Frauen mit weißen Seidenrosen auf der linken Seite, sozusagen auf dem Herzen.

Elsa sagt: Verehrte Damen, werte Herrn, was wir singen und musizieren, ist im Jahr 1747, also vor 260 Jahren, im Covent Garden Theatre in London zum ersten Mal gesungen und musiziert worden. Wenn ich diese Musik höre oder singe, bin ich immer dort, und mir vergeht dann manchmal das Sehen durch das Hören, ich bin nur noch dort in London. Na ja.

Mourn, ye afflicted children, the remains of captive Judah, mourn in solemn strains … Klagt, ihr gebeugten Kinder, letzte Wehr des Volkes Juda, klagt …

Elsa weiß alles auswendig. Aber wie sie da steht und *mourn* sagt! Dann schweigt sie, und wie sie da steht und schweigt, das zieht uns alle hinein in diese Geschichte. Dann sagt sie rasch:

Mourn, ye afflicted children, the remains of captive Judah.

Wir singen's englisch. Die Sprache schmiegt sich besser in die Töne. Aber Sie sehen über unseren Köpfen das Gesungene in Deutsch. Da steht eine deutsche Zeile oft lang, weil Händel sie zehnmal singen lässt. Und jedes Mal anders. Das ist die wirkliche Handlung, die Musik. Die Handlung des Textes ist einfach. Judäa ist von Feinden besetzt, der israelische Heerführer stirbt, Judas Maccabaeus wird sein Nachfolger. Der Feind ist überlegen, der Kampf ist nur zu bestehen durch die innere Kraft. Maccabaeus siegt über jede Sorte Feind. Dann, als man schon gesiegt hat, kommt noch der israelitische Gesandte aus Rom und meldet, dass die Weltmacht Rom in Zukunft die Sicherheit und Unabhängigkeit Judäas garantiert. Ich wünsch' Ihnen ein inniges Vergnügen, verehrte Damen, werte Herrn. Und verbeugt sich, dreht sich um und dreht sich noch einmal um: Ach ja, unser Bass ist vom … vom … Schicksal so misshandelt worden, dass er jetzt nicht singen kann. Ich versuche, den Simon, seine Partie, zu singen. Und dreht sich wieder um und gibt den Einsatz. Mit der Linken den Takt, mit der Rechten den Ausdruck.

Dass sich die Sopranistin, solange Elsa sprach, zweimal die Nase putzte, peinigte mich. Und wie sorgfältig sie das Taschentuch zweimal in ihre Noten legte!

Wie Elsa die Ouvertüre anschiebt! Wie eine Last, die unverschiebbar ist. Aber der Versuch, sie zu schieben, kann nicht aufgegeben werden. Ich spüre, wie ich auf Bewegung hoffe. Und die kommt auch gleich. Eine Bewegung mit keinem Gewicht. Eine Bewegung an und für sich. Vorher diese schwere Masse von Tönen. Jetzt die reine Leichtigkeit, als hätte es nie eine Last gegeben. Aber die Schwere bricht noch einmal herein. Wie Hiebe klingt das. Und wieder die Rettung ins Leichte. Gott sei Dank. Elsa sei Dank. Ich empfinde es unmittelbar als Elsas Leistung. Sie hat die Schwere verscheucht. Und die Töne sind jetzt so fest wie leicht. Denen kann nichts mehr passieren. O Elsa. Das passt zu dir, dass du die Schwere verscheuchst und gleich ein solches Bewegungsfest feierst. Jetzt wird ja gesungen. Da gibt es keine Trauer, keine Verzweiflung mehr, in die nicht eine Hoffnung hineingesungen wird. Und das ist ja dann nichts als Singen, was da mit ein paar Wörtern auf- und hinaufsteigt, regain his love, die des Herrn, natürlich. Und Elsa schlüpft in Nullkommanichts neben die Solisten hin und singt: I feel the Deity within. Mir geht das durch und durch. Und in der Arie erst recht. Arm, arm, ye brave! A noble cause, The cause of Heaven your zeal demands.

Damit steckt sie als Simon den Maccabaeus an. Jetzt singt der sich hinein und hinauf und hinaus in diese Gott gewidmete Partie. Singt zigmal und jedes Mal lauter, dass sein Arm, seine Kraft ‹the conflict of unequal war› bestehen wird. Und zwar durch nichts als Gesang. Das Fortissimo des Koreaners erlebt sich selbst. Und damit hat die Musik die Freiheit erreicht. Oh Liberty, thou choicest treasure! Come, ever-smiling Liberty. Das Oratorium ist nichts mehr als ein Musizieren der Freiheit. Die soll errungen werden, erkämpft werden. Aber so, wie von ihr schon jetzt gesungen wird, hören wir, dass sie errungen werden wird. Da handelt nur noch die Musik. Ich muss zugeben, dass ich in jeder Sekunde Elsa erlebte. Sie dirigierte, ich atmete, wie sie dirigierte. Sie machte alles, was da passierte. Ihre Rechte entfaltete sich. Die Finger spreizten sich weg von einander. Ihr kleiner Finger stand am weitesten weg von den übrigen Fingern, er war gar nicht mehr der kleinste Finger, denn von ihm gingen die wichtigsten Bewegungen aus, die feinsten. Und dass die Hand, andauernd vom Gelenk an geknickt, senkrecht nach oben stand, machte, was die einzelnen Finger taten, noch auffälliger, zündender, mitreißender, vorwärtstreibender. Dagegen hatte es die Linke ruhig. Sie blieb mit dem Unterarm verbunden, bezog, was sie aussandte, aus dem Ellbogen. Sie war immer offen nach oben hin. Hob und senkte sich, um größere Einheiten zu bewegen. Aber immer wieder gab es Anlässe, beide Hände mit beiden

Armen zusammenwirken zu lassen, um Chor und Orchester in jede wünschbare Höhe und Dringlichkeit und Schönheit zu heben. Die Frauenstimmen! Ach, die Frauenstimmen! Sie klangen wie eine einzige Stimme, wie die Stimme der Frau überhaupt. Und es war Elsa, die diese Stimme steigen ließ. Mit der Kraft ihrer Hände hob sie und hob sie diese Stimme in eine Höhengewalt.

Dass der Männerchor auch mitsang, musste man sich extra klarmachen, um ihn wahrzunehmen. Er war sicher so wichtig wie der Boden, auf dem man steht und geht. Den merkt man ja auch nicht von selbst.

Pause.

Wir applaudieren, die Sänger ziehen hinaus, die Musiker folgen ihnen, Elsa geht zuletzt. Draußen am Buffet zeigt Moise erfreut, dass ihn diese gewaltige und zärtliche Musik durstig gemacht habe. Er bestellt gleich zwei Bier auf einmal. Sandra will nichts. Sie fühlt sich, sagt sie, ganz zu. Ich könnte sowohl etwas trinken, wie nichts trinken. Ich entschuldige mich bei Sandra und bestelle ein Bier. Moise schüttelt sich wie ein Hund, der Nässe von sich schüttelt. Boy, boy, boy, sagt er. Das ist ein Oratorium. Und ist gleich bei Laura, die sich geweigert hat, mitzukommen. Oratorien gehen mir auf den Nerv, sagt Laura, sagt Moise. Dann will er sofort verhindern, dass dieser Laura-Satz gegen Laura sprechen könnte. Er liebt Laura, und er will, dass wir sie auch lieben. Damit ist er bei seinem Thema. Laura ist eine Rassistin, sagt er. Sie habe ihn nur aus dem Kongo geholt, weil sie sich nicht trauen würde, einen weißen Mann zu schlagen. Und ohne einen anderen zu schlagen, kann sie nicht leben. Also schlägt sie ihn nicht, weil er schwarz ist, sondern weil sie einen braucht, den sie schlagen kann. Und da sei es ja gar nicht so dumm, dass sie auf den Gedanken kommt: einen Farbigen zu schlagen, ist weniger riskant. Er hält das nur aus, weil er weiß, dass sie ihn liebt. Sie liebt ihn wahnsinnig. Und er liebt sie auch. Auch wahnsinnig. Sie seien wahrscheinlich das glücklichste Paar in ganz Augsburg. Wenn nicht sogar in ganz Bayern.

Sandra schaut manchmal mich an, wenn Moise zu uns spricht. Ich gebe mich so entzückt, wie ich bin. Oder wie ich sein möchte. Sandra erwartet das von mir. Und von sich auch. Wenn ich einen Augenblick mit Sandra allein bin, sage ich, Moise müsse man mögen, Laura auch, aber dass Schlagen und Geschlagenwerden offenbar das einzige Lebensthema der beiden sei, sei schon schade. Sandra natürlich: Sie könne gar nicht genug davon hören. Dass jemand immer dasselbe von sich erzählt, sei eine Gewähr dafür, dass es stimme. Jedes Mal etwas anderes anzuhören sei uninteressant.

Und rundum, die Gläser fromm in den Händen, das durch die Musik gesegnete Publikum. Alle sehen anders aus als vorher. Und diese Kleider. Manche Kleider wirken, als wollten die Frauen, die sie tragen, vergessen werden. Gleißende Büsten ragen aus seidenen Knäueln und bombastischen Rüschen … Gibt es überhaupt Männer?

Den zweiten Akt erzählte Elsa in einem einzigen Satz. Dann der dritte Akt.

Bis Rejoice, oh Judah! And in songs divine, with Cherubim and Seraphim harmonious join. Hallelujah! Amen.

Dann … eine riesige Ruhe. Eine dröhnende Ruhe.

Der Chor, Männer und Frauen, und die Musiker und die Solisten und Elsa, sie brauchen länger als das Publikum, um zurückzufinden ins Konzerthaus in Ravensburg. Es ist das Publikum, das sie durch seinen Applaus zurückruft auf die Bühne. Das geben sie zu. Dann benehmen sie sich, wie es sich gehört. Nur Elsa benimmt sich anders. Sie steht wie unter einem Wolkenbruch, der einen zwar überrascht, der aber, das spürt man, willkommener ist, als man zeigen will. Sie lenkt den Beifall immer wieder zu den Solisten, zum Orchester, zum Chor. Und wenn sie ihn sich selber zugutekommen lässt, breitet sie die Arme aus, als wolle sie den Beifall, ihn umarmend, empfangen.

Dann die Feier. Alle Dazugehörenden hatten Gläser in den Händen. Die Orchestermusiker standen herum wie Fachleute. Die Sänger und Sängerinnen standen herum wie Beschenkte. Die Solisten standen da, als seien sie auf Besuch. Elsa sank von einer Umarmung in die andere.

Bevor sie in meinem rechten Arm einschlief, sagte sie noch, mehr zu sich als zu mir: Drei Patzer, zwei im Chor und ein falscher Einsatz im Orchester … Come, ever-smiling Liberty, summte sie und schlief. Schöner kann nichts sein, als einen glücklichen Menschen einschlafen zu sehen.

4.

Elsa: Du bist also doch nicht katholisch. Du hast kein Talent zum Feiern. Du feierst mich überhaupt nicht.

Ich griff nach ihr, heftig. Mir war zum Stottern. Aber es gelang mir, stotterfrei zu sagen: Was ich alles nicht kann! Aber dich lieben kann ich …

Sie hielt mir sofort den Mund zu.

Ich liebte sie. Als ich sie geliebt hatte, sagte sie: Wenn du einen liebst, braucht man mehr Atem als beim Agnus Dei in der h-Moll-Messe.

Kaltblütig. Ich bin kaltblütig. Noch wer? Kenne keinen. Vielleicht bin ich der einzige Kaltblütige. Zur Zeit.

Silvi: Ein Bild, auf dem wir beide richtig drauf sind, gibt es noch nicht. Nur eins, das Kirk mit ausgestrecktem Arm gemacht hat. Mit dem anderen Arm hält er mich.

Orpheus: Er verliert Silvi nicht an den Tod, sondern an das Leben.

Alles Weibliche erinnert ihn an sie. Heißt das: Sie hat das Weibliche besetzt?

Er sucht jedes Autonummernschild, hinter dem er herfährt, ab nach Beziehungen zu ihrer Nummer. Wenn er Buchstaben und Zahlen sieht, die bei ihr vorkommen, tut es ihm weh. Wenn er keine solchen Buchstaben und Zahlen entdeckt, tut es ihm auch weh.

Zu sagen, es sei nicht auszuhalten, und es doch aushalten, ist lächerlich.

Silvi: Dr. Kirk Austin, zum ersten Mal ein Mann mit Zukunft.

Kirk ist von seiner Frau betrogen worden. Was er da hinter sich hat, will er nicht noch einmal erleben. Für die drei Kinder soll sie die neue Mutter sein. Und die anwaltsreife Formulierung: Er vertraut mir, und ich muss sein Vertrauen schützen vor einer neuen Enttäuschung.

Hanover ist so ein liebes Städtchen. Wie aus einem schwedischen Kinderbuch des 19. Jahrhunderts. Und wie sich der Connecticut durch die Wälder schiebt. Wenn ich nur sagen dürfte: Besuch uns einmal. New Hampshire wäre es wert.

Wie lange soll er sich das Trostgeschwätz noch anhören und sich dann manipulieren lassen? Von der Virtuosin.

Sie ist eine Extremsportlerin. Was sie tun mit einander, weiß er. Durch den jüngeren Mann kommt noch einiges dazu. Nur her damit. Nichts vermeiden wollen. Das Vermiedene rächt sich.

Du lernst den tageszeitlichen Umgang mit der Katastrophe. Sie attackiert am Morgen anders als mittags, anders als am Abend.

Deine Fotze ekelt mich an, sagt er mehr als einmal am Tag. Es ist kein hygienischer Ekel, sondern ein psychologischer. Es ist Liebe. Aus Liebe will er nichts mehr mit ihrer Fotze zu tun haben.

Soll er den Schriftsteller anrufen und fragen, ob der auch noch bedient wird? Die Aktion, die bewährte: Hast du den Schwanz in der Hand.

Dann ihr Kommentar: Ich weiß, ich kann dir nichts mehr recht machen.

Dann wirft sie sich vor, dass sie nicht wisse, wie Verzweifeln geht.

Dann noch: Wenn sie dem dreizehnjährigen Dany bei den Hausaufgaben helfe, lässt er sie merken, dass er eine Erektion hat.

Ich möchte Elsa um Krautwickel für die Seele bitten. Als sie mit Adalbert fertig werden musste, habe sie sich Krautwickel für die Seele gewünscht, um das Vergangenheitsgift aus ihr herauszuziehen.

Er trägt seinen Schleier aus Alkohol, wie er es als seine Witwe wohl soll. Er kondoliert sich am Grab, in dem er seine Sehnsucht beerdigt hat.

Üben: Das geräuschlose Aufhören. Die rasende Bewegungslosigkeit. Die verlangte, die verlangbare Zustimmung zum Nichtsmehr.

Gestern wieder ein Elsa-Beispiel: Ein gesundes Mutterschaf nimmt keine Kinder zum Säugen, die es nicht selbst geboren hat. Jetzt kriegen die Lämmer Hormone, damit die Mutterschafe nicht merken, dass sie diese Lämmer nicht geboren haben. Lügenhormone, sagt Elsa und schaut mich an. Ich soll dafür oder dagegen sein. Ich merke, wie ich lieber stottere, als mich so prüfen zu lassen.

Sie schwebt. Ich versacke.

Sie sagt, in der Berti-Zeit habe sie sich mit dem Efeu

befreundet. Und mit dem Moos. Die hätten versprochen, ihr nichts zu tun. Und hätten dieses Versprechen gehalten. Dann imitiere ich sie und sage: Ich möchte ein Volkslied sein.

Und Elsa: Das glaub' ich dir sogar.

Dann aber mit ihrer Gesangsstimme: Der Adalbert hat nicht einmal gewusst, dass man, solange das Öl eingefüllt wird, die Heizung abstellen muss.

Elsa, steck mich, bitte, an.

Eine Hoheit sein wie du!

Nichts ist so sicher wie, dass du eine Hoheit bist.

Gestern, unser Spaziergang, du: Durch die Wälder kann man noch gehen, als gehörten sie niemand.

Elsa redet immer wie jemand, der noch sehr lange lebt. Eigentlich ewig. Elsa am Fenster: Von mir aus müsste es nicht mehr aufhören zu regnen.

5.

Alle kommen weiter. Du nicht. Du wirst bei Lebzeiten keinen Schritt weiterkommen. Du wirst so klein, kleinlich, egoistisch, wertlos bleiben, wie du's immer warst. Deine Hauptempfindung: Neid. Alle sind jünger, schöner, reicher, gesünder, sind umgeben von Jugend, Schönheit, Reichtum, Gesundheit. Ja, sollst du da nicht vom gemeinsten, schäbigsten Neid ergriffen werden.

6.

Die nächste Station ist die letzte. Du steigst aus, der Zug fährt ohne dich weiter. Du steigst aus, gehst hin, wohin zu gehen es keines Entschlusses bedarf. Einer Art Schwerkraft folgend, vielleicht sogar einer Anziehungskraft. Die einzige unverdächtige Anziehungskraft ist die Schwerkraft. Jetzt dieser Widerwille, je näher du der Endstation kommst. Du wirst aussteigen, ohne es zu wollen. Du musst es nicht wollen. Du musst nur aussteigen. Du kannst gar nicht aussteigen. Aber du kannst aussteigen. Und sei's wie unter Qualen.

Nicht: Unter Qualen.

Nur: Wie unter Qualen. Zum Aussteigen reicht's.

7.

Lieber Percy, wenn du es für richtig hältst, kannst du, was du gelesen hast, Elsa bringen. Sie weiß schon alles. Immer schon. Ich war nicht gut genug. Dass ich, was ich tun musste, auf jener Couch veranstaltete!

Diesmal hier am neutralen Fensterbalken. Für Elsa. Nur für Elsa, diesmal.

Und geh in den Stadel. Grüß die Buben (eine Wegleitung ab Wilhelmsdorf liegt bei). Was sich aus deinem Besuch dort ergibt, weiß ich nicht.

Der Bienenzüchter hat den Anspruch, alles zu erfahren. Sag's ihm. Die Buben waren die Einzigen, denen gegenüber ich nicht stottern musste.

Und Elsa. Natürlich.

Meine Asche. Falls du willst, bring sie Elsa oder deiner Mutter. Oder streu sie bei Oberbieber in den Rhein. Und die Manschettenknöpfe. Die sollen übrig bleiben. Tu sie hin, wo du willst. Sie sind von Elsa. Goldgefasster Karneol. Hat bei mir leider nicht gebracht, was er sollte. Ewald.

8.

Verzichten unmöglich. Nichtverzichten auch. Also, nichts. Prima.

Das lautlose Zähneknirschen der Ohnmacht geht mir auf die Nerven.

Ich denke nicht alles, was ich jetzt denken könnte. Ich habe alles, was ich jetzt denken könnte, heute schon gedacht. Den ganzen Tag habe ich, was ich jetzt denken könnte, schon gedacht. Durchgedacht.

Hoffen macht unbelehrbar.

Die Jammernummer eins: Was man hatte, weiß man, wenn man's nicht mehr hat.

Auf das bisschen Kopfweh warten, das bisschen Ohrendruck, die kleine Dringlichkeitsempfindung, ein Andrang von allem und eine Fülle wie nie zuvor, und Schluss? Lieber ein ICE, zwei Schienen, kühl, glatt, nachts, kauern, sich hinschieben, es darf nichts übrig bleiben, was man beerdigen kann.

Man hockt in der Grube, wird andauernd erschossen und ist nicht tot.

Wenn wir doch wissen, dass alles mit unserer Vernichtung endet, warum haben wir uns dann so?

Sich selber töten. Beabsichtigen kann man es nicht. Hoffen macht unbelehrbar.

Dieses Leben. Eine Überschätzung.

Lesen geht nicht mehr. Ich schau durch die Buchstaben durch ins leere Weiße. Die Buchstaben halten meinen Blick nicht.

9.

Ernest Hemingway: … their only drawback the mess they leave for relatives to clean up.

III

Mein Jenseits

Für Percy
von Augustin Feinlein

Wer es verstehen kann, der verstehe es.
Wer aber nicht, der lasse es ungelästert und ungetadelt.
Dem habe ich nichts geschrieben.
Ich habe für mich geschrieben.

JAKOB BÖHME

1.

Je älter man wird, desto mehr empfiehlt es sich, darauf zu achten, wie man auf andere wirkt. Ich bin dreiundsechzig. Südlich der Donau sagt man zum Beispiel: Der und der wird auch allmählich komisch. Die Leute in Letzlingen – so heißt das Dorf, aus dem ich komme –, die sagen nicht komisch, sondern g'spässig. Dass einer g'spässig wird, das merken alle, nur der, der allmählich g'spässig wird, merkt es nicht. Und sagen mag man's ihm auch nicht. In Letzlingen gab es – oder gibt es vielleicht sogar noch – eine Art Kultur des Umgangs mit solchen, die im Alter allmählich komisch wurden. Nirgends sonst habe ich von dieser Kultur auch nur noch einen Hauch verspürt. Ich will diese Art Kultur schildern, dann entscheide jeder selbst, ob es in seinem Dorf, seiner Stadt, seiner Gesellschaft dergleichen gebe. Ein Bauer heißt Peterer, ist eher siebzig als achtzig, sein Bruder Konrad ist immer Knecht auf dem Hof des Bruders gewesen. Es hat sich dann herumgesprochen, dass er seit längerem nichts mehr sagt. Man kann ihn ansprechen, wie man will, er reagiert nicht. Er ist aber kein bisschen schwerhörig, das merkt man, wenn er das Vieh heimtreibt. Sobald eine Kuh stehenbleibt und nicht weiter will, geht er hin zu ihr und sagt ihr etwas ins Ohr. Wenn sie dann hinschaut zu ihm, sagt er: Jaa. Dann geht sie wieder. Auch wenn ihn ein Hund anbellt, sieht man, dass er das hört, genau hört. Also zu Menschen keinen Kontakt mehr. Wenn man den Bauer fragt, was los sei mit Konrad, bohrt der Bauer mit dem Zeigefinger seine Schläfe an. Konrad schläft auch nicht mehr in seiner Kammer, sondern auf dem Heuboden. Der Konrad ist allmählich g'spässig geworden. Das ist offenbar sein gutes Recht. Einer, der ihn am Eschbach gesehen hat, will gesehen haben, dass er mit einem Fisch gesprochen habe. Es gibt im Eschbach immer nur einzelne Fische. Forellen. Gut, hat er also mit einer Forelle gesprochen. Was er gesagt hat, weiß man nicht. Man geht ja nicht hin, wenn einer mit einer Forelle spricht, um zu hören, was da gesprochen wird. Das gehört eben auch zu der Art Kultur im Umgang mit G'spässigwerdenden.

Eines ist sicher: Wenn Konrad stirbt, werden alle zu seiner Beerdigung gehen. Auch das gehört zu dieser Kultur. Man schätzt den G'spässigwerdenden. Man spürt, dass man ihn überschätzt. Man gibt sich darüber keine Rechenschaft. Man sagt nicht: Eigentlich ist er nur so und so, aber wir überschätzen ihn gern. Es tut gut, ihn zu überschätzen. Es ist eine helle Freude, wieder etwas, was man über ihn gehört hat, weiterzusagen und es beim Weitersagen noch schöner zu machen, als man es gehört hat. Wenn er vor seinen Kühen ins Dorf trottet, übrigens immer barfuß, im Sommer wie im Winter, immer barfuß, dann grüßt man ihn natürlich. Jeder grüßt ihn anders. Die Forschen, Übermütigen, Draufgängerischen rufen ihm etwas Forsches, Übermütiges, Draufgängerisches zu. Die Sanften etwas Sanftes. Die Schüchternen schauen nur hin zu ihm und verneigen sich ein bisschen. Man kann nicht sagen, Konrad reagiere überhaupt nicht, wenn das ganze Dorf sich ihm gegenüber so charakterisiert. Er hat zum Beispiel einen sehr auffälligen Gang. Einen wegwerferischen Gang, könnte man sagen. Es sieht aus, als schüttle er die Füße bei jedem Schritt. Aber das Wichtigste: er weiß nichts davon. Er weiß überhaupt nicht, dass er geht. Den Kopf trägt er hoch. Ein langer Hals kommt aus dem kragenlosen Hemd. Einen winzigen Bund hat es schon, das Hemd, aber eben keinen Kragen. Der Kopf auf dem langen Hals wackelt ein bisschen. Und das kann mit dem Schütteln oder Wegwerfen der Füße zusammenhängen. In einer Hand den Haselnuss-Stecken, den er braucht, um einer Kuh, die sich von ihm nichts sagen lassen will, anzudeuten, dass es Abend sei und dass man dabei sei, heimzugehen, in den Stall. Allerdings soll er manchmal ungeduldig werden. Er schlägt zu, heißt es, wenn eine Kuh gar nicht mitmachen will. Wie auch immer, ich will damit nur sagen, dass über Konrad viel mehr gesprochen wird als über seinen jüngeren Bruder, der den Hof schon lang seinem Sohn Willi übergeben hat. Auch über dessen Frau Irmgard wird viel weniger gesprochen als über Konrad. Im Dorf geht das Gerücht um, der Bauer Peterer sei zum Pfarrer gegangen und habe dem in drohendem Ton gesagt, der Pfarrer dürfe, falls Konrad je sterbe, bei der Ansprache am offenen Grab nichts Gutes über Konrad sagen. Darauf der Pfarrer: Ob es denn etwas Böses zu sagen gäbe? Und der Bauer: Nichts Böses, aber bloß nichts Gutes!

Dass das Dorfgerücht Konrad jenseits von Gut und Böse haben will, könnte einen gerüchthörig machen.

Manche glauben, Konrad kriege das alles mit und genieße es. Das ist Unsinn. Ich will mich da auch nicht hineinmischen. Ich bin schon zu lange weg aus dem Dorf. Nur, jedes Mal wenn ich wieder hinkomme, stelle ich fest, dass Konrad interessanter ist als alle anderen. Und es nimmt ihm keiner übel, dass er der Interessanteste ist. Im Gegenteil. Es gibt eine Art Wettbewerb, Konrad als solchen zu erhalten. Nicht: zu verstehen. Das überhaupt nicht. Aber zu erhalten. Als ich das letzte Mal dort war, es war in der Weihnachtszeit, sagte ein zirka Vierzigjähriger, er heißt Fritz, Konrad habe vor ein paar Tagen zu ihm gesagt, Fritz könne bei ihm übernachten, er habe auf dem Heuboden eine zweite Bettstatt. Fritz müsse allerdings eine Flasche Obstler mitbringen. Jetzt im Winter brauche er so was. Und so weiter. Dieser Fritz, der noch kein Jahr in Letzlingen lebt und jeden Tag als Pendler in die Stadt fährt und dort in einem Computergeschäft arbeitet, dieser Fritz wurde so verhört, so in die Zange genommen, der wurde behandelt, als sei er verdächtig, ein Verbrechen begangen zu haben. Und alle, die ihn verhörten, waren konraderfahrene Mitbürger. Das Ende: Fritz brach zusammen. Weinte laut auf. Gestand, alles sei erfunden und erlogen. Er habe sich bei seiner Freundin Barbi wichtigmachen wollen. Er habe angegeben. Er habe Barbi gebeten, ja nichts weiterzusagen. Habe sie leider getan. So sei alles gekommen. Es wurde ihm verziehen. Konrad wurde natürlich nicht gefragt, ob er diesen Fritz kenne, ob er den je gesehen habe, denn das war allen in jeder Sekunde klar: Was dieser Fritz über Konrad erzählte, konnte mit Konrad nichts zu tun haben.

So ist das also, wenn in meinem Dorf Ältere anfangen, g'spässig zu werden.

Man nennt in Letzlingen, was die Älterwerdenden auszeichnet, Mödelen. Das ist eine Verkleinerungsform von Moden und hat mit Kleider- und anderen Moden nichts zu tun. Oder es war vor ihnen da. Ich vermute, dass es vor zweitausend Jahren direkt aus dem Lateinischen in die Dörfer und so in die Mundart kam. Mödelen sind Eigenheiten, die man den Älterwerdenden zugesteht, weil man weiß, dass man sie ihnen weder verbieten noch abgewöhnen kann. Hochdeutsch heißen Mödelen Skurrilitäten. Es gibt den Mödelen gegenüber durchaus nicht nur Wohlwollen. Man nimmt die Mödelen nur hin, weil man nichts machen kann gegen sie. Aber selbst für den schlimmsten Fall enthält das Wort eine Anerkennung dessen, was hochdeutsch gleich Skurrilität oder gar Verschrobenheit heißt. Mödelen sind eine Art Extra-Menschenrecht für Älterwerdende. Wo ich hingeraten bin, geht man mit komisch Werdenden weniger wohlwollend um.

Ich muss versuchen, mich in die hineinzuversetzen, denen ich allmählich komisch vorkomme. In meiner jetzigen Umgebung kann ich nicht darauf hoffen, dass man mich, falls ich anfange, komisch zu werden, mit einer so lieben Verklärungsbereitschaft behandeln würde wie den Konrad im Dorf. Wo ich jetzt lebe, wird man, wenn man anfängt, komisch zu werden, nicht mehr für voll genommen. Man kommt nicht mehr in Frage.

Gut so. Genau genommen, ist es mir lieber, nicht mehr für voll genommen zu werden, als gehätschelt zu werden als eine komische Nummer. Wenn sie mich nicht mehr für voll nehmen, nehmen sie mich ernst. Ich weiß, dass ich Unmögliches vorhabe.

Ich bin dreiundsechzig. Seit längerem. Ich werde nie älter sein als dreiundsechzig. Ich sage jetzt nicht, seit wie vielen Jahren ich schon dreiundsechzig bin. Ich sage nur, dass ich mit dreiundsechzig aufgehört habe zu zählen. Das war möglich. Mein Umgang mit Zahlen hat es möglich gemacht. Ich glaube nicht an Zahlen. Ich weiß, was man alles machen kann mit Zahlen, aber ich weiß auch, was man mit Zahlen nicht machen kann. Und doch macht. Ich habe aufgehört, das mitzumachen.

Dr. Bruderhofer, der Ärztliche Direktor des Krankenhauses, dessen Chef ich bin, kann es nicht erwarten, dass ich gehe. Endlich gehe. Er ist von Haar nach Scherblingen berufen worden. Er hat angenommen, weil er schnell Chef werden wollte. In Ärztesitzungen, an denen ich nicht teilnehme, nennt er mich den Alten Knaben. Frau Dr. Breit, von der unsicher ist, ob sie mehr auf seiner oder auf meiner Seite kämpft, erzählt mir alles, was er über mich sagt und wie er es sagt. Frau Dr. Breit weiß sicher selbst nicht, ob sie mehr auf der Seite Dr. Bruderhofers oder auf meiner Seite kämpft. Dass alles ein Kampf ist, weiß sie auch. Ich habe mir sagen lassen, von Percy sagen lassen, der Alte Knabe sei gut gemeint. Ich dürfe mich in dieser Prägung, sagt Percy, gern wiedererkennen. Also mache ich das Beste aus dieser Bezeichnung. Dass ich dreiundsechzig bin und bleibe, ist nur möglich, weil ich ein Alter Knabe bin. Ich sehe so aus. Ich selber glaube, das Knabenhafte sei in mir und an mir noch deutlicher als das Alte. Also nichts gegen Dr. Bruderhofer. Das muss ich mir immer wieder sagen! Dr. Bruderhofer ist ein Nebenproblem. Und es würde den Sinn meines Kampfes seriös verfälschen, wenn ich gegen Dr. Bruderhofer recht haben wollte. Dass er seine ganze Kraft – und die ist beträchtlich – einsetzt, gegen mich recht zu haben beziehungsweise zu beweisen, dass ich im Unrecht sei, das zeigt nur, dass er jünger ist und noch glaubt, recht zu haben sei möglich. Er hat noch nicht einmal bemerkt, dass ich den Kampf, den er kämpft, nur zum Schein mitmache. Er will mich überzeugen. Von seinen Mitteln, Methoden, Therapien. Auf dem Klinik-Terrain muss ich mich wehren. Ich kann es nicht zulassen, dass er mit seiner Chemie bedenkenlos wird. Ich könnte das seiner eigenen Entwicklung überlassen. Er wird dahin kommen, wo ich jetzt bin. Glaube ich. Ist das anmaßend gedacht? Wenn ich ein Alter Knabe bin, ist er ein Alter Bub. Er hat doch total den Vierzehnjährigen im Gesicht. Das habe ich entdeckt in den Nächten, in denen ich mich gegen seine Angriffe wehren musste, gegen gedachte und gegen wirkliche. Ihm geht es um seine Karriere. Mir um mein Jenseits.

Ich will keinen einzigen Menschen überzeugen. Nur mich selbst. Wenn mir das gelingt, wenn mir das gelänge, wäre ich der glücklichste Mensch in dieser Welt.

2.

Ich auf 32 A, also Fensterplatz. Die zwei Sitze zum Gang hin unbesetzt. Weiter vorn, zirka 15. oder 18. Reihe, stand einer, stand schon, seit wir in der Luft waren und unsere Sitzgurte lösen durften. Ein grobkariertes Hemd. Wenig Weiß, viel Dunkelgrün. Ein geradezu grell heller Strohhut mit einem schwarzen Band. Und um das Gesicht ein silberheller Dreitagebart. Fast ein Schleier. Die Stewardessen zwangen ihn mit ihren Servicewagen immer wieder in seine Sitzreihe hinein. Er folgte und trat, sobald die Stewardessen weg waren, wieder in den Gang. Auch wenn er den Stewardessen ausweichen musste, hörte er nicht auf, mich anzuschauen. Aber in seinem Blick war nichts Privates. Kein ehemaliger Patient. Ehemalige Patienten haben alle den gleichen, um Wiedererkanntwerden bittenden Blick. Der wollte mich auch nicht kennenlernen. Der wollte mich nur anschauen.

So angeschaut zu werden, hält kein Mensch aus. Ich hatte Grund genug, wegzuschauen. Wir überflogen die Alpen, über Eis und Schnee, so nah, so anziehend und ewig.

Immer wieder zurück mit dem Blick, zu dem, der mich immer noch anschaute, wie er mich vorher angeschaut hatte. Sein Blick ist reglos. Ausdruckslos. Leblos. So schauen einen Statuen an. Ein Vorgeschmack von Rom.

Ich hätte nicht mehr hinschauen dürfen zu dem. Die Viertausender waren wirklich anziehend genug. Der aber auch. Gern hätte ich den Kopf geschüttelt oder gelacht, oder den Kopf geschüttelt und gelacht. Dr. Bruderhofer! So groß wie der. Und immer grobkarierte Hemden! Und auch noch den Kordanzug, den honigfarbenen! Ja, Herr Dr. Bruderhofer ... Und jetzt kam mir der Blick, der ganze Gesichtsausdruck nicht mehr so reglos, leblos, statuenhaft vor. Das war doch der freundliche Bruderhofer'sche Bubenblick. Und von diesem auf Harmlosigkeit getrimmten Bruderhoferverschnitt lass' ich mich abbringen von den in voller Sonne zu mir heraufschauenden Viertausendern. Dann wollen wir doch einmal sehen, wie weit diese Dr. Bruderhofer-Imitation zu gehen wagt. Beim Aussteigen muss es sich ja zeigen.

Jeder holt rücksichtslos sein zu großes Gepäck herunter, jeder drängt nach vorne. Der Bruderhofer-Darsteller, das hatte ich noch gesehen, hatte einen Rucksack heruntergeholt, einen Rucksack, aus dem ein Geigenkasten ragte. Ich drängte nicht. Ich ließ alle anderen vorbei. Ganz schnell noch durchgespielt, dass der blind sei. Nur einer, der dich nicht sieht, kann dich so unbarmherzig anstarren.

Blind oder nicht blind, Dr. Bruderhofer-Bub oder Statuen-Darsteller, ich verließ das Flugzeug als Letzter. Ein Kordanzug, und sei er noch so honigfarben, und ein noch so grell heller Strohhut, das macht noch keinen Dr. Bruderhofer. Wozu flog ich denn nach Rom! Doch nicht, um das heimische Quältheater weiterzuspielen.

Als ich dann am Transportband auf meinen Koffer

wartete, sah ich den freundlichen Riesen nicht! Ich war froh. Aber auch enttäuscht. Und weil gar nichts passiert war, leistete ich mir die Floskel: Dann halt das nächste Mal. Und wusste nicht, wie ich das meinte. Sobald ich im Bus war, bemerkte ich, dass ich meinen Hut im Flugzeug vergessen hatte. Und gab sofort dem Dr. Bruderhofer-Darsteller die Schuld. Ich besitze nur zwei Hüte. Jetzt war also der Sommerhut weg. Sofort marschierte die Gedächtnisparade in mir auf und führte vor, wo ich überall gewesen war mit diesem Hut, was ich, ihn auf dem Kopf, erlebt hatte. Er war weich, biegsam, ein helles Braunbeige, eine fast abenteuerliche Krempe. Wenn ich mich mit ihm im Spiegel sah, kam mir mein Gesicht immer zwanzigjährig vor. Zwar brav, aber bereit, unbrav zu sein. Und dieser Hut war weg. Und schuld: der Herschauer mit dem Strohhut und dem Geigenkasten. Ich vergesse schon mal einen Regenschirm oder eine belanglose Tasche, aber doch nie einen der beiden Hüte. Der schwarze im Winter war nur möglich, weil ich im Sommer den braunbeigen hatte. Es war September, der braunbeige war noch dran. Ich fühlte mich debalanciert. Der war unwiederbringlich weg. Und ich war in Rom! Und hatte mich doch, wo immer ich ausstieg, gefragt: Ist der Hut dabei! Das war eingeübt. Das gehörte zu mir. Ich hatte immer Angst, diesen Hut einmal irgendwo zu vergessen. Das war jetzt passiert. Der vorbereitete Schrecken beherrschte mich so, dass ich auf der Fahrt stadteinwärts von Rom nichts sah. Weil ich darauf angewiesen bin, mich zu verstehen, musste ich mir sagen, dass ich diesen harmlosen Mitreisenden brauchte, weil ich einen Grund brauchte, der mich den Hut vergessen ließ.

Ich hätte es nicht ertragen, diesen Hut einfach vergessen zu haben. Das wäre sozusagen unverzeihlich gewesen. Aber dieser Reisende hatte mich doch gerade beim Verlassen des Flugzeugs sehr beschäftigt. Wie würde es mir gelingen, an ihm vorbeizukommen? Nicht dass ich Angst gehabt hätte vor ihm. Aber wenn er irgendwo auf dem Weg hinaus oder am Gepäckband stehengeblieben wäre, dass ich nah an ihm hätte vorbeigehen müssen, das wäre eine Peinlichkeit gewesen.

Ich wohne immer im Hotel Locarno. Es wird nie hell in diesem Hotel. Außer im Frühstücksraum im Souterrain. Da kommt's einem dann grell hell vor. Aber sonst herrscht eine zuverlässige Lichtlosigkeit. Man kann nicht lesen in diesem Hotel. In keinem Zimmer. Das ist befriedigend. Du darfst dich mit dir selber beschäftigen. Die Schwelgerei mit den Stiltrivialitäten des späten 19. Jahrhunderts passt gut dazu. Ich muss mich jedes Mal zwingen, das Hotel überhaupt zu verlassen. Das Hotel will mir einreden, dass ich eigentlich bedürfnislos sei, meine Reiseziele in Rom nur vorgeschützt, mir selber vorgemacht aus irgendwelchen schwer durchschaubaren Gründen. Das ist natürlich nicht so. Ich fliege immer wieder nach Rom, um mich der Aufdringlichkeit gewisser Bilder und Statuen auszusetzen und um in gewissen Kirchenräumen zu atmen. Wenn ich einmal bis zum Rückflug im Locarno-Zimmer bleiben würde, käme ich mir groß vor. Aber so groß, wie ich mir dann vorkäme, bin ich nicht.

Also auf und in die Stadt! Hinaus aus der kleinen Via della Penna, in der das Locarno von früher träumt. Dann immer hinunter auf der Via di Ripetta. Dann bin ich schon fast, wo ich hinwill: Sant' Agostino. Dass der Straßenname nach Wiederholung klingt, tat mir gut. Dann führt die Straße doch noch an einem Platz vorbei. Ich musste mich orientieren. Und dieser Moment der Unsicherheit genügte, den Strohhutmann herzuzaubern. Er stand jetzt an den edlen Palisaden, die den Platz von der Straße trennen. Das Trottoir führt an den wie Lanzen hochragenden Palisaden entlang. Und ich kam auf diesem Trottoir auf den zu. Er stand und schaute quer über die Straße, auf der der Verkehr mit der Natürlichkeit eines Flusses vorbeitrieb. Ich musste also, wenn ich nicht direkt an ihm vorbeigehen wollte – und das wollte, das konnte ich nicht –, ich musste mich durch Autos, Motorroller und Radfahrer durchkämpfen, hinüber auf das andere Trottoir. Ich schaffte es mit ums Leben bittenden Fuchteleien. Und war drüben. Musste aber doch noch zurückschauen. So lange, bis ich durch den vorbeiflutenden Verkehr hindurch alles gesehen hatte. Der stand also vollkommen bewegungslos. Von seiner rechten Hand führte ein solider Draht hinunter aufs Trottoir, führte zu einem Hund aus Draht, deutlich ein Dackel. Neben dem Dackel der Geigenkasten. Offen. Neben dem Geigenkasten ein Paar Schuhe. Der Mann barfuß. Es war offensichtlich, dass man Geld in den Geigenkasten zu werfen hatte. Passanten, die nicht, wie ich, ausgewichen waren, taten das.

Es gibt ja jetzt Menschen, die stellen sich in Metropolen auf belebteste Punkte und verharren reglos. Man soll sie für Kunstwerke halten. Aber es gibt auch Statuen, die aussehen wie stehengebliebene Menschen. Man soll sie für Menschen halten. Der da drüben irritierte mich. Aber was ging er mich an? Ich war ihm entkommen. Hatte er noch den Kordanzug an? Das karierte Hemd … Noch einmal: Was ging er mich an? Ich war doch in Rom. Ich hatte ein Ziel. Die Basilika Sant' Agostino. Zu meinem Namenspatron wollte ich, durfte ich, musste ich. Aber Rom ist, wo du hinschaust, schön. Du brauchst gar kein Ziel. Es kann an keinem Ziel schöner sein, als es überall ist. Und schon stand ich vor einem Schaufenster, in dem nichts zu sehen war als eine einzige Krawatte. Und ich blieb stehen und schaute. Dieses Schaufenster war kein bisschen zu groß für eine einzige Krawatte. Die Krawatte war fast unwichtig. Gut, sie war schön, aber sie war hauptsächlich schön, weil das ganze Schaufenster kein bisschen zu groß war, ihr zu dienen. Ein Schaufenster aus der Zeit, als die Schaufenster noch menschliche Maße hatten.

Ich spielte jedes Mal, wenn ich in meine Basilika ging, mit dem Gedanken, gar nicht hinzugehen. Vorbei an ihr. Weg von ihr. Aber jedes Mal bog ich hinein in die Via della Scrofa. Obwohl das ein Wort mit einer Physiognomie ist, also ein Wort, das einem etwas sagt, ohne dass man's übersetzt – ich schlug dann doch einmal nach. Heißt Sau. Na ja, die ganze Gegend heißt ja auch Campo Marzio.

Die Freitreppe zur Basilika des heiligen Augustin stürmte ich hinauf. Jedes Mal. Als wäre ich sechsunddreißig und nicht dreiundsechzig. Drinnen so dunkel wie im Locarno. Schon deshalb möchte das Hotel einen dazu verführen, einfach dazubleiben. Ich ging wie immer ins linke Seitenschiff und dort zum ersten Altar, zur Madonna dei Pellegrini. So heißt das Bild von Caravaggio, das den Altar bestimmt. Man steht dann genau auf dem Punkt, von dem aus Caravaggio das Bild angeschaut haben wird: schräg hinter den zwei Pilgern, die vor der Madonna knien und zu ihr hinaufschauen. Nicht weit hinauf, die Madonna steht nur eine Stufe höher als die zwei Knienden. Ein Mann und seine Frau. Ein wenig verdeckt der Mann seine rechts von ihm kniende Frau. Er füllt das Bild. Er ist mindestens so wichtig wie die Madonna, zu der beide beten. Barfuß kniet er, Hosen erst ab den Knien. Seine zwei nackten Sohlen sind so wichtig wie das ein wenig herabgeneigte Gesicht der Madonna und wie das lebhafte Interesse, mit dem das Kind auf das Pilgerpaar hinabschaut. Die Stöcke der beiden zeigen, dass sie von weiter her kommen und dass es Leute aus einem Dorf sind. Solche Fußsohlen hat man nur, wenn man aus einem Dorf kommt. Und Caravaggio hat auf diesem Bild nichts so genau und dadurch schön gemalt wie die Fußsohlen, die der kniende Mann sehen lässt. Die Madonna ist natürlich auch für ihre Schönheit berühmt, weil sie eine junge Römerin ist. Keine Spur Madonnen-Routine. Das Kind kein Hauch Jesuskind. Aber beide schauen so teilnahmsvoll auf das Pilgerpaar hinab, wie nur Maria und das Jesuskind auf ein Paar hinabschauen können, das seine Anbetung mit aller Kraft vollbringt. Mehr kann man sich zu nichts anstrengen, als dieses Paar sich zur Anbetung anstrengt. Und das ist der Gegensatz, den unsereiner erlebt. Wie die Madonna und ihr Kind in wunderbarer, aber anstrengungsloser Teilnahme hinabschauen auf die zwei Pilger, denen alles in der Welt zur Anstrengung oder gar zur Überanstrengung wird. Auch die Anbetung. Aber eben deshalb kommen sie doch. Und nichts sagt das deutlicher als die erdigen Fußsohlen des Mannes, denen Schuhe so fremd sind wie den Füßen Konrads in Letzlingen. Und was für ein Barfußunterschied zwischen den feinen Füßen, die gerade noch unter dem feinen Gewand der feinen Madonna herausschauen, und den Füßen und vor allem doch Fußsohlen des Pilgermannes. Die unterm dunkel hinabfließenden Gewand gerade noch hervorschauenden Füße – ein Fuß auf dem Boden, der andere steil, nur mit den Zehen den Boden erreichend –, die zeigen: Diesen feinen Füßen ist Last fremd, die tanzen unter allen Umständen. Aber oben, das Gesicht, das trotz seiner Schönheit nur dazu da ist, samt Kind hinunterzuschauen zu den Anbetenden. Dem Kind hat der Maler in die kleine Hand die Geste einer bedeutenden Teilnahme hineingemalt. Das alles zusammenzubringen, war immer die vom Bild gestellte Aufgabe, wenn ich die Basilika verließ, also so langsam wie möglich die basilikabreite Freitreppe hinunterging. Armes Paar, tolle Dame. Stimmt nicht. Arm ist das Paar nicht. Die strahlen eine Gebetskraft aus, die sie der Dame Madonna ebenbürtig macht. Woher die ihren Jesus hat, wagt man nicht zu denken. Allein die Schönheit zählt. Das Jenseits muss schön sein. Sonst kannst du es gleich vergessen. Nur wenn es so schön erscheint wie in der Basilika, füllt es dich aus bis zur Fraglosigkeit. Aber dass es so schön ist, setzt voraus, dass es so stimmt. Caravaggio soll, bevor er das Bild gemalt hat, als Pilger in Loreto gewesen sein.

Ich zog – noch auf der Freitreppe – meine Schuhe und meine Socken aus, steckte die Socken in die Hosentasche und ließ die Schuhe an den Schuhbendeln baumeln. Dass Norddeutschland sich mit Schnürsenkeln gegen Schuhbendel durchgesetzt hat, ist schwer zu begreifen.

Erst auf der Piazza Navona, unter dem Lärm der Lautsprechermusik, zog ich die Schuhe wieder an. Durch den Passetto delle Cinque Lune und die Via Agonale war ich hinausgekommen auf den Platz. Wenn ich meinen Hut noch gehabt hätte, wäre ich barfuß weitergegangen. Das einmalige Braunbeige mit dem nicht ganz tiefbraunen, aber glänzenden Band. Und die rundum auf und ab wogende Krempe. Dieser Hut und barfuß! Die Schuhe baumelnd am Bendel! Das wär's gewesen!

Ganz unernst schaute ich, sobald ich auf dem Corso war, ob es ein Schaufenster mit Hüten gebe. Ich kann eigentlich nicht nach einem Hut suchen. Ich muss ihn, ohne zu suchen, finden. Suchen liegt mir sowieso nicht. Finden schon. Ich wollte mich auf dem Corso auch nicht durch eine eigensinnige Hutsuche von den Menschen ablenken lassen, die aus Palästen und Kirchen und Geschäften kamen und in Paläste, Kirchen und Geschäfte hineingingen. Die äußerste Bestimmtheit aller Bewegungen. Und Gesichter. Die wissen alle, wo sie hinwollen und wo sie herkommen. Der ganze Corso ist eine hochverdichtete Bestimmtheitssphäre. Das teilte sich auch mir mit. Ich ging andauernd quer durch Bestimmtheitsströme durch. Und war der, der dazu bestimmt war, die Bestimmtheit von allen zu erleben. Augenblicksweise wollte sich mir statt Bestimmtheit Bedeutung aufdrängen. Die erlebten alle ihre Bedeutung. Das sah man jedem und jeder an. Aber dann war mir Bedeutung doch zu inhaltlich. Zu bürgerlich auch. Obwohl ich es genoss, alles, was um mich herum geschah, zu verstehen. Aber ich wollte das vor Sinn strotzende Corsodurcheinander nicht zum Theater werden lassen. Das Theater ist süchtig danach, verstanden zu werden. Die kleinste Geste sagt, was sie bedeutet. Die Bestimmtheit aller Corsogesten bedarf keiner Inhalte. Die Selbstverständlichkeit der Paläste, der Kirchen, der Geschäfte! Und immer wieder, förmlich zum Atemholen zwingend, die Ausbuchtung der Plätze. Und blieb dann doch hängen, wurde hineingesogen in einen Hemdenladen. Nichts als camicie. Und mir war, als hätte ich schon auf dem Weg zur Basilika oder bald danach dieses Hemdengeschäft gesehen. Eine Hemdenkette also. Und gleich tief hinein in den Bau. Nichts als Hemden und Hemden. Und kein einziges nördlich der Alpen denkbar. Und kaufte zwei. Das zweite nur als Wiedergutmachung für das erste. Das erste war nämlich eins mit Karo. Aber nicht so grobschlächtig wie das des Strohhut-Starrers im Flugzeug. Ein weißes Hemd, über das ein deutliches, aber doch zartes Gitter von einander schneidenden Linien gelegt war, eben Karo. Die waagrechten Linien waren dunkel, ohne schwarz zu sein, und die senkrechten waren beige, ohne braun zu sein. Das war ein Fund. Das andere dunkelblau und hell gestreift, mit einem Kragen, den ich, wie ich im Hotelzimmer sofort sah, nördlich der Alpen ohnehin nicht tragen konnte, so trumpfte der auf. Aber das weiße mit dem Karogitter in Dunkel und Hellbeige würde ich tragen. Und immer an den Hut denken. Der hätte mich zusammen mit diesem Hemd zu einer sich selbst genügenden und sich selbst genießenden

Erscheinung machen können. Das hatte mir der honigfarbene Strohhut-Kordmann vermasselt. Darauf bestand ich. Und warum hatte ich mir zwei Hemden gekauft, aber keinen Hut? Hemden hatte ich mehr, als ich noch tragen konnte. Aber mein einziger, abenteuerlich schöner Sommerhut war weg! Man muss es aushalten, sich zum Rätsel zu werden.

Aus der Stadt zurückzufinden in die Via della Penna war jedes Mal aufregend. Hinaus kam man von selbst. Zurück erst, wenn man oft genug an der Einmündung vorbeigelaufen war. Auch da: Ich durfte einfach nicht suchen. Ich bin zum Finden verurteilt. Kaum zurück in der ewigen Dämmerung meines Zimmers, des Zimmers 310, wurde ich förmlich überfallen von dem Satz: Rom ist mein Jenseits. Zum Glück musste ich, wenn Sätze mich auf diese Weise überfielen, nicht versuchen, mir deren Richtigkeit oder Wahrheit zu beweisen. Rom ist mein Jenseits. Ganz klar war, dass der Satz keinesfalls hätte heißen können: Mein Jenseits ist Rom. Zum Glück gibt es dieses Gefühl, dass ein Satz stimmt. Unnötig dazuzusagen: für mich. In mir. Rom ist mein Jenseits. Basta. Das Jenseits ist eine andauernde Leistung. Wenn man aus irgendeinem Grund erschöpft ist, stellt es sich nicht ein. Dann ist man reglos, wehrlos, leblos, also nicht so lebendig, dass das Sterben zur Anregung werden könnte. Man wird da weder vernichtet noch nicht vernichtet. Man verdämmert und hechelt vielleicht. Aus der Tiefe rufen wir … Das Jenseits aber ist ein Schrei. Wenn du wieder Luft hast. Die gewöhnliche Enge hat sich aufgelöst. Anstatt befriedigt oder weise oder dankbar zu ersticken, tust du wieder alles, um Luft zu kriegen. Und kriegst Luft. So viel Luft, wie du brauchst für den Jenseits-Schrei.

Am zweiten Tag ging ich sorglos, angstlos die Ripetta hinunter, aber dann doch auf dem Trottoir, auf dem der Starrer mit dem Drahtdackel nicht stehen würde. Weil er an diesem Tag überhaupt nicht da war, durfte ich das Gefühl haben, den sei ich losgeworden. Dann ein kurzes Verharren in der Basilika bei der schönen Römerin, die samt Kind, mit gnädigster Anteilnahme auf die hinaufbetenden Landleute hinabschaut. Es fiel mir wieder schwer, die vom Staub und Dreck der Wege dunklen Fußsohlen des Mannes schmutzig oder dreckig zu nennen, obwohl der Maler sie genau so gemalt hat: dreckig. Aber diesmal blieb ich bei den Händen des Pilgerpaars. Die sind von der Arbeit so mitgenommen, dass beide, Mann und Frau, gerade noch die Fingerspitzen zu einander bringen. Da denkt man natürlich, wie perfekt bessergestellte Beter ihre Hände zu falten vermögen. Aber ich wollte diesmal ja nach vorne, zu dem das linke Seitenschiff beschließenden Altar. Kein Altarbild, eine Skulptur. Wieder Maria, und auf ihrem linken Knie das Jesuskind. Madonna del Parto. Maria von der Geburt. Eine Art Muschel schirmt die Sitzende, und über allem die Schrift VIRGO TUA GLORIA PARTUS. Jungfrau, dein Ruhm ist die Geburt. Oder auch nur: das Kind. Auf jeden Fall: VIRGO. Der Maler der Pilgermadonna hat eine Römerin seiner Zeit gemalt, der Bildhauer dieser Madonna hat an eine Römerin der Antike gedacht. Und an der linken Seitenwand der Sarg der heiligen Monika, der Mutter Augustins. Da setzte ich mich in eine Bank und versuchte, nichts zu denken. Aber die naseweisen Wörter ließen sich nicht abhalten, mir zu sagen, dass ich doch bei einer Art Satz gelandet war: Du glaubst, was nicht ist. Dann ist es. Schrecklich, diese Unabweisbarkeit der Wörter. Das war noch zu üben, die Gegenwart von Erwünschtem ohne Wörter. Wär ich doch ein Kirchenmaler, gerade beschäftigt mit einem Deckengemälde, gerade dabei, eine wild entschlossene Engelschar zu malen. Wild entschlossen, diese in den Himmel reichende Kirchendecke zu tragen. Sie stehen mit ihren Füßen in der Luft, allenfalls auf unsoliden Wolken. Und können doch den gewaltigen Himmel tragen. Im Himmel sitzen die in den Himmel gehörenden Figuren. Die scheinen alles andere als leicht zu sein. Aber meine Engel stemmen die Himmelslast. Die Engel gehören weder in den Himmel noch auf die Erde. Sie gehören in die Luft. Sie wissen gar nicht, was sie stemmen und tragen, aber sie stellen sich etwas vor. Das sieht man ihren sehr entschlossenen Gesichtern an. Sie würden den Himmel genau so stemmen und tragen, auch wenn er leer wäre. Ich werde, soweit es geht, den Engeln meine Züge geben. Das muss möglich sein. Mir wird doch immer wieder Knabenhaftigkeit nachgesagt. Die Engel werden mir gleichsehen. Deshalb bin ich Kirchenmaler geworden. Allerdings male ich (bis jetzt) nur Engel. Den Himmel selbst, beziehungsweise, was darin ist, Gott und so weiter, überlasse ich meinen Gesellen. Meine Gesellen haben bei mir gelernt. Sie sind wirkliche Künstler. Große Künstler. Größere Künstler, als ich es bin. Ich kann ihnen den Himmel und alles, was darin ist, schon überlassen. Gott und so weiter. Ich bin gespannt.

Dass ich den Engeln mein Gesicht geben darf, habe ich gelernt in Aichhalden, dort in St. Michael. Jan Verkade hat es vorgemacht. Als Pater Willibrord von Beuron nach Aichhalden geschickt, hat er die Heiligen an den Kirchenwänden viel zu weit hinaufgemalt. Aus feinster Scheu nämlich. Buben und Mädchen aus Aichhalden hat er in die Höhe gemalt. Als St. Vitus, Johannes, Stephan, Laurentius, Magdalena, Helena, Cunegund und so weiter. Und sich selber als den Bernard von Clairvaux. Alle Gesichter sind Aichhalden-Gesichter. Aber in dieser Höhe und Malart sind es genauso Heiligengesichter.

Anbetbar.

Noch wichtiger als durch sein Dorfgesichter-in-die-Höhe-Malen ist mir der Malermönch durch zwei Zeichnungen geworden, in denen er Eva und Maria jedes Mal in EIN Bild bringt. Das hat außer ihm in zweitausend Jahren, glaube ich, keiner vermocht. Wäre ich Milliardär, würde ich diese Zeichnungen kaufen und sie Eva Maria schenken.

Ich verabschiedete mich von der klassischen Maria und von der anderen auch, dann ging ich die basilikabreite Freitreppe wieder so langsam wie möglich hinab. Aber meine Schuhe zog ich diesmal nicht aus. Und kaufte kein Hemd. Ich summte Maria durch ein' Dornwald ging. Das konnte ich summen, ohne an einen Text zu denken. Nicht gleich, aber dann doch. Dann war es nur noch ein Gesumm. Gesumm, du bist mein Jenseits.

Als ich wieder auf Platz 32 A saß und zurückflog und mich schon bereit machte, den eisigen Viertausendern ins Ewigkeitsgesicht zu schauen, kam die Stewardess und brachte mir meinen Hut. Ja, den hatten sie geborgen, und der Passagier 32 A wurde identifiziert, und es wurde festgestellt, dass der am dritten Tag zurückfliegen würde. Es lebe der Service! Da ist Ihr Hut, Herr Professor! Ich bedankte mich, legte den Hut neben mich auf den wieder frei bleibenden Sitz, dann wandte ich mich dem sogenannten ewigen Eis zu. Aber die rechte Hand ließ ich beim Hut. Da er sehr weich ist, war die Hand angenehm beschäftigt. Sie versprach dem Hut, dass er nie mehr vergessen werde, egal wer sich vor uns aufstellen würde. Es war ein Kraftgefühl. Eine Gefühlsdeutlichkeit. Das sollte ich spüren. Und mir sagen: So ein Wie-auch-immer-Starrer mit dem grobschlächtigsten Karo der Welt kann dich, wenn du von Rom kommst, anstarren, solang er will, du bist unerreichbar. Und ich spürte, wie die rechte Hand und der Hut das mitmachten. Der Hut fühlte sich jetzt sogar an, als wolle er gleich aufgesetzt werden. Dazu war ich nur allzu bereit.

3.

Rudolf Breitwieser und ich sind gleich lang in Scherblingen. Dreißig Jahre. Er ist der Mesner der Stiftskirche, ich Chefarzt des PLK. Breitwieser ist aus Brauchhausen, also keine zehn Kilometer von Letzlingen. Allerdings war er schon vierzig, als er hier anfing. Mir musste er auffallen, weil er, was er in der Kirche tat, mit einem fast schon peinlichen Ernst tat. Ich sitze ja immer wieder ohne Anlass im Kirchendämmer und lasse Zeit vergehen. Wenn der hinkende Breitwieser in der leeren Kirche von links, vom Glockenstuhl, nach rechts in die Sakristei geht, dreht er sich jedes Mal zum Hochaltar, macht eine tiefe Kniebeuge und bekreuzigt sich. Und wenn er von der Sakristei zurück zum Glockenstuhl hinkt, wieder die Kniebeuge und das Kreuzzeichen. Und das immer in der ausführlichsten Art, die man, glaube ich, die orthodoxe nennt. Wir sind fast Freunde geworden. Er hat mir einen Schlüsselbund gegeben, ich kann jeder Zeit in die Kirche, ich kann sogar in die Sakristei und dort alles, was verschlossen ist, öffnen. Ich habe ihn nicht belogen, als ich sagte, dass ich manchmal den Wunsch hätte, bei den Gefäßen und Gewändern zu sein, die die Gläubigen nur von fern zu sehen kriegten. Seit ich ihn wissen ließ, dass der letzte Scherblinger Abt, der Reichsprälat Eusebius Feinlein, ein Vorfahr von mir war, darf ich in der Kirche tun, was ich will.

Es gibt eine Sehnsucht, die nichts von sich weiß. Erst wenn man sich ihr überlässt, erfährt man, wohin sie einen haben will.

Es war an Maria Heimsuchung. Ich wollte wieder einmal die Dämmerung in der Kirche verbringen, Breitwieser wollte die Kirche gerade verlassen. Wir gehen nie nur grüßend an einander vorbei. Diesmal war er es, der anfing. Im Dezember wird er siebzig. Schluss mit Mesner. Ich weiß nicht, warum mir dazu nichts anderes einfiel als der Satz, dass ich Lust hätte, sein Nachfolger zu werden. Er lachte und sagte, er werde das dem Pfarrgemeinderat melden. So redeten wir draußen vor dem Portal. Er ging dann, drehte sich aber noch einmal um und sagte viel ernster: Die Vorbildung, Herr Professor! Haben Sie die?

Weil ich nicht gleich antwortete, sagte er: Ich, zuerst Metall-Lehrling, Abendabitur, Pflegerschule hier, durchgefallen, von 130 sind 19 durchgefallen, ich einer von ihnen, danach ging's abwärts. Geflohen. Auch vor mir selber. Nachts in Mannheim irgendwo geschnappt von den Agenten der Legion. Mannheim, Karlsruhe, Straßburg, Marseille, Saigon. Dschungelkrieg. Wenn es hinter dir raschelt, schießt du, schon bevor du dich umgedreht hast. Dann siehst du: Es war nur eine Frau. Oder ein Kind. Die Kugel im Bein ist die Rettung. Zurück. Da wartet nur der Alkohol. Bis ich hier in der Kirche hock' und Pfarrer Weimer kommt. Ich sofort: Alkoholiker! Heute trocken. Das ist AA-Jargon. Der Pfarrer weiß Bescheid; das heißt: seit einem Jahr. Und nimmt mich mit. Bringt mir die Mesnerei bei. Von selber kann man das nicht. Nichts für ungut,

Herr Professor. Sie sind ja noch nicht im Gelände gewesen, als die mich hier haben durchfallen lassen.

Und ging. Das war eine Lektion. Weil ich so dahingesagt hatte, dass ich sein Nachfolger werden möchte. Das hat er zuerst für einen Witz gehalten, dann für eine Anmaßung.

Breitwieser ging heim, ich in die Kirche. Ich sitze immer so, dass ich hinaufschauen kann auf Norberts gemaltes Leben. Auf den sich sträubenden Knaben.

Ad omne opus bonum paratus. Zu jedem guten Werk bereit. Wenn ich Breitwieser den Prämonstratenser-Spruch gesagt hätte, hätte ich ihn erst recht verstimmt. Wenn ich sage, dass ich gern Mesner der Stiftskirche wäre, ist das, so lustig es klingen mag, ernst gemeint.

Ich konnte ihm und kann ihm immer noch nicht sagen, wie ich das gemeint habe. Mesner der Stiftskirche. Alle Bewegungen so peinlich ernst exekutieren wie Breitwieser. Eine alle Nachfrage abweisende Konzentration auf das, was ich in der Kirche zu verrichten habe. Dr. Bruderhofer darf nicht den Übermut haben zu fragen: Warum macht er das? Kein Tag länger Chefarzt. Bitte, Herr Dr. Bruderhofer, ergreifen Sie das Ruder, segeln Sie das Schiff Scherblingen, wo Sie's hinhaben wollen. Aber mich lassen Sie in Ruhe. Keine Nachfrage. Kein Kommentar. Jedem, der mich mein Mesneramt verrichten sieht, muss jede Frage im Hals steckenbleiben.

Wie könnte ich Herrn Breitwieser dazu bringen, mich dem Pfarrgemeinderat zu empfehlen? Herr Professor Dr. Dr. Augustin Feinlein will in seinem Ruhestand Stiftskirchenmesner sein. Basta.

Solange ich in der Kirche sitze und Zeuge werde, wie die Dämmerung das Licht schluckt, wie die Stille alles andere als lautlos ist, erlebe ich, wie mich alles, was mich hier umgibt, trägt. Wenn die Luft das Element ist, das Vögel und Flugzeuge trägt, wenn das Wasser das Element ist, in dem die Fische leben, dann ist diese Kirche mein Element. Als 1803 der Staat allen Klöstern das Ende befahl, mussten auch die Scherblinger Mönchspriester Weltpriester werden. Aber mein Vorfahr, jetzt kein Reichsprälat mehr im Fürstenrang, durfte in den Konventsgebäuden bleiben. Zwei Jahre nach der Aufhebung war die Gelübde-Erneuerung fällig. Von den neununddreißig Chorherren fehlten nur drei. Sechsunddreißig kamen noch einmal hierher, um sich als Prämonstratenser zu bekennen. Und waren einen Tag später wieder in den Gemeinden, denen sie jetzt als Priester dienten. Der Vorfahr aber fing an zu schreiben. Jetzt hatte er Zeit. Kein Prior mehr, der ihm die Pflichtenliste vorhielt. Gemeinnützige Schriften nannte er, was er schrieb. Und sein Thema: die Reliquienverehrung. Es gebe keine Weltgegend, schrieb er, die reicher sei an Reliquienschätzen als das Land zwischen Donau und Bodensee. Und schilderte, wie sein Vorgänger, der Abt Benedikt Mangold, die Heiligblutreliquie vor dem Zugriff der wütenden Bauern hatte retten können. Das war am 17. Mai 1525. Die Bauern zerschlugen, was ihnen in die Hände fiel. Sie hatten einen Zorn auszutoben, der in Jahrhunderten gewachsen war. Dass sie dem Kloster untertan waren, leibeigen untertan. Dass das Kloster von ihnen verlangen konnte, was es wollte. Jeden Todesfall mussten sie mit Hab und Gut bezahlen. Den besten Rock, die beste Kuh, das beste Getreide. Der Abt hat, wie jeder weltliche Herr, jedes Dorf mit allem Drum und Dran verkaufen können an jeden, der kauflustig war. Die Äbte anderer Klöster flohen in die Städte. Benedikt Mangold rettete sich mit der Heiligblutreliquie durch eine Geheimtür in eine Art Wandschrank. Zwei Tage und zwei Nächte, teilt er mit, habe er dadrin gebangt und gebetet. Und war doch selber ein Bauernbub aus der Gegend, ein Untertan, sprich Leibeigener, der jedem neuen Herrn, sei er Abt oder Fürst, hat huldigen müssen, also schwören, dass er nicht aus dem Dorf weglaufe, um in der Stadt ein Mensch zu werden. Und wer nicht so ein elender Untertan hat bleiben wollen, ist ins Kloster eingetreten, hat Latein gelernt und hat in Dillingen studiert und ist dann Chorherr gewesen oder Prior oder gar Abt, Reichsprälat, also einer den Fürsten gleich. Mit eigenem Wappen und Hermelin um den Hals. Und hat allein gegessen, der Abt und Reichsprälat. Und konnte regieren. Der Abt Benedikt schrieb ins Klostertagebuch, er habe sich am 17. Mai 1525 nicht nach Biberach oder Ravensburg gerettet, weil er die Heiligblutreliquie nicht gefährden durfte. Dass er die Reliquie vor den aufrührerischen Bauern gerettet habe, das sei ein Dienst, den er den Bauern habe erweisen müssen. Die hätten in ihrem berechtigten Zorn über ihre elende Lage auch das Heiligste nicht schonen können. Dass ihm das gelungen sei, nennt er die wichtigste Handlung in seinem Leben.

Gut, mein Vorfahr, zuerst Franz Feinlein, habe sich, als er zweiunddreißig Jahre alt war und von den sieben Wahlmännern gewählt wurde, den Compromissarii, die

die neununddreißig Chorherrn bestimmten, da habe er sich, schreibt er, mit Tränen gesträubt. Auf den Boden habe er sich geworfen, vor seine Mitbrüder hin. Sie haben auf ihrer Wahl bestanden, und so ist er Abt, Reichsprälat, Kirchenfürst gewesen bis zum Jahr 1803, als der Staat die Klöster auflöste. Um sich an ihnen zu bereichern und aufgeklärte Redensarten zu dreschen.

Mein Vorfahr Eusebius hatte sein erstes Erlebnis mit einer Reliquie als Student. An der Jesuiten-Universität in Dillingen, wo die meisten Chorherren und Äbte der Klöster des ganzen Landes sich ausbildeten, stand er kurz vor der Abschlussprüfung. Und da er als Letzlinger Bauernsohn, als siebtes Kind der Familie, nicht mit Selbstbewusstsein ausgestattet worden war, hatte er Angst, die Prüfung nicht zu bestehen. Das wäre das böse Ende seiner erwünschten Laufbahn gewesen. Und es stand gerade bevor die Hundertjahrfeier des Empfangs des Leibes des heiligen Saturnin. Von Rom über Luzern und Meersburg ins Prämonstratenser-Kloster Weißenau. Dort seit hundert Jahren eine Sensation. Unzählige Wunder jeder Art bewirkte der heilige Saturnin bei denen, die ihn besuchten. Saturnin wurde jahrzehntelang ein Modename. Auch ein jüngerer Bruder von Franz Feinlein war schon Saturnin getauft worden. Nicht nur ein kostbares Teilchen, sei es ein Haar, ein Schuh oder ein Tropfen Blut, nein, dem Weißenauer Kloster war es gelungen, den ganzen Leib eines heiliggesprochenen Märtyrers zu erwerben. Den ganzen Leib, das heißt, das ganze Gebein. Das wurde damals vom 24. August, dem Bartholomäustag, bis zum 28. August, dem Tag des heiligen Augustin, stürmisch gefeiert. Vier Äbte trugen den Leib Saturnins, ein Bischof den Kopf, in einer triumphalen Prozession durch die prangende Natur. Und hundert Jahre später die Translationsfeier noch einmal. Und diesmal war Eusebius Feinlein, der noch Franz geheißen hat, dabei. Im September musste er in die Prüfung, also wallfahrtete er eilig von Dillingen nach Weißenau und wurde Zeuge der Jubiläumsprozession. Und hörte, wie ein Bischof allen die Urkunde vorlas, die vor hundert Jahren von Rom mit dem Gebein des Saturnin nach Weißenau gekommen war, als Echtheitsnachweis. Und Franz merkte sich jedes Wort und schrieb's in seinen Worten ins Tagebuch: Weil es Zweifel gegeben hat, ob in dem Sarg unterm Laurentius-Altar in Rom wirklich Saturnin ruhe, wurde im Beisein von Edlen und Gemeinen der hölzerne Sarg, der in einem Marmorschrein aufbewahrt worden war, geöffnet. Und weltliche und geistliche Würdenträger überprüften mit eigenen Händen, dass in dem Sarg alle Gebeine waren, die zum Leib eines Menschen gehören.

Eusebius konnte sogar einen Mönch überreden, ihn Saturnins heiliges Gebein berühren zu lassen. Die Prüfung in Dillingen wurde mit Auszeichnung bestanden. Franz konnte Eusebius werden. Das Kapitel, in dem er das erzählt, überschreibt er: Gedencket zuruck an die vorigen Zeiten. Er schrieb jetzt ja in deutscher Sprache und ließ, was er verfasste, in der Scherblinger Druckerei Unold drucken.

Aber das Motto blieb doch im schlichten Latein: De forti dulcedo. Vom Starken kommt Süßes.

Ach Eusebius.

Nirgends sind mehr Reliquien heftiger verehrt worden als zwischen Donau und Bodensee. Da lebt ein Menschenschlag, der für seine tüchtig-praktische Art immer noch berühmt ist. Und was für Reliquien! In einem Extraglas: Blut des heiligen Saturnin! Und Fäden aus dem Gewand Marias und Haare von ihr und Teile des Stabs, mit dem Mose Wasser aus dem Felsen schlug, und Partikel des Golgatha-Kreuzes und der Schwamm, mit dem Christus am Kreuz Essig gereicht wurde und Milch der allerseligsten Jungfrau Maria und ein Stück von Christi Nabelschnur und eben auch, als das Allerheiligste, das Blut des Gekreuzigten und – man soll das nicht verschweigen – die heilige Vorhaut Jesu Christi. Heiligtümer hat man diese Objekte genannt. Und es waren Hunderte, wahrscheinlich Tausende zwischen Donau und Bodensee. Die Äbte schickten gelehrte Mönche nach Rom, dass sie aus der dort ausliegenden Reliquienliste Märtyrerreste auswählten und bezahlten und dann die Schätze heimbrachten, zum Ruhm und Segen des eigenen Klosters. Von den Stäben Aarons und Moses bis zum Stab des heiligen Magnus, der herumgereicht wurde, um Flurschaden zu verhüten. Mein Vorfahr will die Reliquien gegen ihre Erklärer verteidigen. Da hatte man in einem Kristall angeblich Tropfen des heiligen, des allerheiligsten Blutes. Andererseits war vorgeschrieben, in jeder Messe eine Wiederholung des letzten Abendmahls zu erleben, Brot und Wein werden verwandelt in Leib und Blut Christi.

Das historische Blut Christi und das dogmatisch unumstößliche sakramentale Blut Christi, das ist für den Vorfahr kein Gegensatz, kein Streitpunkt.

Er erzählt die Legenden, mit denen die mehr oder weniger Gläubigen sich den Weg bebildern, auf dem das heilige Blut gerade in diese Kirche, in diese Sakristei, in dieses Kreuz, in dieses Reliquiar gekommen sei. Er lässt die Legenden aller mit einander konkurrierenden Klöster gleichermaßen gelten. Am ausführlichsten erzählt er, wie Scherblingen zu seinen heiligen Blutstropfen gekommen sein soll. Hier war es kein römischer Soldat Longinus, der Tropfen des Blutes, das er gerade mit seiner Lanze vergossen hatte, gleich auffing und bis zum eigenen Märtyrertod bewahrte und weitergab. So kam's über Mantua und feudale Hilfspersonen nach Weingarten. Scherblingen berief sich auch nicht wie Weißenau auf Maria Magdalena, die von Christi Blut getränkte Erde auflas und damit übers Meer nach Marseille floh und dies edle Gut, wieder mit feudaler Hilfe, von Merowingern bis zu Habsburgern, retten und ins Oberland liefern konnte. Scherblingen kann sich auf Johannes, den Lieblingsjünger persönlich, berufen, der, als er den toten Christus auf Marias Schoß liegen und bluten sah, plötzlich wusste, was für ein kostbares Nass da niederlief. Und er hatte von einem römischen Offizier, mit dem er zwei Tage zuvor ein gelehrtes Gespräch über das jüdische Altertum geführt hatte, ein Tränenkrüglein geschenkt bekommen. Das sind fingergroße Glaskrüglein in Vasenform. Feinere römische und orientalische Damen machten damit ihre Tränen verschenkbar. In solch ein Krüglein rettete er Christi Blut. Dann geht's durch die Jahrhunderte. Hier sind es schließlich Kreuzritter, die das edle Gut in der Felskammer bei Ephesus entdecken und es glücklich heimbringen. Nach

Scherblingen. Und da hat man's jetzt. Und es hat in der Produktion des Reliquiars jede Zeit ihren Stilwillen verwirklicht. Wichtig ist, dass die Blutstropfen unangerührt blieben. Der Abt Benedikt Mangold, der aus Oberdischingen stammt, hat den Bergkristall im Jahr 1529 mit seinem Abtssiegel verschlossen. Und was auch immer dann an Gold und Edelstein um den Bergkristall herumverfeinert wurde, das Reliquiar blieb vertrauenswürdig verschlossen. Bis auf den heutigen Tag, schreibt Eusebius Feinlein in seiner Gemeinnützigen Schrift. Dann erzählt er eine Parallel-Legende: Die Auffindung und Rettung und Weitergabe der Vorhaut Christi. Heißt Praeputium oder das Präpuz. Es ist die längste Zeit in einer Laterankapelle auf der Rückseite eines goldenen Kreuzes in einer silbernen Theca aufbewahrt worden. Und Karl der Große hat dieses Kreuz samt Präpuz dem Papst als Prozessionskreuz geschenkt. So kamen Kreuz und Präpuz in eine Laterankapelle. Und die heilige Brigitta von Schweden, gestorben im Jahr 1373, und heiliggesprochen schon 1391, schrieb in ihren Revelationen – und das kann nichts anderes heißen als Offenbarungen –: Und Maria sprach: Als mein Sohn beschnitten wurde, bewahrte ich diese Membrane überall auf, wo ich hinging. Wie hätte ich sie der Erde übergeben können, sie, die von mir ohne Sünde gezeugt worden war.

Sie habe sie dem heiligen Johannes übergeben, dazu auch noch Blut aus den Wunden des Gekreuzigten.

Und schließt:

O Rom, o Rom! Wenn du wüsstest, würdest du dich freuen, ja, wenn du weinen könntest, würdest du ohne

Unterlass weinen, weil du einen mir so teuren Schatz hast und ihn nicht verehrst.

Der Schatz wurde gehoben, wurde verehrt und sogar geraubt, 1527: Sacco di Roma. Ein französischer Soldat war der Räuber. Von da an kursierte die Reliquie in Europa. Eusebius zitiert, wie die Erklärer mit dieser Ubiquität umgingen. Gott habe dieses heilige Ding auf wunderbare Weise vervielfältigt, wie er in der Heiligen Schrift Wein und Brot und Fische vermehrt habe. Die Wirkungen dieser Reliquie imponierten dem Vorfahr mehr als die Erklärungen. Wo sie die Reliquie beschreiben, wird immer ihre unaussprechlich große Kraft erwähnt. In Nordfrankreich wird, sobald die Reliquie aus der Sakristei getragen wird, die Kirche von einer Wolke verhüllt, in dieser Wolke blitzt und flammt es, alle Gläubigen weinen und schluchzen, später erzählt der Geistliche, er sei die ganze Zeit wie bewusstlos gewesen. Und die Österreicherin Agnes Blannbekin spürte die Reliquie immer am Fest der Beschneidung, also am 1. Januar, auf ihrer Zunge. Und sie schluckte jedes Mal, was sie auf der Zunge hat. Dabei war sie innerlich voller Licht und sah sich selbst ganz und gar. Und konnte vom Erlebnis süßer Gerüche schwärmen. Aus solchen Nachrichten gewann der Vorfahr eine Art Kenntnis über die Glaubensleistungen vergangener Jahrhunderte. Und das ist der Satz, in den seine Nachforschungen münden: Es ist nicht wichtig, dass Reliquien echt sind.

In einer von Jesuiten herausgegebenen Zeitschrift des Jahres 1899 habe ich die Frage gelesen: Se una reliquia fosse falsa? Eine rhetorische Frage. Kann eine Reliquie falsch sein? Nein. Sie wird ja erst durch den Glauben geheiligt beziehungsweise echt. Unsere europäischen Vorfahren haben auch gewusst, was man wissen kann. Aber sie haben geglaubt, was sie glauben wollten. Wie schrieb der Vorfahr? Glauben heißt Berge besteigen, die es nicht gibt. Musik gäbe es ja auch nicht, wenn man sie nicht machte. Glauben, was nicht ist, dass es sei. Ohne das Geglaubte, schreibt er, wäre die Welt immer noch wüst und leer. Sobald er einen Glaubenssatz ausprobiere, fühle er sich widerlegt. Sein Fehler: Wörter zu suchen für ein Glaubensgefühl. Solange er nicht von seinem Glauben rede, fühle er sich erfüllt. Unwillkürlich. Die Wörter seien inzwischen in Schulen gegangen, in denen das Glaubenkönnen abgeschafft worden ist. Aber Glauben und Unglauben seien kein Gegensatz, sondern ein Vorgang, eine Bewegung, die nicht aufhören dürfe. Das unaufhörliche Hin und Her zwischen Glaubenwollen und Nichtglaubenkönnen verantwortet der, in dem es passiert. Der Wissende hat sein Wissen immer von einem anderen. Auf den kann er sich berufen. Der Glaubende, ob er glaubt oder nicht glaubt, er beruft sich auf sich selber. Ihm, schreibt Eusebius, tun die Wörter weh. Und schließt: Wir glauben mehr, als wir wissen.

Ach Eusebius. Adieu.

4.

Dr. Bruderhofer ist mit der Frau verheiratet, die meine Frau sein könnte. Er ist einundvierzig, sie ist neunundfünfzig. Ich dreiundsechzig. Egal, wie das gekommen ist, es ist so gekommen. Eva Maria ist eine Frau, die ruhig achtzehn Jahre älter sein darf. Das hat Dr. Bruderhofer erfasst. Vorher war sie mit dem Grafen Wigolfing verheiratet. Davor mit mir befreundet. Früher hätte man gesagt verlobt. Kennengelernt im Latein-Seminar in Konstanz. Sie studierte Alte Sprachen, ich verbesserte mein Latein, war schon Assistenzarzt in den Schmieder-Kliniken.

Es war im Sommer 70. Richard Sandro von Wigolfing war Patient, harmlos. Zyste im Innenohr. Wir wurden Freunde. Er lud mich ein auf sein Schloss, zwischen Schaffhausen und Stein am Rhein, auf der deutschen Seite. Meine Freundin Eva Maria habe ich mitbringen dürfen. Graf Richard war gerade frisch geschieden. Drei Wochen später heirateten sie, Eva Maria und der Graf.

Eva Maria stammt aus Ulm, ihre Familie hat da seit eh und je ein Schuhgeschäft. Sie war zweiundzwanzig. Im Seminar war sie unangefochten Nummer eins. Am Ende des Semesters gab sie ihre Antworten nur noch in Latein. Der Professor hätte sie, wenn seine Frau es zugelassen hätte, sofort geheiratet. Das sagte er freimütig im Seminar. Allerdings auch in Latein. Seine Frau sei das obstaculum obsoletum. Aber dann wurde sie Eva Maria von Wigolfing.

Eva Maria hat in Konstanz studiert, weil sie Wasser braucht. Sie ist eine Schwimmerin. Zuerst in der Donau, dann im Bodensee. Sie schwamm eigentlich Tag und Nacht. Studentenmeisterin. Deutsche Meisterin. Olympiadeteilnehmerin. 200-Meter-Freistil, die Bronzemedaille um vier Hundertstelsekunden verfehlt. Sie war die erste Frau, die den Bodensee von Bregenz bis Konstanz durchschwommen hat. 25 Stunden und 15 Minuten hat sie für die 64 Kilometer gebraucht. Im Seminar wurde sie gefeiert. Sie saß auf dem Podest, auf dem auch der Katheder steht. Unser Professor unterhielt sich mit ihr in Latein über die Stunden im See. Sie wusste viele Wörter nicht. Der Professor sagte, sie gehöre zum genus natantum. Natare necesse est, kalauerte er. Ich saß in der ersten Reihe, schräg unter Eva Maria. Es war die Zeit der kürzesten Röcke. Zuerst lag ihr linkes Bein über dem rechten, ihre Knie über einander. Durch die über einander geschlagenen Beine kam es zu einer Enge, zu einer Schenkel- und Knie-Enge. Und die Schenkel sichtbar bis unter den kurzen, auch noch gefransten Jeansrock. Bei mir hat sich das Wort Schenkelbuge eingefunden, wenn in mir diese Schenkel auftauchen. Die tauchen eigentlich nicht auf. Die verschwinden ja nicht. Ich kann mich verfolgt fühlen von diesen Schenkeln. Natürlich, oben, die Frau, nein, das Mädchen. Eva Maria ist eins fünfundsiebzig groß. Genau wie ich. Und eine Frau, die so groß ist wie du, ist natürlich größer als du. Ihr Gesicht, nicht bloß ein Mädchengesicht, der ein bisschen vorspringende

Mund, zu den unternehmungslustigen Augen passend, insgesamt, in Aussehen und Bewegung, strahlt sie Entschlossenheit aus. Schon durch diese kurzgeschnittenen Haare. Rötlich. Wenn Gold und Rot sich mischen können – das sind ihre Haare. Es gab nach der Feier im Seminar ein Zusammensein, nannte man Hock, und ich durfte sie nach Litzelstetten hinausfahren. Sie wohnte so, dass sie jeder Zeit in den See konnte. In dieser Nacht taufte ich sie Artemis. Dann also Graf von Wigolfing: Bringen Sie mit, wen Sie wollen. Schloss Wigolfing. Wir saßen auf der Schlossterrasse. Vor uns der Schlossweiher, der sich bis in den umgebenden Wald hinein erstreckt. Unser Schicksalsweiher, sagte er. Sein Vater habe sich im Dezember 1945 an den Weiher gelegt, da, ein paar Meter neben dem Steg, der seinerseits ein Eisenbauwerk des 19. Jahrhunderts ist. Ein Eiffelturm als Steg, sagte der Graf so, dass man hörte: das formuliert er immer so. Im Dezember erlaube der Wasserstand keinen Selbstmordsprung vom Steg. Also legte sich der Vater ans Ufer, schob sich ins Wasser, bis es zum Ertrinken reichte. In seiner vollen Uniform. SS-General. Zuletzt in Belgien. Sollte der wallonischen Division von Léon Degrelle das Kämpfen beibringen. Dann in einer Sträflingskluft von Belgien an den Oberrhein. Zu Fuß. Eine KZ-Häftlingskluft. Auch das wurde als Pointe serviert. Dann meldet ein Kamerad, dass man hinter ihm her sei. Er legt sich hin und schiebt sich ins Wasser. Graf Sandro sei da sieben gewesen. Dass das Schloss kein Schloss mehr sei, sondern eine Villa Wahnfried Nummer zwei, sei uns sicher aufgefallen. Er habe doch schon als Schüler in Salem angefangen, kleine Figürchen zu produzieren aus allem, was sich biegen lässt. Später sei daraus sein *Play Bibel* geworden. Inzwischen werde es verkauft in über hundert Ländern. Von Adam und Eva, Josef und seinen Brüdern bis kurz vor Christus. So hat er sich's leisten können, aus dem Schloss eine millimetergenaue Nachbildung der Wagner-Villa zu zaubern. Das war der Augenblick, wo uns bewusst wurde, dass wir schon die ganze Zeit aus dem Haus Wagner-Musik hörten. Eva Maria sprang auf, ging hinunter auf den Steg, schlüpfte aus ihren Kleidern, hechtete ins Wasser und kraulte davon. Ich habe dem Grafen Eva Marias Wasserleidenschaft erklärt. Drei Wochen später also: Eva Maria Gansloser und der frisch geschiedene Richard Sandro Graf von Wigolfing. Am Hochzeitstag eine Karte, Picasso, Sitzender Rückenakt, 1902: Blaue Periode. Und als Text: Ich werde dich immer lieben. Bis bald. Eva Maria. Solange sie mit dem Grafen lebte, reiste, gab es Kartengrüße, einmal pro Jahr. Immer mit der Abkürzung in großen Buchstaben: I W D I L, BB.

Eine der Sehnsüchte des Grafen: Er wollte der Erste über sechzig sein, der die Eiger-Nordwand im Alleingang bezwingt. Aber ein Wettereinbruch, er stürzte, blieb mit einem Fuß im Seil hängen und erfror.

Von jetzt an führt der Neid Regie in meinem Bericht. Mein Freund Percy: Sei halt nicht mehr dagegen, dass du neidisch bist. Gönn dir den Neid.

Dr. Heinfried Bruderhofer also. Zwei Jahre nachdem Graf Richard Sandro in der Eiger-Nordwand verendete, heiratete er die Witwe Eva Maria Wigolfing, geborene Gansloser. Der Graf, selber ein mäßiger Segler, hatte Dr. Bruderhofer seine Prachtsyacht Tamara überlassen, dass der damit Trophäen erobere. Dr. Bruderhofer gewann mit Tamara alles, was es auf dem Bodensee zu gewinnen gibt. In einem Interview sagte Dr. Bruderhofer, er sei zum Segeln auf die Welt gekommen.

Am Tag der Hochzeit mit Dr. Bruderhofer eine Karte, allerdings in einem Kuvert, vorne Gustav Klimt, Danaë, 1907, hinten Text: IN LIEBE, Eva Maria. Danaë in orgiastischem Jugendstil. Die wurde, weil sie untreu war, in einem Kasten aufs Meer geschubst. Zeus hat sie als Goldregen geschwängert, ihr Vater glaubt ihr das nicht, sperrt sie in einen Kasten, den er ins Meer werfen lässt. So schwimmt sie davon. IN LIEBE, Eva Maria.

Ich habe durch die Wälder laufen müssen. Rennen müssen. Und schreien. Nicht laut schreien. Laut schreien liegt mir nicht. Leise habe ich schreien müssen. Tagelang und nächtelang. Und mich bekannt machen müssen mit der Aussichtslosigkeit. Versuche keiner, sich mit diesem Wort, mit diesem Zustand zu beschäftigen. Es gibt keinen Verständniszugang zu diesem Wort, zu diesem Zustand, wenn es nicht dein Zustand ist. Du kommst nicht in Frage. Das ist der Zustand. Ich werde dich immer lieben. Bis bald. Du kommst nicht in Frage. Du kannst diesen Zustand bei dir nicht durchsetzen. Du kannst ihn hundertmal durchsetzen. In einer unbewachten Hundertstelsekunde stellt er sich wieder her als ein Hoffnungsblitz, als Illusionsgewalt. Eine Zeit lang bin ich bei James Cagney gelandet. Er hat in allen seinen Rollen meine Rolle gespielt. Das Kinn angezogen, der Mund gepresst, die Augen schutzlos. Ich hätte nie gedacht, dass ich mich einem Schauspieler so verwandt fühlen könnte. Dann habe ich die zweite Dissertation geschrieben. Über das Erschöpfungssyndrom. Keine Aussicht auf Entlastung. Endet in der klassischen Depression. So, also durch Eva Maria, bin ich überhaupt in die Psychiatrie gekommen.

Nicht in Frage kommen. IN LIEBE.

Du nimmst zu Hilfe, was es gibt. Psychologie, Logik, Astrologie, Philosophie, Religion. Je mehr du redest, desto weniger kommt, was du redest, in Frage. Deine Niederlagen sind die Siege des Unerklärlichen. Du müsstest hoffnungsloser werden mit jeder Niederlage. Aber im Gegenteil, von Niederlage zu Niederlage steigt deine Hoffnung. Vergleichbar den Niederlagen des Spielers, der mit jedem Verlust glaubt, die Wahrscheinlichkeit, dass sein Einsatz jetzt endlich dran sei, nehme zu. Die Erlösungsvorstellungen aller Märchen, aller Religionen bebildern die Unerklärlichkeit. Sich kaputtphantasieren. Das ist das Ziel.

Glauben lernt man nur, wenn einem nichts anderes übrigbleibt. Aber dann schon.

Am Tag kann man sich noch täuschen mit Tätigkeit und Ruhe, aber abends und in der Nacht, Leere mit Goldrand bleibt Leere, ich seh' der Zukunft ins schwarze Maul, in dem die roten Plastikrosen blühen. Egal ob es Gott gibt oder nicht, ich brauche ihn. Er ist die Schaufensterpuppe, die mir winkt, wenn ich vorbeigeh'.

Nachts gebetet, dass mir am nächsten Tage jede Kreuzung erspart bleibe. Ich wusste, ich würde stehenbleiben. Sitzenbleiben. Oder einfach geradeausfahren. Egal wohin. Bloß keine Kreuzung mehr. Kein So-oder-So mehr.

Ich war so weit weg von mir. Unter mir. Ich, mich anflehend, der Haltung nach. Zum Glück hörte ich mich nicht.

Wehe, Wind, diese Nacht heftig, lass mich nicht allein.

Diese Last, die dich jetzt regiert. Du wiegst mehr als die Welt.

Jeden Morgen aufstehen wider besseres Wissen. Und mit zugenähtem Mund. Du möchtest dir einbilden, du seiest etwas Besseres, weil es dir angeblich schlechter geht als dem und jenem. Das ist die Versuchung. Das war sie.

Die Träume. Du kennst keinen, dessen Träume du nicht kennst. Sie sind unsäglich.

Ich ging immer an einer Wand entlang, die würde aufhören, dann begänne das Leben, die volle Berührung. Das war ein Irrtum. Diese Wand war das Leben.

Er will hier Chef werden. Er ist hier schon Chef. Glaubt er. Aber er ist noch nicht ernannt. Noch nicht Professor. Er kann nicht warten, bis es so weit wäre. Neuerdings macht er mich herunter, wo er kann. Unverantwortlich, wie ich die Klinik leite. Gefährlich. Romantisch. Spinnig. Von vorgestern. So redet er. Und redet so, dass ich es erfahre. Er will, dass ich mich wehre. Dass es zum Streit komme. Öffentlich. Er will mich in der Zeitung lächerlich machen. Seine Neuroleptika gegen mein Johanniskraut. So stellt er sich das vor. Der Kampf findet jeden Tag statt, in jeder Sekunde. Letzte Woche, ein Siebenundvierzigjähriger wird eingeliefert, hat seine Frau mit dem Maurerfäustl acht- bis zehnmal auf den Kopf geschlagen, sie hat nach dem ersten Schlag noch reagiert, nach dem zehnten nicht mehr. Da stach er mit dem Küchenmesser in ihren Hals. Siebzehn Mal. Für jedes Ehejahr einmal. Dann hat er das Messer gesäubert und hat es in die Geschirrspülmaschine gesteckt. Er hat, sagt er, seine Frau, um ihr das Leben zu erleichtern, immer mit allen Haushaltsgeräten versorgt. Am Morgen danach zur Polizei. Berichtet, wie er seine Frau vorgefunden habe. Er sei es gewesen. Warum er das getan habe, sei ihm ganz unverständlich. In der Nachbarschaft war er beliebt. Der brave Bert hieß er da. Wir sollen jetzt feststellen, ob er schuldfähig sei. Dr. Bruderhofer fragte mich, als wir den Fall im Kollegium besprachen, ob ich für den braven Bert die Schlafsacktherapie vorschlage. Und verbessert sich: Schlafsack komme ja nur bei weiblichen Patienten in Frage. Es klingt komisch, wenn ich sage, er verfolge mich. Aber es ist so. Und seine Potenzen nehmen jeden Tag zu.

Mein Ehrgeiz muss sein, so zu schreiben, dass Dr. Bruderhofer, wenn es ihm gelingen sollte, an das Manuskript zu kommen, ratlos wäre. Beim Titel Mein Jenseits würde er noch barmherzig grinsen. Dann die Überschrift auf Seite eins: Urim Tummim. Diese Wörter verlieren, wenn ich sie aus dem Hebräischen und Griechischen übersetze, die Kraft, die sie mir geben, solange ich sie unübersetzt lasse. Und ihre abweisende, verschließende Kraft verlieren sie auch. Sie sagen so viel wie Vollkommene Erleuchtung oder Göttliche Leitung. Ins Trivialtheologische übersetzt: Offenbarung. Aber auch das nur, wenn man Kierkegaard mitdenkt: Die Offenbarung ist das Geheimnis.

Jedes Jahr segelt er mit Eva Maria an dieser türkischen Küste auf und ab, ohne dass er weiß, an was er vorbeisegelt. Von jedem Hafen Kartengrüße. Von ihm. Seine Verteiler hier: Frau Dr. Breit und Luzia Meyer-Horch. Die Karten landen am Schwarzen Brett, dass alle lesen, wie sich Herr Dr. Bruderhofer im Hafen von Fethiye befand, als er und seine Kumpane und Kumpaninnen den Wein aus Telmessos tranken zum frisch gefangenen Fisch aus der Fethiye Körfezi. Jeden Tag aus einem anderen Hafen, aus einer anderen Bucht. Die Häfen immer: turbulenter Orient, die Buchten immer: traumhaft. Und immer: abseits von allem Tourismus. Der Tourist, der das mitteilt, ist ja keiner. Sobald Dr. Bruderhofer zurück ist, müssen immer alle den Film anschauen, in dem er die Turbulenz und die Traumhaftigkeit mit seiner Kamera eingefangen hat. Das Leitmotiv ist immer: das Segelboot. Gechartert wird in Finike. Das sind gewaltige Schiffe, heißen Kasapoglu oder gleich Kybele. Zweimaster, mit Besatzung. Aber Kapitän immer Dr. Bruderhofer. Man muss wissen: Dr. Heinfried Bruderhofer stammt aus Leutkirch. Sein Vater hat lebenslänglich als Heizer auf dem Schloss Waldburg-Zeil gearbeitet. Zweihundertundvierzehn Öfen, heißt es, hat er in der kalten Jahreszeit, die dort ja nie aufhört, zu befeuern gehabt. Todesursache Bronchialkrebs. Klar, dass Heinfried aufs Wasser musste. Schon als er in Ulm studierte, segelte er auf dem Bodensee und wurde in irgendeiner Miniklasse Europameister.

In seinem Praxisraum sind alle Wände mit Seglerfotos

bedeckt. Er in verschiedenen Booten. Immer hart am Wind. Sprühende Gischt. Und er auch in der schrägsten Lage ganz entspannt. Groß, schlaksig, heiter. Die Postkarten des Ägäis-Seglers treffen, wenn Dr. Bruderhofer wieder zurück ist, immer noch ein und werden immer noch ans Schwarze Brett geheftet. Vorbeigesegelt an Patara, wo Nikolaus geboren wurde. Vorbei an Kale, früher Myra, wo Nikolaus Bischof war. Und in Patara ist Paulus umgestiegen, als er von Ephesus kam, auf der Reise zurück nach Judäa. Heilige Namen. Zwei Jahre hat Paulus in Ephesus seine wichtigsten Briefe verfasst. Und Johannes adressiert seine Offenbarung, die geschrieben wurde auf Patmos, das der Segler links liegenlässt, Johannes adressiert an sieben Gemeinden, die erste davon ist Ephesus, an den Engel der Gemeinde Ephesus, darin der Satz, der mich immer trifft: Ich werfe dir aber vor, dass du deine erste Liebe verlassen hast. Und Johannes ist dort begraben, und Maria soll dort ihre letzten Jahre verbracht haben. Dass sie überhaupt im Kreise der Artemis-Stadt Ephesus notiert wird, ist Botschaft. Die Kinder haben im alten Lykien immer nach der Mutter geheißen. Es gibt keine Gegend in der Welt, in der es die Frauen weiter gebracht haben als dort. Zuerst hieß die Anbetbarkeit Kybele, dann Artemis, dann Maria. Homer ist auch von dort und Heraklit. Aber immerhin, Dr. Bruderhofer segelt wenigstens vorbei. Ich hab es nie auch nur in die Nähe geschafft.

Eva Maria ist heiter. Ich bin sicher, dass sie die Gesellschaft an Bord jeden Abend zum Lachen bringt. Sie selber lacht kaum. Heiter, nicht weich, der Mund steht ein bisschen vor, sie könnte ein Knabe sein. Dieses Gesicht kann nicht älter werden, vor lauter schönster Gefasstheit.

Ich schau nicht hin, wenn das Leben an mir vorbeigeht. Ich will das Leben, das an mir vorbeigeht, nicht sehen. Ich schaue weg, wenn das Leben an mir vorbeigeht.

Man nagt an den Fehlern herum, die so viel kleiner waren als die Folgen. Die Welt ist scharf auf Bestrafung. Jeder muss, um seine Strafe zu ertragen, ein bisschen strenger strafen, als er gestraft worden ist. Ein Strafcrescendo seit Jahrtausenden. Da kommt schon was zusammen.

Es ist das Gegenteil von Hilfe, wenn selbst mein heiliggesprochener Namenspatron in seinen Bekenntnissen gesteht: Trotzdem heilte jene Wunde nicht, die mir die Trennung von meiner früheren Geliebten geschlagen hatte. Hoffnungslose Qual erfüllte mich.

Seit ich die Madonna in Sant' Agostino gesehen habe, wie sie, das Kind auf dem Arm, hinunterschaut zu den zwei armseligen Pilgern, die zu ihr viel inniger hinaufschauen, als sie zu ihnen hinunterschaut, seit ich diesen kleinen hellen Fuß gesehen habe – nur ihr Gesicht ist genauso hell –, diesen schwebenden schwerelosen kleinen Fuß und dieses Teilnahme wie ein Almosen spendende Gesicht, seit dem hat die Sehnsucht ein Ziel. Die Caravaggio-Madonna hat es gegeben. Sie ist mein Jenseits. An sie zu glauben ist einfach. Durch sie wird die Welt schöner, als sie ist. Oder hört jemand mich schreien? Ich werde dich immer lieben. Bis bald. Siebzehn Jahre später: IN LIEBE, Eva Maria. Solange noch etwas möglich ist, glaubt man nicht. Unmöglichkeit kann man nur mit dem Glauben beantworten. Der Hochsprung. Von der Schwere geschleudert. Ans Firmament. Es küssend, erwachst du. Schäm dich nicht.

Meine Lage: Ich weiß nicht, wen ich hassen könnte. Ich muss hassen und finde keinen, den ich hassen könnte. Wenn ich nicht den Beruf hätte, den ich habe, würde ich sagen: Das macht mich krank. Ich bin ein Versager. Wenn du keinen findest, den du hassen kannst, bist du ein Versager. Hassen ist gesund. Ich sehne mich danach, hassen zu können. Umsonst. Also komme ich mir vor wie eine Supermarktschmiere, die hundert Verwendungen hat und für keine taugt. Mir haben die Undurchschaubarkeiten ein Dasein geliefert, in dem ich verurteilt bin, meinen Feind, wenn nicht zu lieben, dann doch so zu erleben, dass Hass undenkbar ist. Dr. Bruderhofer ist nicht hassbar. Ich könnte ihn umbringen, aber nicht hassen.

IN LIEBE.

Ist das nicht deutsch? Ist das nicht ein Zuruf? Für immer? Ist das keine Reliquie? Bei meinem Vorfahr hätte ich lernen können, es ist nicht wichtig, dass Reliquien echt sind. Glauben ist eine Fähigkeit. Eine Begabung. Eine Kraft. Du spielst den Ball. Er kommt zurück, je nachdem wie du ihn gespielt hast. In der Sakristei steht im extra verschlossenen Fach die Strahlenmonstranz mit dem Abtwappen und den Rosenkranzmedaillons, ein goldenes Kreuz, da, wo sich die Balken schneiden, der Bergkristall, in den das heilige Blut eingelassen ist. Versiegelt vom Abt Benedikt Mangold. Wer das Blut im Kristall nicht sieht, stirbt innerhalb eines Jahres.

Wir stellen uns immer etwas vor. Es gibt keine leere Sekunde. Auch die Leere ist eine Vorstellung. Ich weiß, dass es den Himmel nicht gibt. Aber es gibt das Wort. Genau so die Hölle. Wir haben sie geerbt. Himmel und Hölle. Innen sind wir ausgestattet mit Himmel und Hölle und mit allem dazwischen. Himmel und Hölle existieren, ohne dass wir daran glauben. Aber wir glauben ja daran. Ganz von selbst. Unwillkürlich. Wenn es den Himmel gäbe, könnten wir nicht daran glauben. Erst wenn uns auffällt, dass wir daran glauben, merken wir, dass wir nicht daran glauben. Dieses Nichtglauben unterscheidet sich kein bisschen vom Glauben. Das ist EINE Art von Gefühl oder Existenz. Immer unterschieden vom Wissen.

Der Vorfahr: Wir glauben mehr, als wir wissen. Und die Wörter taten ihm dann weh. Ich möchte mich auch durch Sprachlosigkeit unangreifbar machen.

Ich möchte gern gegen mich vorgehen, wenn ich mich bei solchem Wörterschleudern antreffe. Ich möchte einen Prozess anstrengen gegen mich. Obwohl ich weiß: Je ernster ich den Prozess gegen mich betreibe, desto unernster meine ich es. Das ist ein Gesetz. Jeder kann es bei sich, mit sich nachprüfen. Je ernster einer den Prozess gegen sich betreibt, desto eher wird daraus Ironie.

Dass es die Himmelskönigin Maria höchstpersönlich war, die das weiße Ordensgewand dem Ordensstifter Norbert überreicht hat, wird vom Vorfahr nirgends bezweifelt. Das gehört bei ihm zum Kapitel: Glauben, eine Verschönerung der Welt.

IN LIEBE. Was wäre mein Leben ohne diese zwei Wörter. Ich werde dich immer lieben, hat seit dem keine Kraft mehr. Das ist ein Satz wie aus einem Formular.

IN LIEBE ist mein Jenseits. Glauben, was nicht ist. Dass es sei.

Jedes Mal wenn eine Feindseligkeit wachsen will gegen die, die sich mühelos bewegen, erscheint IN LIEBE. Erscheint nicht optisch, nicht akustisch, sondern spürbar. IN LIEBE. Wenn du nicht wärst, könnte ich nicht die ganze Nacht ins Dunkel schauen. Du taufst meine Schlaflosigkeit. Meine Armut will keinen Namen als den deinen. Dieses Nichtbeimirbleibenkönnen nenn' ich Sehnsucht. Ist kein Zustand, sondern eine Bewegung. Rasend langsam. Mein Jenseits ein Bedürfnis, ein Mangel, ein Fehl.

Ich bin froh, dass ich etwas nachzuschlagen habe. Hoffentlich brauch' ich lange, bis ich es finde.

Von allen Menschen gleich weit weg, dann bist du am richtigen Ort. Dass jetzt niemand an mich denkt, hilft. Dabei müsste ich froh sein, wenn Dr. Bruderhofer in diesem Augenblick nicht an mich dächte. Er denkt aber an mich. Caravaggios David hat in der ausgestreckten Linken den Kopf Goliaths, den er ihm gerade abgeschlagen hat. An den Haaren lässt er den Kopf baumeln. David, das Schwert noch in der Hand, ist ganz jung, Goliath ist mehr als doppelt so alt. Und ist, heißt es, ein Selbstporträt des Malers. Gemalt zwei Jahre vor seinem Tod.

Ich muss Dr. Bruderhofer eine Karte mit diesem Bild

ins Fach legen. Er wird sich und mich in diesem Bild erkennen. Aber er wird nicht bemerken, dass ich der Maler bin.

Wenn man sich nicht mehr eingestehen darf, wonach man sich sehnt.

Aber dass der Glauben die Welt schöner macht als das Wissen, stimmt doch.

Der Seele die Augen ausstechen. Den Ohren das Denken verbieten. Ich habe gelernt, so leise zu schreien, dass ich mich selbst nicht mehr höre. Dass es ernst ist, wissen wir, aber wir glauben es nicht.

Die Welt entspricht dir nicht, aber du sollst ihr entsprechen.

Gäbe es Gott, dann gäbe es kein Wort dafür.

O Augustinus! Si comprehendis, non est deus.

5.

Der Kantinenpächter und seine Frau. Herr Felgentreff und seine Frau, die von allen Helga genannt werden will. Ihr Mann aber will Herr Felgentreff genannt werden. Jeder hat ihn schon sagen hören, dass er stolz auf seinen Vornamen ist. Heinz. Aber diesen Vornamen will er nur in seinem Haus, draußen in Scherblingen, hören, nicht in der Kantine, nicht im Geschäft. Herr Felgentreff ist durch mich vor achtzehn Jahren Pächter geworden. Er war immer beleibt, hatte schon damals seine glänzende Haarlosigkeit und eine überaufrechte Haltung. Aber nicht nur, dass es immer aussieht, als habe er den Kopf gerade zurückgeworfen, er hat diesen zurückgeworfenen Kopf immer noch ein bisschen gedreht. Das würde hochmütig wirken, wenn sein Gesicht nicht andauernd diese mühelose, glaubhafte Freundlichkeit ausstrahlte. Und bedient nur mich. Alle anderen werden von Bedienungen bedient. Immer schon bedient er nur mich. Ohne Unterwürfigkeit. Er hat das am Anfang formuliert: Er war leidenschaftlich gern Kellner, jetzt ist er hier der Chef, aber dem anderen Chef gegenüber will er Kellner sein. Da war es nicht verwunderlich, dass er mir bei einem Silvesterball, beim Neujahrstrunk, zugeflüstert hat, von mir wolle er gern Heinz genannt werden. Nur von mir. Ich habe mich bedankt, habe selten von dieser Lizenz Gebrauch gemacht. Das war ein Fehler. Das hat ihn vielleicht gekränkt. Jetzt hat er sich gerächt. Auf dem letzten Silvesterball hat er sich Herrn Dr. Bruderhofer auch als Heinz angeboten. Dr. Bruderhofer hat daraus sofort eine Sensation gemacht. Hat an sein Glas geklopft, es war ja kurz vor Mitternacht, und hat laut bekannt gegeben, dass ihn wenige Ehrungen so gefreut hätten wie das Heinz-Angebot von Heinz Felgentreff. Und alle mussten ihre Gläser heben und auf diese Sensation trinken. Und dann die Krönung: Er bitte jetzt Helga Felgentreff um den nächsten Tanz. Frau Felgentreff ist zwar auch eher dick als schlank, aber ihr Temperament reißt ihr Gewicht andauernd zu den geglücktesten Bewegungen hin. Der Tanz mit Dr. Bruderhofer wurde ein großer Erfolg. Für beide. Sie wirbelten und zuckten und ruckten, es war eine reine Freude, ihnen zuzuschauen. Eine Beifallswoge. Dr. Bruderhofer hatte aus dem Tanz eine Huldigungschoreographie gemacht. Alles fand Helga zuliebe statt. Und sie wusste das weiblich zu genießen.

Jetzt bedient Heinz Felgentreff also nicht nur mich. Der Instinkt des Kellners: Dr. Bruderhofer ist der nächste Chef.

Den letzten Silvesterball hat Dr. Bruderhofer benützt, mir einen Schlag zu versetzen, der mir zeigen sollte, dass er hier gegen mich machen kann, was er will. Seine Schläge sind immer so konstruiert, dass ich mich nicht nur nicht wehren kann, sondern auch noch so tun muss, als merkte ich nichts von diesen Schlägen. Würde ich reagieren, könnte er alle jeweils Anwesenden zu Zeugen anrufen, zu Zeugen meiner Überempfindlichkeit. Vielleicht würde er sogar sein Vokabular bemühen und mich paranoid nennen.

Beim letzten Silvesterball saß ich wie meistens an einem Tisch mit Luzia Meyer-Horch. Dazu Frau Dr. Breit und die beiden Luzia unterstellten Mädchen. Dazu Dr. Häuptle, ein Arzt, der seiner Pensionierung wie einer Erlösung entgegensieht. Für den Ball hatte er sich aufgemacht als Gevatter Tod. Und noch der Pfleger Alfons. Der Pfleger Alfons ist der ernsteste aller Pfleger. Ohne je mit ihm über ihn selbst gesprochen zu haben, spüre ich, dass er zu keiner Bösartigkeit fähig wäre. Er ist, ich kann es nicht anders sagen, ein guter Mensch. Er hat durch einen tobsüchtigen Patienten sein rechtes Auge verloren. Er habe sich nicht wehren wollen, sagte er nachher. Wir waren ein Tisch, der so tat, als genüge er sich selbst. Luzia Meyer-Horch sorgte dafür, dass es an unserem Tisch sozusagen hoch herging. Frau Dr. Breit, als Russin kostümiert, versuchte über jede witzige Bemerkung so laut zu lachen, wie sie es eigentlich nicht konnte. Am deutlichsten charakterisierte unseren Tisch, wie Alfons aufgemacht war. Er war ein Vampir mit Fledermausflügeln, aber auf seiner Brust stand groß: Ich bin ein schüchterner Vampir. Alfons tanzte mit Luzia, mit den zwei Mädchen, Dr. Häuptle tanzte auch mit Luzia, ich spendete jedem an den Tisch zurückkehrenden Paar lebhaftes Lob. Frau Dr. Breit und ich waren, weil wir zu keinem Tanz zu bewegen waren, spürbar mit einander verbunden.

Dann also Dr. Bruderhofer. Nach dem Jahresumschwung kam er an unseren Tisch. Da ja die Silvesterbälle von Jahr zu Jahr mehr zu Kostümbällen wurden, war seine Aufmachung als Richard Wagner durchaus im Rahmen. Für mich war es ein Schlag. Wahnfried II, Eva Maria … da blitzen Jahrzehntebilder in einer Millionstelsekunde durch dich durch. Er war ja viel zu groß für Wagner, eins neunzig, also ein monströser Richard Wagner, aber eben ein Richard Wagner. Ein Barett aus rotem Samt. So schräg wie möglich aufgesetzt. Eine Samtjacke, natürlich auch tiefrot; die wird vorne mit goldenen Kordeln zusammengehalten. Und dann die gewaltige Schleife, ein edler Vulkan in mattem Rosa. Aber wenn er nicht auch noch von Ohr zu Ohr den Backenbart geklebt hätte, hätten wir gedacht: Da fehlt doch was! So aber fehlte nichts. Mich zerschlug's. Ich hätte aufspringen sollen und rufen: Mein Name ist Bruckner, Anton! Dazu einen scherenschnittreifen Bückling. Er hätte es nicht verstanden. Ich hatte dem Wahnfried-Zwei-Theater nichts entgegenzusetzen. Nichts als Schmerz. Und wie dieser Wagner sprühte! Er war offenbar nicht auf dem Silvesterball, auf dem wir waren. Er hatte eine viel höhere Temperatur und eine Geschwindigkeit, gegen die wir ein Tisch der Abgestorbenheit waren. Nicht dass er schneller redete. Er redete größer. Gewaltiger. Hinreißender. Er hätte es sicher nicht ausgehalten, wenn er nicht in jeder Sekunde erlebt hätte, wie er alle, denen er sich zuwandte, mitriss. Der Ball war ein einziger Jubel. Sein Jubel. Und er wollte im neuen Jahr den ersten Tanz Frau Luzia Meyer-Horch widmen. Dieser Frau, ohne die die Klinik Scherblingen längst im Sumpf der Melancholie versunken wäre. Von dieser Frau geht ein Geist aus, eine

Kraft, eine Belebung, eine Erleichterung, ohne die wir alle diesen so schönen wie schweren Beruf nicht schaffen würden. Liebe Luzia Meyer-Horch, wenn Sie jetzt sagen, Sie wollen mit mir nicht tanzen, dann weiß ich nicht, was aus mir werden soll. Das ist eine Erpressung, ich weiß, denn Sie sind ja tagaus, tagein die vehementeste Glücklichmacherin in diesem Gelände, deshalb … Da war Luzia aufgesprungen und hatte ihn schon mitgerissen auf den Tanzboden. Dann aber kam erst die Schau. Luzia ist ja eher dünn. Und groß ist sie auch nicht. Sobald sie mit Dr. Bruderhofer auftrat, war sie eine halbe Portion. Dr. Bruderhofer, eins einundneunzig und mächtig, konnte in dieser leichten Person kein für alle Drehungen reichendes Gegengewicht finden wie an Helga Felgentreff. Wenn er sie, sie mit beiden Händen umfassend, so herumwirbelte, dass es sie weit nach hinten bog, war zu fürchten, sie breche gleich ab. Aber da hatte er sie schon losgelassen, hielt sie nur noch an einer Hand und schleuderte sie förmlich herum. Und sie flog, aber suchte immer wieder Bodenkontakt, immer wieder landend, Tanzschritte produzierend und wieder startend. Das meiste machte natürlich ihr Wuschelkopf am langen Hals. Und um den die Kette mit dicken roten Kugeln. Ob sie kreiste oder geschleudert wurde oder Solo-Tanzeinlagen lieferte, sie tat es ihrem Wuschelkopf zuliebe. Ihre Haare flogen weiter herum als sie selber. Und jeder im Saal wusste, Frau Meyer-Horch entwirft und näht alles, was sie anhat, selber. Um Hüften und Schenkel eng anliegend und erst an den Knien weit ausfallend eine Pluderhose. Und das auch noch in einer wilden Rotgrüngelbmischung. Was sie oben anhatte, in gleißendem Metallic, das war doch das Oberteil eines römischen Soldatenpanzers. Was ihr an den Ohren baumelte, machte sie zur Sklavin. Richard Wagner konnte sich bedienen. Niemand außer diesen beiden tanzte noch. Alle standen, saßen, schauten, klatschten.

Ich hatte, als ich begriff, was da geschah, sofort ein Glas und noch ein Glas und noch eins ausgetrunken. Als die zwei zurückschlenderten an unseren Tisch und sich einträchtig wunderten über so viel Beifall, wo sie doch bloß ein bisschen mit einander getanzt hatten, da hatte ich sicher eine Flasche hinuntergezwungen. Ich konnte also aufstehen, konnte Luzia die Hände entgegenstrecken, ihr gratulieren und ihm auch. Und konnte sagen, eine so stürmische Harmonie sei das schönste Signal für das neue Jahr. So wie ihr zwei getanzt habt, so wollen wir das ganze Jahr mit einander tanzen!

Dr. Bruderhofer war gerührt. Ich sah's. Er hatte feuchte Augen. Er umarmte mich wie noch nie und sagte: Herr Professor, darauf trinken wir. Nahm ein Glas vom Tisch, ich nahm mein Glas, alle an unserem Tisch nahmen ihre Gläser, auch an den anderen Tischen standen alle auf, es wurde der erste und einzige Toast auf diesem Fest. Dr. Bruderhofer sagte, er werde nie mehr in seinem Leben ohne Luzia Meyer-Horch tanzen, nie nie nie mehr. Und küsste sie innig links und rechts in ihr vom Wuschelkopf gerahmtes Gesicht. Und ging. Wir schauten ihm nach.

Ich trank und rauchte und rauchte und trank. Ich musste mich davontrinken. Ich verlangte, dass alle an unserem Tisch mir jetzt sofort zuhörten. Liebe Luzia, sagte ich, ich heirate Sie. Bitte, kein Widerspruch. Ich bin nicht die schlechteste Partie in diesem Saal, in dieser Nacht, in diesem Jahr.

Ich zog sie an mich und küsste sie. Nicht auf den Mund, aber heftig auf beide Augen. Alle nahmen's als einen Scherz des betrunkenen Chefs. Frau Dr. Breit litt unsäglich. Das nahm ich noch wahr. Konnte aber nicht mehr bremsen. Bei meiner roten Fliege, ich schwör's, rief ich und wollte mir die rote Fliege vom Hals holen und schaffte es nicht und bat Einaug Alfons um Hilfe. Der tat's. Ich legte die rote Fliege auf den Tisch und sagte, dass Luzia und ich fünf Trauzeugen hätten. Und zählte sie auf. Dann wurde mir schwindlig. Ich sagte: Alfons, du bist der Pfleger des Jahres. Sorg dafür, dass ich, ohne überhaupt gesehen zu werden, aus dem Saal komme. Das war machbar. Alfons nahm mich unter seinen rechten Flügel, mit ihm und Dr. Häuptle alias Gevatter Tod kam ich hinaus, ohne Aufsehen zu erregen. Frau Dr. Breit hatte mir zuletzt noch einen furchtbaren Blick zugeworfen. Der Gevatter Tod und der schüchterne Vampir brachten mich heim. Heim zu mir. Mit einem Auto. Und fragten hundertmal, wie es mir gehe und so weiter. Ich winkte hundertmal ab. Offenbar hatte einer von beiden meinen Schlüsselbund in meinem Mantel gefunden. Ich lag auf dem Sofa im Studierzimmer. Ich bat beide zu gehen. Alles sei gut. Gut. Gut.

Sie gingen.

Als ich wieder zu mir kam, wusste ich, dass ich Luzia Meyer-Horch verloren hatte. Fast zwanzig Jahre lang war sie meine Sekretärin gewesen. Das ist ein Verhältnis, das sich niemand vorstellen kann, der es nicht selbst erlebt hat. Eine Intimität, die nicht ihresgleichen hat. Manche Chefs schlafen einmal mit ihren Sekretärinnen, um diese Intimität zu besiegeln. Das hatte ich immer für unzumutbar gehalten. Eine Beleidigung für beide. Luzia Meyer-Horch und mich verbindet eine Schicksalsverschworenheit, die keiner Bestätigungen bedarf. Bedurfte. Denn das alles war einmal. Dr. Bruderhofer kann Luzia in jeder beliebigen Sekunde an den Tanztriumph erinnern, und sie tut, was er will. Ich habe ihr in fast zwanzig Jahren keinen solchen Lebensglanz verschafft, wie es Dr. Bruderhofer durch diesen Tanz gelang.

Dass das keine Einbildung von mir ist, kann ich seit dem jeden Tag sehen, beobachten, spüren. Ich habe Luzia nie dazu gedrängt, für mich Partei zu ergreifen gegen Dr. Bruderhofer. Das war doch gar nicht nötig. Aus allem, was geschah und nicht geschah, ergab sich unsere Gemeinsamkeit. Eine Gemeinsamkeit, die nur wir hatten, sie und ich. Das war einmal. Sie ist seit dem bemüht, es mir recht zu machen. Das kennt man ja. Sie hat seit diesem Silvester-Auftritt mehr als einmal beiläufig erwähnt, dass Dr. Bruderhofers Frau achtzehn Jahre älter sei als er. Achtzehn Jahre, Herr Professor! Das mag sich unsereiner lieber nicht vorstellen.

Niemals hätte sie vor diesem, von Dr. Bruderhofer inszenierten Tanztriumph so geredet. Ich habe sie jedes Mal spüren lassen, dass mir an solchen Erwähnungen nichts liegt, ja, dass ich sie sogar für unangebracht halte. Früher hätte sie gemerkt, wie peinlich mir solche Erwähnungen sind. Auch wenn sie nicht weiß, warum, sie hätte die Peinlichkeit gespürt, hätte sich vielleicht sogar entschuldigt für ihre Bemerkung oder hätte – wie es zu ihr passt – einen Witz gemacht über sich selber. Sie sei eben für Peinlichkeiten zuständig, hätte sie sagen können, wenn sie gemerkt hätte, wie unangenehm mir solche Anspielungen sind. Lieber peinlich heraus als drinnen erstickt, hätte sie früher gesagt. Jetzt merkt sie überhaupt nicht mehr, wie mir zumute ist. Zumute in allem. Zumute überhaupt. Und jetzt erst erlebe ich, was das für ein Lebenselement war, unsere Vertrautheit, Vertraulichkeit, Verlässlichkeit. Ich werde nicht versuchen, sie zurückzuholen. Schon der Versuch würde alles vernichten, was es jetzt als Gemeinsamkeitsrest noch gibt. Unsere Geschäftsfähigkeit, das ist spürbar auch Luzias Wunsch und Wille, soll unter den geschehenen Umwälzungen nicht leiden.

Sie hat mir übrigens meine rote Fliege zurückgebracht. Die rote Fliege war mein Kostüm an diesem Abend. Luzia konnte mir das Corpus Delicti nicht in die Hand geben. Es lag auf meinem Schreibtisch in einer durchsichtigen Pralinenpackung. Die Vermählten lassen grüßen!, stand auf einer Karte. Das ist Luzia. Ihr ist immer nach einem Witz zumute. Als ich die Fliege, um sie nicht mehr sehen zu müssen, in die nächstbeste Schublade legte, wusste ich, dass dieser Silvesterball mein letzter gewesen ist. Wie lange ich diese Klinik noch leite, weiß ich nicht, dass aber von mir nicht mehr erwartet werden kann, an einem Silvesterball teilzunehmen, das weiß ich. Ich, auf einem Ball!

Heute kommt mir das vor, wie wenn ein Nichtschwimmer sich zu einem Schwimmsportfest drängt. Verheiratet mit der Schwimmerin aller Schwimmerinnen ist ohnehin Dr. Bruderhofer.

IN LIEBE. Eva Maria.

6.

Jetzt die Handlung. Sollte es mir bis hierher gelungen sein, meine Situation verständlich zu machen, ergibt sich die Handlung von selbst. Es ist kein Einfall von mir, der zu dieser Handlung führte. Es war der Lauf der Dinge. Ich habe mich allerdings nicht gewehrt gegen das, was geschehen wollte. Ich habe mitgemacht. Ein Opportunist des Schicksals. Aber das ist in der größeren, der sogenannten Weltgeschichte nur zu bekannt. Alle weltgeschichtlich Handelnden haben es immer wieder mitgeteilt, dass es darauf ankomme zu handeln, wenn die Göttin Gelegenheit dazu einlädt, verführt, drängt.

Also.

Ich habe das Reliquiar gestohlen. So würde es ein weltlicher Richter nennen. Ich sage: Ich habe es in Sicherheit gebracht. Mein Vorfahr hat es vor der Gier des Staates gerettet. Ich habe es gerettet vor der herablassenden Verlogenheit der Gebildeten, seien sie geistlich oder weltlich. Dr. Bruderhofer darf bei den Ursachen meiner Handlung nicht fehlen. Seine Spione haben herausgefunden, dass ich ein Buch schreibe zur Verteidigung aller Reliquien. In der Ärzteversammlung hat er jetzt alle Ärzte aufgefordert, dafür zu sorgen, dass Herrn Professor Feinleins Reliquienforschung – und zu Forschung hat er hinzugefügt: wenn Sie es so nennen wollen –, also dass diese Spezialität des Chefs, bitte, mit keiner Silbe über das PLK hinausdringen dürfe. Der Ruf der Klinik wäre hin, wenn ein Journalist davon erführe und in einer Zeitung darüber berichtete. Er forderte eine Art Schweigeschwur. Wie ernst es ihm damit sei, sollten die Kollegen und Kolleginnen daran sehen, dass nach dieser Mitteilung keinerlei Diskussion im Rahmen der Ärzteversammlung stattfinden dürfe. Dass in dieser Sache alle einer Meinung seien, sei wohl klar. Also keine Diskussion. Aber Schweigen. Und schloss: Hier sei das Scherblinger Schweigen am Platz. Und dann noch: Da es ja zu diesem grotesken Thema nur eine einzige Meinung geben könne, halte er es für überflüssig, den Chef von diesem Schweigeschwur in Kenntnis zu setzen. Mehr als Schweigen kann er wirklich nicht von uns erwarten. Von den neunundfünfzig Ärzten und Ärztinnen hat ein Arzt sich nicht an dieses Gebot gehalten: Dr. Häuptle. Er hat mir nicht nur diese Sitzung geschildert, er hat aufgezählt, wie oft Dr. Bruderhofer da und dort ausfällig bis höhnisch über meine Beschäftigung mit Reliquien herziehe. Dr. Häuptle behauptet, Dr. Bruderhofers unablässige Schmähsucht diesbezüglich verrate, dass sich Dr. Bruderhofer durch mich einer andauernden Reizung ausgesetzt sehe. Ein unaufhörliches Ärgernis sei diese meine Reliquien-Erforschung. Es störe sein Weltgefühl, seine Berufsehre, dass er arbeiten müsse unter einem Chef, an dem die europäische Aufklärung spurlos vorübergegangen sei. Dr. Bruderhofers aggressives Leiden unter der Feinlein'schen Missachtung der europäischen Verstandeskultur verrate paranoide Züge. So Dr. Häuptle.

Eines ist sicher: Dass Dr. Bruderhofer Luzia Meyer-Horch mit dieser Tanznummer erobert hat, war kein Silvesterball-Einfall. Das war Plan. Und alles, was er jetzt weiß oder zu wissen glaubt, hat er von Luzia. Sie selber kennt, was ich arbeite, weil sie mir die Bücher beschafft, die ich brauche, und weil sie für mich schreibt. Aber nicht während der von der Klinik bezahlten Arbeitszeit, sondern abends und samstags und sonntags. Ich habe von ihr nie Zustimmung erwartet oder gar verlangt, wohl aber Loyalität. Und deren durfte ich sicher sein, bis zu jenem Silvesterball. Ich habe Luzia seit dem kein einziges Mal mehr etwas schreiben lassen. Das war mir nach dem, was ich erlebt hatte, nicht mehr möglich gewesen. Sie muss das bemerkt haben und gibt sich seit dem ihrerseits kühler als je zuvor. Das Verhältnis ist zerstört.

Wenn man mehr recht hat, als man zur eigenen Rechtfertigung braucht, benützt man den Überfluss an Rechthaben dazu, andere zu verurteilen. Das ist Herr Dr. Bruderhofer.

Wenn man von einer Notwendigkeit durchdrungen ist, wird einem das Handeln leicht gemacht. Das bin nun ich.

Erstaunlich, keine Skrupel, auch keine Angst. Ich war barfuß. Das war überdeutlich in meinem Gefühl: das kannst du nur barfuß vollbringen. Konrad von Letzlingen, mein Patron. Ich war nicht einmal aufgeregt, als ich zwei Tage vor Christi Himmelfahrt nachts durch die Glockenstube in die Stiftskirche kam, am Altar ohne die Breitwieser'schen Bezeugungen vorbei die Sakristei erreichte, aufschloss, eintrat und mit Hilfe meiner Taschenlampe sofort den Schrein fand, in dem die Strahlenmonstranz mit der Reliquie bewahrt wird. Auch dafür hatte ich den Schlüssel. Breitwieser hat mein Interesse als Verehrung begriffen. War es ja auch. Da lag sie nun, die Monstranz, eingehüllt in Tücher und verschnürt mit einer silbernen Kordel. Ich nahm sie in meinen Arm. Was ich dabei empfand, teile ich nicht mit. Ich abstrahiere: Legitimität. Innigste Berechtigung. Ich rettete einen Schatz aus großer Not. So kann es einem zumute sein, der ein Kind aus einem brennenden Haus rettet.

Mit der Monstranz ging ich in die ehemalige Prälatur, also in mein altes Arbeitszimmer, das ich gegen den Umzug ins neugebaute Ärztehaus verteidigt hatte. Hochrangige Subversion, hatte es der Verwaltungsdirektor genannt. Aber da ich darauf hinweisen konnte, dass mein Vorfahr Eusebius Feinlein hier Abt gewesen war, musste ich zwar auch alles aktuell Geschäftliche hinüber in den Neubau verlegen, auch das Sekretariat natürlich, also Luzia Meyer-Horch und ihre zwei Subsekretärinnen, aber bis zu meiner Pensionierung darf ich in der alten Prälatur mein Außerdienstliches treiben. Sicher ist auch das ein Ärgernis für Dr. Bruderhofer. Aber dass mir dafür vom Regierungspräsidium eine Sondergenehmigung zuteilwurde, konnte er, weil er da noch nicht auf dem Kampfplatz erschienen war, nicht verhindern.

Ich legte das Heiligblut-Kreuz in den Schrank, in dem die Papiere für mein Reliquienbuch sich häufen. Ich befreite das Kreuz sogar aus seinen Tüchern, um es anzuschauen. Im Licht der Taschenlampe gleißte das Gold, blitzten die großen und die kleinen Brillanten und die vier Rubine oberhalb und unterhalb des Bergkristalls, auch links und rechts von ihm. In ihrem rötlichen Schimmer sehen sie mehr nach Blutstropfen aus als der dunkle Strich in dem Bergkristall, der das heilige Blut darstellt.

Ich konnte nicht so schnell aufhören, diesen ein bisschen vorgewölbten Kristall anzuschauen. Mit Längsschliffen wird die Wölbung des Kristalls erlebbar gemacht. Aber in ihm, der dunkle Strich, ist ganz gerade. Jahrhundertelang hatten meine Landsleute dieses in Gold bewahrte Ding verehrt und angebetet. Sie waren immer in Not. Die Reliquie war ihre Zuflucht. In der Verehrung und Anbetung dieses dunklen Strichs im goldgerahmten, von Edelsteinen umgebenen Bergkristall erlebten sie sich als Menschen. Erlebten sie ein Recht, das sie nirgends sonst hatten. Bei keinem Menschen, keiner Institution. Also glaubten sie. Es blieb ihnen nichts anderes übrig.

Ich drehte das Kreuz um.

Was vorne die vier Rubine, sind hinten vier Smaragde. Grünlich gleißend. Der Bergkristall ist so eingelassen in das Kreuz, dass er von hinten genau so sichtbar ist wie von vorne. Da, wo der Kreuzbalken den Kreuzstamm quert, ist der mit Längsschliffen lebendig gemachte Kristall eingelassen. Mit dem Abtssiegel des Abtes Benedikt Mangold versehen. Im Jahr 1529. Und seit dem so bewahrt. Ich sah mich durchaus als Erbe dieses Abtes, der die Reliquie im Jahr 1525 vor den revolutionären Bauern gerettet hatte und mit ihr zwei Tage und zwei Nächte in einem Geheimgelass in der Wand, wahrscheinlich hoch erregt und angstvoll, gewartet hatte, bis die Bauern das Kloster verlassen hatten.

Als der Staat das Kloster schloss und alles seinem Verkaufswert nach taxiert wurde, hat man das Heiligblut-Kreuz mit 85 000 Gulden bewertet. Im Jahr 1805. Aber mein Vorfahr Eusebius hatte das Kreuz schon vorsorglich der Kirchengemeinde Scherblingen übereignet, sodass der Kronschatz des Klosters vor der Stuttgarter Gier gerettet wurde. 85 000 Gulden, das wären heute Millionen. Jetzt drohte der Reliquie längst eine viel höhere Gefahr. Die herablassende Duldung, mit der die Gebildeten, egal ob kirchlich oder weltlich, die Reliquie als ein Relikt behandeln, das nur noch Peinlichkeiten bereitet, wann immer es irgendwo genannt werden muss. Für Theologen eine Torheit, für den aufgeklärten Zeitgenossen ein Ärgernis. Das bisschen narrative Theologie klingt nach Fremdenverkehrsprospekt.

Dann hüllte ich das Kreuz wieder in die Tücher, verschnürte es mit der silbernen Kordel und lag wach auf meinem unbequemen Biedermeier-Sofa. Wach nicht wegen des Sofas, wach vor Aufregung. Siege sind mir fremd. In dieser Nacht aber erlebte ich mich als Sieger. Zum ersten Mal. Jetzt weiß ich auch, wie sich das anfühlt, Sieger zu sein. Mir kann nichts passieren. Das ist das Siegergefühl.

Das Kreuz, also die Monstranz, ist siebenundzwanzig Zentimeter hoch, der Kreuzbalken acht Zentimeter breit. Ich hatte alles abgemessen, um sicher zu sein, dass es in meiner Arbeitstasche bequem Platz hatte. Das war der Fall. So kam die Reliquie in meiner Tasche und in meinem Auto problemlos in mein Haus. Meiner griechischen Haushaltshilfe Kirki hatte ich vorsorglich freigegeben. Von Donnerstag bis Montag.

Also konnte ich in Ruhe beobachten, was jetzt geschah beziehungsweise nicht geschah. Der Tag nach Christi Himmelfahrt ist der Tag, an dem die Reliquie jedes Jahr in einem Spektakel, genannt Blutritt, der Bevölkerung gezeigt und gewidmet wird. Zwischen tausend und zweitausend Reiter, Bauern aus der ganzen Gegend, reiten in Frack und Zylinder von sieben Uhr bis elf Uhr durch die Dörfer und Fluren. Mit Musikkapellen und Fahnen. In jedem Dorf mit Blumen prangende Altäre. Ein junger Mönch, den man sich aus einem noch existierenden Kloster ausleiht, reitet mit und segnet mit dem goldenen, edelsteinbesetzten Kreuz eifrig nach allen Seiten hin. Um elf wird die Reliquie im alten Klosterhof zurückerwartet, wird von einem Bischof in Empfang genommen, der zieht dann, seinerseits nach allen Seiten segnend, mit dem goldenen Kreuz in die Stiftskirche ein, wo er ein Hochamt zelebrieren und auch noch predigen wird, was er selber nicht glaubt, was aber das gläubige Volk glauben soll. Man darf das Spektakel wegen der reitenden Bauern rührend und schön finden. Alles, was die Kirche dazu zu bieten hat, ist eine Verlegenheit. Keiner dieser Bischöfe, keiner der geistlichen Herren glaubt daran, dass das im Bergkristall wirklich ein paar Blutstropfen Christi seien. Sie tun aber so, als glaubten sie. Ein Dr. Bruderhofer hält dieses Glaubenstheater für ein Verdummungsinstrument der Kirche. Das sagt er jedes Jahr, wenn im Klinik-Klostergelände der Blutritt Thema wird.

Wissen, dass das Blut nicht echt ist, aber glauben, dass es echt sei, das wäre das, was die Reliquie zu einem unvergänglichen Schatz machen würde.

Da bin ich wieder bei meinem Thema.

Aber was passierte, als Andreas Breitwieser die Meldung erstattete: Das kostbare Kreuz ist gestohlen! Es passierte nichts. Der Blutritt fand statt wie jedes Jahr, gesegnet wurde mit einer Monstranz, die man sich wahrscheinlich aus einem der Klöster zwischen Donau und Bodensee ausgeliehen hatte. Jetzt hätte nur gefehlt, dass die Geistlichkeit bekanntgegeben hätte, man segne heute mit einer Ersatzmonstranz, das dürfe aber weder dem Glauben noch seinen Wirkungen einen Abbruch tun. Das wäre der Anfang gewesen zu einer neuen Glaubenspraxis. Diese Chance wurde versäumt. Und wenn ich die Reliquie nicht zurückgebe, wird der Ersatz geglaubt wie das Echte. Mehr kann ich nicht wollen. Wenn ich Mein Jenseits publiziere, werde ich die Reliquie zurückgeben. Dann wird bewiesen sein, dass es nicht wichtig ist, ob Reliquien echt oder unecht sind.

Ich habe glauben gelernt.

IN LIEBE. BIS BALD.

7.

Dass es ernst ist, weiß ich, aber ich glaube es nicht.

Der Anruf. Am Montagmorgen. Ich war noch zu Hause. Herr Breitwieser: Ob ich es schon gehört habe? Was gehört? Die Monstranz ist weg, gestohlen, die Heiligblutreliquie, das Millionending.

Ich rufe: Nein! Das gibt es doch nicht.

Doch, das gibt es. Und er wird verdächtigt. Fremdenlegion, Alkohol. Er hat Hausarrest. Und hat angeben müssen, dass außer ihm nur Pfarrer Weimer und Professor Feinlein Schlüssel haben. Also auf eine Befragung müsse ich mich schon gefasst machen. Er hoffe auf meine Hilfe. Nur ich könne ihm jetzt noch helfen. Dass er das Heiligtum nicht gestohlen habe, wisse niemand so sicher wie ich. Er bitte mich inständig.

Ich versprach, ihn aus jedem Verdacht zu befreien.

Dann rief ich, weil ich momentan ratlos war, Luzia an. Unpässlich heute. Was tun, also? Am frühen Nachmittag zwei Herren mit einem Durchsuchungsbefehl. Sie entschuldigten sich höflich. Es sei ihnen peinlich. Aber bei denen, die Schlüssel haben, müssten sie rein routinemäßig eine Hausdurchsuchung machen. Ich wehrte mich nicht. Als sie die Monstranz fanden, waren sie erstaunt, überrascht, frappiert. Ja, geschockt.

Also gleich die Befragung, Verhör wollten sie es nicht

nennen. Ihnen war klar, dass irgendein Missverständnis passiert sein musste. Ergebnis: Die Reliquie landet in meinem Schrank. Ich würde, dessen waren sie sicher, alles erklären. Ich erklärte ihnen, dass ich keine Lust hätte zu lügen.

Und erzählte, wie sich seit Silvester alles verschärft habe. Dr. Bruderhofer hat den längst vorbereiteten Angriff endlich gestartet. Er hat mich förmlich eingekreist. Mir die Sekretärin entwendet. Die Ärzte den Abfall von mir beschwören lassen. Grund für alles: meine Reliquienforschung. Ich kann nicht zugleich Klinikchef und Reliquienforscher sein.

Erst dann habe ich mich gewehrt. Nicht mehr auf dem Papier, sondern in Wirklichkeit.

Ich entführe die Monstranz in der Nacht vor Christi Himmelfahrt, am Tag danach das alljährliche Spektakel: der Blutritt. Die Geistlichkeit lässt die Gläubigen, die zu Tausenden den Weg der Pferdeprozession säumen, im Glauben, sie würden mit der Heiligblutreliquie gesegnet. Das war der Beweis, dass die Kirche selber nicht mehr an die Echtheit der Reliquie glaubt. Es kann mit jeder beliebigen Monstranz gesegnet werden. Es kommt darauf an, dass die Gläubigen glauben. Der Glaube der Gläubigen macht jeden verehrten Gegenstand zu einem Heiligtum. Den zehn- oder zwanzigtausend Gläubigen muss gesagt werden, dass sie es sind, die Wunder wirken. Die Menschen schaffen sich etwas, woran sie glauben wollen. Dadurch bekennen sie, dass es das, woran sie glauben, nicht gibt. Glauben, dass etwas sei. Glauben, an was es nicht gibt. Dass es sei. Warum glauben wir? Weil uns etwas fehlt. Ein Vorfahr von mir hat gesagt: Glauben heißt Berge besteigen, die es nicht gibt. Ich will Ihnen etwas sagen, was Sie begreifen. Gott. Ja? Gäbe es Gott, dann gäbe es das Wort nicht. Das Wort gibt es, weil es ihn nicht gibt. Ja? Si comprehendis, non est deus. Sagt mein Patron, der Sprachheilige Augustin.

Andererseits.

Hören Sie, bitte, genau zu.

Wenn es Gott nicht gäbe, könnte man nicht sagen, dass es ihn nicht gibt. Wer sagt, es gebe ihn nicht, hat doch schon von ihm gesprochen. Eine Verneinung vermag nichts gegen ein Hauptwort.

Oder Maria. Die Himmelskönigin. Mit dem Lilienzepter. Und sie hat dem Norbert persönlich das weiße Gewand überreicht. Darum gehen die Prämonstratensermönche in Weiß. Es darf doch etwas schön sein. Oder?

Ich schwieg.

Und ihr Leib, der den Urheber des Lebens geboren hat, sollte die Verwesung nicht schauen. Lauter solche Sätze gibt es. Mir sind sie angenehm. Glauben heißt die Welt so schön machen, wie sie nicht ist.

Es ist schön, etwas zu glauben. Auch wenn's nie für lange gelingt. Manchmal nur eine Sekunde, und weniger als eine Sekunde. Aber eine Sekunde Glauben ist mit tausend Stunden Zweifel und Verzweiflung nicht zu hoch bezahlt. Glauben lernt man nur, wenn einem nichts anderes übrigbleibt. Aber dann schon.

Auch wenn ich vor Nichtwahrgenommenheit zittere,
ich rufe nach dir und weiß, dass du es nicht hörst.
Und hörtest du es, verweigertest du dein Gehör.

Abwesenheit heiße ich.

Auch für mich.

Feierlich, nicht mehr zu sein.

Äußerlich bin ich mir geworden.

In allem Niedergehaltenen schläft die Sehnsucht, gerufen zu werden.

Ohne dich findet die Welt nicht statt.

Zum leeren Himmel beten. Fluchen liegt mir nicht.

Ich reiße mir die Zunge raus.

Nach dir rufend, wächst sie nach.

BIS BALD. IN LIEBE.

Der Jüngere der beiden schrieb mit, was ich sagte. Er stenographierte.

Ich hatte erkannt: Das ist meine Chance, mich mitzuteilen. Ich habe dem Stenographierenden praktisch diktiert.

Dann noch: Dr. Bruderhofer wird mein Nachfolger. Sobald Sie mich verlassen, gebe ich meinen Rücktritt bekannt. Die Klinik soll nicht leiden durch das Gerede, das jetzt produziert werden muss.

Schweigen.

Sie haben sicher keinen Haftbefehl dabei. Ich werde nicht zu fliehen versuchen. Ehrenwort. Das Kreuz nehmen Sie mit und bringen es ohne Umwege in die Sakristei. Ich habe die Monstranz entführt, um die Scheinheiligkeit bemerkbar zu machen. Sollte man mich in einen Gerichtssaal stellen, werde ich reden wie jemand, der sich nach einem Martyrium sehnt, das ihm vorenthalten wird. Was überhaupt geschehen wird, hängt nur davon ab, ob

Dr. Bruderhofer jetzt den Kampf beendet. Ich erwarte, dass er weitermacht. Es genügt ihm nicht, mein Nachfolger zu werden. Er glaubt an seine Psychopharmaka. Die sind Zerstörung ohne Heilung. Solange ich bin, fühlt er sich angegriffen. Deshalb muss er mich vernichten. Wenn das Kreuz bei mir hätte bleiben können, hätte Dr. Bruderhofer keine Chance gehabt, mich zu vernichten. Kurze Zeit war ich ein Sieger. Ich werde nicht vergessen, wie es sich anfühlt, ein Sieger zu sein. Damit muss Dr. Bruderhofer rechnen. Tag und Nacht. Ich bin der Pfahl in seinem Fleisch. Ob ich will oder nicht. Jetzt bitte ich Sie zu gehen. Ich danke Ihnen für Ihre Aufmerksamkeit.

Ich stand auf, verließ das Zimmer, ging ins angrenzende Schlafzimmer und legte mich aufs Bett. Dass die zwei gingen, hörte ich, stand aber auf, um durch das Fenster zu sehen, ob sie tatsächlich gingen. Interessant. Sie standen an ihrem Auto. Der, der das Kreuz trug, legte es in den Kofferraum, setzte sich ins Auto, fuhr ab. Der andere ging auf die andere Straßenseite und lehnte sich an einen Baum. Eine Linde. Der blieb also. Sie trauten mir nicht. Sie glaubten mir nicht.

Noch am selben Tag kamen zwei Ärzte und zwei Pfleger. Einer der Pfleger war Einaug Alfons, einer der Ärzte Dr. Häuptle. Sie baten mich, mitzukommen. Es war Alfons, der mich ansprach. Er führte mich hinaus zu dem großen Notarztauto. Ich wurde einquartiert in K VII, das wir die *Burg* nennen. Der zweite Arzt, der bis jetzt noch nichts gesagt hatte, sagte jetzt: Nach einer gründlichen Untersuchung werde zu entscheiden sein, ob ich schuldfähig sei. Dr. Häuptle, der noch nichts gesagt hatte, sagte dann, es spreche alles dafür, dass ich nicht schuldfähig sei. Eine öffentliche Gerichtsverhandlung sei nicht im Interesse der Kirche und der Klinik.

Ich sagte nichts. Dann gingen sie. Alfons gab mir noch die Hand.

Eva Maria wird es erfahren. Alles. Mir kam es jetzt vor, als sei alles nur geschehen, dass es von ihr bemerkt werde. IN LIEBE BIS BALD.

DAS UNERKLÄRLICHE

DIE ANZIEHUNGSKRAFT DES UNERKLÄRLICHEN IST DIE MACHT DES UNERKLÄRLICHEN. DAS UNERKLÄRLICHE IST IMMER SCHON, WO DU BIST. KEIN MENSCH KANN DEM UNERKLÄRLICHEN GEGENÜBER STUMM BLEIBEN, ER SPRICHT ES AN. ER SAGT IHM INS NICHT VORHANDENE GESICHT, WAS ES SEI. DAS UNERKLÄRLICHE SCHWEIGT VERNICHTEND. DEM, DER AN DAS UNERKLÄRLICHE HINREDET, WEIL ER DAS UNERKLÄRLICHE ALS SOLCHES NICHT ERTRÄGT, IST WÄHREND SEINES DAHINREDENS KLAR, DASS NICHTS VON DEM, WAS ER REDET, ERKLÄRUNG HEISSEN KANN.

DIE UNERKLÄRLICHKEIT HAT KEINE MIMIK, KEINE ATMOSPHÄRE. SIE VERWEIGERT AHNBARKEIT. VERWEIGERT IST SCHON ZU VIEL GESAGT. SIE HAT KEINE GESTEN, AUS DENEN SICH ETWAS SCHLIESSEN LIESSE.

SIE HAT NICHTS. SIE IST NICHTS. NICHTS ALS UNERKLÄRLICHKEIT. SIE IST KEIN RÄTSEL, KEINE PARABEL, KEINE METAPHER. SIE WILL NICHTS SEIN. SIE IST DIE UNERKLÄRLICHKEIT. ALS SOLCHE IST SIE DAS MÄCHTIGSTE, DAS ES GEBEN KANN.

SAG GUTE NACHT ZU IHR. SIE HAT KEINE OHREN. SIE IST UNANSPRECHBAR. SIE NIMMT NICHTS WAHR. SIE IST AN NICHTS INTERESSIERT, AUCH NICHT AN SICH SELBST. SIE WEISS NICHTS VON SICH. SIE WEISS NICHT, DASS SIE DIE UNERKLÄRLICHKEIT IST. DAS WEISST NUR DU.

DU KOMMST DEM UNERKLÄRLICHEN NICHT NÄHER. DAS UNERKLÄRLICHE BLEIBT VERSCHLOSSEN. ES MACHT DIR KEINE HOFFNUNG. TROTZDEM HOFFST DU UNUNTERBROCHEN, DASS DU ERFÄHRST, WAS DU ERFAHREN MUSST. DU KÖNNTEST, WENN DAS UNERKLÄRLICHE SO UNERKLÄRLICH BLIEBE, WIE ES JETZT IST, NICHT LEBEN. MIT DEM UNERKLÄRLICHEN KANN MAN NUR LEBEN, WEIL MAN AUF DIE ERKLÄRUNG HOFFT.

Als der Gefolterte sagte: Ich will nicht mehr, lachten die Folterer. Nicht alle lachten. Einige machten Gesichter, als machten sie sich Gedanken. Es war noch nie so wichtig, sagten die, die sich Gedanken machten, dass wir den Kontakt mit dem, den wir foltern, nicht verlieren. Er war sofort bereit, sich weiter foltern zu lassen. Lustig war das nicht, aber er wollte es auf sich nehmen. Als sie wieder anfingen, schon als sie die Geräte ansetzten, sagte er sofort: Ich will nicht mehr. Ach so, sagten die, dann brechen wir ab. Nein, schrie der Gefolterte, bitte nicht!

Mein Gott, sagten jetzt alle, die um ihn herumstanden, du bist wirklich ein Luxustyp.

BIS BALD. IN LIEBE. A. F.

IV

Fortleben

1.

Scherblingen im Walde, sagte Percy, als sie kurz vor Ostrach aus dem Wald hinauskamen. Jetzt begreife er das i. W. hinter dem Ortsnamen. Der Professor sagte nichts. Innozenz sagte: Bloß gut, dass sie *im Walde* schreiben und nicht *im Wald*. Da mischte sich Massimo ein. Massimo Attanasio, der den Umzugstransporter steuerte. Er sagte: Der mächtigste Mann von ganz Scherblingen, der Professor Wohlwender, der habe dem Oberbürgermeister sagen lassen, wenn sie das -e streichen, verlege er die Wohlwender-Werke nach Brauchlingen oder nach Rumänien. Dann wäre Scherblingen pleite. Das war, was Massimo sagte. Das aber anzuhören, war eine Qual. Sein Mund schien sich immer wieder zerreißen zu müssen, um noch ein Wort herauszubringen.

Percy, der direkt neben ihm saß, musste ihn unwillkürlich streicheln. Aber Massimo wehrte das, stotternd, ab. Hilft nichts, sagte er. Nichts hilft. Soltanto parlare italiano.

Obwohl Massimo das Sprechen am schwersten fiel, war er der, der während der Fahrt am meisten redete. Immer wenn eine Weggabelung oder eine Kreuzung auftauchte, sagte er, warum er jetzt nicht den Weg über Tuttlingen, Geisingen, sondern den über Sigmaringen, Meßkirch nehme. Auch kannte er alle Burgen und Schlösser, an denen man vorbeifuhr, ohne hinzuschauen. Er nannte die Namen der Herrschaften und sagte dazu, wofür sie bekannt seien. Und auch noch dazu, warum er, der Sizilianer, so viel über Burgen und Schlösser dieser Gegend wisse. Gertrude, seine Frau, die ja bekanntlich nicht nur die Geliebte des technischen Direktors bei Wohlwender ist, sondern auch die Geliebte von jedem, der in Scherblingen über hunderttausend im Jahr verdient, Gertrude hat ihn jahrelang in dem Haus, das Massimo selber gebaut hat, im Keller eingesperrt, wenn sie oben ihre Herren versorgte. Da hat er in der Sauna und in der Kellerbar, die er selber gebaut hat, gelesen. Am liebsten historisches Zeug. Dann hat er immer gewusst, jetzt ist droben Gertrude mit einem Hohenzollern oder Zähringer oder Fürstenberger, über den er gerade las, zugange. Das habe sie ihm nachher auch noch erzählt. Stolz. Wieder ein Wittelsbacher, ein Württemberger. Und hätte verlangt von ihm, dass er auch stolz sein soll, weil seine Frau solche Heroen kriegt. Lustig war es trotzdem nicht. Wenn der Professor nicht gewesen wäre, hätte er Gertrude umgebracht. Ganz sicher. Und hätte höchstens fünf Jahre gekriegt. Wie sie ihn behandelt hat! Der Professor hat ihn auf andere Gedanken gebracht. Die Bücher über Burgen und Schlösser hat er ja vom Professor. Schon dreiundzwanzig Jahre kennen sie einander, der Professor und er. Vor dreiundzwanzig Jahren kommt er aus Sizilien herauf nach Scherblingen, niemand hat ihn so aufgenommen wie der Professor. War im Winter. Dem Professor geht die Heizung kaputt. Und auch noch ein Wochenende. Er hat aber dem Professor schon vorher einen verstopften Abfluss repariert, er hat ja in Scherblingen als gelernter Installateur angefangen, trotzdem ruft der Professor ihn an, weil ihm der Heizkessel gestreikt hat. Und er nichts wie hin und alles repariert. Seit dem ist er beim Professor für alles zuständig. Inklusive Garten. Da war er gerade mit Gertrude frisch verheiratet. Auf dem Rummel an einander geraten, sie die Schönste, er auch nicht krumm, getanzt mit einander, dass die anderen stehengeblieben sind, sie gleich schwanger von ihm, Zwillinge. Sein Stottern hat sie zuerst für Italienisch gehalten. Deutsch ist ein Drahtverhau. Kommst du nicht durch. Italienisch hat sie abgelehnt. Sein Stottern ist ihr auf die Nerven gegangen. Er hat ihr das Haus gebaut. Sie hat ihre Herren gehabt. Feine Herren. Inklusive technischer Direktor bei Wohlwender. Er schafft sich zu Tode. War sein Ziel damals. Wenn er sie nicht umbringen darf, schafft er sich zu Tode. Basta. Jetzt haben sie ihm eine Batterie hineinoperiert. Dass er ewig leben soll. Zum Glück hat er Kirki gefunden. Natürlich beim Professor. Mit ihr kann er sprechen. Griechisch. Hat doch fast vier Jahre auf griechischen Schiffen gearbeitet. Er könnte jede Sprache lernen. Außer Deutsch. Das liegt an Gertrude. Die hat sich von Anfang an die Ohren zugehalten, wenn er deutsch gesprochen hat. Aber sie ist, wenn sie abgehauen ist, immer wieder zurückgekommen. Weil er so gut verdient hat. Als Installateur, als Maler, als Elektriker, als Fliesenleger, als Gärtner. Aber ohne den Professor hätte er es nicht ausgehalten. Der Professor habe von Anfang an italienisch geredet mit ihm. Und italienisch stottere er fast gar nicht. Und griechisch auch nicht. Sie könnten Kirki fragen. Das war, was Massimo sagte. Aber weil die

Mühsal seines Sprechens so quälend war, hätte man lieber auf alles, was er sagte, verzichtet. Aber er wollte offenbar nicht mit anderen stundenlang eng im Auto sitzen, und die wissen überhaupt nicht, wer er ist. Und immer wieder musste er über sein Nichtsprechenkönnen sprechen. Und rauchen. Eine Zigarette nach der anderen.

Percy dachte natürlich an Ewald. Und an Elsa. Er nahm sich vor, mit Massimo nach Amtzell zu fahren. Er hatte Elsa schon geschrieben. Zu Ewalds Tod. Bis jetzt keine Antwort. Er würde trotzdem hinfahren. Massimo musste ihn hinfahren. Er hatte in seinem Brief angedeutet, dass er Elsa etwas zu übergeben habe, hatte aber nicht gesagt, was es sei.

Wichtiger war jetzt der Umzug.

Percy hatte es durch Dr. Häuptle erreicht, den Professor einmal im K VII besuchen zu dürfen. Eine Stunde dürfe Percy bleiben, hatte Dr. Häuptle gesagt. Und sagte noch dazu, das nehme er sowieso auf seine Kappe.

Dr. Häuptle schloss auf, Percy trat ein, Dr. Häuptle schloss wieder zu.

Der Professor saß an dem kleinen Tisch, stand auf und setzte sich wieder, ohne Percy die Hand gegeben zu haben. Er deutete auf den zweiten Stuhl. Percy setzte sich. Sie saßen dann so, dass der Professor an Percy vorbeischaute. Dann sprach er auch an Percy vorbei. Percy spürte, das war nicht mehr der Professor. Obwohl er bei diesem Menschen gelernt hatte, zu allen Du zu sagen, würde er zu dem, der da saß und ins Zimmer starrte, nicht Du sagen können. Früher wäre das ein Schweigen gewesen, das sie beide zusammen und gleichermaßen und gleichgestimmt erlebt hätten. Das Scherblinger Schweigen. Davon war nichts übrig.

Percy wusste, dass er hier sitzen würde, und wenn der Professor nichts sagen würde, würde er nach einer Stunde gehen, ohne dass ein Wort gesprochen worden wäre.

Aber dann sagte der Professor etwas. Percy könne, wenn er wolle, mitkommen. In die Schweiz. Am Samstag. Auf die Insel Rheinau. Sein Schweizer Freund habe ihm dort ein Quartier beschafft. Percy und Innozenz könnten, wenn sie wollten, mitkommen. Mehr sagte er nicht. Er schaute Percy auch jetzt nicht an. Aber Percy erlebte ihn jetzt doch anders als vorher. Das Angebot, mit ihm in die Schweiz zu kommen, durchfuhr Percy wie ein Stromstoß. Ein wunderbarer Schmerz. Ein gleißender Lichtstrahl in einer vollkommenen Lichtlosigkeit. Er konnte nichts sagen. Aber die Zeit, bis Dr. Häuptle wiederkam, aufschloss und wortlos an der Tür stehen blieb, war eine andere Zeit als die vor des Professors zwei, drei Sätzen. Percy stand auf, blieb einen Augenblick stehen, sah den Professor an, der drehte den Kopf ein wenig in Percys Richtung, aber gleich wieder weg von ihm.

Percy ging mit Dr. Häuptle. Dass Dr. Häuptle kein Wort mehr sagte und sich am Springbrunnen stumm verabschiedete, war für Percy ein Hinauswurf. Wahrscheinlich musste er froh sein, wenn er nicht noch für Ewald Kainz' Selbstmord verantwortlich gemacht wurde. Ein Patient auf der Forensischen bringt sich um. Das ist ein Skandal. Percy hatte gefürchtet, der Professor werde davon anfangen. Wenn ihn jemand mit dieser Katastrophe belasten konnte, dann war es der Professor. Und wenn der nicht wegen seiner Monstranz-Entführung in die *Burg* gesperrt worden wäre, hätte er vielleicht davon angefangen. Dass er aber schon in drei Tagen die *Burg*, Scherblingen, das Land verlassen durfte, kam Percy jetzt vor wie ein Wunder. Ein Wunder, das zu seinem Professor passte.

Percy und Innozenz standen am Umzugstag morgens um fünf vor K VII. Der Professor kam, von Dr. Häuptle und dem Pfleger Alfons begleitet. Dann ging's noch zu den Pferden hinaus und zu den Geißen. Der Professor rief die drei Pferde, die er mitnehmen wollte, bei ihren mongolischen Namen. Zog ihnen Wollsocken an, die Kirki gestrickt hatte, dass sie einander beim Transport nicht durch lautes Trampeln erschreckten. Der Professor führte alle drei in den Spezialtransporter. Fahren würde den Luigi, Massimos Freund. Die Geißen würden Massimo und Luigi eine Woche später holen.

Massimo und Luigi hatten mit Kirkis Hilfe schon am Abend davor alles geladen, was der Professor mitnehmen wollte. Er hatte Kirki durch den Pfleger Alfons eine Liste bringen lassen, darauf stand alles. Auch die vielen Schachteln mit Innozenz' Papieren waren am Tag vor dem Umzug eingeladen worden. Dann ging's aufs Alte Tor zu. Und an der Klosterwiese entlang. In den uralten Bäumen führten die Vögel ihr Frühkonzert auf. Dann noch am Kriegerdenkmal vorbei. Da durfte Percy doch daran denken, dass er einmal mit dem Professor vor dem Stein stehengeblieben war, als sie auf dem Weg ins Spankörble gewesen waren. Dem Professor war nicht anzusehen, ob er jetzt daran dachte. Aber dann, als sie durchs Alte Tor hinausfuhren, sagte er: Ite missa est. Und als hätten sie's geübt, sagten Innozenz und Percy einstimmig: Deo gratias.

Dann wurde wieder geschwiegen, bis Percy kurz vor Ostrach sagte: Scherblingen im Walde.

Und es war natürlich Massimo, der die Grenze ankündigte und laut lachte, weil da keiner mehr kontrollierte. Da er sich inzwischen als den erlebte, der alles ansagen musste, obwohl ihm das mehr Mühe machte als jedem anderen, war er es, der rief: Wir fahren über den Rhein. Bis er das herausbrachte, waren sie natürlich längst drüben. Der Professor sagte sehr deutlich: Secure deinceps. Da ging schon eine Schranke hoch. Sie hielten vor der Kirche, vor zwei übermäßigen Türmen, zwischen denen eine Fassade um Geltung rang. Auf beiden Türmen Engel mit goldenen Posaunen. Und ein Klosterhof, in den die ganze Scherblinger Anlage zweimal hineingepasst hätte. Sie kamen aus einem Quartier der Bescheidenheit in eins der Pracht.

Massimo schaute auf die Uhr, rief: Ecco! Und stieg aus. Und begrüßte den, der da stand und auch auf die Uhr schaute. Enrico Federer. Der Hausmeister. Ein Italienisch hin und her, zum Aufatmen. Dann löste sich Enrico Federer aus Massimos Redefluss und sagte:

Willkommen auf unserer Insel! Der Herr Nationalrat lässt Sie grüßen. Morgen kommt er, um Sie selber willkommen zu heißen. Er wäre so gern heute selber hier gestanden, aber ein unvorhergesehener Besuch von Gorbatschow ist ihm dazwischengekommen. – Hört ihr. Und zeigte hinauf zu den zwei Engeln. Der Wind geht, die Posaunen tönen! Zu eurem Empfang.

Tatsächlich kam von dort oben ein Ton. Oder waren es zwei? Zwei schwankende Töne. Ja, sagte der Professor. Wir sind willkommen.

Jetzt die Pferde, sagte Enrico Federer dann zum Professor. Er war offenbar über alles informiert. Sobald die Pferde festen Boden unter den Füßen hatten, zog ihnen der Professor die Socken aus und führte sie hinter dem Hausmeister her zu einem ganz eingewachsenen Holzbau mit umzäuntem Garten. Das sei einmal das Freizeitquartier des Verwaltungsdirektors gewesen, sagte Enrico Federer. Dann führte er die Ankömmlinge in eines der unabsehbar langen Gebäude, drinnen an riesigen, dröhnend leeren Küchen vorbei, zu einem Aufzug, droben im zweiten Stock einen Gang entlang zu einem Raum, der deutlich ein Empfangszimmer war, ein vornehmes, Teppich, Tapeten, Bilder, aber es ging gleich weiter in einen viel größeren Raum, für einen Salon zu groß, für einen Saal zu fein, zu prachtvoll. Tiefgrüne Wände, schwere Bilder, fromme Figuren, verwunschene Schränke, ein gewaltiges Stuck-Wappen an der Decke. Hier hat der Abt residiert, als Rheinau noch ein Kloster war, sagte Enrico Federer. Nachher der Ärztliche Direktor. Aber die hundert Jahre mit Ärztlichen Direktoren haben dem Raum nichts anhaben können. Bitte, Platz zu nehmen.

Der Professor, Percy, Innozenz, Massimo und Luigi setzten sich an den Oval-Tisch mitten im Raum. Aber keiner setzte sich auf den Stuhl an der Schmalseite des Tischs. Das war der Stuhl für einen Vorsitzenden. Enrico Federer stellte sich hinter diesen Stuhl und sagte, Herr Nationalrat Müller-Sossima habe gewünscht, dass sie heute und morgen im Abtszimmer speisen sollten, ab übermorgen in der Kantine im ersten Stock.

Da schob schon ein Ober den Wagen mit Speisen herein und trug auf. Enrico Federer wünschte einen guten Appetit und ging. Er ging aber rückwärts und drehte sich erst an der Tür um. Und sein Rückwärtsgehen wirkte eher sportlich als unterwürfig. Dass diese Ehrerbietung dem Professor galt, war deutlich genug. Der Professor saß so, dass er dem Rückwärtsgehen zusah.

Der Ober fragte jeden, was er zu den Spargeln wolle: Fleisch, Fisch oder Pfannkuchen. Percy, Innozenz und der Professor nahmen Pfannkuchen. Massimo und Luigi Fleisch.

Als alle gegessen hatten, setzte man sich um ein kleines rundes Tischchen, der Ober servierte Kaffee. Dann erst fing der Professor an zu sprechen. Da Percy beim Essen neben dem Professor gesessen war, hatte er nicht beobachten können, ob der Professor wieder sein Professor war oder immer noch der Fremde, Unansprechbare, den er in der *Burg* besucht hatte. Jetzt, an dem runden Tisch, konnte er den Professor sehen. Der Professor sagte: Modest Müller-Sossima. Sein Freund. An Zufälle habe er noch nie geglaubt. Er kam auf einer Bergwanderung in Graubünden als Erster an die Stelle, auf die der Hubschrauber mit dem Brigadier Müller-Sossima gestürzt war. Pilot und Copilot waren tot, Modest Müller-Sossima bewusstlos. Der Hubschrauber war im Nebel auf dem Heinzenberg an einer Tannengruppe hängengeblieben. Der Professor befreite den Ohnmächtigen aus seiner Lage und versorgte ihn, so gut er konnte, stellte mit Hilfe des Bordfunks eine Verbindung zur Truppe her, innerhalb einer halben Stunde kam die Hilfe, auch per Hubschrauber. Modest Müller-Sossima überlebte. Auf der linken Seite von der Schulter bis zu den Zehen alles gebrochen, was brechen kann. Und eine der gebrochenen Rippen stach auf die Milz zu, blieb einen Zentimeter vor der Milz stecken, hätte sie die Milz erreicht, wäre Modest Müller-Sossima verblutet. Sie wurden Freunde. Es war dies das letzte Manöver, an dem Müller-Sossima noch teilnahm. Das erzählt er euch besser, als ich es kann. Morgen Abend. Von sechs bis neun probt er. Hier im Großen Saal. Mit einem Orchester. Aber das erfahrt ihr alles von ihm.

Er stand auf, holte vom Schreibtisch zwei Kuverts, gab eins Innozenz und eins Percy. Er wolle die Nacht bei den Pferden bleiben. Und ging. Massimo und Luigi verabschiedeten sich, Innozenz und Percy öffneten die Kuverts. Darin waren Grundrisse und Wegleitungen zu den Zimmern, die sie bewohnen würden. Percy C/333, Innozenz C/334. Ihr Gepäck war offenbar schon hinaufgebracht worden. Und dass man sich noch an diesem Abend in der Prälatur treffen werde, stand auch da. Die Etage C war die oberste. Ihre Zimmer gingen zum Großen Rhein hinaus. Herüber vom Festland waren sie über den Kleinen Rhein gekommen. Percy griff, als er in seinem Zimmer war, nach dem Bilderbuch auf seinem Schreibtisch. Rheinauer Buch hieß es. Er war wieder in einem ehemaligen Kloster gelandet. Der Professor war, als er ihn in der *Burg* besucht hatte, in einem Zustand gewesen, dass sich Percy eigentlich hätte verabschieden müssen. Der Professor hatte fast militärisch kurz darüber informiert, wie es jetzt weitergehe. Mit ihm weitergehe. Wenn Innozenz und Percy mitkommen würden, wäre das ihr eigener Wille und Entschluss. So hatte es geklungen. Jetzt, auf der Insel angekommen, spürte Percy, dass er dem Professor gefolgt war, wie ein Stückchen Eisen dem Magneten folgt. Er hatte sich nichts anderes vorstellen können. Und da ihm daran lag zu erkennen, was mit ihm passierte, sagte er sich jetzt, dass er immer jemandem gefolgt war. Aber wenn er dem Professor gefolgt war, war er nicht nur einem Menschen gefolgt, sondern … Sondern? Er hatte für diese Anziehung kein Wort. Er folgte. Das spürte er. Und es war eher wohltuend zu spüren, dass es nicht ein einzelner Mensch war, dem er folgte, sondern etwas, was durch diesen Menschen wirkte. Was es war, würde er kennenlernen.

2.

Percy hatte den Eindruck, Modest Müller-Sossima sei belustigt. Er kam herein, spielte den Erschöpften. Stöhnte: Musiker sind so anspruchsvoll. Und der Mussorgski! Sauschwer. Für einen ehrgeizigen Amateur sowieso. Ihr seid jetzt meine Reha. Von jetzt bis zum 2. September. Seine Mama wird, wenn er den Mussorgski schafft, schweben. Ihr werdet Zeugen einer säkularen Levitation. Sofja Andrejewna Müller-Sossima nimmt es in die Luft. Der Große Saal ist elf Meter hoch. Also so schnell stößt sie nicht an oben. Augustin, du wirst neben ihr sitzen. Du könntest dich ein bisschen an sie klammern. Sie reißt dich natürlich mit. Aber sie kommt dann doch nicht bis an die Decke. Und nach dem 2. September könnt ihr mit mir auch über etwas anderes reden als über Sofja und Mussorgski. Aber bis zum 2. September über nichts anderes. Gell, Augustin. Du weißt Bescheid. Augustin und ich sind die einzigen Freunde, die es gibt. Ich darf sagen, was ich sagen will. Sagen muss. Augustin erlaubt's nicht nur, er will es. Ich habe ein Leben lang nicht sagen dürfen, was ich habe sagen wollen. Mein Vater, Gott hab ihn selig, das Militär, eine einzige Fremdsprache. Nichts gegen Fremdsprachen. Mama war die erste Fremdsprache. Unsere Schweizer Sprache hat sie nie erlernt. Von ihr hat es nur Französisch, Russisch und Deutsch gegeben. Das Militär ist die schwerste Fremdsprache gewesen. Hat Spaß gemacht, aber der Helikopterschlag ist fällig gewesen. Sonst hätt' ich keinen Freund in dieser Welt. Ja, die Firma. Sie ist ein Freund. Ein unfassbarer. Ein wildes Ross, das dich, ohne es zu wollen, in jeder Sekunde abwirft, wenn es dir nicht gelingt, den großen Reiter zu spielen. Um ihn spielen zu können, musst du natürlich einer sein, ein großer Reiter. Auch wenn du keiner bist. Erst Augustin hat mich sein lassen, wie ich bin. Wie ich wirklich bin. Wir haben uns auf einander zugeschrieben, Augustin und ich. Dieses Gefühl: Dir kann nichts passieren. Das allein ist Freundschaft. Nur das. Wenn dir was passieren kann, ist es Militär, Firma und all sowas. Von Mama sag ich nichts. Sie ist außer Konkurrenz. Ich könnte auch sagen: Sie ist absolut. So, und jetzt essen wir. Und beim Essen redet ihr. Das kann ich erwarten. Ihr könnt ja, da ihr mit Augustin kommt, nichts falsch machen. Guten Appetit, ihr Augustin-Zöglinge. Auf unser aller Wohl.

Die Gläser wurden gehoben, es wurde getrunken, dann sagte er: Ein Margaux 78, das darf ich schon sagen. Weil ihr es sonst nicht wisst. Und einen Wein trinken, ohne zu wissen, wie er heißt, das ist, wie einen anonymen Brief lesen. Zum Wohl.

Es wurde noch einmal getrunken.

Nach dem Essen, bei dem keiner sprach, der Kaffee am Tischchen. Herr Müller-Sossima bot Zigarren an. Massimo und Innozenz griffen zu. Dann sagte er, sie müssten, wenn sie hier bleiben wollten, wissen, wie und was hier gespielt werde. Wie er und Augustin einander kriegten, habe Augustin ihnen gestern erzählt. Und gestern habe er, weil Michail Gorbatschow überraschend eingetroffen sei, in Bern sein müssen. Sein wollen. Nationalrat der Freisinnigen. Bis vor zwei Jahren. Von der Mutter hat er das Sossima. Sie, geboren in Petersburg, 1917, Sofja Sossima, 1939 von dem Schweizer Ingenieur Berthold-Traugott Müller aus einer beginnen wollenden Klavierkarriere weggeheiratet. Dieser Berthold-Traugott verbietet dem Sohn die Musik. Die Firma! Nichts als die Firma! Also wird gelernt, studiert, was die Firma will. Thur-Tech, Büromaschinen. Er weiß, befreien kann dich nur der Erfolg. Und konstruiert Oblomov. Oblomov I war das. Inzwischen wird Oblomov XIV in siebzehn Ländern produziert. Eine Daten-Schredder-Großanlage, die, egal was man ihr gibt, zu Staub zermahlt. Der Erfolg war da. Also darf er in die Politik. Zu den Freisinnigen. Wegweisend ein Freund, Ernst Mühlemann. Er hat ihm gezeigt, was man von sich verlangen kann. Eine Leidenschaft verband sie: Russland. Russland muss in den Europarat. Also selber nach Straßburg, in den Europarat, dort Moskau-Spezialist, russophil genannt, keiner kann Russisch wie er. Gorbatschow erscheint und wird Modests Freund. Glasnost, Perestroika, für ihn wird's ein Fieber. Als Gorbatschow an dieser steilen Kaukasus-Böschung Helmut Kohl die Hand reicht, um ihm heraufzuhelfen, steht Modest hinter Gorbatschow, um ihn, falls Kohl zu schwer wird, zu halten.

Als im Sommer 89 die russischen Arbeiter nicht mehr mitmachen und überall im Land streiken, war Modest bei Michail, und der verkündete: Ein Drittel des Parteivermögens der KPdSU wird sofort unter den Armen verteilt.

1,5 Milliarden Mark. Das hat noch keine KP geschafft. Sein Beitrag: Der 20-Fragen-Katalog, mit dem Straßburg ihn nach Moskau schickt. Zwanzig Fragen, ob Russland reif sei für Europa. Die Juristen verneinen das. Er hin mit den zwanzig Fragen und dort herumgereist. Mit einem Kamov-Hubschrauber. Recherchiert, wie noch nie recherchiert wurde in Russland. Und zurück. Wie hat sich Russland benommen in den drei Krisen, 1984, 1991 und 1993? Die Europäer in Straßburg tun sich schwer. Aber am 24. Januar 1996 ist es so weit. Zuerst die längste Debatte, die der Europarat je hatte. Ernst Mühlemann und er, ohne Ernst wäre er nie so weit gekommen, sie beantworten hundert Wortmeldungen, ohne Manuskript, nehmen Stellung zu 36 Abänderungsvorschlägen. Abends um sieben sind es 164 Ja- und 35 Nein-Stimmen. 15 Enthaltungen. Er hinaus, ans Telefon: Mama! Russland ist zurück in Europa! Und sie: Vor einer Stunde ist Berthold gestorben. Er konnte nichts mehr sagen. Also sagte sie: Einfach so. Vom Stuhl gefallen. Sie am Klavier. Herr Müller-Sossima machte eine Pause. Dann sagte er: Für heute reicht's. Vielleicht noch diese Petitesse: Augustin wird, was hier auf der Insel entsteht, leiten.

Jetzt, schaut ihn euch an! Seht ihr die Zungenspitze zwischen seinen Lippen. Das heißt: Er macht mit.

Der Professor: Nur weil ich nicht weiß, was.

Und Müller-Sossima: Genau. Und trank aus und stand auf und umarmte den Professor. Ohne den, sagte er dann, wär' ich ja auch nicht hier.

Als er draußen war, setzten sich die fünf wieder.

Der Professor: Luigi, du wirst weiterstudieren. Aber

du, Massimo, kannst, wenn du willst, nächste Woche nicht nur die Geißen bringen, sondern auch Kirki. Ihr könnt hier bleiben. Modest will es. Ich will es.

Massimo brachte heraus: In einer Woche werde er nicht nur die Geißen bringen, sondern auch Kirki. Alle applaudierten. Dann gingen die zwei. Der Professor sagte, was er vorhabe, hier vorhabe, werde seinen Freund Modest nicht stören. Mehr wollte er jetzt nicht sagen.

Percy sagte: Zum Wohl. Und trank aus.

Innozenz sagte, er habe auch etwas vor. Hier. Er müsse zugeben, dass Herr Müller-Sossima in ihm eine Idee geweckt habe, von der er jetzt glaube, sie sei schon immer in ihm gewesen, schlummernd, darauf wartend, geweckt zu werden. Das sei heute geschehen. Durch Modest Müller-Sossima. Ja, Freunde. Auf dieser Insel könne er sein Projekt zu dem Ende führen, zu dem es immer unterwegs war. Er füge sich einer Tendenz, die er allmählich begriffen habe. Sie sei sozusagen epochenimmanent. Er sei nur derjenige, der sie erspürt habe und der ihr deshalb zum Durchbruch verhelfen müsse. Diese Tendenz habe sich bei seiner Arbeit an der Scherblinger Anthologie entwickelt. Jetzt sei sie wirklichkeitsreif und habe ab heute einen Namen: Oblomov. Es müsse nicht gleich XIV sein. Er werde über das Internet weiter Manuskripte fordern von allen, die bereit und fähig seien zu schreiben. Aber er werde bekanntmachen, dass er diese Manuskripte dem Schredder übergebe. Den wolle er hier auf der Insel etablieren. Der wird aber nicht Schredder und schon gar nicht Reißwolf heißen, sondern Oblomov. Und er sei sicher, dass sich diese Idee, für Oblomov zu schreiben, durchsetzen werde. Er vertraue, dass diese Idee Echos produzieren werde in jedem, der ein bisschen Erfahrung habe. Und diese Echos, sagte er dann abschließend, führen zu Oblomov. Und in die ehrwürdigste Urne. Auf der steht immer der Name des Verfassers, der Titel des Werks und das Datum der Oblomovisierung.

Ich folge dir, Innozenz, sagte der Professor.

Percy konnte jetzt nicht wie Innozenz mit einem Plan aufwarten, der eine Steigerung des Bisherigen war. Er sagte: Der Professor ist Gott sei Dank wieder der Professor. Vielleicht noch leiser, noch leichter, noch federnder als je, also noch mehr der Professor als je.

Und Innozenz: Das Feinstlein-Stadium ist erreicht.

Und Percy: Ich habe nur ein Bedürfnis.

Und Innozenz: Sag's.

Das Unwillkürliche, sagte Percy, zur Geltung bringen.

Wir sind gespannt, sagte der Professor.

Percy sagte: Ich auch.

3.

Als Percy im Bett lag, dachte er: Und wenn jetzt einer von den zweien dein Vater wäre? Sobald er das dachte, spürte er eine Art Zärtlichkeitsaufwallung. Und stellte sich vor, ein Vater müsste überhaupt nichts sagen. Und er, der Sohn, genauso wenig. Bei einem Vater könnte man stumm sein. Und dachte an das Scherblinger Schweigen. Wenn er und der Professor eine unmessbare Zeit lang nichts sagten, und keiner wartete darauf, dass der andere etwas sage. Diese Gemeinsamkeit beim Schweigen war vorbei. Das war Scherblingen. Der Professor war nicht mehr sein Professor! Und tat auch gar nicht so, als sei er es noch! Er war anders, als er gewesen war! Er war nicht fremder. Aber schwerer. Weniger gegenwärtig. Percy spürte, dass es nicht so war, wie er vorher gesagt hatte. Der Professor ist wieder der Professor, hatte er im Stimmungsübereifer dahingesagt. Und Innozenz hatte es gleich fixiert. Es stimmte nicht. Der Professor wirkte alles andere als leichter. Leiser schon. Aber federnder nicht. Das passierte oft genug, dass Percy sich Männer, die ihn beeindruckten, als Vater wünschte. Er fand sich immer wieder dabei, sich diesen und jenen Mann als seinen Vater vorzustellen. Pfarrer Studer zum Beispiel. Er musste sich dann beherrschen, dass derjenige das nicht bemerkte. Eine Art schnelle Verliebtheit war das. Manchmal ging sie schneller, manchmal langsamer vorbei. In Scherblingen war natürlich der Professor sein Vater. Keiner vor ihm war so lange sein Vater gewesen wie der Professor. Das Wunderbare: Der Professor hat sich Percys oft schwärmerische Sohnesliebe nicht nur gefallen lassen, er hat sogar mitgespielt.

Allerdings – eine schneidende Erinnerung – Mutter Fini hat verboten, mit dem Professor zum Notar zu gehen. Lass es mich nicht erklären müssen, lass es mich einfach verbieten. Hat sie geschrieben. Und geschlossen: Deine schwächer werdende Mutter Mutter Fini. Manchmal unterschrieb sie jetzt nur mit dem Vornamen. Den aber nicht als Josefine, sondern als Mutter Fini. Und sie hat noch nie zweimal gleich gegrüßt. Ihre Schluss-Grüße sind immer genaueste Auskunft über die Stimmung, in die sie sich in diesem Brief hineingeschrieben hat. Percy sagt sich nachts oft diese Schluss-Grüße vor, weil alle diese Grüße nur den Sinn haben, von ihm immer wieder wiederholt zu werden. Deine vom Stolz auf Dich geblendete Mutter Fini. Deine vor Armseligkeit nicht bis zu Dir reichende Mutter Fini. Deine Dich mordsmäßig streichelnde Mutter Fini. Deine die Welt von Dir überzeugende Mutter Fini. Deine von allen guten Geistern verlassene Politikerin Mutter Fini. Deine Dir zuliebe geschmacklose Mutter Fini. Deine Ersatzdienst leistende Mutter Fini. Deine nichtsnutzige Mutter Fini. Deine Mutter Fini, die Schmutzige. Deine wertfreie Mutter Fini. Deine leblose Mutter Fini. Deine von der Morgensonne beleuchtete Mutter Fini. Deine Mutter Fini im Abgrund.

Den adoptier' ich! Percy meinte jetzt Müller-Sossima.

Er hatte zu viel getrunken, das wusste er auch. Er prüfte den Anteil des Alkohols in seinem Einfall, zog den Alkoholanteil vom Einfall ab, es blieb übrig: Wenn seine Mutter tot ist, adoptier' ich ihn. Diese Vorstellung legte sich wie eine warme Decke über ihn. Ewald Kainz blieb draußen. Ewald Kainz mit seinen Vorwürfen. Warum hast du das zugelassen, dass ich mich erhängte? Dich habe ich es wissen lassen. Warum …

Percy schmiegte sich dem überall rundlichen Müller-Sossima in den Arm. Das war ein Vater nach Percys Geschmack. Seine Sprache. Ein Hauch Mutter Fini. Mutter Finis Gellnauer Ton. Als das Messer das Steak nicht schnitt, sagte er: Des haut it. Genau so hat es Mutter Fini auch gesagt.

Wenn er einem Vater verfiel, erlebte er das jedes Mal, als sei es das erste Mal. Und das letzte Mal. Diesen Vater würde er nicht mehr hergeben.

4.

Wenn Herr Müller-Sossima nach der Probe mit ihnen essen wollte, wurde immer im Abtszimmer gegessen. Jetzt immer mit Kirki und Massimo. Kirki war ein kleiner mediterraner Vogel, eine fast winzige Frau. An ihr fand das Alter nichts, was es zerstören konnte. Sie hat sicher vor zwanzig Jahren nicht anders ausgesehen als jetzt. Und Massimo glühte vor Eifer, ihr in jeder Sekunde zu demonstrieren, dass er jetzt nur noch für sie leben und arbeiten wolle. Der Professor hatte, als er Kirki begrüßt hatte, gesagt, Kirki in Scherblingen zurückzulassen hieße, die eigene Seele zurückzulassen.

Herr Müller-Sossima trat immer als der selig Erschöpfte ins Abtszimmer. Jedes Mal wurde erlebbar, was er wieder vorhatte. Außer Essen und Trinken. Es müsse jetzt ausgesprochen werden, sagte er diesmal, worauf die Ankömmlinge sich freuen dürften. Er sei kein Wohltäter. Aber ein Täter. Immer gewesen. Am 2. September, an Mutters Geburtstag, werde er, wie sie schon wüssten, Mussorgskis Paradestück dirigieren. Um elf Uhr. Dann das Festmahl. Die Tischrede werde er nicht selber halten, sondern – und wem zuliebe würde er lieber auf das Vorrecht der Tischrede verzichten als dem zuliebe, der die Tischrede am 2. September halten wird – Michail Gorbatschow! Gorbatschow will, sagt er, in seiner schönsten

Stunde zu ihm stehen, weil er in Gorbatschows schlimmsten Stunden bei ihm war, am 19. August 1991, als in Moskau gegen Gorbatschow geputscht wurde, als so gut wie alle ihn verlassen hatten, als er nur durch seinen Rücktritt einen Bürgerkrieg verhindern konnte. Und mit ihm sei ja die politische Kommission des Nationalrats zu Gorbatschow gestanden. Wenn Michail Gorbatschow die Eröffnung der Sofja-Akademie feiere, sei sie in der Epoche angekommen. Abends werde er, müsse er selber das Wort ergreifen und sich vom Wort ergreifen lassen. Im Großen Saal. Da wird er die Sofja-Akademie der Öffentlichkeit vorstellen. Gestatten, Sofja-Akademie, Rheinau. Die Akademie für Unvollendete. So wird sie heißen. Sechshundert Zellen hatte das Kloster, zwölfhundert Patienten die Klinik. Das Kloster von 844 bis 1863, die Klinik von 1867 bis 2000. Und jetzt von 2007 bis in alle Zukunft hinein: Akademie für Unvollendete.

Alle, die durch irgendwelche Schicksale verhindert wurden, Musik zu studieren, sollen jetzt auf der Insel Rheinau Musik studieren. Eine Musikwelt soll entstehen, in der es keine Verhinderung mehr gibt. Dafür hat er gesorgt. Das ist organisiert. Das wird am 2. September der Öffentlichkeit serviert. Und was er an diesem Abend im Großen Saal sagen wird, wird er nicht ablesen von einem Papier. Und damit will er von Anfang an sagen, dass in dieser Akademie nie vom Papier gelesen wird, was zu sagen ist. Nur was einer sagen kann, ohne es abzulesen, soll hier gesagt werden. Weil nämlich, was auf der Insel Rheinau gesagt wird, von Erfahrung leben und von Erfahrung zeugen soll. Die Erfahrung ist die Mutter der Notwendigkeit. Und notwendig soll sein, was hier gesagt wird. Und damit ist schon gesagt, warum ihm die Ankunft Augustins wichtig ist. Als er erfuhr, was mit Augustin dort passiert ist, habe er sofort gespürt: Das ist eine Fügung ihm zuliebe, seinem Projekt zuliebe. Deshalb sei er sofort hinüber und habe sich dort von mehr als einem unterrichten lassen. Erst zuletzt von Augustin selbst. Herr Dr. Bruderhofer schwelgte zuerst im Rechthaben. Ein Selbstmord in der Geschlossenen Abteilung. Der Staatsanwalt will wissen, wie so etwas möglich ist. Das sei, sagt Dr. Bruderhofer, die Spezialtherapie Professor Feinlein. Das sei keine Panne, das sei ein Ergebnis. Ein Menschenleben, geopfert auf dem Altar der Gesundbeterei. Er, der Schweizer, bietet Herrn Dr. Bruderhofer an, Professor Feinlein einzuladen in die Schweiz. Auf Ehrenwort. Des Inhalts: Augustin Feinlein werde der Forensik Genüge tun. Werde den Fall der Selbsttötung der Staatsanwaltschaft verständlich machen. Soweit so etwas verständlich sein darf. Und die Monstranz-Geschichte ist eine Anekdote ohne rechtlich fassbare Folgen. Und siehe da, nach zweitägigem Reden, auch unter Einbeziehung der Ärzteversammlung, darf Augustin Feinlein Scherblingen verlassen. Und darf mitnehmen, wen und was er will. Unter seinen politischen Handlungen sei Augustins Befreiung aus Scherblinger Banden wirklich die simpelste. Jetzt seien sie da. Auf der Insel. Und wenn sich etwas so fügt, wie sich das mit Augustin gefügt hat, dann spürt er, dass seine Akademie leben wird. Für ihn würde, was Augustin passiert ist, genügen, hier auf der Insel eine Akademie zu gründen, in der Augustin wirken kann. Dass er nun aber schon eine

Akademie konzipiert hat, die er Augustin anbieten kann, das zeigt die geradezu stürmische Gunst der Stunde. Der Akademie für Unvollendete konnte nichts Schöneres passieren als deine Ankunft. Deine und die deiner Getreuen. Ich darf endlich Musik machen und darf endlich meinen Freund bei mir haben. Das Leben strotzt auf einmal vor Sinn. Augustin, verzeih mir, dass mir erst in diesem Augenblick einfällt, dich zu bitten, von jetzt an hier zu wohnen in den Räumen, in denen die Äbte und die Klinikdirektoren gewohnt haben. Du bist der Direktor meiner Akademie! Lasst uns darauf trinken, dass dem Leben nicht schwindlig werde vor diesem Andrang an Erfüllung. Sie tranken.

Modest Müller-Sossima war ein Redner. Ein geborener Redner. Man erlebte direkt, wie ihm, was er sagen wollte, zuflog, wie es ihn belebte, ja, beglückte. Man erlebte jedes Mal, wenn er sprach, die Geburt einer Rede. Ihm wurde alles zur Rede. Und: Er warb nicht um Zustimmung zu dem, was er sagte. Er teilte es mit, als sei es die einzige Möglichkeit.

Percy wollte keinen anderen Vater mehr als Modest Müller-Sossima. Und dachte wieder: Sobald seine Mutter tot ist, adoptier' ich ihn. Dass ein Sohn einen Vater adoptieren kann, ist doch längst fällig. Jedes Zusammensein mit diesem Mann vermehrte, was Percy mit ihm gemeinsam haben wollte oder schon hatte. Reden ohne Aufgeschriebenes! Percy wusste geradezu, Herr Müller-Sossima werde beim nächsten Abendessen fordern, dass nicht nur nichts Aufgeschriebenes gesagt werde, sondern dass auch nichts Gesagtes aufgeschrieben werde. Und als das beim nächsten Abendessen tatsächlich genau so geschah, konnte Percy sich nicht beherrschen und rief: Jaa, genau!

Jetzt war es der Professor, der seinem Freund Modest erklärte, dass Percy bei seinen öffentlichen Reden nicht nur nie Aufgeschriebenes ablese, sondern es auch ablehne, dass, was er sage, aufgeschrieben oder aufgenommen werde. Ihm gegenüber habe Percy einmal das Ablesen von Fixiertem als Trivialisierung des Augenblicks bezeichnet. Der Heiligkeit des Augenblicks, korrigierte Percy.

Der Professor: Entschuldige, ja, natürlich Trivialisierung der Heiligkeit des Augenblicks.

Herr Müller-Sossima hob wieder das Glas: Freunde, dass ich jetzt endlich Musik machen darf, ist nichts anderes als das, was ihr gerade gesagt habt. Aufgenommene Musik ist doch nichts als Trivialisierung. Musik ist in dem Augenblick, in dem sie gemacht wird, die Heiligkeit des Augenblicks. Lasst uns, bitte, darauf trinken, dass es so viel Übereinstimmung gibt wie jetzt zwischen uns. Wir sind ein einzigartiges Orchester, liebe Freunde, zum Wohl.

5.

Du gehst allein hinauf, sagte Percy. Du teilst mit, dass du im Kofferraum eine Urne und ein Manuskript hast. Beides für sie. Und dass auf dem Beifahrersitz ein Feigling sitzt, der sich nicht hinauftraut. Abgesehen davon, da lies. Massimo las, was auf dem Schild neben dem Gartentor stand: Elsa Frommknecht, Logopädin.

Zweimal verheiratet, sagte Percy, und immer noch der Mädchenname.

Massimo ging hinauf, hörte droben die Musik aus der offenen Studiotür, teilte das pantomimisch mit und setzte sich auf die Holzbank zwischen den zwei Türen des Anbaus. Schließlich kam die Klavierspielerin heraus, Percy sah, wie Massimo seine Mitteilung zu machen versuchte. Dann nahm sie Massimo gleich durch die zweite Tür in ihr Sprechzimmer mit. Und es dauerte gute zwei Stunden, bis beide wieder erschienen. Dass Massimo ihn Elsa als Feigling gemeldet hatte, tat ihm jetzt weh. Was er Elsa wirklich hatte mitteilen wollen, ließ sich nicht durch einen Dritten mitteilen, und schon gar nicht durch einen so mühsam Sprechenden. Und selber hätte er ihr sagen müssen, dass er selber ihr nichts sagen könne. Das hätte er ihr gern gesagt. Aber wie? Die Aufdringlichkeit des Selbstgesprächs nach einem Versagen.

Massimo sagte, als er wieder neben Percy saß, er könne noch gar nicht sagen, wie gut diese Frau sei. Später, sagte er. Aber dass er jetzt eine Woche lang Atmen lerne, dann zweimal eine Woche lang hier behandelt werde, brachte er heraus.

Auf Urne und Manuskript habe Frau Frommknecht mit einer Handbewegung reagiert. Und zwar so, dass er, auch ohne Stottern, davon nicht noch einmal hätte anfangen können. Urne, Manuskript, Scherblingen, gar Ewald Kainz ... Ohne Heftigkeit, aber eindeutig wurde alles abgelehnt, was mit Scherblingen zu tun hatte. Sogar ganz mild habe sie das abgelehnt.

Super, sagte er, sei Elsa, una donna inquietante piacevole.

Es war viermal eine Woche nötig, bis Massimo, als er auf die Insel zurückkam, sagen konnte: Wir schaffen es wahrscheinlich. Und nach sechs Wochen galt die Behandlung als beendet. Sollte ein Rückfall eintreten, darf er sich bei Elsa Frommknecht melden. Die Rechnung würde sie Massimo schicken. Adresse Rheinau. Rechnungen jeder Art wurden von Enrico Federer bezahlt. Massimo erwies sich als der unendlich brauchbare Handwerker, der er war. Kirki führte die Hauswirtschaft und versorgte zusammen mit dem Professor die Tiere, die über dem Rhein im ehemaligen Gutshof untergekommen waren. In einer der vielen Werkstätten hatte Enrico Federer, einer Weisung Müller-Sossimas folgend, einen Schredder der Firma aufgestellt. Das fiel den Ankömmlingen bald genug auf: Man durfte, wenn Herr Müller-Sossima dabei war, nichts erwähnen, was einem fehlte.

Er merkte sich's und ließ es durch Enrico Federer besorgen. Der Schredder war ein Oblomov XI. Innozenz fing an, seine Scherblinger Anthologie ihrer Bestimmung zuzuführen.

Am erstaunlichsten war, was mit dem Professor geschah. Auch das ging nicht ohne Massimo. Er musste einen weißen Ärztemantel, eine weiße Arzthose und dazugehörige Schuhe mit einem schnell trocknenden silbernen Lack überziehen. Dann, jeden Samstag, das Gesicht, den Hals und die Hände des Professors. Auch der braunbeige Sommerhut erhielt den Silberanstrich. Dann musste er den Kopf des Professors auf ein Stück Sperrholz zeichnen, eine Profil-Ansicht, diesen Kopf aussägen und auch silbern überziehen. Massimo war glücklich. Es war, als hätte er genau auf solche Aufgaben gewartet. Den Kopf des Professors musste er an einen ebenfalls versilberten Draht hängen. Dann noch ein Holzschwert, auch versilbert. Den so ausstaffierten Professor musste er rheinaufwärts fahren und ihn an einer der Rheinbrücken so aufstellen, dass Passanten ihn für etwas Künstliches halten konnten. Eine Figur, die reglos stand, in der rechten Hand ein Schwert, an einem Draht, den die Linke hielt, der von der Figur abgeschlagene Kopf der Figur. Für Zahlungsfreudige hatte Massimo einen silbern angemalten Geigenkasten neben den Professor zu platzieren. Einmal pro Woche geschah das. Abends holte Massimo den Professor ab, brachte ihn zurück auf die Insel. Beim Essen war der Professor dann wieder der Professor. Da er zweifellos wusste, dass Percy und Innozenz von Massimo über seine Ausflüge informiert wurden, hielt er es offenbar nicht für nötig, mit ihnen darüber zu sprechen. Er meldete allerdings jedes Mal, wie viel Euro und Franken im Geigenkasten gelandet waren.

6.

Es war am letzten Sonntag im August, genau eine Woche vor dem Festtag aller Festtage. Herr Müller-Sossima kam wieder um neun herum ins Abtszimmer, das inzwischen ganz und gar Augustin Feinleins Zimmer war. Und Kirki führte den Vierzimmerhaushalt. Augustin setzte sich jetzt immer aufwandlos auf den Stuhl an der Stirnseite des Tischs. Kirki ließ sich in der Küche und beim Servieren von Massimo helfen. Und wenn serviert war, setzten sich beide dazu. Herr Müller-Sossima war an diesem Abend noch lebhafter als sonst. Oder war er aufgeregter? Er sagte es gleich selber, dass ihn die Proben zugleich zum glücklichsten wie zum elendesten Menschen der Welt machten: Dass er die Musik so lange habe warten lassen, verzeihe sie ihm nicht. Die Musik! Davon wolle er heute nicht reden. Sein Leben sei ja nichts anderes gewesen als ein andauerndes Aufschieben von allem, was ihm wichtig gewesen war, er habe immer nur das Zweitwichtigste getan statt das Wichtigste. Politik, Thur-Tech, Familie, Musik. Und selbst jetzt verfahre er mit sich und seinen Freunden nach diesem Aufschubprinzip. Aber an diesem Abend, genau eine Woche vor SEINEM Abend, an diesem Abend müsse hier endlich gesprochen werden über Augustins Jenseits. Alle hier haben es gelesen, haben sich rühren und berühren lassen, aber nie davon geredet. Jetzt schaut hin zu ihm, schaut ihn an, wie sich seine zarte Zunge zwischen die bescheiden bleiben wollenden Lippen schiebt. Augustin ist gespannt auf unsere Reaktion. Jeder von uns hat ihn sicher schon beiläufig wissen lassen, dass ihm sein Jenseits gefallen habe, weil wir darin Augustin näher kommen, als er es uns sonst gestattet. Gut. Jetzt aber mein Geständnis. Als ich gehört habe, dass Augustin vor der Dießenhofener Brücke den Stillstehenden, den Erstarrten spielt, hat es bei mir gefunkt. Über dem Rhein drüben und droben auf dem Hügel das Schloss. Und heißt Wigolfing. Ich kann nicht so tun, als spürte ich nicht eine Tendenz in Augustins Zurschaustellung. Ich kann auch nicht so tun, als erinnerte er mich in dieser Pose nicht an eine Erscheinung in Rom. Ich weiß, dass darüber nicht geredet werden muss. Aber wir, wir in diesem erhabenen Raum, dieser Raum lebt ja von lauter Dargestelltheit, wir wollen, wir können hier nicht so tun, als spürten wir nicht die Tendenz in Augustins Silber-Erscheinung. Kurzum, ich hab's nicht ausgehalten, ich habe hinfahren müssen und vorbeigehen müssen an der Silber-Erscheinung. Ich war, Augustin, ich war, entschuldige, erschüttert. Das geb' ich zu. Lieber Augustin, wir trinken jetzt auf deine Silber-Erscheinung.

Es wurde getrunken.

Und Augustin: Ich danke dir, Modest. Und sage auch gern, dass ich heute, als ich die Beute zählte, gewusst habe, dass du vorbeigekommen bist. Ich kann ja inzwischen stehen, ohne die Augen zu öffnen. Aber als ich dann im

Geigenkasten den Fünfzigfrankenschein sah, habe ich gewusst, dass du da warst.

Herr Müller-Sossima ging bald. Die Musik, sagte er.

Percy, im Bett wieder: Den adoptier' ich.

7.

Sie habe gerade das erste Panorama des Mussorgski-Stücks gespielt. Nel modo russico, steht da drüber. Da ruft Modest, dass er sich nicht wohlfühle. Mich sticht's überall hinein, sagt er. Sie hört nicht auf zu spielen, ruft aber zurück, er solle ein bisschen hin und her gehen, das tue ihm gut. Er tut's und ruft: Das tut mir tatsächlich gut. Sie spielt weiter, ruft aber, nachdem sie *Das Alte Schloß* gespielt hat: Und, wie ist es jetzt? Keine Antwort. Sie ruft dreimal. Keine Antwort. Geht hinüber. Er liegt auf dem Teppich. Sie hin. Sie sagt: Was machst denn du für Sachen. Aus einem Mundwinkel fließt Blut. Sie ruft den Notarzt. In sieben Minuten ist der da. Mit drei Pflegern. Sie stecken ihm eine Leitung in den Mund. Pumpen. Der Brustkorb geht auf und ab. Die geben nicht auf. Dann der Arzt: Wir kriegen nichts mehr hin. Ich muss Ihnen sagen: Ihr Sohn ist tot.

Und am Sonntag spielte die an diesem Tag neunzig Werdende Mussorgski: *Bilder einer Ausstellung*. Sie sagt, sie spiele das Original, das ihr Sohn mit dem von Ravel bestimmten Orchester heute für sie dirigieren wollte. Und spielt.

Percy hat das Gefühl, sie habe gleich vergessen, dass Leute da seien, die ihr zuhörten. Wenn Frau Müller-Sossima an irgendeiner Stelle aufgehört hätte, man hätte sich nicht gewundert. Und als sie dann aufhörte, blieb es still im Saal. Und sie stand auf und bedeutete mit einer Geste, dass diese Stille richtig sei. Und ging. Am Abend eröffnete sie die Akademie für Unvollendete. Sie sprach. Ihr Leben. Das Leben ihres Sohnes. Die Musik in ihrem Leben und im Leben ihres Sohnes. Und was sich für ihren Sohn daraus ergab: die Akademie für Unvollendete. Es ist ihr recht, dass Modest der Akademie ihren Namen geben wollte. Soll sie also so heißen.

Dann sprach Augustin Feinlein. Er werde den Willen seines Freundes erfüllen. Uns bleibt nichts anderes übrig, als das zu tun, was er besser getan hätte, als wir es können. Aber dass wir es weniger gut können, als er es gekonnt hätte, erlaubt uns nicht zu resignieren. Die Sofja-Akademie, die Akademie für Unvollendete, wird sein Vermächtnis sein. Das versprechen wir. Ihm. Modest hat mir gesagt, was er mit dieser Akademie vorhatte. Er hat sie mir anvertraut. Ich will sein Vertrauen ehren. Die Welt kommt nicht aus ohne das, was sie Vollendung nennt. Es ist ein schöner Zwang. Wir verdanken diesem Zwang viel. Immer und überall. Auch in der Musik. Aber störbarer ist nichts als das, was Musik werden will. Der Anflug, das Ununterworfene, das Ununterwerfbare, das Unvollendbare. Die Akademie für Unvollendete will den Zwang abschaffen, die Störung draußen halten, die Sphäre schützen, das, was werden will, sich selbst überlassen. Es ist ein Freiheitsexperiment. Modest Müller-Sossima hat an den Segen des Freiseins geglaubt. Weil er sich ihn erkämpfen musste.

8.

Sobald Percy im Bett lag, fing er an zu weinen. Immer neue Ausbrüche. Keine Wörter, keine Sätze, nichts als Weinen. Ohne Inhalt, ohne Bedeutung. Das Einzige, was er vermochte: eine Art Lautlosigkeit. Es wurde schon hell, bis er einschlafen konnte.

Als er aufwachte, dieser süße Geschmack im Mund. Blut. Sein Blut. Nie mehr, jetzt nie mehr einen Vater adoptieren. Der süße Geschmack im Mund ließ ihn nichts anderes denken. In einem Mundwinkel Blut, hatte die Neunzigjährige gesagt. Hatte ihm je jemand so gefehlt wie jetzt Modest Müller-Sossima? Modest Müller-Sossima. Dieser Liebe, Rundliche, diese Feinheit und Aufmerksamkeit, dieser alles Ermöglichende, dieser Freiheitsmensch, dieser …

Percy musste aufstehen. Er musste etwas anderes finden, an das er denken konnte. Etwas oder jemanden. In seinem Inneren gab es nichts als Modest. Es gab kein bisschen Aussicht, an etwas anderes zu denken. Er hatte schon zu viel mitgekriegt von diesem An-alles-Denkenden. Er war vergiftet. Wie diese Augen loswerden? Diesen Blick? Sofort nachsterben. Ihm. Nicht mehr da sein. Wie geht das? Wo, bitte, ist der jetzt? Verlassener warst du noch nie. Du selbst nur noch eine einzige Verlassenheit. Bisher hat dir noch nie jemand gefehlt. Mutter Fini hat dich ausgestattet mit einem unverbrauchbaren Vertrauen zu dir selber, zu allem. Und jetzt bist du nichts, weil der dir fehlt. Weil der dir fehlt, fehlt dir alles. Dass der tot sein kann, wo er dir so lebendig ist. Immer noch …

Weil es Tag war, konnte Percy nicht mehr weinen. Aber ihm war nach nichts als nach Weinen. Also weinte er. Wenn auch verhaltener als in der Nacht. Und musste denken: Hoffentlich kommt jetzt niemand. Und die Gemeinheit, dass er mit diesem Modest noch nicht hatte sprechen dürfen. Alles war Ankündigung, Versprechen, Hinreißung. Und jetzt? Unvollendet! Soll das ein Witz sein? Geht es so zu in der Welt? Zuerst diese jeden Tag noch heftigere Zukunftseröffnung, diese Verwandlung der Welt in eine Möglichkeit. Und dann das. Das. Das!

So wie er jetzt war und fühlte, konnte er nicht unter die Leute. Warum war Modest von allen Männern, die er kennengelernt hatte, der vaterhafteste? Den adoptier' ich! Das hatte er vorher nie so laut empfunden.

Als er Mutter Fini geschrieben hatte, dass der Professor ihn adoptieren wolle, hatte sie mit einer Frage geantwortet: Ist er ein glücklicher Mensch. Percy hatte den Professor gefragt, ob er ein glücklicher Mensch sei. Der Professor hatte gespürt, um was es ging, hatte längere Zeit nichts gesagt, dann den Kopf geschüttelt. Ein paar Tage später: Das Wort glücklich komme bei ihm nicht vor, weder mit Ja noch mit Nein. Percy hatte Mutter Fini geschrieben, der Professor sei weder das eine noch das andere. Mutter Fini hatte geantwortet: Als Vater kommt in

Frage nur ein glücklicher Mensch. Also Modest Müller-Sossima …

Es klopfte an der Tür. Da das noch nie vorgekommen war, sagte er nichts. Aber es klopfte noch einmal, und eine Stimme sagte etwas, was man durch diese dicken Klosterzellentüren nicht verstand. Er machte auf. Massimo. Der entschuldigte sich. Er hat einen Schrieb auf seinem Tisch gefunden, den versteht er nicht. Percy liest: Wiederkehrende Prüfung aller oberirdischen Heizölverbrauchertankanlagen mit einem Nenninhalt von 20 000 Litern oder weniger.

Massimo: Er kenne drüben auf dem Festland bis jetzt nur die Holzschnitzelfeuerung. Es müsse aber auch eine Ölfeuerung geben. Und die, sagte Percy, hat garantiert nur Tanks mit mehr als 20 000 Litern und ist unterirdisch, also betrifft dich das nicht.

Massimo sagte, Enrico sei im Urlaub, sonst hätte er den gefragt. Dann noch, dass es ihm nicht leichtgefallen sei, einfach bei Percy zu klopfen.

Massimo, rief Percy, Massimo!

Und umarmte ihn heftig. Er lasse ihn erst los, wenn Massimo verspreche, so etwas nie wieder zu sagen!

Nur noch denken, sagte Massimo.

Massimo, sagte Percy, du bist doch der, der hier alles zusammenhält.

Als Percy wieder allein war, spürte er, dass die Schärfe, in der ihm erschien, was er jetzt verloren hat, zunahm. Er hatte nicht verhindert, dass Ewald sich tötete. Das tat weh. Aber es war eine Wut. Ein Schrei. Du hättest bei ihm bleiben müssen, bis … Immer. Du wärst dafür da gewesen, dass er sich nicht tötet. Ewald hätte verstehen müssen, dass er dir das nicht zufügen kann. Du hast nicht die mindeste Bedeutung gehabt für ihn. Das ist das, was dir jetzt wehtut. Du tust dir leid. Wenn du an Ewald denkst, möchtest du schreien. Wenn du an Müller-Sossima denkst, musst du weinen. Nichts als weinen. Weil er dir fehlt, wie dir noch nie jemand gefehlt hat. Die Leere, die du jetzt spürst, lass sie dir gefallen. Wehr dich nicht. Wehr dich. Lass sie dir nicht gefallen. Schreib Müller-Sossima-Sätze auf.

Er schrieb auf: Schwache Nieren, das verbindet mich mit Mozart. Und zum Professor: Wir haben uns auf einander zugeschrieben. Und: Sein Freund, der Pfarrer Ackeret, hat ihn angerufen: Es ist niemand gestorben, du kannst morgen kommen. Und: Wenn ich einem Mitarbeiter gegenüber kein zustimmendes Wort finde, schweige ich lieber. Und: Dem Professor hat er erzählt, ihm seien unzählige Dr. h. c.s angeboten worden. Er habe höflich abgelehnt. Er müsse seinen Namen schützen vor solchen Accessoires.

Percy würde ein Verzeichnis mit Müller-Sossima-Sätzen anlegen. Nur um etwas zu tun, was mit dem Gestorbenen zu tun hatte. Er würde die anderen nach solchen Sätzen fragen.

Und schrieb gleich noch einen solchen Satz hin: Nützlich sein tut gut. Nützlich scheinen strengt an. Und: Jeder Mensch hat nur eine Mutter. Also ist die Mutter schon von Natur aus einzigartig. Und: Was wir in jeder anderen Hinsicht vermeiden, im Geistig-Seelischen leben wir fast ausschließlich von Konserven. Diesen letzten Satz schrieb er dreimal auf. Und sagte laut ins Zimmer, als wäre da noch jemand, zu dem er spräche: Das ist mein Programm.

9.

An die Staatsanwaltschaft Ravensburg.
Zur Selbsttötung von Ewald Kainz.

Niemand kann sich hineinversetzen in jemanden, der sich töten wird oder sich getötet hat.

Ewald Kainz hat viermal versucht, sich zu töten. Beim vierten Mal ist es gelungen. Das kann so gesagt werden, dass er unter verschiedensten Umständen nicht imstande war, diese Umstände erträglich zu finden. Auch wenn er diese Umstände selber geschaffen hatte. Sein Anspruch war unerfüllbar. Auch der an sich selbst. Sich selber zu töten, ist die größtmögliche Distanz zu allem. Diese Tat fordert dazu auf, auf Verständnis zu verzichten, oder jeden Verständnisversuch als das zu sehen, was er ist: ein Versuch, sich selber zu beruhigen. Es ist schwer erträglich, dass ein Mensch, den man zu kennen glaubte, sich so absolut entfernen konnte. Es gibt Handlungen, die überhaupt nicht verantwortet werden müssen. Dazu gehört die Selbsttötung. Niemand ist da schuld. Auch der nicht, der sich getötet hat. Das darf sein: eine Handlung, die geschehen ist, ohne dass es dafür einen Schuldigen geben kann. Diese Handlung ist nichts als sie selbst. Sie verstehen zu wollen heißt, sie herabzuziehen in unsere Sinnbedürftigkeit. Und das heißt, sie zu fälschen.

Anton P. Schlugen.

Als er das so geschrieben hatte, fiel ihm ein, dass das Gutachten nicht von ihm, sondern vom Professor unterschrieben werden musste. Er strich seinen Namen durch und schrieb drunter: Prof. Dr. Dr. Augustin Feinlein. Dann ging er durch den langen Gang. Die Gänge in Scherblingen waren ihm auch lang und hochfein vorgekommen. Verglichen mit den Rheinauer Gängen waren es brave Flure. Die benediktinische Dimension. Und jeder hatte hier eine Zelle zum Schlafen und eine zum Arbeiten. Oder zum Beten. Die Treppe hinab ins Parterre war nichts als gewaltig. Drunten hatte der Professor ein Sekretariat eingerichtet. Da herrschte Kirki. Er klopfte. Keine Antwort. Er klopfte stärker. Schließlich drückte er die Klinke so leise wie möglich hinunter. Die Tür gab nach. Kirki saß an ihrem Schreibtisch, zurückgelehnt, die Augen geschlossen. Ihre Arme hingen herab. Sie war ohnmächtig. Er ging vorsichtig hin zu ihr. Sie atmete. Er sagte so leise wie möglich: Kirki. Keine Reaktion. Er sagte noch einmal: Kirki. Ihre Hände fuhren ihr vors Gesicht. Sie schrie. Es war nicht verständlich, was sie schrie. Kirki hatte ohnehin eine hohe, eher dünne Stimme. Ihr Schrei war so grell, weil ihre Stimme so hoch und so dünn war. Ihr Schrei war wie ein Stich. Der nicht aufhörte.

Der hohe große Raum machte ihren Schrei noch größer. Und mit einem Mal fiel ihr Kopf nach vorn auf die Tischplatte, ihre Hände fielen neben ihren Kopf. Sie schrie nicht mehr. Ihre Hände kratzten auf der Tischplatte. Jetzt wimmerte sie. Ihr Wimmern war nichts als ein unaufhörlicher hoher Ton. Ein gleichbleibender allerhöchster Ton. Ein Schrei nach innen. Er musste Massimo holen. Aber der konnte überall sein. Überall, wo er gebraucht wurde. Der Hausmeister konnte wissen, wo er Massimo gerade beschäftigte. Nein, es war Samstag. Der Tag des Professors auf der Brücke, um diese Zeit holte Massimo ihn ab.

Kirki in diesem Zustand allein zu lassen, war nicht möglich. Er dachte an den Satz des Professors: Kirki in Scherblingen zu lassen, das hieße, die Seele dort zu lassen. Weil er nicht wusste, wie er ihr helfen konnte, blieb er einfach stehen. Die Blätter mit seinem Gutachten legte er auf den Tisch. Vielleicht konnte er Kirki berühren. Sie kratzte immer noch mit ihren Händen auf der Tischplatte. Ihr Körper zitterte. Er sagte jetzt einfach: Kirki. Das wirkte. Sie sah auf, sprang auf, fiel an ihn hin, er fing sie auf und führte sie zum Ledersofa. Sie ließ es geschehen. Dann setzte er sich so, dass er ihre Hände in seine Hände nehmen konnte. So saßen sie, bis die Tür aufgerissen wurde und Massimo hereinkam. Er setzte sich sofort neben Kirki, riss sie an sich und streichelte sie und redete griechisch und italienisch auf sie ein. Percy schien er nicht bemerkt zu haben. Massimo weinte. Er schrie nicht, er weinte.

Dann konnte er sprechen. Konnte er sagen, was er Kirki schon am Telefon gesagt hatte. Der Professor ist tot. Ja. Tot. Stand da wie immer auf seinem Kistchen. Samstag. Kommen sieben oder neun junge Kerle. Haben ein Fußballspiel verloren, haben getrunken, johlen über die Brücke, der ist doch nicht echt, ruft einer und stößt den Professor um. Der fällt, schlägt mit dem Hinterkopf auf den steinernen Grund, ist tot. Massimo sieht's vom Auto aus. Er wartet ja immer, bis der Professor selber sein Stehen beendet, den am Draht baumelnden Kopf und die Schale mit dem geschenkten Geld in den Geigenkasten legt und herüberkommt zu Massimo. Immer wenn gerade keine Leute auf der Brücke sind. Massimo sieht, was passiert, ist sofort dort, die Kerle johlen schon weiter, sofort sind Leute da, sie haben alles gesehen, mitgekriegt, die Kerle haben gewettet, ist der echt, oder aus was ist der. Massimo kniet, hat den Kopf des Professors in seinem Schoß. Ein Riesenradau ringsum. Die Polizei, der Arzt, der Unternehmer mit dem Sarg, Massimo muss noch die Adresse sagen: Insel Rheinau. Dann erst kann er Kirki anrufen.

Percy ließ Kirki und Massimo auf dem Sofa zurück, ging über die gewaltige Treppe hinauf, ging den gewaltigen Gang entlang bis zu seinem Zimmer, zu dem Zimmer, in dem er arbeitete. Als er saß, hatte er das Gefühl, die Zelle umgebe ihn mit ihrer ganzen Vergangenheit. Sie war ein Mantel gegen alles, was geschah. Was geschehen konnte. Er weinte nicht. Nicht mehr, nie mehr.

10.

Percy stand auf dem Kistchen, auf dem der Professor immer als Stillsteher gestanden hatte. Massimo hatte ihm das Kistchen platziert und sich dann ins Auto zurückgezogen. Percy sah über die Leute, die vorbeigingen, weg. Er sah über den Rhein hinüber. Als einer der Vorübergehenden stehengeblieben war, blieb bald auch ein zweiter stehen, ein dritter, es wurde eine kleine Versammlung. Percy sagte nichts. Er senkte den Blick. Sah die Leute an, ohne sie wirklich wahrzunehmen. Aber sie konnten sich schon angeschaut fühlen von ihm, sonst hätten sie nicht so hinaufgeschaut zu ihm. Er sah immer wieder über die Leute weg, über den Rhein hinüber, er nahm das Schloss wahr auf der anderen Rheinseite, aber er sah nicht extra hinauf zu diesem Schloss, er sah wieder zu den Leuten hin, die bei ihm stehengeblieben waren. Er konnte nichts sagen. Er musste geschehen lassen, was von selbst geschah. Er glaubte, die Leute verstünden ihn, seien damit einverstanden, dass er da stehe und schaue und nichts sage. Auf jeden Fall, das spürte er, war sein wortloses Dastehen eine Vorbereitung für das, was er sagen würde. Wenn er etwas sagen würde. Er stand hier, weil der Professor hier gestanden war. Er war nicht angemalt oder besonders angezogen. Vielleicht hatten diese Leute den silbernen Stillsteher erlebt, hatten mitgekriegt, was ihm passiert war.

Sicher hatte sich das im Ort herumgesprochen. Percy spürte, dass alle, die da vor ihm standen, an den Professor dachten. Mehr konnte er nicht wollen. An etwas anderes konnte er auch nicht denken. Hier fand ein Requiem statt für Augustin Feinlein. Durch Schweigen. Tatsächlich ging dann einer weg, eine Frau war es. Aber sie ging nicht kopfschüttelnd weg, sondern einfach so. Immer wieder gingen dann welche weg, aber es kamen auch neue dazu. Die Leute, die stehen blieben, ihn anschauten, gaben ihm eine Bedeutung, die er nicht hatte. Dass irgendwann mehr gingen als noch kamen, war verständlich. Irgendwann standen nur noch fünf oder sechs Menschen vor ihm und schauten zu ihm hinauf. Die würden nicht gehen, das spürte er. Dann kam diese Frau in der engen weißen, mit schwarzen Rändern passepoilierten Jacke. Er konnte passepoiliert nicht denken, ohne an Mutter Fini zu denken. Seine Mutter Fini war in Tettnang als Lehrling aufgefallen, weil sie unvergleichlich gut passepoilieren konnte. Im Jackenausschnitt dieser Frau bauschte sich ein Schal mit eher kleinen als großen hellen Punkten. Und die Punkte waren eben so wenig weiß, wie der Schal schwarz war. Ihm war, als habe er die Frau ein bisschen durchschaut. Ihr Prinzip: keine Kontraste. Die passepoilierten Ränder waren zwar schwarz, aber wiederum so dünn, dass sie der weißen Jacke nur eine Fassung lieferten, keinen Kontrast. Die Frau stellte sich zu den anderen. Sie sah Percy natürlich anders an als die anderen. Glaubte er. Bildete er sich ein. Das war die Frau aus dem Schloss Wigolfing. Er hatte das offene Cabrio gesehen, das auf dem schrägen Weg langsam heruntergefahren und dann hinter den Häusern auf dem anderen Ufer verschwunden war. Dann war sie über die Brücke gekommen und hatte sich zu den Leuten gestellt.

Da wusste Percy, dass er jetzt nichts mehr sagen konnte. Das würde wirken, wie wenn er auf diese Frau gewartet hätte. Hatte er nicht? Hatte er doch. Sie war die Schlossherrin. Aber in dem Film im Spankörble in Scherblingen hatte sie rötliche Haare gehabt. Percy konnte eine Zeit lang seinen Blick nicht mehr wegbringen von ihr. Sie hatte jetzt dunkle Haare. Einen Farbton kurz vor Schwarz. Aber wirklich nicht schwarz. Sie stand keine drei Meter von ihm weg und sah herauf, also kam das Tageslicht in ihre Augen und machte sie hell. Percy wurde durchströmt von einem Gefühl, von einem Mitgefühl für den Professor. Diese Frau hat sich für Augustin Feinlein nicht interessiert. Eine Liebe wie die Liebe Augustin Feinleins war diesem Gesicht fremd. Artemis. August Feinlein hat das gewusst. Du kommst nicht in Frage. Ob diese Frau noch wahrgenommen hat, wer der Silberne war, der da immer samstags mit dem eigenen abgeschlagenen Kopf gestanden war? Sie hätte ihn von ihrem Schloss aus mit einem Fernglas sehen können. Sie hätte … Vielleicht hat sie's ja vorgehabt, ihn zu erkennen, dann war etwas dazwischengekommen. Ein Todesstoß.

Percy spürte, dass er nicht nach Worten suchen musste. Er musste weder etwas sagen noch nichts sagen. Er musste dieser Frau in die Augen schauen. Und er fühlte, warum Augustin Feinlein nichts dagegen machen konnte, für diese Frau nicht in Frage zu kommen. Percy fühlte sich hingezogen zu dieser Frau, wie er sich noch zu keinem Menschen hingezogen gefühlt hatte. Er würde sie anschauen müssen, solange sie sich anschauen ließ. Er erlebte das Nichtinfragekommen. Diese Frau war zweimal so alt wie er. Er fühlte sich ausgeliefert. Er kriegte mit, dass die Leute, die noch da waren, jetzt ihn und seinen Blickwechsel mit dieser Frau beobachteten. Wahrscheinlich kannten sie sie, weil sie ja herüberkam und im Ort einkaufte. Percy wusste, dass er sich nicht mehr rühren konnte. Er ergab sich dieser Ohnmacht. Dann drehte sie sich um und ging. Percy blieb stehen. Ihr nachzurennen, das brachte er nicht fertig. Er blieb stehen, sah ihr nach, bis sie jenseits des Flusses zwischen den Häusern verschwand. Dann tauchte dieses Cabrio wieder auf. Langsam fuhr sie den schrägen Weg hinauf. Droben verschwand das Auto zwischen den mächtigen Pfeilern eines Tors. Das Schlosstor wahrscheinlich.

Kaum war die Frau gegangen, gingen die Leute auch, die letzten. Sie hatten den Blickwechsel beobachtet, sie hatten erwartet, dass irgendetwas geschehe. Sobald die Frau weg war, war klar, dass nichts mehr passieren konnte.

Percy nahm das Kistchen, trug es zum Auto, Massimo hatte schon den Kofferraum geöffnet, Percy verstaute das Kistchen so, als sei es etwas, das jetzt immer wieder gebraucht werde. Als er neben Massimo saß, sagte er: Andiamo. Massimo zeigte, was es ihn kostete, durch diese engen Gässchen hinauszufinden. Und als er endlich auf der Landstraße draußen war, sagte er, er wisse genau, warum der Professor ihn so ganz und gar aufgenommen habe. Er wisse noch den Augenblick, in dem es passiert sei. Der

Professor kommt durchs Gartentor, kommt heim, und er, Massimo, ist beim Laubrechen. Das hat er von sich aus angefangen, da Kirki mit dieser Masse Laub nicht fertig werden konnte. Der Professor bleibt stehen, schaut zu, Massimo spürt, dass der Professor sucht, was er sagen könnte zu dieser Laubrecherei, da hilft ihm Massimo, er sagt: Deesch an Dauerauftrag, Herr Professor. Das war's. Diesen Satz hat der Professor dann immer für alle möglichen Aufträge gebraucht. I' hett wieder an Dauerauftrag, Massimo, hat er dann gesagt. Er hat mit mir bloß Mundart gesprochen. Die hab' ich von Gertrude perfekt gelernt. Gertrude ist ja gebürtig aus Untersiggingen, gell. Ich habe gemerkt, wenn ich in Mundart geschimpft oder geflucht habe, wenn ich Heidenei oder Hergoless gesagt habe, hat der Professor sich gefreut. Dann hat er gesagt: Etza kumm. Oder: Etz kumm no. Er hat ja außer mir keinen gehabt, mit dem er so hat sprechen können.

Percy feierte einen anderen Augenblick. Wenn die Frau in der eng anliegenden, schwarz passepoilierten Jacke den Blickwechsel so erlebt hätte wie er, wäre sie stehen geblieben. Stehen geblieben, bis alle Leute weggegangen gewesen wären. Aber die wären, wenn die Frau geblieben wäre, nicht gegangen. War das eine Entschuldigung dafür, dass sie gegangen war? Keinesfalls. Das hätte probiert werden müssen. Sie hätte stehen bleiben müssen, bis alle Beobachtenden keine Lust mehr gehabt hätten, diesem anscheinend ereignislosen Blickwechsel noch zuzuschauen. Dann nämlich, wenn alle gegangen gewesen wären, wären diese Frau und Percy einander allein gegenübergestanden. Für immer. Oder wenigstens: Wie für immer.

Aber nein, sie drehte sich um und ging. Ihr war es peinlich. Und mit jedem, der ging, wurde ihr der Blickwechsel peinlicher. Sie konnte sich das nicht leisten, hier, wo jeder sie kannte, in einem Blickwechsel mit einem dreißig Jahre Jüngeren beobachtet zu werden. Also drehte sie sich um und ging. Hallelujah! Was denn sonst! Bürgerlich! Zum ersten Mal in seinem Leben brauchte er dieses Wort. Er wollte es nicht gegen diese Frau verwenden. Er wollte nur verstehen, was geschehen bzw. nicht geschehen war. Es ist ihr peinlich, wenn Leute etwas von ihrem Gefühlsleben mitkriegen. Oder war es ihr schon peinlich, überhaupt so angeschaut zu werden? Aber sie hat doch auch geschaut. Sie hat den Blickwechsel geschehen lassen. Sie hätte doch überhaupt nicht kommen müssen …

Massimo, fahr schneller!

Massimo fuhr schneller. Percy wünschte sich einen Unfall.

In Liebe u. s. w.

Hoffen macht unbelehrbar. Ewald.

Percy fühlte sich zu einer sein Selbst zerschneidenden Inkonsequenz ermächtigt. Hoffen macht unbelehrbar.

Das musste, wenn es erfahren worden war, aufgeschrieben werden. Der Schmerz, der ihn jetzt beherrschte, zwang ihn, das zuzugeben. Er würde eine Liste mit Sätzen anlegen, die andere gesagt oder geschrieben hatten. Ein Kniefall vor dem Aufgeschriebenen. Eine Kapitulation. War er plötzlich erwachsen? Hoffen macht unbelehrbar. Wahrscheinlich hätte der Professor das auch schreiben können, und es hätte ihm nicht geholfen, das zu wissen.

Tätigkeit macht unverwundbar. Massimo, fahr schneller, schneller, schneller. Noch eine Frage, Massimo: Wann ist dein nächster Termin bei Elsa Frommknecht?

Nächsten Freitag, sagte Massimo.

Ich komme mit, sagte Percy.

Massimo schien sich zu freuen.

11.

Weil Percy fühlte, dass er an keiner Beerdigung teilnehmen könne, mussten Kirki, Massimo und Innozenz ohne ihn nach Scherblingen fahren. Er und Massimo hatten dafür gesorgt, dass Augustin Feinlein so im Sarg lag, wie er zuletzt auf der Brücke gestanden hatte: als silberner Stillsteher. Auch der abgeschlagene Kopf mit seinem Profil gehörte dazu. Percy sagte, er werde drüben auf dem Festland auf sie warten, in der Wirtschaft Buck. Da saß er dann schon am frühen Abend. Mit der Bedienung hatte er abgemacht, dass heute erst Feierabend sei, wenn seine Freunde zurück seien und ihm alles erzählt haben würden, was er von ihnen wissen will. Die drei kamen gegen zehn Uhr, und sie erzählten bis gegen ein Uhr. Die Bedienung hielt aus. Es sprachen aber fast nur Innozenz und Massimo. Kirki sah immer den an, der gerade sprach. Das sah aus, als würde sie, wenn etwas Gesagtes nicht stimmte, sofort eingreifen. Das war aber nicht nötig. Im Gegenteil, sie konnte durch Nicken alles bekräftigen, was die beiden erzählten.

Innozenz über Pfarrer Weimers Grabrede:

Einer, dem man wirklich zuhört, darf nicht wissen, was er sagt. Der darf nicht zu uns Zuhörern sprechen, sondern zu sich selber. Wie oft hat Pfarrer Weimer den Professor im Dämmer in der Stiftskirche sitzen sehen. Er selber für Feinlein unsichtbar im Chorgestühl. Und konnte nie gehen, nie die Kirche verlassen, solange Feinlein noch in einer Bank saß und ... Ja, was hat er getan? Nichts war so deutlich spürbar wie das: Du hast nicht darüber nachzudenken, was der in der Bank denkt, fühlt, meint. Und wenn der die Nacht über da säße, dann würdest du auch die Nacht über da sitzen. Es war ein Bann. Du bist Zeuge einer Handlung. Du kannst nicht an deine Sachen denken. Du kannst nur da sein, Zeuge sein einer Stimmung, die ganz allein die Stimmung dieses Menschen ist. Er erfüllt die Kirche mit seinem Schweigen. Das spürst du. Du bist ganz und gar eingenommen von der Stimmung dieses Menschen. Du empfindest sie wie einen Inhalt. Es ist keine Frage, du kannst die Kirche erst verlassen, wenn er sie verlassen hat.

Pfarrer Weimer hat sich in der Grabrede noch einmal in diese Stimmung verloren. Und die Zuhörer sind ihm gefolgt. Es sei eine Kraft gewesen, die von Augustin Feinlein ausgegangen sei. So sitzen, so erfüllt, so bei sich. Da sei es ihm klar geworden, welche Kraft von Augustin Feinlein ausgegangen sei. Unnachahmlich. Aber rühmen dürfe er diesen Mann. Was ein Mensch ausstrahle, wenn es ihm gelingt, bei sich zu sein.

Dass der Pfarrer die Monstranz nicht erwähnte, fand Innozenz toll. Er war nichts als positiv bzw. wesentlich. Und Frau Dr. Breit, die für die Klinik sprach, sagte, was Professor Feinlein gewesen sei in jeder Hinsicht, das wolle sie nicht in einer zusammenfassenden Schilderung veräußerlichen. Was er war, wirkt hier weiter, lebt hier fort. Sie verneige sich.

Dass Dr. Bruderhofer nicht gekommen sei, könne nur ein Glücksfall genannt werden, sagte Innozenz.

Du hast die kindliche Seele vergessen, sagte Massimo.

Ja, sagte Innozenz, am Schluss, als alle schon erlebt hatten, dass die Rede jetzt zu Ende sei, da hat Pfarrer Weimer noch gesagt, Augustin Feinlein habe sich eine kindliche Seele bewahrt.

Gerettet, sagte Kirki. Seine kindliche Seele gerettet, hat er gesagt.

Und Innozenz: Seine kindliche Seele habe der Professor sich gerettet.

Und Massimo: Nicht wenige Zuschauer haben geweint.

Innozenz: Auch Frau Meyer-Horch hat geweint. Und der, der eng neben ihr saß, Friedlein Vogel, auch. Und von Einaug Alfons soll ich dich grüßen.

Massimo sagte, jetzt sei auch das dritte der mongolischen Pferde eingegangen. Ich habe ihre Namen nicht gewusst, ich habe sie nicht rufen können. Der Professor hat ihnen immer die Namen ins Ohr gesagt, dann hat er sie gefüttert. Ich hätte Kirki fragen sollen. Sie hat die Namen gekannt. Jetzt weiß ich die Namen. Jetzt ist es zu spät.

Percy: Sag die Namen.

Massimo sagte: Kirki, sag du sie.

Kirki sagte ohne Mühe: Gangganhar. Sarenchagan. Hurdenhulan.

Percy sagte: Wir werden sie uns merken.

Sie tranken und sagten einander Sätze, die Augustin Feinlein gesagt hatte.

Massimo sagte: Quetschmutter. Ja, kein Mensch in Deutschland hätte für ihn herausgebracht, was das ist. Quetschmutter. Der Professor schon. Massimo hat sich in Scherblingen nicht getraut, den Flaschner, der Quetschmutter gesagt hat, zu fragen, was das heißt oder ist. Der Professor hat die Industrie- und Handelskammer angerufen und hat erfahren: Eine Mutter auf einer Schraube für ein bewegliches Teil wird, dass sie sich nicht mehr bewegt, auf einer Seite gequetscht. Der Professor hat gesagt, er verstehe das nicht. Massimo hat es ihm dann erklären können.

Percy notierte in Gedanken diese Sätze mit. Auch die, die ihm selbst einfielen.

Als sie gingen, bedankte sich Percy bei der Bedienung, gab ihr die Hand und sagte: Wie heißt du? Eva Maria, sagte sie. Da sagte er: Bis bald.

Als er dann, spät genug, in seine Zimmer wankte, setzte er sich an den Arbeitstisch und schrieb. Jetzt auf einmal konnte er fixieren. Sätze, die von Augenblicken zeugten. Jetzt war's keine Trivialisierung der Augenblicke mehr. Ob das mit dem Tod zu tun hatte? Hatte er sich nicht einfach hingesetzt und Müller-Sossima-Sätze aufgeschrieben, sobald der tot war!

Er wusste nur, dass er alles tun würde, was er konnte, um Feinlein-Sätze zu retten. So wie sich Feinlein nach Pfarrer Weimers Urteil die kindliche Seele gerettet hat, so musste er Feinlein-Sätze retten. Er würde nicht liegen und schlafen können, solange er nicht versucht hatte, Feinlein-Sätze zu retten. Also, hingesessen und hingeschrieben:

Feinlein-Sätze.

Man muss die Heiligen anschreien, wenn sie nicht helfen. Dann helfen sie.

Und mehr als einmal hat er Adolf Wölfi zitiert: Wenn mich alle Hund' hetzen, steigen wir hinauf zu Gott.

Du bist weiter weg von mir als ich von dir. Zum Glück.

Ich habe nicht den mindesten Einfluss auf mich.

Unendlich viele Verführungen zur Unwahrheit. Nicht eine einzige zur Wahrheit.

Wir können den Himmel verderben. Erobern können wir ihn nicht.

Die Klinik: Zerstörung ohne Heilung.

Glauben, ein Lied ohne Worte.

Die eine, die mir alle anderen verbietet.

Wer sich nicht sehnt, lebt nicht.

Hass wird leichter verstanden als Liebe.

Am tiefsten Punkt zu sein wäre schön, wenn es keinen tieferen gäbe.

12.

Es wurde ein Brief, vierzehn Seiten lang, den Percy Massimo mitgab, dass er ihn Elsa Frommknecht übergebe. Der Brief verdankte seine ungestüme Lebhaftigkeit der Stimmung, die Percy beherrschte, seit ihm das eingefallen war: Elsa muss die Leitung der Akademie für Unvollendete übernehmen. Es gibt keine Zufälle. Und was sich in ihm zusammenfindet, verpflichtet ihn, ja zwingt ihn dazu, ihr diesen Brief zu schreiben, ihr diesen Vorschlag zu machen. Er schildert ihr alles, was er erfahren hat, so, dass alles auf den Vorschlag hinausläuft: Sie muss die Akademie für Unvollendete leiten. Und sie muss, wenn sie, was geschehen ist, auf sich wirken lässt, sehen, dass sie die Person ist, auf die alles zuläuft, was hier und dort in den letzten Jahren geschehen ist. Deshalb ist, was er ihr hier als Bitte oder als Vorschlag vorträgt, alles andere als ein Einfall, es ist einfach das, was von ihm erwartet werden kann.

Wer außer ihm hat gelesen, was Ewald Kainz über Elsa Frommknecht geschrieben hat! Dass sie davon nichts mehr wissen will, wagt er zu verstehen. Aber er, Percy, darf nicht so tun, als habe er das nicht gelesen. Ihm hat es Ewald Kainz anvertraut. Weil es keine Zufälle gibt, und weil alles, was geschieht, als Verdeutlichung erlebt werden darf, ist nichts so sinnfällig und notwendig wie Elsa

Frommknechts Fahrt auf die Insel Rheinau. Die Akademie für Unvollendete wirkt nämlich jetzt durch alles, was geschehen ist, als eine Art Bitte an Elsa Frommknecht. Wenn es ihm nur gelungen ist, ihr vorzustellen, was alles geschehen ist, dann hat er keinen Zweifel, dass sie sich dieser Aufgabe stellt. Manchmal muss man merken, was das Leben von einem will. Es gibt Geschehnisdeutlichkeiten, denen man sich nicht verschließen darf. Da genügt es, Ja zu sagen zu dem, was fällig ist. Er würde ihr Ja hier in der Schweiz mitteilen, das heißt Frau Müller-Sossima alles mitteilen, dass sie in der Deutlichkeit dieses Lebensaugenblicks nur zu gern eine Chance erkennt für die Akademie, die ihren Namen trägt.

Nach der Unterschrift noch ein PS: Alles Materielle hat Herr Modest Müller-Sossima so geregelt, dass die Akademie für zehn Jahre ihr Auskommen hat.

Komme gern nach Amtzell.

Dann Elsas Brief.

Sehr geehrter Herr Schlugen,

die Geschichte Ihrer Akademie für Unvollendete könnte mir gleichgültig sein. Sie scheinen zu glauben, ich müsse jetzt einspringen, damit das gutgemeinte Unternehmen nicht noch an diesem unvorhersehbaren zweifachen Unglück scheitere. Zwei Menschen sind gestorben, unabhängig von einander. Aber die Todesfälle wirken jetzt zusammen, könnten das Projekt scheitern lassen. Das wäre nicht im Sinn der Gestorbenen. Man muss jetzt das Projekt retten vor dem Zusammenwirken der beiden Todesfälle. So verstehe ich Ihr Motiv. Es wäre sozusagen ein

Sieg der Sinnlosigkeit, wenn die beiden Todesfälle zusammen das Projekt zum Scheitern brächten. Und damit so etwas Sinnloses nicht passiert, soll ich kommen. Das wiederhole ich so deutlich, weil ich eben dazu, das Sinnlose nicht den Ausschlag geben zu lassen, nicht tauge. Nicht taugen will. Ich will nicht so tun, als sei mir nichts lieber als die Beförderung der Sinnlosigkeit, aber ich sage deutlich: Auf eine Sinnlosigkeit mehr oder weniger kommt es mir nicht an. Ich habe überhaupt nichts dagegen, dass Sinnloses geschieht. Dass Sinnloses den Ausschlag gibt. Wie und wo auch immer. Ich muss das so deutlich sagen, damit mir für das, was ich jetzt sagen will, nicht Motive unterstellt werden, die nicht meine Motive sind.

Mir könnte es also egal sein, wenn die Akademie für Unvollendete unvollendet bliebe. Aber es gibt Motive in meinem Leben, die mich anders bestimmen. Ich habe, seit ich das Musikstudium in Tübingen hinter mir habe – und es war vor allem das Studium der Kirchenmusik –, ich habe seit dem ununterbrochen mit Menschen zu tun, die Musik machen wollen, obwohl das nicht ihr Beruf ist. Alle diese Menschen – ob Orchestermusiker oder Sänger – brauchen die Musik. Und das aus tausend Motiven. Viele von ihnen würden am liebsten nur Musik machen. Aber es ist eben nicht dazu gekommen. Sie haben Berufe, durch die die Musik eine Nebensache werden musste. Ich habe tausend Variationen des Umgangs mit diesem Schicksal erlebt. Und das Schönste, was ich dadurch erfahren habe: Dem sogenannten Laien ist die Musik so wichtig und so lieb wie dem Professionellen. Nur muss der Laie für diese Liebe oft mehr tun oder sogar leiden als der Professionelle. Und deshalb ist mir Ihre Akademie gleich sehr nahe gekommen. Ich würde gern einen Versuch wagen, in dieser Akademie ein Musikleben zu gründen, das es so noch nicht gegeben hat.

Dass wir Musik brauchen und Musik brauchen können, spricht für uns. Und ich weiß nichts, was so sehr für uns spricht wie das: dass wir Musik brauchen und Musik brauchen können. Warum brauchen wir Musik, warum können wir Musik brauchen? Weil Musik mehr will als ist.

Mit freundlichen Grüßen,

Elsa Frommknecht.

Mit getrennter Post schicke sie Material, das über sie und ihre Arbeit als Auskunft benützt werden könne.

Und es kamen CDs. Judas Maccabaeus, Paulus, Messen. Musik von Händel, Mendelssohn Bartholdy, Schubert, Zeitungsausschnitte.

Percy bedankte sich sofort brieflich. Es gibt eben keine Zufälle, schrieb er. Seine Mutter habe mehr als einmal bekundet, sie fühle sich geleitet. So deutlich muss es einem gar nicht werden, es genüge ja, in dem, was andauernd geschieht, eine Tendenz zu erkennen bzw. eine Bedeutung. Und dass die Lage dieser Akademie so schnell einen Menschen braucht, der ihrem möglichen Sinn entspricht, und dass sie doch dieser Mensch unbestreitbar sei, und dass sie ihm genau in dem Augenblick erscheine, ihm, dem von der Situation zum Umherschauen Genötigten, das alles geschieht aus reiner Notwendigkeit. Er werde nun alles, was von ihr gekommen sei, und auch seinen Brief an sie weiterreichen an Frau Sofja Müller-Sossima. Er nehme an, Frau Müller-Sossima werde sie zu einem Gespräch einladen.

Percy hatte es eilig. Die beiden Toten, die Akademie. Es durfte nichts Verhinderndes mehr geschehen. Und tatsächlich geschah nur noch Günstiges. Die beiden Frauen verstanden einander. Jede bedankte sich bei Percy dafür, dass er sie zusammengeführt hatte. Frau Müller-Sossima schrieb:

Ich begreife jetzt, dass Modest von Ihnen wie von einem Engel gesprochen hat, in dessen Gegenwart man sich unwillkürlich leichter fühlt als man ist. Und auf ihre Art sei ja diese Elsa Frommknecht auch ein Engel. Mit der zu musizieren, da könnten sogar ihr noch Flügel wachsen.

Und Elsa Frommknecht schrieb, sie sei ihm dankbar. Sie habe in ihrem Leben mehr Pläne aufgegeben als realisiert. Und plötzlich diese Wende, dieses Angebot, diese Möglichkeit. Frau Sofja sei ihr vorgekommen wie eine Schwester. Es war, als hätte man auf einander gewartet. Sie rechne allerdings damit, dass dieses Traumgefühl plötzlich vernichtet werden könnte durch die Routine namens Realität. Aber vorerst lebe sie noch in dem Gefühl, es sei mehr möglich als je zuvor.

Elsa kam und überraschte alle. Auch Percy. Sie ließ die Akademie aufleben durch ihre bloße Gegenwart. Ihr Ruf war schon über den Südwesten hinausgedrungen, hinüber ins Elsass und in die Schweiz. Es war, als müsse sie nur wissen lassen, dass sie jetzt da sei, in dieser Akademie. Das allein zog Musikbedürftige an. Und sie machte aus allen Bedürftigen Mitwirkende. Das machte sie durch nichts als Gewähren. Jedem helfen, das zu sein, was er sein wollte. In der Musik. Durch die Musik. Und kann nur noch von ihrem Projekt sprechen. *Der Abend.* Von Richard Strauss. Text von Schiller. Ein für ihre bisherigen Bedingungen zu hohes Projekt. Nur noch Stimmen. Das Singen selbst. Die Schwingung als sie selber. Endlich kein Orchester mehr. Die Instrumente haben sie immer gestört. Nie mehr Instrumente! Nur noch Gesang. Die Seele selbst. Sie braucht dazu Männer und Frauen, die sich aufgegeben haben. Wer das hört, kehrt nicht zurück. Der bleibt. Es findet statt die Erhörung. Dazu ist sie auf die Insel gekommen. Nur dazu.

Und holte Sandra auf die Insel. Sandra muss die hereinflutenden Angebote und Anfragen bündeln und beantworten. Und sie muss, sagt ihre Mutter, ein Musikarchiv gründen, in dem alles Getane und alles zu Tuende jederzeit benützt werden kann.

13.

Massimo hatte sich in die von Ewald Kainz hinterlassene Wegleitung eingearbeitet. In Tafern scharf nach rechts hinauf. Zweimal fuhren sie vorbei an der Abzweigung. Dann aber hinauf, auf einem immer enger und unebener werdenden Weg, zuletzt prasselten die Steine von unten gegen das Auto. Percy fragte, ob Massimo sicher sei, dass dieser Weg noch irgendwohin führe. Ich glaube, sagte Massimo. Sobald der Wald anfängt, steil hinauf und sofort rechts hoch, und wir sind drin, sagte er. Und so war es. Es war eine Lichtung, die mehr am Wald entlang als in ihn hinein führte. Eine Schranke, hochgezogen, dann eine gewaltige Mauer aus gesägten Stämmen, Feuerholz für viele Winter, jetzt war auch der Weg plötzlich viel besser gerichtet. Sie waren da. Und hatten vor sich ein hufeisenförmig angelegtes Holzbauwerk, die beiden vorspringenden Bauteile schwarz gestrichen, der sie verbindende Teil weiß. In dem so entstehenden Hof drei Fahnenmaste. An allen Masten wehten schwarze Fahnen. Auf den Fahnen links und rechts in großen weißen Buchstaben:

THE JOLLYNECKS
Austrian Action

Die Fahne am mittleren Mast zeigte im Zentrum ein Feld, kreisförmig, in Weiß, und oben um das Feld bog sich auch die Schrift The Jollynecks. Das aber in goldener Schrift. Und im weißen Feld wieder in Schwarz eine Figur, die nichts anderes als ein gereckter Mittelfinger sein konnte. Unter dem weißen Kreis bog sich die Schrift AA1, German Charter Chapter 7. Und im Halbkreis um die drei Maste Motorräder. Ein Halbkreis aus Blinken und Blitzen. Ohne dass Percy gleich wusste, warum, kam ihm dieser Motorrad-Halbkreis militärisch vor. Vielleicht weil die Maschinen diszipliniert aufgestellt wirkten. Und außerhalb des Hufeisens unter einem Parkdach ein Auto. Als Massimo sah, dass Percys Umherschauen bei diesem Auto angekommen war, sagte er: Lancia. Percy machte eine Geste. Massimo solle zu diesem Auto hinfahren. Massimo sagte, das hätte er ohnehin getan. Das sei die einzige Stelle, an der hier ein Auto möglich sei.

Als Massimo aussteigen wollte, sagte Percy: Halt, halt! Er wisse jetzt nicht, ob sie schon bemerkt worden seien, aber das hier hat mit Ewald Kainz und German Insiders und Frei-Chor nichts zu tun. Wir warten eine Minute, wenn sich dann niemand zeigt, sind wir nicht bemerkt worden und können abfahren und überlegen, was an dieser Wegleitung nicht stimmt. Da rollte aber schon das Tor auf dem rechten Vorbau zur Seite und heraus traten mehrere junge Männer. Sie blieben auf der Rampe stehen. Links und rechts führten von dieser Rampe Stufen herab. Die benützten sie aber nicht. Percy und Massimo gingen also hin, blieben unten auf dem kiesigen Platz stehen und grüßten. Percy sagte, Marlon habe ihm hinterlassen, wo seine German Insiders zu finden seien. Offenbar eine Fehlleitung. Aber vielleicht wüsste ja einer der Herren da droben, wo die Insiders zu finden seien. Er, Percy, habe die Urne mit Marlons Asche dabei.

Dass er gesagt hatte: Einer der Herren da droben, hätte ihm nicht passieren dürfen.

Einer, dem die linke Hand und ein Stück vom Unterarm fehlte, sagte: Herauf und herein mit euch.

Percy und Massimo gingen über die Seitenstufen auf die Rampe und folgten denen ins Innere. Der Einarmige, dem rund um die Glatze die blonden Haare auf die Schultern fielen, das konnte nur Katze sein. Dann waren das doch die, die Ewald Kainz seine Buben genannt hatte. Zuerst in eine Mischung aus Küche und Essraum, dann ging's drinnen nach links in den Mittelteil des Gebäudes. Da gab's Sessel und Sofas und Kissenberge. Percy und Massimo sollten auf einem Sofa Platz nehmen. Während der Eingangstrakt fensterlos war, gab es hier schmale hohe Fenster, vergittert. Vom dritten Teil der Anlage, dem linken Arm des Hufeisens, war der Mittelteil durch einen schweren roten Vorhang getrennt. Da drangen Frauenstimmen herüber. Das nahm Percy sofort wahr, weil er das am wenigsten erwartet hatte. Einzelne Frauenstimmen und dann wieder ganze Salven.

Der Wortführer, der einarmige, also Katze, sagte: Dass du Bescheid weißt: Marlons Asche kannst du sonst wo lassen. Wir sind kein Bestattungsclub. Und zeigte auf die Rückwand, auf das riesige Wappen: der schwarze Stinkefinger im weißen Kreis. Und sagte dazu: German Insiders, das war einmal. Unsere naive Epoche, sprich

Frei-Chor, sprich Gesangverein, war eine zu Herzen gehende Zeit. Als Giacomo, der den Kontakt zu Scherblingen hatte, meldete, dass Marlon die letzte Kurve gekriegt habe, brach der Verein zusammen. Dirigent Giacomo sofort nach Australien zu neuen Bienen. An irgendeinem Freitag: Außer mir und Lenin und Castro keiner mehr da. Ich hatte schon länger die Nase voll vom Gesang, das heißt, ich war schon drauf und dran zu desertieren. Zu den Jollynecks. Chapters schon in siebzehn Ländern, allein in Österreich einundzwanzig. Also Schluss mit Grillen, Blödeln und Gesang. Er hat Giacomo die weiße Ducati abgekauft. Wird umgerüstet auf Einhandbedienung. Die Kupplung ist schon rechts. Aber wohin mit der Vorderradbremse! Bleibt nur der linke Fuß. Aber Bruder Molle Maybach wird's schaffen. Dann ist Katze wieder voll dabei. Er hat sich sofort in Wien beworben. Lenin und Castro mit ihm. Sie wurden geprüft und akzeptiert. Die Austrian Action sorgte für Sponsoring. Das siebte deutsche Chapter der Austrian Action durfte entstehen. Du glaubst nicht, wie viel Brüder du hast, wenn du wissen lässt, dass du ein Bruder bist. Wir haben beibehalten den Treff am Freitag. Alles andere ist Austrian Action. Ist Jollynecks. Das Stinkefinger-Emblem ist ganz unser eigenes. Ist, wenn du gestattest, meine Idee. Wurde aber in Wien enthusiastisch begrüßt. Und zeigte auf die Tätowierung am linken Oberarm. Percy sah, dass alle am linken Oberarm das Zeichen trugen.

Ich kenne dich vom Fernsehen, sagte er dann. Beide Shows gesehen.

Tut mir leid, sagte Percy.

Ja, sagte Katze, die zweite war scheiße. Dieser Herr Meckmann hat sich überhaupt nicht interessiert für dich.

Ich mich für ihn auch nicht. Das war mein Fehler, sagte Percy.

Und Katze: Quatsch, er wird dafür bezahlt, dass er sich für dich interessiert. So wie Fred in der ersten Show. Der war klasse.

Große Klasse, sagte Percy. Aber ich hätte herausbringen müssen, warum Herr Meckmann nur Sprüche klopfen wollte.

Auf deine Kosten, sagte Katze.

Ja, aber ich hätte ihn fragen sollen, warum er sich über mich lustig machen musste. Das hätte ein Gespräch werden können.

Nein, nein, nein, sagte Katze. Der Depp hat nicht begriffen, dass deine Nummer, ohne Vater geboren zu sein, ein Supergag ist. Ein Gag von solcher Potenz, dass ich doch nicht mehr witzeln kann, wie das zugegangen sei bei deiner Zeugung. In der Fred-Show warst du toll drauf. Keusch sein heißt geil sein: Das sitzt. Und mich hast du gefangen, weil du zu allen Du sagst. Tu ich nämlich auch! Stimmt's?!

Und alle brüllten einstimmig: Stimmt! Und die Mädchen nebenan überboten das noch im höchsten Unisono: Stimmt!

Also da habe ich doch einen Schicksalsgleichklang gespürt! Dass du am Freitag hier aufkreuzt, ist schon mal gut. Ich geb dir die Unterlagen mit, du liest dir das durch. Und wenn du dich bewirbst, bist du mein Kandidat. Jeder Neuling braucht einen Mentor. Dann bist du ein Jahr lang Kandidat und tust alles, was an niederem Zeug anfällt, dann wird abgestimmt, und ich sage dir voraus: Du wirst gewählt. Du hast in der ersten Show bewiesen, du kannst Leute begeistern. Und genau das brauchen wir. Ich sag dir schnell auf die drei Gebote der Jollynecks.

1. Gebot: Wir sind gegen die Armen und gegen die Reichen.

2. Gebot: Wir sind gegen alles außer gegen uns selbst.

3. Gebot: Hasse deinen Nächsten statt dich selbst.

Weil Percy nichts sagte, sagte Katze: Und?!

Ja, sagte Percy, es ist so. Dann wartete er, bis drüben die gerade aufschwellende Lachsalve vorbei war, und sagte: Ich bin gegen nichts. Darum bin ich natürlich auch nicht gegen euch.

Katze sagte: Das passt.

Jetzt lachten mehrere.

Katze sagte: Die lachen, weil du sagst, du seist gegen nichts. Das erste Jollyneck-Gebot, auf das jeder, der aufgenommen werden will, schwören muss, dass er gegen alle sei, außer gegen sich selbst. Brüder, sagte er dann, dass er gegen nichts ist, gefällt mir. Ich weiß noch nicht, warum, aber ich spür' da was. Was Verwandtes. Zweistein, sagte er zu einem hin, der kahl geschoren, aber bärtig war, du denkst das mal durch, klar!

Zweistein, überprompt: Alles klar, Katze.

Der fuhr fort: Vielleicht sollte ich ihm noch unseren Praxistext aufsagen, was meint ihr.

Allgemeine Zustimmung.

Also, pass auf, Praxistext, Satz Nummer eins: Wir erledigen etwas.

Der zweite Satz: Für Geld tun wir fast alles.

Der dritte Satz: Wir nehmen Ihre Aufträge entgegen. Unsere Web-Site ist dem Andrang kaum noch gewachsen. Nur dass du begreifst: Wir fällen Urteile. Über Gott und die Welt. Jeden Freitag. Jeder kann sagen, was er verurteilt sehen will. Dann wird diskutiert. Dann entscheide ich: Freispruch oder Urteil. Wir vollstrecken noch keine Urteile. Beispiel: Der Professor, der schuld ist, dass meine linke Hand samt Unterarm nicht repariert wurde, ist von uns verurteilt worden. Wir hacken ihm die linke Hand samt Unterarm ab. Noch nicht gleich. Aber sobald wir aus der Epoche der Urteile in die Vollzugsepoche eintreten, ist er dran. Da drüben siehst du unsere Rechner, unsere Drucker, unsere Technik. Da wird alles gespeichert. Alle Anfragen, alle Aufträge, alle Urteile. Wir werden jetzt schon mit Anzahlungen honoriert. Sobald die Aufträge ausgeführt werden, wird die Bezahlung verfügt. Dann wird bezahlt, das ist sicher. Die drei Jollynecks-Gebote und der Praxistext stehen im Internet. Das sind die Texte der Austrian Action. Und die sind so attraktiv, dass ich uns bald als vollprofessionelle Erlediger sehe. Die Sponsoren rennen uns nach. Die Auftraggeber stehen Schlange. Es herrscht ein verstörender Mangel an Gerechtigkeit. Allzu lange können wir unseren Zulauf nicht mehr mit der Epoche der Urteile hinhalten. Die Exekutionen müssen folgen. Wenn du mitkriegen willst, wie wir wachsen, draußen auf den Straßen, die Bikes, auf jedem Bike mit dem extrahohen Lenker und mit dem verlängerten Chrom-Auspuffrohr sitzt einer von uns. Ein bisschen Uniform darf schon sein. Du bist, wie du da hockst, herzlich willkommen in der Hass-Burg.

Percy: Mein Programm ist Liebe.

Katze: Unser Programm ist Hass.

Percy: Da passen wir ja prima zusammen.

Katze: Sag das noch einmal?

Percy: Da passen wir ja prima zusammen.

Katze: Ich bin ein bisschen doof, verstehst du. Aber ich finde, das stimmt. Zweistein bringt's heraus. Ich weiß es schon, fühl es schon: Wir passen zusammen.

Percy: Ich habe das nur so dahingesagt.

Katze: Nichts ist wichtiger als das Dahingesagte. Brüder, ich schlage vor, wir schaukeln ihn. Und zu Percy: Das passiert normalerweise erst nach Monaten. Aber ich habe das Gefühl, du seist reif. Wir schaukeln dich jetzt schon. Wenn du vor Angst kotzen musst, rufst du: Schluss. Und rief: Franziskus! Drück drauf!

Der so Gerufene eilte zu einem Mischpult, drückte drauf, das Sofa ging in die Höhe und fing an zu schwanken.

Hohe See, rief Katze.

Yes, Sir!, rief Franziskus zurück Das Sofa schwankte etwas mehr, aber gemächlich.

Windstärke fünf, rief Katze.

Das Sofa schaukelte heftig.

Neun, rief Katze.

Das Sofa sackte links hinab, rechts hinauf und das immer schneller. Massimo klammerte sich an Percy. Percy rief: Schluss. Das Sofa stand still.

Die drunten lachten.

Katze rief: Percy! Wie geht's?

Percy: Ich will nicht, dass mein Freund Angst hat.

Katze: Und du?

Percy: Aufs Oktoberfest damit.

Katze: Brüder habt ihr das gehört? Franziskus, runter.

Als das Sofa wieder auf dem Boden stand, sagte Katze:

Percy, du musst zu uns kommen. Um deinetwillen. Es ist schade um dich. Du bist prima. Bloß falsch gepolt. Lass dir das ruhig sagen. Liebe und all das, das war doch zweitausend Jahre lang dran. Und? Nichts. Die Welt? Wie eh und je. Und ich sag dir, warum. Milliarden Jahre bevor man auf die Idee kam, es jetzt einmal mit Liebe zu versuchen, hat sich der Mensch entwickelt als das Wesen, das nur an sich selbst interessiert sein kann. Wenn man ihn durch Überredung oder Zwang dazu bringt, sich für andere zu interessieren, heuchelt er, lügt er und wird böse. Ich kürze ab: In sieben Jahren übernehmen wir. Wir beenden die jahrtausendealte Herrschaft der Heuchelei, der Lüge. Siehe das Großmaul Paulus: Gott soll sich als der Wahrhaftige erweisen, jeder Mensch aber als Lügner. Wir sagen: Der Mensch darf sich endlich für nichts als für sich selber interessieren. Wenn wir ihm erlauben, gegen alle zu sein außer gegen sich selbst, wenn wir ihm erlauben, böse zu sein gegen alle, außer gegen sich selbst, dann wird er gut. Paulus war auf dem rechten Weg, wenn er sagt: Denn nicht, was ich will, tue ich, sondern was ich hasse, das tue ich. Aber die Christen-Mär hat ihn dann verbogen.

Schluss mit der Wortakrobatik! Die ja überhaupt nur stattfindet, um den Menschen dann der Gnade auszuliefern. Dass das funktionierte, macht den Menschen bemitleidenswerter, als er ist. Gnade! Percy! Das ist der Schwindel aller Schwindel! Einverstanden: Solang es kein Gesetz gab, gab es keine Sünde. Dann kommt das Gesetz, du wirst ein Sünder, also brauchst du Gnade! Da lob ich mir doch Moses, der meldet, der Herr habe zu ihm gesagt: Ich schenk Erbarmen, wem ich will! Du, Percy, du bist prima. Aber sie haben dich in die falsche Schule geschickt. So wie du jetzt gepolt bist, wirst du elend enden. Bestenfalls am Kreuz. Den Menschen ein besseres Jenseits versprechen, um sie im Diesseits gefügig zu machen, ist ein Verbrechen! Die Transzendenz ist die Erbsünde. Der Liebeszwang hat den Menschen böse gemacht. Die Freiheit zum Hass macht ihn gut.

Und rief: Jetzt regiert der Hass.

Alle brüllten: Und das sind wir.

Und wie ein allerhöchstes Echo von drüben die Mädchen:

Und das sind wir.

Katze: Jetzt regiert die Niedertracht.

Alle, Männer und Mädchen zusammen: Und das sind wir! Danach Stille.

Endlich sagte Katze: Du wirst Zeuge einer Errungenschaft des siebten Chapters der Austrian Action The Jollynecks. Das ist unser Beitrag. Der deutsche Beitrag zur Austrian Action. So wie unser Wappen, der Stinkefinger, unser Beitrag ist. Wir wollen deutlich sein. Schon das Wappen sagt alles. So weit sind sie in Wien noch nicht. Dort wird noch viel geredet. Die wollen ins Feuilleton. Wir in die Welt. Und rief: Das Leben ist eine …

Und alle Männer und Mädchen einstimmig: Überanstrengung.

Und brachen in einen grellen Schrei aus. Die Mädchenstimmen dominierten. Mit diesem Schrei öffnete sich der tiefrote Vorhang, und die Mädchen stürmten herüber. Offenbar war Überanstrengung immer das Schluss-Signal.

Katze rief in den Lärm: An die Bar. Und ging voraus zu der raumbreiten Bar.

Percy und Massimo wählten Prosecco.

Katze sagte: Elixier.

Als Percy fragend schaute, sagte Katze: Alkohol verdient die Wirkung nicht, die er bei mir hat. Elixier ist ayurvedisch.

Percy: Darf ich mich wundern?

Katze sagte: Wenn's sein muss. Nachher kriegst du noch die Regeln mit. Unsere Regeln. Wichtig sind nur zwei: Wer die Frau oder das Mädchen eines Bruders berührt oder eindeutig anquatscht, fliegt sofort. Und: Wer lügt, fliegt. Bei uns, zwischen uns gibt es keine Lüge. Kein bisschen Lüge. Null Lüge. Wer bei einer Lüge ertappt wird, ist schon draußen. Das heißt nicht, dass wir die Wahrheit propagieren. Schon mit dem Wort Wahrheit lädt man ein zu lügen. Wahrheit ist die gesellschaftlich erwünschte Form der Lüge. Bei uns kommt beides nicht vor. Jeder sagt, wie er etwas sieht, sagt, was er denkt, meint, fühlt. Das reicht.

Letzte Frage: Was für 'n Jahrgang?

Percy: 77.

Katze: Ich auch. Monat?

Percy: Dezember.

Katze: Ich auch. Tag?

Percy: Fünfter.

Katze: Ich auch. Mensch, Percy, da darf man doch was empfinden!

Percy: Nur zu gern.

Katze: Hast du ein Bike?

Percy: Noch nicht.

Katze: Wenn du dich bei uns einschreibst, bin ich dein Mentor, und du kriegst einen Sponsor, der ein Jahr lang alle Kosten übernimmt, das Bike und so weiter. Wir schaffen jetzt wahrscheinlich den Sprung ins Fernsehen. Dein Fernsehmensch war schon zweimal da. Er nimmt inzwischen Stunden. Und findet, das Bike sei die Erlösung. Interessant, nicht wahr! Der lernt was dazu. Ja, du darfst staunen.

Als Percy ausgestaunt hatte, sagte Katze: Weil bei uns nicht mehr gelogen wird, sag ich dir, dass ich auf dich warte. Egal was Zweistein über dich herausdenkt: Ich warte auf dich. Und ich sage dir: Wenn du nicht bei uns bist, schadest du uns. Du mit deiner Liebe. Du willst nicht gegen uns sein, aber du wärst gegen uns, wenn du so weitermachst. Im Fernsehen und so. Das dürften wir nicht dulden.

Percy drehte sich auf dem Barhocker um, dass er zu den Männern und den Mädchen sprechen konnte, die jetzt überall herumsaßen. Darf ich, fragte er noch zu Katze hin. Der machte eine große Gestattungsgeste.

Percy sagte: Ich bin nicht gegen euch. Ich bin nicht für euch. Und das liegt nicht an euch, sondern an mir. Alles, was ihr macht, ist richtig. Sonst würdet ihr es ja nicht machen. Dass ihr nicht gegen euch selbst seid, tut mir gut. Tut mir mehr gut als alles andere, was ich hier gehört habe. Ich möchte gern bleiben. Hier. Bei euch. Ich bin nämlich auch nicht gegen mich. Aber um bei euch bleiben zu können, müsste ich gegen alles sein. Ich bewundere eure Kraft. Gegen alles sein! Nichts ist euch recht, so wie es ist! Davon lebt ihr! Unverführbar! Das ist bewundernswert! Ihr werdet erfolgreich sein. Das spür' ich. Nichts ist so erfolgreich wie der Hass, die Verachtung, die Niedertracht, das Böse. Wahrscheinlich werdet ihr die Weltherrschaft übernehmen. Wahrscheinlich habt ihr sie schon. Endlich böse sein dürfen. Alles verachten. Nichts gelten lassen. Außer euch selbst. Beliebter ist nichts. Damit müsst ihr euch abfinden, dass ihr ungeheuer beliebt und grenzenlos erfolgreich sein werdet, weil ihr alles runtermacht, was noch nach etwas aussieht. Natürlich wird die Welt fortfahren, sich zu produzieren. Werte und so weiter. Immer neue Götzen und Götzenbilder. Ihr werdet also immer etwas zum Runtermachen haben. Im Grunde seid ihr Teil der großen Kollaboration, die die Welt am Laufen hält. Die Welt wäre sich längst zum Kotzen langweilig, wenn es euch nicht gäbe: die Runtermacher, die Verächter. Was ich jetzt, in diesem Augenblick, sage, habe ich noch nie gesagt, noch nie gedacht. Es wird mir souffliert von euch. Von eurem Hass- und Verachtungsprogramm. Zum Glück habt ihr auch für mich Attraktionen. Dass nicht gelogen werden muss. Nicht mehr. Und dass die Wahrheit nur die gesellschaftlich lizensierte Lüge ist. Ach, viel bei euch klingt verführerisch. Und doch zweifle ich, ob ich zu euch kommen werde. Nein, ich weiß schon: Ich werde nicht kommen. Ich will nichts wollen müssen. Ich will kein Programm, das so tut, als sei die Welt ein Fehler, der korrigierbar ist. Ein Fehler, den man korrigieren müsse. Ich liebe euch. Euch alle. Und ich gebe zum Schluss noch zu, weil ich ja auch nicht lügen will: Ich hätte nichts dagegen, wenn ich euch durch Zustimmung ein bisschen verführen könnte. Darum sag' ich euch auf, was mir einer gesagt hat, nämlich, wie es einem zumute ist, wenn man lieber dafür ist als dagegen. Hört euch das an, so hat es einer vor mehr als zweihundertfünfzig Jahren erlebt:

Ich war von innerer Freude erfüllt, die ich am ganzen Körper empfand. Alles schien mir auf eine übernatürliche Art emporzudrängen, gleichsam in die Höhe zu fliegen und dort im Unendlichen in einem Mittelpunkt zu münden. Hier in dieser Mitte war der Ort der Liebe selbst. Von hier floss alles wieder aus und strömte hernieder; alles war ein unfassbares Kreisen um den Mittelpunkt, der die Liebe war.

Adieu.

Einige klatschten, einige pfiffen. Dann klatschten die Klatschenden lauter, als die Pfeifenden pfiffen. Tatsächlich siegte das Klatschen. Dann ein betäubender Trommelwirbel. Der beendete das Klatschen. Es war Zeppelin, der am Mischpult die Trommeln auslöste. Dann jäh eine Stille.

Katze: Danke, Zeppelin. Ein toller Text, Percy. Leider nicht von dieser Welt. Und nicht für diese Welt. Die Welt ist nicht an EINEM Tag erschaffen worden. Wir alle sind nicht an EINEM Tag geworden, was wir jetzt sind. Percy, du musst gestatten, dass wir uns für dich interessieren. So unfertig du bist, du hast was. Das spür' ich. Wir bleiben dir auf den Fersen.

Er gab Percy und dann Massimo die Hand und ging ihnen voran zum Ausgang. Das Tor rollte zur Seite. Draußen auf der Rampe drehte sich Katze noch einmal um, riss den rechten Arm in die Höhe, drehte sich wieder, sprang von der Rampe hinaus und landete gelenkig und geschickt auf dem kiesigen Grund. Dann drehte er sich wieder und rief: Percy, komm! Dabei hob er den rechten Arm und, was er links noch hatte, auch.

Percy zögerte. Katze rief: Ich fang dich auf.

Percy sagte: Später. Und verließ die Rampe über die Treppe. Drunten noch einmal ein Händedruck.

Katze sagte zu Massimo: Pass auf auf ihn. Wir brauchen ihn.

Massimo parodierte soldatischen Gehorsam und sagte: Zu Befehl.

Und zu Percy: Pass auf den Hochlenker auf.

Percy sagte: Du auch.

Katze lachte. Dann rief er ins Haus hinein: Robespierre, Berija.

Die Gerufenen kamen sofort heraus, Katze sagte: Gebt unserem Kandidaten eine kleine Vorstellung.

Die zwei wie EIN Mann: Yes, Sir! Und sprangen, wie vorher Katze, herunter, gingen zu den Motorrädern, einer startete eine Maschine, der andere setzte sich auf den Sozius. Katze sagte: Komm. Und ging voraus, ums Haus herum. Da stand am Ende einer asphaltierten Bahn eine

Schaufensterpuppe. In Männerkleidung. Man sah sie von hinten. Die zwei auf dem Motorrad bogen um das Haus herum, stoppten, schauten zu Katze herüber, der rief: Action! Die fuhren los auf dem asphaltierten Band, und als sie die Kleiderpuppe erreicht hatten, schoss der vom Rücksitz, ohne dass das Tempo gedrosselt wurde, die Puppe in den Nacken, dass der Kopf nach vorne fiel.

Katze rief: Well done. Die beiden bogen her, stoppten und riefen wie mit EINER Stimme: Mission accomplished! Und kurvten zurück auf die Vorderseite. Das sind momentan noch unsere Spiele, sagte Katze. Dass es uns nicht langweilig wird, Percy. Wenn es mir langweilig werden würde, ich hätte nicht den Mut, das zu gestehen. Langeweile, Percy, das hat noch was von Sünde. Das Einzige, was Schrecken auslösen kann wie früher die Sünde. Dieser durch und durch gehende Schreck. Weißt du noch, Percy! Alles, was du bist, zittert, bebt. Todsünde, weißt du noch? Es gibt keine Sünde mehr. Nichts mehr, das dich, dein Dasein in einem einzigen Moment durch und durch empfinden lässt. Höchstens, wenn du gestehen müsstest: Du langweilst dich. Vor diesem Geständnis haben wir Angst. Lieber keine Durchempfindung des ganzen Daseins als zu gestehen: Du langweilst dich. Also brüllst du oder flüsterst du: Ich langweile mich nicht. Und schon bist du ein Heuchler. So nah bist du der Sünde doch gekommen. Du musst wieder heucheln wie früher. Langeweile, Percy, härter kannst du den Vertrag mit der Welt nicht kündigen. Die Jollynecks kennen keine Langeweile. Ich hoffe, wir haben auch dich nicht gelangweilt.

Percy: Ach Katze, Bruder.

Sie umarmten einander.

Und Katze: Bis bald.

Percy sah, dass Katze jetzt ein Bis bald erwartete. Er hielt sich die Augen zu und sagte: Führe mich nicht in Versuchung.

Katze: Ich erlöse dich von allen Übeln.

Percy sagte: Amen. Und zu Massimo: Komm doch.

Im Auto sagte Massimo: Der liebt dich.

Percy sagte: Ich ihn auch.

Massimo erschrak.

Als sie durch die Wälder zurückfuhren, sagte Massimo: Mussolini.

Percy: Du tust Mussolini unrecht.

Und Massimo: Gern.

Aber dass das Leben eine Überanstrengung ist, sagte Percy, klingt verführerisch. Da denke man doch unwillkürlich daran, dass einem geholfen werden könne.

Und Massimo wieder: Mussolini.

Percy sagte: Austrian Action, Massimo. Das ist es. Hast du seinen Blick gesehen, ganz zum Schluss, als er uns noch einmal die Hand gab und das mit dem Hochlenker sagte. Massimo hatte nichts gesehen. Das ist typisch, sagte Percy. Er hatte diesen Blick nur, als er mir die Hand gab. Die hellblauen Augen. Und ein Blick aus Stahl. Glaub mir, Massimo, es war ein Blick aus Stahl und hellblau. Aber was meint er damit: Pass auf den Hochlenker auf!

Das war für Massimo das Deutlichste überhaupt. Jeder Hochlenker ein Jollyneck. Wenn Percy nicht tut und sagt, was sie wollen, schickt er einen mit dem Hochlenker.

Und, fragte Percy. Und der erledigt dich, sagte Massimo.

Du schaust die falschen Filme an, sagte Percy.

Ich komme aus Syracusa, sagte Massimo.

Und Percy: Fahr nicht so schnell. Nach einem solchen Nachmittag darf man nicht sterben.

Sondern?, sagte Massimo.

Leben, sagte Percy.

Aber das Leben ist eine Überanstrengung, sagte Massimo und drückte aufs Gas. Percy war nicht mehr dagegen, dass Massimo schneller fuhr, als er konnte. In Percy betete es jetzt. Er spürte, dieses Gebet musste jetzt sein. Nach diesem Nachmittag. Eine Art Wiedergutmachung für seine Seele. Und so betete es in ihm:

Irrlicht, nur dir folge ich.

Nur im Irrlicht ertrage ich die Welt.

Von nichts als vom Irrlicht ist meine Welt erleuchtet.

Jedes andere Licht ist Dunkelheit.

14.

Jetzt wusste Percy, wohin mit der Urne. Zu Mutter Fini. Und durfte sich darüber wundern, dass ihm das beigebracht werden musste. Zu Fuß nach Stuttgart.

Dann meldete sich aber Fred. Und Percy spürte das Wort, das Mutter Fini gebraucht hatte. Wenn eine Notwendigkeit nach der anderen erlebt wird, kommt man sich geleitet vor. Ja, dann auch noch Fred. Der schon in der ersten Minute sagte, dass er nur komme, um zu verhindern, dass Percy noch einmal einem Meckmann zum Opfer falle.

Lieber dir, sagte Percy.

Stimmt, sagte Fred.

Percy saß mit ihm, dick vermummt, sechs Stunden unter den schon blattlosen Platanen auf der früheren Patiententerrasse und sagte, der Rhein sei Zeuge und das reglose Ungetüm der Bäume drüben am anderen Ufer auch, er brauche, wenn er darauf reagiere, dass Fred auftaucht, Zeugen.

Zähl mich dazu, sagte Fred.

Keinesfalls, sagte Percy, du bist schuld, dass ich, was ich jetzt sage, sagen kann. Und erzählte ihm, was er inzwischen, also seit der Talkshow, erlebt und erfahren hatte und was das mit ihm gemacht hatte.

Zuletzt waren die Jollynecks dran. Katze. Und dass

er, Percy, seit dem das Fernsehen als Weltzustand verstehe.

Fred sagte: Bravo. Und, sagte er, jetzt pass auf. Sepp Murr, der Kameramann, und Nikolaus Angerpointner, der Tonmann, beide habe er im Ort untergebracht, er und die zwei waren bei den Jollynecks. Katze hatte sich mehr als einmal gemeldet, energisch und erpresserisch, wenn Fred Friedrich nicht reagiere, mache er den Film mit ORF oder ARTE oder BBC. Also sind sie hin, haben sich alles vorführen lassen und haben gedreht, der Film läuft nächste Woche. 27 Minuten, Titel: Hasse deinen Nächsten statt dich selbst. Die haben toll mitgemacht. Motorradparaden, Sprechchöre, schärfste Monologe. Der Schluss im Chor: Das Leben ist eine Überanstrengung. Wie der Film im Sender akzeptiert und abgelehnt und wieder akzeptiert und noch einmal abgelehnt wurde, bis er dann endgültig angenommen war, das beweist Fred, dass der Film keinen unbeteiligt lässt. Katze habe übrigens immer wieder von Percy gesprochen, ja, fast geschwärmt. Nicht vor laufender Kamera, aber so, im Gespräch. Er habe sogar gesagt, erst als er Percy in der Talkshow gesehen habe, sei er von der Idee heimgesucht worden, sich an Fred Friedrich zu wenden. Was Percy da entwickelt habe, sei klasse, nur falsch gepolt. Und Fred schloss: Wenn Percy den Jollynecks-Film sehen wird, wird er sagen, dass darauf mit einem Percy-Film geantwortet werden muss. Das habe er auch denen im Sender gesagt. Er habe denen die Talkshow vorgespielt. Als Gegenprogramm. Das natürlich der Ausarbeitung bedarf in einem Film. Deshalb ist er da.

Mit Sepp Murr und Nikolaus Angerpointner. Die warten nur auf das Signal. Das Milieu hier, spitze.

Percy sagte, ob hier gedreht werden kann, entscheidet allein Elsa Frommknecht. Frag sie heut Abend. Aber noch eine Frage: Du lernst Motorrad?

Fred zog das rechte Hosenbein hoch. Da schau. Wenn ich fünfmal den Starthebel drücken muss, bis das Bike anspringt, schlägt es sechsmal zurück. Und immer gegens Schienbein.

Und warum, fragte Percy.

Ach weißt du, sagte Fred, wenn du einen Film machst, musst du dich anstecken lassen. Du musst ansteckbar sein. Das kannst du nicht heucheln. Er hat als Fünfzehnjähriger eine alte Yamaha 250 gehabt. Von seinem älteren Bruder. Der war weg. Im Keller die Yamaha. Fred durfte nicht fahren damit. Also hat er sie auseinandergenommen. Nachher nicht mehr zusammengebracht. Dann kommt der Bruder zurück. Fährt inzwischen eine Honda 500. Will die Yamaha verkaufen. Aber die liegt in hundert Stücken im Keller. Gab eine furchtbare Geschichte. Seit dem ist Motorrad ein Traum von ihm. Ein schmerzlicher.

Ach Fred, sagte Percy.

Fred sagte: Ja?

Percy sagte: Schrecklich, was man alles nicht weiß vom anderen.

Am Abend die Versammlung im Empfangssalon der Abtswohnung, die jetzt Elsas Wohnung war. Kirki, Massimo, Innozenz, Elsa, Sandra und Percy. Und eben Fred.

Percy erbat die Zustimmung der anderen, dass Fred dabei sein dürfe.

Fred trug vor, dass er auch einen Film drehen wolle über die Akademie für Unvollendete. Elsa zögerte. Sie sei inzwischen tief in den Proben. Richard Strauss, *Der Abend*. Sie wolle kurz vor Weihnachten so weit sein. So weit wie noch nie. So weit wie nie mehr. Dann sagte sie: Sandra!

Und Sandra sagte: Ja.

Ich brauche deine Meinung, sagte Elsa.

Und Sandra sagte: Wozu?

Elsa sagte: Sandra! Bitte! Wollen wir mit der Akademie ins Fernsehen?

Sandra sagte: Entschuldigung. Sie habe gerade an etwas ganz anderes gedacht.

Darf ich fragen, an was, sagte Elsa.

Ja, schon, sagte Sandra. Sie habe daran gedacht, was ist, wenn der, der die Mutter und sie hierhergeholt hat, jetzt geht. Und schaute Percy an.

Und?, sagte Elsa.

Deshalb habe sie eben nicht zugehört, sagte Sandra.

Aber jetzt weißt du, wovon wir reden, Fernsehen ja oder nein.

Sandra sagte, sie könne da keine Meinung in sich entdecken.

Gut, sagte Elsa, Enthaltung. Und ich sage: Nein danke. Meine Sängerinnen und Sänger können sich ein Leben nach diesem Gesang nicht vorstellen. Und ich auch nicht. Und ließ einen Ton entstehen und stärker werden. Sofort war der Raum viel größer. Durch diesen hohen, gleichbleibenden Ton. Dann ließ sie den Ton sich senken und langsam vergehen. Dann sagte sie: Senke, strahlender Gott. Am 23. Dezember. Es gebe nichts Vergleichbares. Vier Lagen, sechzehn Sänger. Die wird sie vielfach besetzen. Endlich wird nur noch gesungen. Das Singen selbst. Die Schwingung als sie selber. Der Gesang als solcher. Dagegen ist alles, was Mozart singen lässt, Boulevard. Und weil niemand etwas sagte, sagte sie: Entschuldigung.

Und Percy: Bei wem willst du dich entschuldigen?

Elsa: Bei Mozart.

Dann musste Percy sagen: Mach einen Film über Innozenz, über Oblomov XI, der jeden Tag die Manuskripte erlöst, die solche, die schreiben müssen, Innozenz, dem Erlöser, schicken.

Und Innozenz: Und warum schicken sie ihm ihre Manuskripte? Weil er im Internet mitgeteilt hat, dass er jedes Manuskript liest, bevor er es Oblomov übergibt.

Das hat etwas Karthagisches, sagte Fred.

Jetzt fehle der Professor, sagte Percy.

Statt Menschenopfer Manuskriptopfer, sagte Fred.

Das sei ihm klar, sagte Percy, aber die Transsubstantiation durch Vershreddung hätte Augustin Feinlein uns genau schildern können.

Das kann ich auch, sagte Innozenz. Es wäre ein verbrecherischer Missbrauch der ihm geschickten Manuskripte, wenn er den Vorgang der Vershreddung der Kamera preisgäbe. Eine vernichtende Trivialisierung! Also dass Percy so etwas auch nur in Erwägung ziehen könne, verrate einen Niedergang der Percy-Mission, bevor diese Mission in Rheinau sich habe entfalten können.

Und Percy: Ich versteh dich, glaube ich.

Auf jeden Fall, sagte Fred, bleibst jetzt nur noch du.

Und Percy: Das habe er, als Fred hier aufgetaucht sei, sofort gespürt, dass Fred bei ihm landen werde. Und, liebe Freundinnen und Freunde, er habe Fred gebeten, zuerst Elsa und Innozenz in Versuchung zu führen, aber er habe keine Sekunde lang daran gezweifelt, dass er dran sei. Tatsächlich bleibe ihm nach dem, was er im Pfrungener Ried erlebt und erfahren habe, nichts anderes übrig, als Freds Auftauchen hier für Fügung zu halten. Er müsse sich geleitet vorkommen. Hoffen wir, schloss er dann, dass der Verlauf und das Ende euch sagen, warum ich mitmuss. Mit Fred. Ins Fernsehen. Morgen mit der Urne nach Stuttgart, zu Mutter Fini, dann nach Merklingen zu Pfarrer Studer, dann die Wallfahrt Maria Hilf auf dem Welschenberg. Dann – das wird Dezember werden – zurück auf die Insel, zu euch. Für länger. Für viel länger. Es kann mir nichts fremder sein als das, was ich jetzt sage. Aber es kann mir auch nichts deutlicher sein als das, was ich jetzt zu tun habe. Wir sehen uns an Weihnachten wieder. Elsa, am 23. die Stimmen, der Gesang, die Schwingung selber, die Erhörung. Ich bin da, dabei. Das sagte er zu Sandra hin, weil er merkte, dass sie ihn fast ununterbrochen ansah. Ihre Augen loderten. Er wusste nicht, warum. Er musste aufstehen und sagen: Gute Nacht. Von der Tür her noch: Bis morgen. Auch das sagte er nur zu Sandra hin.

Als er in seinem Zimmer war, war er nichts als unruhig. Er konnte sich nicht wehren gegen die Gedanken, die jetzt andrängten. Ein wildes Durcheinander. Offenbar würde er diese Nacht wach bleiben müssen. Hatte er zu viel erlebt? Wohin jetzt? Bitte, wohin? Und fand keine Bleibe. Nur Unruhe. Er musste die Unruhe Sandra taufen. Das machte sie nicht erträglicher. Wie dieses Gesicht aus übermächtigen Haaren, eher braunen als blonden, nach unten sinkt. Schmaler als das ins tatkräftige Kinn ausschwingende Gesicht ihrer Mutter. Ein ebenso zartes wie schweres Gesicht. Schwer nur durch den Mund. Die Lippen sind zu voll für dieses zarte Gesicht. Die Oberlippe lastet schwer auf der ebenso schweren Unterlippe. Ein Mund, der wirkt, als sei er zu schwer, um sich je zu öffnen. Du hast einen unanständigen Mund, Sandra. Sagte er halblaut. Was für eine Welt, dachte er dann, in der man wichtige Sätze nur sagen kann, wenn man nachts allein in einem Zimmer ist. Und tat jetzt so, als müsse er ein Gutachten erstellen über Sandras Gesicht. Das Einzige, was die Unverhältnismäßigkeit von Gesicht und Mund mildert, ist die kleine Warze zwischen dem rechten Nasenflügel und dem rechten Mundwinkel. Diese runde kleine Warzenwölbung tut dem Gesicht gut. Percy dachte, dass er Sandra wegen dieses kleinen Mals lieben möchte. Oder wegen der Haare, die wirkten, als könnten sie das Gesicht jeder Zeit zudecken. Haare, Blick, Mund. Ihre Haare, ihr Blick, ihr Mund. Dass ihre Augen loderten, als sie ihn ansah, das sah er immer noch. Und konnte sich dieses Lodern in nichts übersetzen. Zorn, Trauer, irgendein Schrei, ungerichtet, nicht für oder gegen etwas. Vielleicht ein Lasst-mich-in-Ruhe-Schrei! Ein Ihr-geht-mich-alle-nichts-an-Schrei.

Ihn beherrschte der Sandra-Vergegenwärtigungszwang, bis er einschlief.

Am nächsten Morgen der Abschied. Alle im äußeren Hof. Drüben, vor dem Portal der Kirche, Fred mit dem Auto.

Es gab jetzt nur noch Gesten. Händedruck. Umarmung. Innozenz sagte: Teurer Freund! Percy sagte: Lieber Innozenz! Langer Händedruck mit Elsa. Elsa drückte seine Hand kräftiger als er die ihre. Sie sagte: Die Stimmen tragen dich, wenn du kommst. Gleich, wie du kommst. Percy: Danke, Elsa, danke. Dann der Händedruck mit Sandra. Ihre Augen loderten. Er quetschte ihre Hand mehr, als er sie drückte, und sagte: Sandra, Sandra, bis dann! Und drehte sich schnell zu Kirki. Da gelang die Geste leichter.

Dann nahm er die Reisetasche auf, den Stock und den runden schwarzen Lederhut. Dass er ihn aufsetzte, empfand er als deutlichste Abschiedsgeste. Andererseits dachte er bei jedem Schritt daran, dass Sandra alles, was er nachts gedacht hatte, miterlebt habe.

Nur Massimo begleitete Percy bis zum Auto. Er trug den Rucksack mit der Urne. Das hatte er sich nicht verbieten lassen. Als alles verstaut war, merkte Percy, dass Massimo weinte. Er dürfe Percy nicht gehen lassen, er habe doch versprochen, auf ihn aufzupassen. Percy streichelte ihn. Massimo drehte sich um. Kirki, die ihm gefolgt war, nahm sich seiner an.

Fred öffnete die Tür. Aber bevor Percy einstieg, winkte er noch einmal zurück. Und die vor dem Haupteingang winkten auch. Am längsten blieb Sandras Hand in der Luft. Percy konnte sich nicht ins Auto bücken, solange diese Hand so in die Höhe ragte. Also hob er seine Hand auch noch einmal und winkte hastig. Sandra ließ ihre Hand sinken. Percy stieg ein. Fred konnte fahren.

Als sie über die Brücke fuhren, spürte Percy eine Art Schock oder Schreck oder Schmerz.

Fred bemerkte es und fragte: Was ist?

Percy sagte: Sandra. Und gleich dazu: Halt's Maul, gell.

Fred: Yes, Sir.

Im Ort wartete schon Sepp Murr mit Nikolaus Angerpointner. Sie blieben von jetzt an mit ihrem Geländewagen immer dicht hinter ihnen. Als sie schon über der Grenze waren, sagte Percy: Jetzt nach Stuttgart, ins Hildegard-Haus, dann wird gepilgert: Bussen und Heiligenbronn im Frühjahr. Aber Maria Hilf auf dem Welschenberg noch im Dezember.

Moment, rief Fred. Gepilgert mit mir plus Kamera. Und du sprichst dreimal.

Sag doch gleich: Du predigst dreimal, sagte Percy. Ich hätte nichts mehr dagegen, wenn du sagen würdest, dass ich dreimal predige. Vielleicht hätte ich, als du angerufen hast, sagen sollen: Fred, lass es, Fernsehen kommt nicht in Frage. Habe ich nicht getan. Und warum: Weil Katze mich kennt. Vom Fernsehen. Nur vom Fernsehen.

Fred: Du musst nicht gegen das Fernsehen sein, Percy.

Percy: Weiß ich doch.

Fred: Das wäre, als wolltest du gegen Düngung sein. Kommt doch darauf an, mit was du düngst.

Percy: Fred, hast du gesehen, Sandras Augen?

Fred: Ich hab nur gesehen, dass sie dich angeschaut hat, auch wenn jemand anderes gesprochen hat.

Percy: Ihr Blick, Fred!

Fred: Wir nehmen sie in den Film hinein.

Percy sagte: Sandra ist immun.

Fred: Deine Naivität gehört ins Vorabendprogramm!

Und drückte auf einen Knopf. Musik. Laut.

Fred rief: Wagner. Lohengrin. Ich sammle Wagner. Und drehte den Knopf auf noch lauter. Percy war froh, dass er nichts mehr denken musste.

Als sie in Sillenbuch vor dem Hildegard-Heim hielten, sagte Percy: Zwei Stunden. Der Heimleiter sagt, mehr sei unter keinen Umständen möglich. Percy läutete am Gartentor, eine Pflegerin kam, hinter ihr ging er ins Haus. Der Heimleiter empfing ihn in einem Raum, der Wert auf historische Details legte. Bilder, Büsten, Bücher. Nichts jünger als hundert Jahre. Auch die Möbel. Der Heimleiter stellte sich vor: Dr. Curtius. Als er sah, dass Percy von einem Geschichts-Ding zum nächsten schaute, sagte er: Alles von meinem Vater. Dass er es nicht wegwerfen konnte, hat mich dazu verurteilt, es auch nicht wegzuwerfen. Also Ihre Frau Mutter, Herr Schlugen, zwei solche Persönlichkeiten im Heim, dann könnt' ich zumachen. Ohne sie wäre das Heim eine Stätte gepflegter Langeweile. Ihre Frau Mutter hält uns auf Trab. Hält mich im Trab. Seit sie weiß, dass ich, bevor ich Heimleiter wurde, Historiker war, ist es um meine Ruhe geschehen. Sie werden's ja erleben. Und ich kann Ihnen sagen, Sie haben Glück. Es gibt auch ganz andere Phasen. Aber jetzt, zur Zeit, ist sie so hell wie schon lange nicht mehr. Ich seh's, Sie wollen hinauf zu ihr. Kommen Sie.

Droben klopfte Percy selber an die Tür. Keine Antwort. Schließlich drückte er die Klinke. Die Tür war verschlossen. Dr. Curtius sagte: Über den Balkon. Und führte ihn über den Balkon zur Balkontür. Auch die war zu. Dr. Curtius klopfte gegen die Glastür. Klopfte dann ziemlich laut. Schließlich öffnete Mutter Fini. Öffnete und setzte sich gleich wieder an den Tisch.

Dr. Curtius ging, Percy stand und wartete darauf, dass sie ihn anschaue, ihm wenigstens die Hand gebe. Sie sagte, ohne herzuschauen: Setz dich doch.

Er setzte sich in das dürre Sesselchen, das mitten im Raum stand. Im Gegensatz zum Empfangszimmer im Parterre gab es hier nur nichtssagende Möbel und Papierstöße. Auf dem Tisch, an dem sie saß und schrieb, neben ihr, unter dem Tisch, überall Papierberge. Und es roch verraucht. Mutter Fini schrieb von Hand. In der Linken die Zigarette. Ich schreibe nur noch diesen Brief an die Galerie Zibelius in Hannover fertig. Dann sei sie für ihn da. Für den, für den alles, was du hier siehst, geschieht. Die Galerie Zibelius in Hannover hat wahrscheinlich keine Porträts aus unserer Familiengeschichte. Aber da dort mehr Adelsporträts versammelt sind als irgendwo sonst auf der Welt, schreib' ich hin. Ich habe inzwischen die Familiengeschichte so gut wie lückenlos dokumentiert. Ein Schlugen-Porträt bei Zibelius wäre das Tüpfelchen auf dem i. Dass du Anton Parcival von Schlugen bist, liegt hier auf dem Tisch.

Sie stand auf und zeigte auf die Papierberge.

Percy sagte: Anton Parcival.

Und sie: Von Schlugen.

Ob sie aus Sachsen oder aus dem Badischen gekommen seien, bleibe vorerst unentschieden. Erste Nennung in Siebenbürgen, im Komitat Bihar, mehr vermutet als nachweisbar, Pferdezüchter, Schafe und Büffelkühe, aber seit Maria Theresia gibt es Schlugen in den Akten. Siebenbürgen wird Kronland, in Wien, die siebenbürgische Hofkanzlei, der Adelsbrief wird eingetragen, aber die Schlugens halten es zwischen Rumänen und Magyaren nicht aus, verkaufen das Ihre, ab nach Böhmen, das Schloss kriegst du nicht mehr. In Marianské Lázně. Gehört seit 1945 einem Makler, der mit dem Ministerpräsidenten befreundet war. Die Schlugens sind aber schon vor 1919 dort weg. Sie müssen bankrott gewesen sein. In Zedlers Universallexikon gelten sie noch als begüterter Landadel. Aber seit 1919 sind sie aus den Akten verschwunden. Das Adelsaufhebungsgesetz. Gewählte tun so, als könnten sie, was von Gottes Gnaden verliehen worden ist, mit sogenannten Gesetzen zerstören. Paulus an die Korinther: Er sei zwar der geringste von den Aposteln, aber er sei ein solcher von Gottes Gnaden. Alles, was dir verliehen worden ist von einem, der seinerseits von Gottes Gnaden stammt, kann dir von keinem Gesellschaftsfunktionär genommen werden. Das Adelsaufhebungsgesetz ist Papier, nichts als Papier. Der dir von einem von Gottes Gnaden verliehene Titel ist vergleichbar der Taufe. Du hast nicht mehr als vorher, du bist mehr als vorher. Geweiht. Adel, lieber Anton, ist eine Wesenserweiterung. Eine Ernennung. Der liebe Dr. Curtius widerspricht mir – was ich im Übrigen ganz reizend finde – und sagt: In der Zeit, in der ich die Schlugens von der

Hofkanzlei geadelt sehen will, sei der Verkauf von Adelstiteln an Interessierte die Haupteinnahmequelle der Hofkanzlei gewesen. Anton, staune über deine Mutter Fini. Ja, ich bin eine Konservative jetzt. Nicht das Alter hat das gemacht. Ich war ein Leben lang mehr krank als gesund. Zusätzlich vergiftet von den Doktoren. Meloril et cetera. Seit ich alt bin, bin ich gesund, und seit ich gesund bin, bin ich konservativ.

Ach, Anton, Anton, Anton. Anton Parcival von Schlugen. Die Welt ist ein schöner Zusammenhang. Ist das nicht wunderbar, dass du schon wieder da bist! Letzte Woche hab ich keine Zeit gehabt. Die Recherche ist zuletzt ganz schön schwer geworden. Zum Glück funktioniert mein Gedächtnis wie eh und je. Ich kann einfach nichts vergessen. Das ist nicht nur ein Vorteil. Aber jetzt, lieber Anton, jetzt ist es geschafft. Wenn wir einmal mehr Zeit haben als heute, erfährst du alles. Alles, was ich weiß. Und das ist eine Menge. Als du letzte Woche da warst, habe ich dich draußen stehen lassen müssen. Und vorigen Monat auch. Ich wollte dich erst hereinlassen, wenn die Sucherei vorbei wäre. Erfolgreich vorbei. Rauchst du eine mit?

Percy wehrte ab.

Nächstes Mal bringst du deine Frau wieder mit. Und das Kleine auch. Ich bin glücklich, Anton, dass ich jetzt alles habe, was ein Leben lang gefehlt hat.

Percy sagte: Und wie du aussiehst.

Und sie: Ich gebe zu, dass ich mir jetzt besser gefalle als vor zwanzig Jahren.

Wie eine Indianerin, sagte Percy.

Wie eine alte Indianerin, sagte sie.

Genau, sagte Percy, und dachte an die ewigen Jagdgründe.

Stimmt es, sagte sie, dass das Kleine immer noch in die Windeln macht?

Weißt du, wie alt es ist, fragte Percy.

Sechs, sagte sie. Und immer noch mit Windeln.

Percy: Heute heißen die Pampers, das ist kein Problem mehr.

Sie: Dass deine Frau berufstätig ist, imponiert mir, du bist sicher eine gute Mutter.

Das Kleine sagt das auch, sagte Percy.

So redeten sie, bis Percy merkte, dass ihr die Augen zufielen. Er stand auf, holte die Urne aus dem Rucksack: Das wäre Ewald, sagte er laut. Er habe hier noch die Urne.

Urne, sagte sie, was für eine Urne denn?

Ewald Kainz, sagte er.

Und sie: Der gute, gute Ewald. Stell sie dort auf die Kommode. Mir fehlen sowieso immer Aschenbecher. Dr. Curtius behauptet, ich rauche sechzig pro Tag. Er ist so lieb mit mir. Er sagt, meine geistige Energie sei buchenswert. Ich darauf: Dann buchen Sie mal schön. Ewald Kainz meinte neulich, sechzig pro Tag, das sei Selbstmord auf Raten. Ich weiß aber, dass ich hunderteins werde. Seit sie gesund, also konservativ ist, hat sich auch ihr innerer Fixsternhimmel gewandelt. Dass sie so horváthvernarrt gewesen ist, kommt ihr jetzt blödsinnig vor. Horváth kratzt doch nur an der Wäsche seiner armseligen Figuren herum. Also die Freie Nähstube in der Marquardtstraße hat sie Elke geschenkt, die seit Jahren ihre rechte Hand war. Wie sie einmal an Horváth glaubte, glaubt sie jetzt an Kleist. An seiner Empfindlichkeit und Genauigkeit prüft sie sich täglich mehr als einmal. O Unsterblichkeit, jetzt bist du ganz mein. So oder so ähnlich. Prinz von Homburg. Und weil ich eine Genauigkeitsfanatikerin bin, schlag ich's nach und entdecke, Anton, ich entdecke, der wichtigste Zitatenschatz in deutscher Sprache, der Büchmann, kennt Heinrich von Kleist nicht, keine Zeile von Kleist, das ist ein Skandal. Zum Glück gibt's Dr. Curtius. Der freut sich über jede Bildungslücke, die ich ihm zeige, und weiß alles, was ich wissen will, aus dem Kopf. Wenn es dir zu verraucht ist hier, kann ich sofort das Fenster öffnen. Sie habe ja gelernt in siebzig Jahren, dass man nicht immer nur an sich selbst denken dürfe. Und weil sich ihr andauernd ihre ganze Geschichte runterbete, komme auch öfter der Satz vor, dass zu Antons Zeugung kein Mann nötig gewesen sei. Er habe den Satz natürlich längst vergessen. Aber in ihrem Gedächtnis sei er ein Denkmal geworden. Bezeugend, dass man, wenn einem danach ist, keine Kühnheit scheuen müsse. Kühn sei sie immer gewesen. Die Ärzte hätten vergeblich versucht, ihr ihre Kühnheit als Krankheit einzureden. Ihm, Anton zuliebe, sei sie kühn gewesen. Kein Sohn der Welt hätte sie auf diesen Gedanken gebracht. Er aber schon. Wie er war und wirkte, das konnte kein Mann gewesen sein, Anton. Du hast das ausgestrahlt. Ich habe es verstanden. Lieber Bub, keiner ist es wert, dass ich ihn nenne. Dann der Adel! Nur ihm, ihm, ihm zuliebe hat sie alles erforscht. Anton Parcival! Du musst jetzt öfter kommen, Anton.

Versprochen, sagte er.

Und die Frau bringst du mit, sagte sie.

Und das Kleine auch, sagte er.

Und sie: Ich kann dir gar nicht sagen, wie genau das passt, dass du gerade heute gekommen bist.

Geleitet, sagte Percy.

Genau, sagte sie.

Percy sagte: Bis bald, Mutter Fini, bis bald!

Und sie: Bis bald, Anton. Und weil ich eine Pedantin bin, sagte sie, nur noch dies: Komm nicht schon morgen. Es fehlt noch eine Auskunft aus Pécs. Da will mir einer aus dem Staatsarchiv beweisen, ein Schlugen sei dort Oberpostrat gewesen, und hinter seinem Namen sei vermerkt: rang nélkul, also ohne Stand oder Rang, also nicht adelig, weil Adlige niemals Oberposträte geworden wären. Jetzt muss ich dem beweisen, dass dieser Oberpostrat kein Schlugen aus unserer Linie gewesen ist. Dann ist aber auch wirklich alles klar. Ja?!

Ja, liebe Mutter Fini, alles!

Sie gab ihm fröhlich die Hand, behielt die Zigarette im Mund und tätschelte ihn mit der anderen auf die Wange.

Du hast eine glückliche Mutter, sagte sie. Endlich. Alt, gesund, konservativ, also glücklich.

O du Indianerin, sagte Percy.

Mit der Straßenbahn fuhr er hinab in die Stadt und stieg dort um in die Linie, die ihn fast bis zum Hotel Antzberg brachte.

Fred saß vor dem Computer. Der stämmige Sepp Murr und der dürre Angerpointner saßen dabei wie zwei Hunde, die Anspruch haben, endlich gefüttert zu werden. Percy erzählte ihnen alles. Dass Mutter Fini aussehe wie eine alte Indianerin. Die Haare, die sie noch hat, wie auf den Kopf geklebt. Ich werde sie jetzt öfter besuchen, sagte er. Mit Sandra.

Fred sagte: Sie muss in den Film.

Percy: Beherrsch dich, bitte.

Fred: Wie du ihr die Urne anbietest und sie sagt: Stell sie auf die Kommode, mir fehlen sowieso immer die Aschenbecher. Das ist eine Szene, Percy.

Percy: Vorabendprogramm.

Und auf sein Staunen: Bei dir gelernt.

Jetzt aufs Zimmer. Sandra schreiben. Schon den ganzen Tag flügeln mir Sätze durch den Kopf. Adieu, Fred. Adieu, Sepp. Adieu, Nikolaus. Und ging. Dass Fred staunte, tat ihm gut.

15.

Liebe Sandra,

es ist inzwischen vier Uhr morgens, die Aussicht, Dir noch schreiben zu können, schwindet. Wahrscheinlich werde ich auch diesen fünften oder sechsten Brief, wenn er geschrieben ist, in den allmählich protestierenden Papierkorb werfen. Ich komme mir gebremst vor. Gefesselt. Weil ich Dir alles sagen will, kann ich nichts sagen. Schau, als ich gestern Abend ins Hotelzimmer kam, habe ich am Spiegel vorbeigehen müssen. Spiegel waren für mich bis jetzt kein Problem. Jetzt auf einmal. Meine Oberlippe kommt nicht in Frage, verglichen mit Deiner Oberlippe. Oberlippe, das kommt mir bei Dir vor wie eine Steigerung von Lippe. Bevor Du mir nicht sagst, meine zu kurze Oberlippe stoße Dich nicht ab, kann ich in keinen Spiegel mehr schauen. Und die Ohren! Die waren noch nie so groß und auch noch nie so abstehend wie heute. Und wie ich in den Spiegel schau', in dem Augenblick gehen meine Mundwinkel nach oben, das ist meine Routine-Reaktion auf alles. Ich bin doch das Gegenteil eines Tragikers. Wo immer ich auf Wirkliches treffe, spür' ich: Ich bin zu leicht. Durchaus lächerlich. Und will gleich wieder klug sein und sagen: Nur wer die Lächerlichkeit eines Menschen lieben kann, kann diesen Menschen lieben. Ich möchte mich Dir ausliefern. Ich habe das Gefühl, Du könntest mit mir machen, was Du willst. Dann würde ich mit Dir machen, was ich will. Wir könnten mit uns machen, was wir wollen. Sandra. Ich kann überhaupt an nichts mehr zweifeln. Außer an meiner Oberlippe. Darum liebe ich Dich so. Du hast, was mir fehlt. Deine Oberlippe! Und Deine Unterlippe! Wenn ich Dich hätte, wäre ich sofort nicht mehr so arm. Ohne Dich bin ich tatsächlich arm. Bisher habe ich bloß Väter adoptiert. Jetzt will ich Dich adoptieren. Dich spüren. Verführen. Und Du musst mich archivieren. In Dir. Für immer. Mutter Fini glaubt, wir hätten schon ein Kind. Du! Du atmest aus, ich atme ein, was Du ausatmest.

Jetzt stammen wir übrigens nicht mehr aus Gellnau und Duznau, sondern aus Transsilvanien. Haben mit Schafen, Pferden, Büffelkühen gewirtschaftet. Ich hoffe, das magst Du. Und jetzt schicke ich Dir einfach diesen Brief. Und grüße Dich aus tausendundeiner Verlegenheit:

Der Anton Parcival.

16.

Auf dem Weg von Stuttgart nach Merklingen erzählte Percy, was ihn mit Pfarrer Studer verband. Lebensrettung, Berufswahl und Fräulein Hedwig. Fräulein Hedwig, der erste Mensch, dem er sagen konnte, dass seine Mutter ihm gesagt habe, zu seiner Zeugung sei kein Mann nötig gewesen. Und weil Fräulein Hedwig nicht staunte oder lachte, sondern seine beiden Hände nahm und sagte, ihr sei Percy gleich vorgekommen wie einer, der anders sei als andere, deshalb konnte er später diesen Umstand gelegentlich weitersagen.

Zum Beispiel in unserer Talkshow, sagte Fred. Dann sagte er: Diese Szene, Weihnachtswald, von einem Auto in den Straßengraben geschleudert und durch den Hut am Stock von einem Pfarrer gerettet, diese Szene möchte er im Film nachstellen.

Percy sagte: Du musst versuchen zu begreifen, dass das Leben nicht imitierbar ist.

Da waren sie wieder bei ihrem Thema. Fred ließ Nikolaus Angerpointner überholen. Percy sah, dass Sepp Murr filmte. Dem Gewichtheber machte es offenbar nichts aus, mit der großen Kamera im fahrenden Auto herumzuschwenken. Dann zog Fred wieder an denen vorbei.

Fred sagte, daran müsse Percy sich gewöhnen. Die beiden drehten Tag und Nacht. Er mit Percy sechs Stunden auf der Patiententerrasse, das sei natürlich gedreht worden. Mit Ton. Aber nichts komme zur Welt, was Percy nicht zur Welt kommen lassen wolle.

Percy sagte: Wenn er das erste Mal so etwas Aufgezeichnetes sehen und hören werde und er sterbe nicht sofort vor Scham, dann könne eine vielleicht neue Epoche beginnen. Er hoffe immer noch, dass er, wenn er da Zeuge seiner selbst werde, entweder sofort sterbe oder doch einen Schock erleide, der ein für alle Mal dafür sorge, dass dergleichen kein zweites Mal stattfinde.

Und rief: Lohengrin.

Fred rief: Der passt zu dir.

Und schaltete ein.

Pfarrer Studer sagte: Gott segne deinen Eintritt. Und als er hörte, dass Fred Friedrich, Sepp Murr und Nikolaus Angerpointner vom Fernsehen seien, sagte er ein bisschen leiser, aber eher gehemmt als kritisch: Auch euer Eintritt sei gesegnet. Weil Percy den Pfarrer als Chrysostomus Studer vorgestellt hatte, wollte Fred gleich wissen, wie ein Mensch heute noch so heißen könne. Der Pfarrer sagte, so habe ihn sein Vater taufen lassen. Er, der Pfarrer, wisse nicht, ob sein Vater gewusst habe, dass der Name auf Deutsch Goldmund heißt. Aber dass es ein Bischof in Byzanz war, hat er gewusst. Ein Bischof, der gegen Kaiser und Kaiserin, gegen den ganzen Klüngel gekämpft habe, heute würde man sagen: für die Menschenrechte. Fred: Den sollte man zum Patron des Fernsehens machen.

Pfarrer Studer sagte, er müsse jetzt endlich mitteilen, dass Fräulein Hedwig im Krankenhaus sei. In Ulm. Percy ging zu Chrysostomus hin, lehnte seine Stirn an dessen Schulter und sagte: Nicht schon wieder. Was ist das für eine Tendenz, dass die Menschen, die in meinem Leben etwas bedeuten, jetzt wegsterben. Einer nach dem anderen. Chrysostomus sagte, in der Kirche werde jeden Abend für Fräulein Hedwig gebetet.

Percy sagte, er werde sie morgen besuchen.

Und der Pfarrer: Es ist Krebs, aber die Ärzte setzen auf die Chemotherapie.

Als Chrysostomus erzählen wollte, wie er und Percy zusammengekommen seien, und Percy sagte, das habe er Fred schon alles erzählt, fragte Pfarrer Studer: Das mit dem Gratulieren auch? Percy wusste nicht, was er meinte. Das hat er doch geahnt, rief Pfarrer Studer. Das Wichtigste lässt Percy weg. Und erzählte, dass Percy, als er damals in den Notarztwagen geschoben worden sei, ihm eine Hand hingestreckt habe und gesagt habe: Ich gratulier' Ihnen. Das kommt dem Pfarrer komisch vor. Wieso er mir? Ich ihm. Dazu, dass er gerettet worden ist. Aber der Verunglückte sagt: Weihnachtsabend! Ich gratulier' Ihnen dazu, dass Sie mich gerettet haben. Überlegen Sie sich's, dann kommen Sie drauf. Der Pfarrer hat sich's überlegt, ist draufgekommen und hat dann an Dreikönig darüber predigen können.

Das muss in den Film, sagte Fred.

Percy zum Pfarrer: Er glaubt, man könne alles nachmachen. Für ihn gibt's nichts Einmaliges. Die ganze Welt ein Imitat.

Als der Pfarrer sie dann zu ihren Zimmern führte, wunderte sich Fred über den langen Gang, die vielen Türen. Die Pfarrei habe früher zum Kloster Scherblingen gehört, sagte der Pfarrer. Im Pfarrhaus, das sich neben der Kirche hinzieht und fast so lang ist wie die Kirche selbst, sei Klostergut verwaltet worden. Als er hier vor dreißig Jahren eingezogen sei, sei er mit Rollschuhen durch die Gänge gebraust. Percy schaute Fred an und sagte: Das muss in den Film.

Fred: Alle Achtung! Du lernst schnell!

Percy: Tut mir leid. War Ironie.

Fred zu Pfarrer Studer: Er ist unmöglich.

Der Pfarrer: Gott sei Dank.

Auf der Fahrt nach Ulm kein Wort. Fred spielte wieder Wagner. Aber leise. Er fand die Klinik. Fräulein Hedwig lag in einem Zweibettzimmer. Auf dem Kopf eine vielfarbig-gestrickte Wollmütze, um die durch die Therapie bewirkte Haarlosigkeit zu verdecken. Percy ging schnell zu ihr hin, setzte sich auf den Bettrand und nahm ihre Hände, die auf der Bettdecke lagen, in seine Hände. Und schaute Hedwig an. Sie schaute ihn an. Von ihrem Gesicht waren nur noch die Augen übrig geblieben. Aber sie sahen Percy so an, dass er spürte, von Fräulein Hedwig ging eine Kraft aus. Sie anschauend, fühlte er sich durchströmt. War es eine Temperatur? Eine Heftigkeit. Auf jeden Fall konnte er ihre Hände nicht mehr loslassen und musste in ihrem Blick bleiben. Er steigerte den Händedruck ein wenig. Und sagte: Hedwig. Und noch einmal, noch leiser: Hedwig. Er spürte selber, dass er, was er von ihr bekam, zurückgeben musste.

Dass die Frau im anderen Bett ununterbrochen redete,

störte nicht. Die glaubte, weil Hedwig und Percy nicht redeten, die beiden hätten einander nichts zu sagen, und forderte Percy auf, dass er sich um sie kümmere. Hedwig sei erstens sowieso eine Heilige und halb im Jenseits sei sie auch schon, während sie, Christa Bertsch, garantiert in die Hölle komme, also überhaupt nicht sterben dürfe. Hören Sie! Hören Sie mich! Mein Name ist Christa Bertsch! Vier Kinder von fünf Männern. Und keins kümmert sich um mich. Ich weiß, Sie können mir helfen. Hedwig hat mir alles erzählt über Sie. Hören Sie mich?

Percy sagte: Ja. Nachher. Gern. Er sah sie an. Frau Bertsch war dann tatsächlich still.

Percy sagte jetzt Hedwigs Namen nur noch mit Lippenbewegungen. Hedwig sagte mit Lippenbewegungen: Ja, Percy, ja.

Dass sie sich so verständigten, bewirkte eine Nähe, die durch Wörter kaum zu erreichen ist. Irgendwann verstärkte er den Händedruck noch einmal und gab ihr ihre Hände zurück. Seine Lippen sagten: Bis morgen, Hedwig.

Bis morgen, Percy, sagte sie genauso tonlos.

Er sah zu Frau Bertsch hinüber, sie war eingeschlafen.

Jeden Tag musste Fred ihn nach Ulm in die Klinik fahren. Fred musste drunten warten. Wenn Percy im Zimmer 212 erschien, hörte man zuerst nur Frau Bertsch. Percy ging jedes Mal zu ihr hin und sagte, er werde wirklich zu ihr kommen, sobald er mit Fräulein Hedwig ein wenig weiter sei. Frau Bertsch war dann immer still. Hedwig rechnete mit ihm, das spürte er. Immer waren dann ihre Hände in seinen Händen. Er sagte jeden Tag etwas mehr.

Nur mit den Lippen. Und sie las, was er mit den Lippen sagte. Was sie sagte, sagte sie auch nur mit den Lippen. So kam es zwischen ihnen zu einer Aufmerksamkeit, die für beide neu war. Was sie so zu einander sagten, war weniger wichtig, als dass sie es sagten und dass sie einander täglich mehr sagten. Er sagte: Ich werde so lange zu dir kommen, bis es dir bessergeht.

Und sie: Wenn du kommst, geht es mir besser.

Und er: Wenn ich gehe, bleibe ich doch da.

Sie: Das spür' ich.

Er: Bis morgen, Hedwig.

Und sie: Heute ist morgen, Percy.

Einen Tag später konnte er sagen: Du bist kräftiger als gestern.

Und sie: Stimmt.

Er: Du wolltest immer aufrecht im Bett sitzen und bist immer ein bisschen heruntergerutscht. Heute rutschst du gar nicht mehr.

Und sie: Die Kraft von dir.

Er: Ich krieg' von dir mehr als du von mir.

Sie: Es ist nicht nötig zu sterben.

Und er: Hedwig, belehr mich ein bisschen.

Sie: Der Pfarrherr sagt, es gibt keine Belehrung.

Er: Sondern?

Sie: Erleuchtung.

Er: Das war jetzt eine Belehrung.

Hedwig lächelte. Das erste Mal. Percy spürte, dass er sich jetzt ganz in seine Hände, die ihre Hände hielten, geben musste. Und sagte dazu: Als er zum ersten Mal ins Pfarrhaus gekommen sei, um für die Lebensrettung zu danken, da habe Hedwig ihn auch in den Pfarrhausgarten geführt, habe auf die Hühner gezeigt und gesagt: Seine Hennen legen ganz gut. Als Percy zwei Jahre später wieder zu Besuch war, habe sie, wieder im Pfarrhausgarten, gesagt: Unsere Hennen legen ganz gut. Und letztes Jahr, an der gleichen Stelle: Meine Hennen legen ganz gut.

Jetzt lachte Hedwig zum ersten Mal richtig.

Am nächsten Morgen, bevor sie nach Ulm aufbrachen, traf ein Brief ein. Von Sandra. Percy ging in den Pfarrgarten und las.

Lieber Percy,

schwerer kann nichts sein, als Dir zu schreiben, was ich Dir schreiben muss. Ich schreib es Dir in einem einzigen Satz: Ich kann nicht verlassen werden. Das ist das Einzige, was in mir unauslöschlich geblieben ist: Elsas Leid. Zweimal. Mir wäre auch einmal zu viel. Das spür ich. Das weiß ich. Gefühl wird bestraft. Davor schützt keine Stimmung. Kein Schwur. Also zurück nach München. Ins Archiv. Zur Arbeit. Was zu sagen wäre, kannst Du Dir auch selber sagen. Dass ich diesen Brief nicht gern schreibe, habe ich schon gesagt. Und ich könnte nichts als diesen Satz wiederholen. Schützen wir uns.

Es grüßt Dich Sandra.

Er kam zurück, Fred fragte: Was ist jetzt los?

Percy: Wenn du jetzt sagst, das muss in den Film, dann bring ich dich um. Und das ist ernst. Komm, fahren wir.

Im Zimmer 212 lag nur noch Hedwig. Frau Bertsch sei nachts geholt worden. Und nicht mehr zurückgebracht. Das heißt, sagte Percy, sie ist gestorben. Hedwig nickte. Und legte ihre Hände so auf die Decke, dass er sie hätte in seine Hände nehmen können. Aber er konnte nicht.

Sie ist unvorbereitet gestorben, sagte Hedwig. Ich bin vorbereitet. Der Klinikgeistliche hat es gemacht.

Ich vermisse Frau Bertsch, sagte Percy. Dass sie uns stören wollte, hat uns zusammengebracht.

Sie drückte seine Hände.

Jeder hätte Frau Bertsch helfen können, sagte er. Heute ... Und konnte nicht weitersprechen. Hedwig drückte seine Hände.

Es gibt nichts, sagte er, das durch das, was ich dir nicht sagen kann, nicht schon im Entstehen vernichtet wird.

Sie schwiegen.

Ich habe nicht gewusst, dass ich so leiden kann. Sagte er.

Hedwig zog seine Hände zu sich hin.

Ohne Grund weiterleben, sagte er.

Das Normale, sagte sie.

Schweigen.

Dein Gesicht, sagte er, ist zurück.

Ich spür's, sagte sie. Dann: Sie habe den Ärzten am Vormittag mitgeteilt, dass sie vorerst keine Chemotherapie mehr wünsche.

Schweigen.

Dem Pfarrherrn dürfe er das nicht sagen, noch nicht. Was sie zur Zeit erlebe, durch Percy erlebe, verstehe der Pfarrherr nicht. Noch nicht.

Schweigen.

Verstehen wollen ist sowieso ein Unding, sagte sie. Es gibt nichts zu verstehen.

Leben ohne Grund, sagte er noch einmal.

Dem Leben zuliebe, sagte sie.

Percy sagte, das sei ein Satz von Mutter Fini.

Und von mir, sagte Hedwig.

Auf einmal sah er in ihrem Gesicht, wie sie vor dreißig Jahren ausgesehen hatte. Ganz genau sah er ihr ovales, gebräuntes Gesicht, ihren ein bisschen vorspringenden Mund, die auf Heiterkeit gestimmten Augen, die dunklen Haare eng am Kopf, hinten zum Knoten gebunden. Und ein Scheitel, der vorne links von einer Haarspange verdeutlicht wird.

Ich danke dir, sagte er.

Sag dem Pfarrherrn einen schönen Gruß. Nächste Woche komme ich heim.

Ihr Gesicht war jetzt ganz zurück.

Du bist eine tolle Ablenkung, sagte er.

Lieber eine Hinlenkung, sagte sie.

Bis bald. Händedruck. Und ging.

Drunten zu Fred: Das kommt nicht in den Film.

Wie du meinst, sagte Fred. Klinik kommt sonst immer sehr gut.

Arschloch, sagte Percy.

Endlich, sagte Fred.

Sobald sie im Auto saßen, sagte Percy: Lohengrin, bitte.

Fred rief: Yes, Sir.

Percy sagte: Katze lässt grüßen, Fred drückte auf den

Knopf, die Musik schlug über ihnen zusammen wie eine Woge.

Percy dachte: Wenn du alles meiden musst, was dich zu Sandra hinlenkt, musst du das Leben meiden.

Vergeh doch, Tag, bevor du angefangen hast. Dachte Percy.

Stopp die Litanei der Wünsche. Dachte er.

Nichts ist so unbegreiflich wie die Aussichtslosigkeit. Dachte er.

Ich begreife nicht, warum ich das nicht begreife.

Und konnte an Augustin Feinlein denken wie noch nie.

Lern Schreie ausstoßen, die du selber nicht mehr hörst.

17.

Pfarrer Studer sagte: Grüß Gott, werte Frauen, werte Männer. Dass der Große Pfarrhaussaal übervoll werde, habe er nicht gehofft, sondern gewusst. Und zwar von selbst. Er hat's einmal drüben in der Kirche gesagt, dann hat es sich herumgesprochen. Bis nach Scherblingen und über Scherblingen hinaus. Merklingen freut sich. Der Percy wird sprechen, hat er in der Kirche gesagt. Und ihr, werte Frauen, werte Männer, seid gekommen, ihn zu hören. Am Tag, an dem wir Marias Unbefleckte Empfängnis feiern. Und Samstag ist auch. Und Fräulein Hedwig ist heute heimgekommen, aus der Klinik. Also, Percy, komm jetzt.

Percy wollte das Podest weder schwungvoll noch mühsam besteigen, sondern irgendwie. Dann stand er droben, Pfarrer Studer saß schon drunten.

Percy sagte: Liebe Leute. Er sah ins Publikum und sah niemanden. Liebe Leute, sagte er noch einmal. Ist die Vorstellung, dass wir, die Verlassenen, etwas mit einander zu tun haben, nicht schönheitsfähig? Ich frage euch! Ich habe gehört, aus der Antike: Die Wachenden haben eine gemeinsame Welt. Die Verlassenen auch, sage ich. Wer ist denn nicht verlassen.

Leute, die sich selbst genügen, sind mir unheimlich. Ich, der Verlassene, bin mir nicht genug. Verlassen zu sein, ist ein Schuh, der auch drückt, wenn man ihn nicht anhat.

Die Höhle in jedem von uns, in der das Dunkel Platz hat, das zu uns gehört, dürfen wir Gott nennen. Und sei sie leer, diese Höhle. Leute, denen die Leere fremd ist, sind mir fremd.

Lasst die Leere zu. In ihr ist Gott daheim. Er ist sich nicht zu gut, der Lückenbüßer zu sein für jeden Mangel der Welt. Kümmert euch nicht um Gott, wenn Gott sich nicht um euch kümmert. Dann erst spürt ihr, wie er sich um euch kümmert. Mein Souffleur Emanuel Swedenborg sagt:

Diese Nacht schlief ich ganz ruhig. Ich konnte die Augen öffnen, wenn ich wollte, war also wach. Von einer Freude erfüllt, die empfand ich am ganzen Körper. Alles wollte empordrängen, in die Höhe fliegen und dort in einen höchsten Mittelpunkt münden. Diese höchste Mitte, das war der Ort der Liebe. Alles war ein Kreisen um die Liebe.

Wo Liebe fehlt, springt Hass ein. Ich kann sagen, was ich erfahren habe. Es gibt Menschen, die haben etwas gegen andere, ohne dass diese anderen etwas gegen sie haben. Es gibt den Unwillen von Menschen gegen andere. Sie finden etwas, was ihnen an anderen nicht gefällt. Dann verurteilen sie die anderen. Dadurch, dass sie andere verurteilen, sind sie unwillkürlich besser als die, die sie verurteilen. Mit jedem Verurteilungsakt werden sie größer, besser, vielleicht sogar berühmter.

Ich darf nicht sagen, sie verurteilen andere, machen andere herunter, um selber besser und größer dazustehen. Dass sie durch das Runtermachen anderer sich selber deutlicher werden, ist sicher. Aber dass sie andere heruntermachen, um selber besser dazustehen, darf man nicht sagen.

Die Heruntermacher bersten vor Gründen.

Lieben braucht keinen Grund.

Lieben, bevor wir geliebt werden!

Lieben, nachdem wir geliebt worden sind!

Uns geht die Sonne immer auf. Den Heruntermachern geht sie immer unter.

Die Heruntermacher würden den, den sie vor unseren Augen heruntermachen, kaum heruntermachen, wenn sie ihm allein am Meer oder in der Wüste begegneten. Das ist unsere Rolle: Das Heruntermachen findet statt, weil wir zuschauen. Je mehr wir den Heruntermacher zur Kenntnis nehmen, umso größer wird er. Jetzt nähere ich mich dem fundamentalen Geständnis: Ich finde das Hassen, das Heruntermachen nicht schön. Es findet statt als Kunst. Gerade stand in der Zeitung, ein berühmter Heruntermacher habe in einem Buch geschrieben, sie, also die Heruntermacher, seien genau so verlogen wie die, denen sie diese Verlogenheit andauernd vorwerfen und derentwegen, habe er in einem Buch geschrieben, sie diese Leute fortwährend in den Schmutz ziehen und verachten. Wir sind überhaupt um nichts besser, habe er, stand in der Zeitung, geschrieben. Das wurde dem Heruntermacher hoch angerechnet, dass er sich selber nicht besser findet als die Heruntergemachten. Tatsächlich wäre dem, der heruntergemacht wird, geholfen, wenn der Heruntermacher sich selber auch abstoßend fände. Aber während der Heruntergemachte immer im Singular umständlich genau heruntergemacht wird, löst sich der Heruntermacher im Plural auf: WIR sind überhaupt um nichts besser, hat er geschrieben. Und warum nicht auch im Singular: Ich bin überhaupt um nichts besser? Das ist ein welterschütternder Unterschied. Im Heruntermachergelände: hohe Kunst. Aber mir bleibt die Luft weg, wenn ich einen Heruntermacher erlebe. Ich brauch' dann dringend etwas Schönes. Zum Glück stellt sich ein die Szene aller Szenen. Der Engel Gabriel kommt zu Maria und sagt, sie soll die jungfräuliche Mutter des Gottessohns werden. Schöner kann keine Botschaft sein. Maria, die Leihmutter, vom Heiligen Geist gewählt. Und sie wehrt sich nicht. Sie tut's. Das ist die tollste Story, die je erzählt wurde. Der schönste Einfall, den Menschen je hatten. Bei mir gibt an einer Story immer der Schönheitsgrad den Ausschlag. Und genau an einem solchen Tag kommt Fräulein Hedwig zurück. Sie hat gesagt: Dem Leben zuliebe kommt sie zurück. Ein Satz wie ein Hochsprung.

Je schöner eine Vorstellung ist, umso willkommener ist sie mir.

Jetzt sehe ich die Flamme auf euren Köpfen. Ich hoffe, ihr seht die Flamme auf meinem Kopf. Ich spüre die auf meinem Kopf landende Wärme. Und fährt ein in mich und durch mich durch bis in die Zehenspitzen. Dann wäre ich eine Lichtbahn. Eine heiße Lichtbahn.

Das verdanke ich euch. Ihr seid in diesem Augenblick die Daseinsdeutlichkeit, die auch Gott heißt. Wer dich aus deinem Mangel erlöst, darf Gott heißen. Wer Gott nicht selber erlebt hat, kann mir nichts von ihm erzählen. Der heilige Niklaus von Flüe hat das so gesagt: Mein Herr und mein Gott, nimm mich mir und gib mich ganz zu eigen dir. Swedenborg, Emanuel, der große Große aus dem Norden, sagt das genau so: Allmächtiger Gott, ich bitte dich um die Gnade, dein sein zu dürfen und nicht mein.

Und schon stand Pfarrer Studer neben ihm, gab den Ton an und den Einsatz und stimmte selber an: Meerstern, ich dich grüße – oh, Maria, hilf! Alle sangen sofort mit. Und zwar alle drei Strophen.

Percy blieb neben dem Pfarrherrn stehen und sang mit. Nach dem letzten Ton verneigte er sich kurz und ging durch den Mittelgang hinaus.

Die Leute klatschten. Das konnte ihm nicht recht sein. Die alles planierende Routine. Er hätte sich nicht verneigen dürfen! Es gelang ihm, in sein Zimmer zu kommen, ohne noch mit jemandem sprechen zu müssen. Dann klopfte es. Es war Fred. Er wollte gratulieren. Percy brüllte ihn an: Schluss, Schluss, Schluss!

Fred kam ganz nah zu ihm, legte ihm die Hände auf die Schultern, zog ihn zu sich hin, hielt ihn fest und sagte leise: Percy, Percy, Percy.

Weil Percy sich das gefallen ließ, sagte er dann: Komm in die Stube, Fräulein Hedwig hat ein Vesper gerichtet. Percy ging mit. In der Stube waren nur Fräulein Hedwig und der Pfarrherr. Sie aßen, tranken, redeten über die Leute. Jeder wusste irgendetwas über irgendjemanden im Publikum. Der Pfarrherr sagte, besonders gefreut habe ihn, dass aus Scherblingen auch der Pfarrer Weimer da gewesen sei.

Nach dem Vesper sagte Fred: Herr Pfarrer, vielleicht können Sie Percy vermitteln, dass das eine Kriegserklärung war. Percy sagte leichthin: Du bedienst die Dauer, ich den Augenblick.

Dann diskutierten der Pfarrer und Fred darüber, ob, was Percy gesagt habe, eine Kriegserklärung gewesen sei. Percy nahm eine Hand von Fräulein Hedwig. Er brauchte jetzt Hedwigs Hand. Ihm fiel Katzes Satz ein: Pass auf auf den Hochlenker.

18.

Briefe.

Mutter Fini schrieb: Lieber Anton Parcival,

endlich die sicherste Kunde, überhaupt. Wir stammen also doch aus dem Badischen. Gottfried Werdenfels und Heinrich Schlugen sind von Kaiser Friedrich III. als kaiserliche Räte nach München geschickt worden, um die Vermählung des Herzogs Albrecht von Baiern mit Kunegund, der Tochter des Kaisers, zu verhindern. Sie kamen aber zu spät. Die Hochzeit war schon vorbei. Dann, zurück beim Kaiser, gelang es Heinrich Schlugen, den zornigen Kaiser zu überzeugen, dass der Werdenfels schuld sei, sowohl am Zuspätkommen wie auch an der Hochzeit selbst. Über den Werdenfelser wurde die Acht und Abacht verhängt, Heinrich Schlugen sollte der Vollstrecker sein. Nach erfolgreicher Vollstreckung wurde Heinrich vom Kaiser in den Grafenstand erhoben.

Deine Mutter ist glücklich, Dir dies melden zu können. Damit sind wir Grafen, lieber Anton Parcival, und zwar seit 1488. Dass die Geschichtsbücher korrigiert werden, wird Deine Mutter schon besorgen.

Deine vor Glück überströmende Mutter Fini.

Innozenz schrieb: Lieber Percy,

wir sind wieder komplett. Glückliche Fügung: Luzia Meyer-Horch hat's nicht geschafft im technisch anspruchsvollen Einzelhandel. Ihr Friedlein Vogel hat die Kundschaft nicht bedient, sondern beleidigt. Kurzum: Sie ist unsere Sekretärin. Die Akademie hat es sofort als Energieschub erlebt. Sandra war zu zart fürs Management. Jetzt fehlst nur noch Du. Von mir darf ich sagen, dass Oblomov XI bereits der Mythos wird, zu dem ich ihn von Anfang an machen wollte. Ich musste schon Friedlein Vogel einstellen, mitzulesen, da ich alles, was mir zum Verschreddern geschickt wird, nicht mehr allein schaffe. Und es darf nicht eine einzige Zeile ungelesen verschreddert werden. Das ist klar. Aber Friedlein Vogel hat endlich eine Tätigkeit gefunden, die ihn ganz und gar erfüllt. Ich kann ihm schon Stöße überlassen, er wird niemals ein Blatt ungelesen dem Schredder anvertrauen. Ich arbeite zur Zeit am Entwurf für einen Literaturpreis für das beste Stück der Schredder-Literatur. Mir schwebt eine prominente Jury vor. Fünfköpfig. Ihr werden aus allen eingesandten zwanzig Texte vorgelegt. Der Text, dem sie den Preis gönnen, wird bei einer Verleihungsfeier von einem Jurymitglied laudiert, der Autor bekommt 50 000 Euro, dann wird der Text vom Laudator Oblomov XI übergeben. Elsa Frommknecht lässt dazu a cappella singen. Die Jurymitglieder sind verpflichtet, über den preisgekrönten und oblomovisierten Text keinerlei Mitteilung zu machen. So wird ein exemplarisches Textschicksal aufgeführt. Davon bald mehr.

Also, Du ewig Reisender, komm bald! Wir sehnen uns ein bisschen nach Dir.

Dein Innozenz.

Sandra schrieb: Lieber Mensch,

ruhiger bin ich nicht geworden durch den Brief, den ich Dir geschrieben habe, obwohl ich weiß, dass ich Dir genau diesen Brief habe schreiben müssen. In mir herrscht ein Durcheinander. Du musst damit rechnen, dass ich Dir immer wieder einmal einen Brief schreibe. Du kannst Dich darauf verlassen, dass ich Dich nie mehr sehen werde. Aber Dir schreiben, in der Ferne ein Gefühl leben lassen, das hilft mir, Dich nicht mehr sehen zu dürfen. Ich merke, wie entsetzlich ich Dir schon unterworfen bin. Ich darf mir nicht vorstellen, was passiert wäre, wenn ich geblieben wäre. Die übliche Tour bis zur Trennung. Briefe. Sind das nicht farbige Vögel, die von einem zum anderen fliegen und ihm etwas Schönes singen? Ich könnte Dir jeden Abend einen Brief schreiben. Das wird nicht passieren. Ich will mich jenseits der Verletzungsgrenze ansiedeln. Und hinüberwinken. Zu Dir. Und Dir sagen: Solange wir uns in Briefen begegnen, kann ich nicht genug kriegen von Dir. Solche Schwächeanfälle gibt's. Sei Du stärker. Dann bin ich's auch.

Die in der Ferne: Sandra.

Percy schrieb an alle drei den gleichen Brief, sagend, was alles passiert sei. An Sandra musste er noch mehr schreiben: Der Verlassene macht sich Gedanken. Und er weiß, dass Gedanken nichts sind. Was Du tust, ist richtig. Ich muss meine eigenen Gefühle fälschen, fälsche Du die Deinen. Ich bin gespannt, was das, was mit uns geschieht beziehungsweise nicht geschieht, aus mir macht. Aus uns macht. Das dürfen wir einander schon sagen beziehungsweise schreiben. Ich bin arg froh, dass Du mir geschrieben hast. Danke. Es grüßt:

Anton Parcival, genannt Percy.

PS: Ich gebe zu, dass ich, wenn ich Dir schreibe, gern Anton von Schlugen wäre. Schluss mit Percy, her mit Anton von Schlugen. Das heißt: Du adelst mich! Ein Wappentier hab ich auch schon: das Rothkehlchen. Wenn ich das Dir schreibe, fällt mir auf, was für eine grausame Sprache das ist: dass das Rothkehlchen ein Tier sein soll! Nichts ist es weniger! Es wäre also mein Wappenwesen.

19.

Den Jollynecks-Film schaute Percy nicht an. Auch den Film, acht Tage später, den Fred über Percy gedreht hatte, schaute er nicht an. Chrysostomus Studer verzichtete dann auch. Und Fräulein Hedwig sowieso. Fred meldete, wie die beiden Filme in der Öffentlichkeit aufgenommen worden seien. Er musste das schriftlich mitteilen, weil Percy behauptete, mit Fred nicht telefonieren zu können. Fred meldete Erfolg, Erfolg, Erfolg. Und belegte das mit Statistiken und Pressestimmen. Der Percy-Film war als eine notwendige Antwort auf den Jollynecks-Film gesehen worden. So, als habe das Fernsehen das so geplant. Zuerst die Provokation, dann die Beruhigung. Also alles gut, alles klar.

Percy konnte nicht mehr schlafen. Ihm wurde immer deutlicher, dass er viel mehr gesagt hatte, als er hatte sagen wollen. Sagen dürfen. Er hatte auf Katze reagiert. Wenn du überhaupt reagierst, bist du schon nicht mehr du selbst. Also: nicht mehr reagieren. Auf nichts mehr. Zwei Briefe schrieb er noch, bevor er sich auf den Weg Richtung Rheinau machte. An Fred und an Innozenz. Fred musste er gestehen, dass er die Filme nicht anschauen konnte und dass sie auch im Pfarrhaus Merklingen nicht angeschaut worden sind. Fred hatte geschrieben: Du hast Geld genommen dafür, dass Du Dich hast filmen lassen. Wenn Du mit dem, was Du gesagt hast, einverstanden sein könntest, wäre das Geld-Annehmen nicht verwerflich. So aber … Er musste Fred mitteilen, dass er sich keine weitere Mitwirkung vorstellen könne. Jetzt marschiert er nach Rheinau, macht vorher Station in Mühlheim an der jungen Donau, von dort aus am 23. Mutter Finis Lieblingswallfahrt: Maria Hilf auf dem Welschenberg. Dann ab nach Rheinau, wo er am 24. eintreffen wird. Und bittet Fred um Verständnis für alles. Für alles, Fred! Bitte!

Innozenz bittet er, dass Massimo ihn in der Wirtschaft Zum Schusterfranz abholen solle. Genau da, wo die Landstraße von Neuhausen auf die Bundesstraße trifft. Am 24., gegen Mittag. Er komme zu Fuß, wolle aber nicht in Thayngen zu Fuß über die Grenze.

Noch etwas, halb Vorschlag, halb Bitte:

Lieber Innozenz, verfahre, wie Du denkst, dass es am besten sei. Du kennst meine Angewiesenheit auf das Augenblickliche. Lehren lässt sich das nicht, aber probieren. Das geht nur mit anderen. Stell ins Internet eine Einladung an alle, die kennenlernen wollen, wozu sie fähig sind, wenn sie darauf verzichten, das, was sie anderen sagen wollen, vorher aufzuschreiben. Ich könnte das sozusagen vormachen. Jemand steht vor uns und liest uns vor, was er Wochen oder Tage vorher für diesen Augenblick aufgeschrieben hat. Er hat sich also vorher vorgestellt, wie er vor uns stehe und was er uns dann sagen würde. Dass er jetzt vor uns steht, ist praktisch sinnlos. Wie könnten diese zwei Momente zusammengeführt werden: das Denken und das Sagen. Ich vermute – und das könntest Du, lieber Innozenz, kräftig formulieren –, ich vermute, wenn wir, was wir sagen wollen, nicht mehr vorher der toten Sprache – das ist das Schriftliche – übergeben, wenn wir Denken und Sagen zusammenkommen lassen, und zwar immer und überall, dann werden wir uns selber erleben, wie wir uns noch nicht gekannt haben. Ein Selbsterlebnis, das sich auf unsere Zuhörer direkt auswirken wird: als Leben, als Pfingstmoment usw. Lieber Innozenz, ich möchte das ausprobieren. Ich riskiere das. Ich fühle mich hingerissen zu diesem Versuch und erhoffe eine überraschende Wirkung. Also kündige an – falls Dich, was ich sage, nicht teilnahmslos lässt –: einen Kurs für freies Sprechen. Merke noch an, dass es nichts Sinnloseres geben kann als Rhetorik-Kurse. Das sind Formeln zur Abtötung dessen, was uns möglich ist. Wir müssen UNS entwickeln, nicht eine Technik, die uns helfen soll, uns zu ersetzen. Wir müssen es riskieren, die Leute an der Entstehung unserer Gedanken teilnehmen zu lassen. Wir müssen es riskieren, uns in einem bisher nicht gekannten Ausmaß zu entblößen. Ach nein, Blödsinn. Ich bin so scharf auf diesen Vorgang, weil ich glaube, ich erfahre etwas von mir und über mich, was ich auf keine andere Weise erfahren kann. Also nicht wegen der Leute, meinetwegen sehne ich mich nach solchen Augenblicken. Ob die Leute etwas davon haben, weiß ich nicht. Du hast mich ein wenig verstanden: die Engführung von Denken und Sprechen. Nicht jetzt denken und später, später die tote Schrift vorlesen. Wir haben uns schon ganz verloren. Bis bald, lieber Innozenz, bis sehr bald.

Dann der Abschied von Chrysostomus und Hedwig.

Pfarrer Studer hatte den Pfarrer Anton, seinen Kollegen in Mühlheim, unterrichtet. Percy würde am 22. abends eintreffen und am 23. von Mühlheim aus auf den Welschenberg wandern. Pilgern. Zu den Ruinen der Maria-Hilf-Kirche. Am 24. dann sehr zeitig weiter Richtung Rheinau. Das Tagesziel: Gasthof Schusterfranz. Da wird ihn Massimo erwarten. Hedwig weinte. Chrysostomus gab sich tapfer. Und sie standen, winkten ihm nach, er winkte zurück. Dann ließ er seinen Stock sausen und strengte sich an, ihm zu folgen. Man stirbt nicht auf einmal, dachte Percy. Und fühlte sich wohl.

Jetzt grüß Gott, sagte der Pfarrer Anton und fügte dazu: Anton, grüß Gott. Und nahm Percy Stock und Hut ab und half ihm aus dem Rucksack und aus dem Mantel, der eher ein Mäntelchen war. Percy brauchte, wenn er ging, freie Knie. Dann saßen sie in der Stube einander gegenüber und aßen und tranken. Der Pfarrer, sicher doppelt so alt wie Percy, hatte mit dem Essen gewartet. Dass das Pfarrhaus, wohin man sah, mit Büchern und Bildern prangte, hatte Percy schon durch staunendes Umherschauen auszudrücken versucht.

Ich hätte Seelen sammeln sollen, und was habe ich gesammelt, sagte der Pfarrer, Bilder und Bücher. Da sei der Wert schneller erkennbar als bei den Seelen. Der Pfarrherr war über Percy unterrichtet. Percy war also ein Besucher, von dem er sich verstanden fühlen wollte. Dass sie beide Anton hießen, freute sie beide. Dann sank Percy ins Bett.

Am nächsten Morgen, als er hinunterkam, war der

Pfarrherr längst wach. Er war so fröhlich wie am Abend. Aber kein bisschen laut. Am Vorabend war er lauter gewesen als jetzt. Er hatte offenbar ein Gespür dafür, wie laut man am Morgen sein durfte. Auf jeden Fall erlebte Percy die Art, wie der Pfarrer mit ihm umging, als Rücksicht. Er hätte gern gesagt: Jetzt sei doch nicht so rücksichtsvoll. Aber er war nun schon in der Rolle des Zuhörers.

Dann der Gottesdienst. Percy ließ ihn über sich ergehen wie ein willkommenes Ereignis des Wetters. Es hatte ein wenig geschneit. Gerade so viel, dass die Wälder weiß geschmückt erschienen. Und die Sonne schien ins frisch Verschneite, als wolle sie das Ihre dazu beitragen, Percys Pilgerweg durch den Winterwald schön zu machen. Es ging steil und eng bergauf. Percy stellte sich vor, wie Mutter Fini mit ihrem Vater hier hinaufgegangen war. Der Pfarrer Anton ließ sein fröhliches Mundwerk, so steil der Weg auch war, die ganze Welschenberggeschichte aufsagen. Percy sollte auf die Ruinen vorbereitet sein. Nach 1811, von Stuttgart verordnet, der Abbruch der Wallfahrtskirche. Die Bevölkerung wehrt sich nicht, fängt dann aber doch wieder an, auf den Welschenberg zu pilgern.

Einmal fragte der Pfarrer, über was Anton Percy droben zu den Leuten sprechen wolle.

Percy: Woher soll ich das wissen.

Der Pfarrer sagte, jetzt freue er sich. Warum, werde er Anton Percy erst nachher sagen, wenn alles vorbei sei.

Dann droben, gleich im ehemaligen Kirchenraum, jetzt noch spürbar durch die gewaltigen Mauern. An die Ruinen des früheren Chorraums waren eine Kapelle und ein Turm gebaut worden. Da fand sich dann Percy, von Pfarrer Anton sanft geleitet. Es war nur eine Nische, in der ein Altar wartete. Der Pfarrer zündete ein paar Kerzen an. Vor dieser überdachten Kapellennische stieg das Gelände gleich wieder an. An diesem Hang gab es im weiten Halbkreis Bänke, auf denen schon Leute Platz genommen hatten.

Der Pfarrherr gab zu, dass er Percys Besuch am vergangenen Sonntag in der Kirche angekündigt hatte. Und als beichte er eine Sünde, sagte er, dass er gesagt habe: Der vom Fernsehen bekannte Percy Schlugen.

Wie der Pfarrer ihn in diese Nische, zu diesem Altar geleitet hatte, erlebte Percy wieder als eine seelenschonende Rücksicht. Percy sollte selber entdecken, dass er an einer geweihten Stelle stand. Den Schritt hinaus aus der Kapelle tat er also nicht. Er hatte noch nie von einer geweihten Stelle aus zu Leuten gesprochen.

Pfarrer Anton begrüßte die Leute ganz fröhlich. Dass er überhaupt ein fröhlicher Mensch war, der sich von einer Begeisterung in die nächste tragen ließ, hatte Percy schon am Abend zuvor erlebt. Und er war jetzt vor den Leuten, den Pilgern, kein bisschen anders als im Pfarrhaus. Pfarrer Anton sagte zu den Leuten, das sei doch ein glücklicher Tag heute. So ein Wetter, so ein Sonntag, so ein Besuch, und ihr, liebe Leute, jeder und jede von euch, ein Glücksfall für mich. Dass ihr heute hier heraufgekommen seid, ist der Rede wert. Den Segen nachher, zuerst, glaube ich, ergreift Anton Percy, unser Gast, das Wort. Anton, sei so gut.

Percy stand, sah hinaus und hinauf zu den Leuten und sagte:

Lass mich nicht allein.

Liebe Leute.

Maria Hilf hat die Kirche geheißen. Meine Mutter hat in diesen Ruinen mehr als eine Predigt gehört. Ich bin kein Prediger, ich sage, was ich jetzt am liebsten sagen möchte: Lass mich nicht allein. Zu wem sag' ich das?

Pfarrer Anton spricht euch an. Der kann das. Der kann sich das leisten. Ich spreche euch nicht an. Ich sage zu euch nicht: Lasst mich nicht allein. Lass mich nicht allein, sag' ich. Als gebe es jemanden, der mich hört.

Lass mich nicht allein. So schaff' ich mir ein Gegenüber. Das nicht da ist. Das es aber gibt. Sonst könnte ich doch nicht sagen: Lass mich nicht allein. Wir sagen etwas, und dadurch machen wir etwas. Ich sage diesen Satz heute zum ersten Mal. Es ist ein bittender Satz, kein befehlender. Lass mich nicht allein. Wir hören das Bittende, das Flehende. Und wenn ich ihn sage, dann spüre ich, dass ich dazugehöre, zu denen, die nicht alleingelassen werden wollen. Aber ich bin ja schon alleingelassen, sonst hätte ich den Satz nicht sagen können. Es herrscht ein Mangel. Oh, Maria, hilf. Hier, an der Kapellenwand, die Danksagungstäfelchen für die erlebte Hilfe. Das waren noch Zeiten. Lass mich nicht allein. Ich sag' es eher zu Maria als zu Gott. Gott ist keine Adresse. Hat keine Adresse. Maria hat ein Gesicht.

Ich kann immer noch an Sätze glauben, die nichts bringen. Meine Mutter, die als Kind dreimal mit ihrem frommen Vater hier auf dem Welschenberg war, meine Mutter hat mir mehr als einmal den Satz gesagt, den ihr Vater gesagt hat angesichts dieser Ruinen: Die Ruinen der Zukunft. Hat er gesagt. So mutlos war er schon. Ich habe einen Traum gehabt. Von einem Rothkehlchen. Dazugesagt: Wo immer ich länger als zwei Wochen gewohnt habe, hat sich immer ein Rothkehlchen um mich gekümmert. Wenn ich ein Wappentier bräuchte, es wäre das Rothkehlchen. Jetzt mein Traum: Ich hänge mein T-Shirt auf einem Bügel vors Fenster zum Trocknen. Ein Rothkehlchen setzt sich auf die Hemdschulter. Fliegt wieder weg. Ich verstehe das als eine Aufforderung. Ziehe das Hemd an, stehe am offenen Fenster, das Rothkehlchen fliegt her, setzt sich auf meine Schulter und sagt mir ins Ohr: Machdr nüt druus.

Das war im Sommer. Ich war in der Schweiz. Da sprechen die Rothkehlchen natürlich nicht schriftdeutsch. Mach dir nichts draus. Als mir im Sommer das Rothkehlchen das ins Ohr sagte, hab ich noch nicht gewusst, was gemeint war. Jetzt, da ich sagen muss: Lass mich nicht allein, jetzt weiß ich, auf was das Rothkehlchen mich vorbereiten wollte.

Percy senkte den Kopf. Er widerstand der Versuchung, die Hände zu falten. Es war eine Hilfe, dass es jetzt angefangen hatte zu schneien. Die Flocken fielen wie vorsichtig. Als wüssten sie noch nicht recht, wohin.

Lass mich nicht allein.

Andererseits, wenn dir nichts wehtut, gibt es dich nicht. Den Schmerz willkommen heißen. Das üb' ich, wie andere Klavier oder Geige. Aber ein Virtuose werd' ich nicht. Das versprech' ich euch. Das wisst ihr schon von mir, dass ich gegen nichts bin. Wie könnte ich dann gegen den Schmerz sein. Ich übe hier schon. Vor euch. Was ich vor euch gesagt habe, muss ich halten.

Das dauert, bis man allem, auch dem Schmerz, zustimmen kann. Aber wenn man dem Zustimmenkönnen näher kommt, nimmt ein Segen zu. Ein neues Selbstgefühl. Schon die Annäherung hat Unterschiede in der Welt erlöschen lassen. Dann gibt es keine mehr. Du hast den Zustand des Allem-zustimmen-Könnens erreicht. Hoffentlich nehmen die, die sich jetzt genötigt sehen, mich zu schimpfen oder zu schmähen, mir nicht übel, dass ich ihnen genau so zustimme wie denen, die mich herzlich gelten lassen. Ich will nicht sagen, das, was gegen mich gesagt werden muss, sei nichts wert. Ich will jedem Versuch, mich lächerlich zu machen, mich zu vernichten, zustimmen. Wenn es aussieht, als sei ich schon fast erschöpft vor lauter Zustimmung, dann täuscht das. Im Gegenteil. Ich bin beseligt. Erfüllt vom Glücksgefühl. Der Frieden ist ausgebrochen. Erklärte und nicht erklärte Kriege hören grundlos auf. Sie hören auf, als hätte es sie nie gegeben.

Auch wenn mich das zunehmende Schneien kühner macht, als ich bin. Das Schneien macht die Welt schön. Unsere wichtigste Begabung: Wir finden etwas schön. Der Hass findet alles hässlich. Die Liebe findet alles schön. Jeder setzt sich jetzt seinen Hut auf wie einem anderen.

Er setzte sich seinen runden Lederhut auf. Und sagte:

Es schneit so schön, wie es noch nie geschneit hat. Ich habe gerade Sätze gesagt, die weiter gehen als ich. Und lasse mir von Emanuel Swedenborg, dem heiligen Geist aus dem Norden, gesagt sein: Die Fehler stammen von mir, nicht aber die Wahrheiten.

Dann sagte er überlaut und ganz hell:

Jetzt übernimmt Pfarrer Anton. Komm!

Und Pfarrer Anton, der ganz unbemerkbar in der Ruine, in einer Art Sakristei, verschwunden war, trat jetzt heraus, angetan mit Alba und Stola, die er im Rucksack heraufgetragen hatte.

Er begann mit dem Kreuzzeichen, das machten alle mit.

Dann sagte er:

Seht, ich schaffe einen neuen Himmel und eine neue Erde,

und dessen, was vorher war, wird man nicht mehr gedenken.

Freude wird sein und Jubel über das, was ich schaffe.

Die Leute: Halleluja.

Der Pfarrer: Komm, Herr Jesus! Dir sei Lob und Ehre in Ewigkeit.

Die Leute sagten: Amen.

Dann stimmte er an:

Gegrüßest seist du, Königin,
erhabene Frau und Herrscherin,
o Maria, o Maria.
Freut euch, ihr Kerubim,
lobsingt, ihr Serafim,
grüßet eure Königin:
Salve, salve, salve, Regina.

Percy fühlte sich wohl bei diesem Lied. Er genoss die innige Inhaltslosigkeit.

Nach dem Lied segnete der Pfarrer die Leute, die jetzt eine Gemeinde waren:

Den Weg des Friedens führe uns der allmächtige und barmherzige Herr. Sein Engel geleite uns auf dem Weg, dass wir wohlbehalten heimkehren in Frieden und Freude. Und morgen eine schöne Weihnacht feiern.

Die Leute sagten: Amen.

Dann gingen sie auseinander, der Pfarrer verschwand wieder in der Kapelle, Percy stand und sah zu, wie die Flocken allmählich dichter fielen. Er setzte seinen runden Lederhut, den er während der Andacht wieder abgenommen hatte, wieder auf.

Jetzt der Psalm, sagte er. Mein Freund, er ist schon tot, war ein Psalmist. Ihm folg' ich.

Und ganz hell, fast hoch, sagte er hinaus ins dichter werdende Schneetreiben: Man wird doch noch psalmodieren dürfen, oder!

Pfarrer Anton, jetzt wieder neben ihm, sagte: Jetzt und immerdar.

Und Percy: Ich könnte jetzt ohne weiteres in die Luft marschieren. Ab nach oben. Lieben macht leicht.

Der Pfarrer: Kyrie eleison.

Percy sagte:

Ich steige um auf die Eisscholle und zünde ein Feuerchen an.

Dann sink' ich mit gefalteten Händen ins eisige Wasser.

Und hoffe, dass sich die gefalteten Hände nicht zuletzt noch zu Fäusten ballen.

Der Pfarrer: Kyrie eleison.

Percy:

Silberne Züge fahren durch meinen Kopf, als wär' ich der Himmel,

aber weil ich's nicht bin, stoßen sie zusammen, in tausend Stücke zerspringt mein Kopf.

Der Pfarrer: Kyrie eleison.

Percy:

Der Schnee ist nicht ernst gemeint. Flocken zählen, eine schöne Pflicht.

Den Tannen zuhören, wie sie schweigen.

Alles so sagen, als meinte ich es nicht.

Das wäre meine Kunst.

Es gäbe eine Teilnahme durch Wörter.

Der Pfarrer: Kyrie eleison.

Percy:

Ich verjuble alle Jahre, alle Zeit.
Ich baue Leichtigkeit an wie andere Mais
und dünge sie mit Himmelslicht.
Ich hebe ab, um abzustürzen,
irre aufwärts in die Welt, zugeklebt
die Augen mit Schmetterlingsflügeln.
Ich bin eine prima Konstruktion.
Produziert ihr Kälte.
Ich produzier' Wärme.

Der Pfarrer: Kyrie eleison.

Percy:
Ich bin nicht gegen die exzentrische Erlösung.
Erlösung ist eine Sportart. Mit Gesang.
Mir entspringen Töne. Die reichen hoch hinauf.
Ich klettere ihnen nach in den Himmel.
Der Pfarrer: Aber setze dich nicht zur Rechten des Vaters. Bleib beweglich.

Percy:
Jeder ist ein Schrei, der keine Ohren findet.
Allen entkomm' ich. Mir nicht.
Meine Seele glüht eisig vor Unsterblichkeit.
Der Pfarrer: Kyrie eleison.

Vom Sturm gejagt, stiebte der Schnee jetzt vorbei, als dürfe er nirgends bleiben. Und dunkel war es auch. Percy drehte sich zu Pfarrer Anton und sagte: Anton, du bist der reinste Heilige.

Und der Pfarrer: Ein Seliger würde mir reichen.

In diesem Augenblick ein Scheinwerferlicht vom Hang her ins Schneetreiben. Und überlaut eine Musik. Und eine Tenorstimme. Die sang:

Nie sollst du mich befragen,
noch Wissens Sorge tragen,
woher ich kam der Fahrt,
noch wie mein Nam' und Art!

Und eine Frauenstimme:

Nie, Herr, soll mir die Frage kommen.

Die Männerstimme:

Elsa! Hast du mich wohl vernommen?
Nie sollst du mich befragen,
noch Wissens Sorge tragen,
woher ich kam der Fahrt,
noch wie mein' Nam und Art!

Da waren sie schon droben bei dem Auto. Da standen Fred, Sepp Murr und Nikolaus Angerpointner. Fred blendete die Musik aus. Dann entschuldigte er sich. Wir hätten, sagte er, uns weder gemeldet noch aufgedrängt, wenn das Wetter uns nicht befohlen hätte, zu deiner, zu eurer Rettung einzuschreiten. Ihr wärt hier heroben verloren. Wir wären es auch, ohne den Vierradantrieb.

Dann eine spannende Fahrt hinab. Alle stumm, Nikolaus beobachtend, wie er es vermied, vom schmalen, oft schon nicht mehr wahrnehmbaren Weg abzurutschen und irgendeinen Hang hinunterzustürzen.

Drunten im Pfarrhaus. Pfarrer Anton tischte auf.

Percy sagte: Wie machst du das bloß!

Der Pfarrer: Ein bisschen Wunder darf schon sein.

Zum Abschied sagte Percy: Aber jetzt will ich euch nicht mehr sehen.

Und Fred lachend: Es sei, du brauchst uns.

Alle wünschten einander schöne Weihnachten, ein frohes Fest. Als die draußen waren, sagte Percy: Anton, bei dir könnt' ich bleiben.

Der Pfarrer: Du kannst.

Percy, erst nach einer Pause: Ich kann nicht.

Der Pfarrer: Schade. Ich hätte aus dir einen guten Vikar gemacht. Er selber sei, fügte er noch hinzu, auch ein Spätberufener.

Percy sagte: Hast du die Frau gesehen, mittags, die Farbige, auf der Bank, vor der Wirtschaft, in der Sonne, sie hatte viel zu wenig an, für so viel Fleisch, und im Winter, sitzt da auf der Bank, am rechten Knie den Kampfhund. Und weint.

Der Pfarrer: Es herrscht ein furchtbarer Mangel.

Und Percy: Kyrie eleison.

Der Pfarrer: Ich habe dich gefragt, über was du droben sprechen würdest. Dass du es nicht gewusst hast, hat mir gutgetan. Kennst du, wie der Evangelist Markus das ausgedrückt hat?

Ich bin wild darauf, es von dir zu erfahren, sagte Percy.

Und Pfarrer Anton griff ins Regal, schlug ein Buch auf und sagte: Nach Luther, Markus 13, 11. Wenn sie euch nun führen und überantworten werden, so sorget nicht, was ihr reden sollt, und bedenkt euch nicht zuvor, sondern was euch zu derselben Stunde gegeben wird, das redet. Denn ihr seid's nicht, die da reden, sondern der Heilige Geist.

Percy sagte: Oje.

Dann sagte er nichts mehr.

Der Pfarrer sagte: Und nach Psalm 81, horch: Tu deinen Mund auf, ich will ihn füllen.

Percy sagte: Das hättest du mir nicht sagen sollen. Vielleicht. Ja. Aber auch gut. So. Ich werde nie mehr vor Leuten stehen und zu ihnen sprechen.

Pfarrer Anton, ganz fröhlich: Da bin ich gespannt.

Und Percy: Und ich erst.

V

Letzte Nachricht

Ein rätselhaftes Verbrechen

(opi) Konstanz. Nach dem alle Beteiligten vernommen werden konnten, ergab sich folgendes Bild: Anton Percy Schlugen hatte sich am 24. Dezember gegen neun Uhr vormittags vom Mühlheimer Pfarrherrn verabschiedet. Zu Fuß ging er über Neuhausen durch den Schindelwald. In Waldhof, wo die Landstraße auf die Bundesstraße trifft, sollte ihn gegen Mittag Massimo Attanasio im Gasthof Schusterfranz erwarten und ihn zur Akademie für Unvollendete auf die Insel Rheinau bringen. Massimo Attanasio ist der Hausmeister der Akademie, an deren Gründung im September des letzten Jahres Anton Percy Schlugen beteiligt war. Dieser Weg war vorbereitet durch Chrysostomus Studer, Pfarrer in Merklingen. Von Mühlheim an der Donau bis zum Treffpunkt, dem Gasthof Schusterfranz, sind es dreizehn Kilometer.

Massimo Attanasio war pünktlich zur Stelle, aber Anton Percy Schlugen kam nicht. Er war im Schindelwald, den er, von Neuhausen kommend, durchwanderte, von einem Kommando des Motorradclubs The Jollynecks erschossen worden. Also nicht, wie berichtet wurde, von den Hell's Angels, sondern von den Jollynecks. Inzwischen ist der Fahrer des Motorrads, von dem aus der tödliche Schuss abgegeben wurde, vernehmungsfähig. Er gab zu Protokoll: Er habe nicht gewusst, was der Leader auf dem Rücksitz vorhatte. Er habe gedacht, der Leader werde, wenn man an Anton Percy Schlugen vorbeifahre, in die Luft schießen. Er habe gedacht, Schlugen solle erschreckt werden, um ihn so zu bewegen, Mitglied beim deutschen Chapter der Jollynecks zu werden. Dass der Leader, der im Club Katze heißt, in Wirklichkeit aber Hans Peter Ullmann, dass der dann im Vorbeifahren Anton Percy Schlugen durch Genickschuss tötete, sei nicht abgemacht gewesen. Auf dem Club-Gelände wird der im Vorbeifahren zu platzierende Genickschuss an einer Schaufensterpuppe regelmäßig geübt, aber wie alles, was dort geübt wird, war das immer Training, Training für nichts. Es hat Spaß gemacht. Zwar wurde davon gesprochen, dass man irgendwann die, die man verurteilte, auch bestrafen werde, aber das hat niemand ernst genommen. Das war ein Spiel. Ein Spiel gegen die Welt, wie sie ist. Keiner im Club hat je daran gedacht, die Urteile, die gegen alle Möglichen gefällt wurden, könnten je vollstreckt werden. Keiner, außer Hans Peter Ullmann, alias Katze. Der hatte die *Action Percy* so angekündigt, dass am Spielcharakter kein Zweifel möglich war: Hin, Genickschuss, den Toten am dritten Tag nach der Beerdigung ausgraben und verschwinden lassen, der Fred vom Fernsehen filmt es. Percy, ein Jollyneck-Member, ist am dritten Tag nach seiner Ermordung durch die Hell's Angels auferstanden und aufgefahren. Das ist der Hype schlechthin! Damit sind die Jollynecks endgültig Kult, Kult, Kult!

Alle haben gelacht, als Katze diese Sensationsstory verkündete. Da gibt's nichts zu lachen, ihr Banausen, brüllte er. Damit sei die Spiel-Epoche beendet: Jetzt fängt an die

Vollstreckung. Alle johlten vor Begeisterung, weil sie es für Katzes neueste Idee zur Steigerung des Spiels hielten. Und dann ging das so: Der Leader schießt wirklich, der Getroffene wirft im Sturz seine Hände weit auseinander und gerät so mit seinem Stock dem Bike ins Vorderrad. Das war ein dicker Stock, den der Getroffene an einer Schlaufe in der Hand hatte. Das Bike überschlägt sich, der Leader fliegt durch die Luft, er, der Fahrer, landet mit dem Bike im Straßengraben. Am Straßenrand liegen dann der Erschossene und der Leader, der sich beim Sturz das Genick gebrochen hat. Beide mit dem Gesicht im frisch gefallenen Schnee.

So weit Helmut Leiprecht, der im Club Robespierre heißt. Er hat Glück gehabt. Außer mehreren Knochenbrüchen und Muskelrissen und einer Gehirnerschütterung ist ihm nichts passiert.

Kurz nach diesem Vorfall traf am Unfallort das Fernsehteam ein, das seit einiger Zeit Anton Percy Schlugen überallhin begleitete. Der Dokumentarfilm-Regisseur Fred Friedrich war fassungslos. Er habe, sagte er nachher der Polizei, seinem Team, das sofort alles filmen wollte, verboten, von diesem Vorfall irgendwelche Aufnahmen zu machen.

Aus dem Quartier der Jollynecks im Pfrungener Wald verlautet, dass der Club sich, als die Nachricht dort eintraf, sofort aufgelöst habe.

Erwin Hünermann, der im Club Zweistein hieß und als Sprecher des Clubs fungierte, sagte dieser Zeitung, das Motiv für die Tat sei enttäuschte Liebe gewesen, also Verzweiflung.

Erste Wirkungen Percys

(opi) Konstanz. Was die Polizei zur Aufklärung des Verbrechens im Schindelwald tun konnte, hat sie getan. Aber die Menschen ließ, was da am Weihnachtstag geschehen ist, nicht in Ruhe. An Anton Percy Schlugens Beerdigung in Merklingen haben Tausende teilgenommen. Auch Prominenz fehlte nicht: der Dokumentarfilm-Regisseur Fred Friedrich; der Leiter des PLK Scherblingen Professor Dr. Heinfried Bruderhofer; die Leiterin der Akademie für Unvollendete auf der Insel Rheinau Frau Elsa Frommknecht. Und eben viel mehr Trauernde, als der Friedhof habe fassen können. Es sprachen die Geistlichen Pfarrer Weimer, Scherblingen, und Pfarrer Studer, Merklingen. Pfarrer Weimer berichtete, er habe die traurige Pflicht gehabt, der Mutter mitzuteilen, was passiert sei. Darauf die Mutter, das sei typisch Percy. Keine Angst, habe die Mutter gesagt, der kommt wieder. Sie kenne ihren Percy: Der verschwindet, und auf einmal ist er wieder da. So die in besonderen Zuständen in einem Heim lebende Mutter.

Das ebenso anmutige wie rücksichtsvolle Rätsel, mit dem Anton Percy Schlugen sein Zurweltkommen umgeben habe, sein furchtbarer Tod und der durch nichts zu erschütternde Glaube seiner Mutter, das gebe unserer Trauer einen hellen Ton. Pfarrer Studer nahm das auf. Für ihn sei Anton Percy Schlugen immer ein Sonnenaufgang gewesen, Morgenröte, ein reines Lichtversprechen. Dass dann die Welt mit Anton Percy Schlugen auf ihre Weise verfahren sei, dürfe einen nicht wundern, aber wie ein Wunder dürfe es einem vorkommen, dass es Anton Percy Schlugen überhaupt habe geben können. Dafür bleibe er dankbar, wenn er auch, um es in Percys Sprache zu sagen, nicht sagen könne, wem.

Am Tag nach der Beerdigung feierte die Akademie für Unvollendete in der Klosterkirche Sankt Maria auf der Insel Rheinau das Andenken an Anton Percy Schlugen. Ein alles in die Nähe reißender Föhntag spendete seine stürmische Wärme. Die goldenen Posaunen der beiden Engel auf den Kirchtürmen spendeten die höchsten Töne. Es wurde gesungen *Der Abend* von Richard Strauss nach einem Text von Schiller. Elsa Frommknecht hatte die vier Stimmen hundertfach besetzt und die Sängerinnen und Sänger in der ganzen Kirche verteilt. Sängerinnen und Sänger aus dem Thurgau, aus Vorarlberg, aus Oberschwaben und aus dem Elsass. Alle angetan mit einem silbernen Schal, die Leiterin selbst in einem silbernen Kleid. Die Stimmen brachten die Prachtskirche Sankt Maria zum Schweben. Jedes Jahr will Elsa Frommknecht dieses Stimmwunder an Anton Percy Schlugens Todestag in Sankt Maria aufführen. Jedes Jahr mit noch mehr Stimmen. Bis es endlich keine Zuhörer mehr gibt. Nur noch Singende.

Jetzt fehlt noch die letzte Aussage Massimo Attanasios, der erwarten konnte, Anton Percy Schlugen gegen Mittag am vereinbarten Treffpunkt vorzufinden. Der vor

23 Jahren eingewanderte Sizilianer hat, bevor er Hausmeister jener Akademie auf der Insel wurde, in Scherblingen mehrere Handwerke ausgeübt. Professor Feinlein, damals Chef des PLK Scherblingen, hat ihn für alle anfallenden Arbeiten in sein Haus geholt. Sogar zum Haareschneiden. Eines Tages bringt der Professor den Pfleger Anton Percy Schlugen mit. Der will auch die Haare von Massimo geschnitten haben. Und kommt von da an alle vier Wochen in das Haus des Professors. Massimo Attanasio habe, sagt er heute, nie mehr einem Menschen die Haare geschnitten, der ihm, dem Haarschneider, so glaubhaft sagen konnte, wie wohltuend das sei, von ihm die Haare geschnitten zu bekommen. Immer wenn Anton Percy Schlugen zum Haarschneiden gekommen sei, sei es ein Glückstag für Massimo gewesen. Ein Festtag. Wenn er ihm im Frühjahr die Haare im Garten geschnitten hat, konnte der sagen: Heute singen die Vögel lauter, als sie können.

Einmal habe Massimo Attanasio dann doch gefragt, warum es für Anton Percy so wohltuend sei, dass er, Massimo, ihm die Haare schneide. Und Anton Percy, den alle damals Percy nannten, sagte: Weil ich bei dir, solange du schneidest, in keinen Spiegel schauen muss. Beim Friseur vor dem Spiegel sitzen und zuschauen, wie deine Ohren, je länger geschnitten wird, immer größer werden. Dann grinst du natürlich. Und grinsend gefalle er sich überhaupt nicht. Dass er aussehe wie ein Clown, wisse er, aber er wolle es nicht auch noch sehen. Dann mach doch die Augen zu, habe Massimo zu ihm gesagt. Das sei ihm zu feierlich, habe Percy geantwortet.

Zwei Tage bevor er von der Insel Rheinau abreiste, habe Percy sich die Haare noch einmal schneiden lassen. Er war so lustig wie immer. Nein. Er war nicht immer lustig. Vielleicht nie. Ich meine, er war so leicht wie immer. Er war immer auffallend leicht. Ansteckend leicht. Bevor er diesmal aufgestanden ist, hat er den Kopf zu mir heraufgedreht und gesagt: Massimo, wenn ich wieder mal einen Vater adoptiere, dann bist du dran. Wir lachten.

Und er: Du musst mir aber etwas versprechen.

Schon versprochen, habe ich gesagt.

Und er: Du musst mir versprechen, dass du noch lange lebst.

Nichts lieber als das, hab' ich gesagt.

Und er: Ich habe es satt. Diese Sterberei. Rundherum. Und bevor er ging, gibt er mir noch ein Päckchen. Ich komm' doch zu nichts, sagt er, und feig bin ich auch, gib du das der Sandra. Was von Ewald übrig gelassen worden ist. Ich schaff' es einfach nicht.

So erzählte Massimo Attanasio. Wir fragten dann, wie er sich diese Tat erkläre, diese Erschießung.

Da bat er um ein Blatt Papier und um einen Kugelschreiber. Was er bis dahin gesagt hatte, kam nicht so heraus, wie es hier jetzt zu lesen steht. Er hatte erhebliche Sprechschwierigkeiten, ein Stottern, das wir in der Schriftform nicht imitieren wollten. Er sagte, dass sein Stottern bis zu jenem 24. Dezember geheilt gewesen sei und dass er hoffe, die große Logopädin und Stimmbildnerin Elsa Frommknecht werde ihn wieder heilen. Dann, als wir nach einem Motiv für diese Tat fragten, nahm er das angebotene Stück Papier und schrieb darauf:

Als Percy vom Haarscheiden aufgestanden ist, hat er mich ein bisschen zu sich hingezogen, dann hat er fröhlich gesagt: Massimo! Die Welt ist eine Missgeburt, darum liebe ich sie so.

Dann zog Massimo Attanasio ein Kuvert aus der Tasche, das habe Anton Percy Schlugen ihm zuletzt noch gegeben. Auf dem Kuvert stand: Ein letzter Wunsch. Im Kuvert ein Blatt. Auf die Frage, ob wir das drucken könnten, sagte er: Ja.

Mit diesem letzten Wunsch beenden wir vorerst die Berichterstattung über den Fall Anton Percy Schlugen.

Ach,
wer möchte nicht enthoben sein,
durch Lüfte gehen und Sümpfe
und schnupfen ab und zu eine
Portion Unsterblichkeit.
Hätte der Tag die Farbe Rot,
wär es mein Tag. Die Gräser singen im Chor,
sobald ich erscheine, weil ich
der Fürst der Freundlichkeit bin.
Ein Feldherr bin ich auch. Zum Glück
sind meine Truppen desertiert. Sind
Räuberbanden geworden auf eigene
Rechnung. Ich gelte nicht viel, weil sich
vor mir niemand fürchten muss und Angst,
wohin ich komme, ein Fremdwort ist.
Ich trink' den Tod aus jedem Glas
und feiere den Augenblick lauter
schweigend jeden Tag. Die Zeit

hab ich eingesperrt in eine Streichholzschachtel.
Der Raum dient, Kant zu strafen, mir als
Klopapier. So herrscht Freiheit,
wo ich wohne. Ich bin natürlich ein Stern.

Martin Walser

LEBEN UND SCHREIBEN

Tagebücher 1951–1962

Martin Walser verwandelt das Leben in Literatur. Stets werden seine Romane für autobiographisch gehalten, selten zu Recht. Wer nun seine mit Zeichnungen – «Stricheleien» – versehenen Tagebücher aufschlägt, erkennt, dass sie eher Dokumente des Schreibens als seines Lebens sind. Genau dies macht sie zu einem Kunstwerk von hohem Rang.

«Martin Walsers Tagebücher sind Skizzenbücher eines Sprachartisten und Sprachsüchtigen. Alles im Leben gerät ihm zu glänzenden Sätzen.» (Aspekte)

«Dieses Tagebuch ist sein eigentlicher Lebensroman.» (Frankfurter Allgemeine Zeitung)

«Martin Walser gehört zu den maßgeblichen Chronisten dieser Republik, ist vielleicht der brillanteste unter ihnen. Bestimmt einer der redlichsten, mit seinen gelegentlichen Irrtümern einer der menschlichsten. Der erste Band der Tagbücher liegt nun vor: Er präformiert und begleitet die Genese der Schriftstellerexistenz. Scharfsinnig, eloquent, verspielt.» (Frankfurter Rundschau)

672 Seiten, zahlr. Abb.
ISBN 978-3-498-07355-8

Rowohlt

Martin Walser

LEBEN UND SCHREIBEN

Tagebücher 1963–1973

Im zweiten Band der Tagebücher hält Martin Walser seine Eindrücke während des Frankfurter Auschwitz-Prozesses fest, seine Reisen nach Moskau, Eriwan und Tbilissi, dann kreuz und quer durch Europa und Nordamerika. Er kommentiert die Studentenproteste, spricht über durchzechte Nächte mit seinem Verleger und immer wieder über das Schreiben selbst: Erzählen ist ihm «der Versuch, mit geschlossenem Mund zu singen». Seine Tagebücher gewähren überraschende Einblicke, sie zeigen «einen verletzlichen Martin Walser, den man bisher noch nicht kannte» (Die Zeit).

«Die Seelenlebensgeschichte eines Großautors ... und ein faszinierendes Zeitdokument.» (Focus)

«Wunderbare Tagebücher – ein zartes Gespinst aus Buchstabenmusik.» (Die Zeit)

720 Seiten, zahlr. Abb.
ISBN 978-3-498-07358-9

Rowohlt

Martin Walser

LEBEN UND SCHREIBEN

Tagebücher 1974–1978

Als 1976 der Roman «Jenseits der Liebe» erscheint, veröffentlicht die Frankfurter Allgemeine Zeitung eine verheerende Kritik. Martin Walser ist niedergeworfen. Er horcht in sich hinein, spürt das zahnlose Nagen, die eigene unkluge Wut; er sucht nach Auswegen und Antworten, legt Rechenschaft ab.

Die Tagebücher der Jahre 1974 bis 1978 sind beides: Selbstzeugnis und zeithistorisches Dokument. Sie beweisen eine Ausdruckskraft, die in der deutschen Literatur ihresgleichen sucht, und gewähren zugleich tiefen Einblick in das Spannungsverhältnis von Literatur und Kritik, Autor und Kritiker. Denn der Tagebuchschreiber offenbart sich als Beobachter der eigenen Verletzbarkeit und auch als Zeitgenosse, als unermüdlich Reisender, den Beruf und Neugier quer durch Deutschland und Europa, von Amerika bis nach Japan treiben. – So spiegeln und verschränken sich die innere und äußere Welt im Tagebuch.

«Eine Fundgrube brillanter Etüden, Miniaturen, Aphorismen.» (Frankfurter Allgemeine Zeitung)

592 Seiten, zahlr. 2-farb. Abb.
ISBN 978-3-498-07369-5

Rowohlt